La amante de Río Nilo

Guadalupe Loaeza

La amante de Río Nilo

Planeta

Fotos de interiores: cortesía de la autora
Diseño de portada: Planeta Arte & Diseño
Fotografía de portada: © Lena Okuneva / Trevillion Images
Fotografía de la autora: © Blanca Charolet

Bajo el sello editorial PLANETA M.R.
Avenida Presidente Masarik núm. 111,
Piso 2, Polanco V Sección, Miguel Hidalgo
C.P. 11560, Ciudad de México
www.planetadelibros.com.mx

Primera edición impresa en México: septiembre de 2023
Cuarta reimpresión en México: junio de 2024
ISBN: 978-607-39-0363-9

Impreso en los talleres Impresora Tauro, S.A. de C.V.
Av. Año de Juárez 343, Colonia Granjas San Antonio, Iztapalapa
C.P. 09070, Ciudad de México.
Impreso y hecho en México – *Printed and made in Mexico*

Para la doctora Maite Bourlon

Para Isabel González Rul

Para Diego, Federico y Lolita, mis hijos

Y, por la paciencia y apoyo,
para Enrique Goldbard

¡París es muy pequeño para quienes se aman,
como nosotros, con un amor tan grande!

JACQUES PRÉVERT

El destino es el que baraja las cartas,
pero nosotros somos los que jugamos.

SHAKESPEARE

Se repetía: «¡Tengo un amante, tengo un amante!»,
deleitándose en esa idea como si le hubiera
sobrevenido una segunda pubertad.

Madame Bovary, GUSTAVE FLAUBERT

¿Qué es la vanidad sino el anhelo de sobrevivir?

MIGUEL DE UNAMUNO

MÁS QUE EL AMOR, ES EL DINERO LO QUE LES INTERESA A LOS ANTEBI

Por: Luis C. Márquez

Ayer prosiguió el alegre vodevil protagonizado por el triángulo francés en los salones del Juzgado Noveno de lo Penal, convertido por ahora en escenario de tal acto. Durante las diligencias que se practicaron quedó en claro que en realidad lo que más interesa a los esposos Paul Jacques Antebi y Susana Abramow son los millones que poseen. El dinero es lo que están peleando. El otro francés que completa el triángulo no es más que un pretexto para la escandalera monetaria con ribetes amorosos.

***

Asesorado por dos abogados, a las 11:00 se presentó en el juzgado el esposo acusador con el propósito de solicitar que se examinaran dos testigos amigos suyos a quienes consta que su esposa Susana sostenía relaciones amorosas con Robert. Los testigos se llaman Lous Duffilhat Combescure y el doctor Luis Jiménez Abad; éstos no hicieron cargos concretos, dijeron que, en los últimos meses, cuando Paul se hallaba en Europa, escucharon muchos comentarios entre los miembros de la colonia francesa en el sentido de que la esposa de éste, considerada la mujer mejor vestida de México, frecuentaba cines, cabarets, restaurantes y otros sitios públicos haciéndose acompañar de Robert.

***

Los cronistas de la prensa mexicana se han mostrado sorprendidos y no han dejado pasar la oportunidad de manifestarse en torno a este acontecimiento. El famoso y prestigiado periodista de crónicas sociales, Agustín Barrios Gómez, escribió recientemente: «El escándalo del momento es el hecho de que la muy atractiva Susana Avramow de Antebi, de la acaudalada familia de los banqueros Avramow, y esposa del poderoso ingeniero químico Paul Antebi, haya ingresado a la penitenciaría acusada por el delito de adulterio. Susana es íntima amiga de la señora O'Dwyer, de la baronesa Koenigsrwarter, del embajador de Francia, Gabriel Bonneu. Además, Suzy es miembro del Jockey Club y conocidísima en los círculos más selectivos de México». Se espera que el juicio continúe cautivando la atención de la sociedad mexicana durante los próximos días.

1

Suzy tenía treinta y tres años. Las columnas sociales la consideraban encantadora, perfecta anfitriona, excelente jugadora de *bridge*, y con un *savoir faire* muy especial. Aunque sus orígenes eran modestos, tenía la inteligencia suficiente para aprender las reglas de oro para comportarse entre la alta burguesía mexicana, como si hubiera jugado a las canicas con sus amigas sofisticadas y ricas. Seductora como era, sabía atraer a hombres y mujeres. Además de todos sus atributos, amaba la literatura, especialmente las novelas. De todas sus amistades, era la que realmente leía, se informaba de lo que estaba sucediendo en el mundo y hablaba tres idiomas: inglés, francés y ladino. «Las mexicanas son lo más ignorante que he conocido en mi vida. Además de cursísimas, son muy provincianas, mochas e hipócritas. De todo se escandalizan, para mí que son una bola de frígidas...», comentaban muertas de la risa ella y Maruca Palomino, su amiga cronista de sociales, con la que más se divertía por mal hablada, viajada y excéntrica.

Suzy, de origen judío sefaradí, nació el 24 de marzo de 1918 en Estambul, Turquía. Sus primeros estudios los había realizado en el Colegio Americano de Sofía, Bulgaria, donde vivía con su madre, Rachel Ascher, nacida en Rumanía. Gracias a su compromiso de matrimonio llegó a México en 1941.

Quienes ayudaron a Suzanne para decidirse a buscar una nueva forma de vida en México fueron sus tíos, Nissim y Mois J. Avramow, los cuales ofrecieron a Suzanne, como posible dueña de una gran dote gracias a la fortuna de Albert, su padre, la seguridad de un matrimonio estable con Paul Antebi, ingeniero químico nacido en Jerusalén, Palestina, que trabajaba en México como director de Laboratorio del Grupo Roussel, S. A., y años después fundara los Laboratorio Carnot. Antebi, de religión judía, se había establecido en México desde el año de 1935.

Suzanne deseaba vivir en México para estar cerca de su padre, a quien no había visto en años. Albert Avramow trabajaba en China como representante y apoderado de la casa inglesa Thomas de la Rue, fabricante de billetes. Los quince años que Albert Avramow radicó en el país asiático lo llevaron a obtener la ciudadanía china. Cuando Albert realizó un viaje de recreo a México, le gustó tanto el país que decidió trasladar parte de sus bienes a la capital del país. Junto con sus hermanos, Nissim y Mois, fundó el Banco Anglo-Mexicano, S. A., lo que dio a los hermanos Avramow fortuna y respeto.

La decisión de integrarse a México la manifiestan Nissim y Mois Avramow en enero de 1941, en una carta que dirigen al entonces presidente de México, Manuel Ávila Camacho. En la misiva, los empresarios comentan que, desde el año de 1939, la persecución de judíos en países europeos, sometidos al régimen totalitario, era inhumana, brutal, por lo que era necesario abandonar Europa para situarse en algún país de régimen democrático en los que se respetaran los derechos humanos de todo individuo, sus ideologías y creencias.

Cuando la madre de Suzanne le anunció el viaje a México, gracias a su compromiso con su prometido, Suzy se puso feliz. Por fin conocería dónde radicaba su padre, a quien no había visto desde hacía varios años. Su ausencia y distancia le provocaban a Suzy muchos sentimientos encontrados. Prácticamente no lo conocía. Cuando su mamá hablaba de él, siempre lo hacía en términos muy vagos. O de inmediato cambiaba de tema de conversación, o se contradecía en fechas.

Entre más evadía su mamá las dudas de su hija, más sentía Suzy que se ahondaba un hueco en su corazón. De allí que creciera con una profunda herida, la cual tardaría muchos años en cicatrizar. Para ella, su padre era un fantasma, un hombre egoísta e irresponsable. ¿Por qué siendo tan rico, como aseguraba su madre, no les mandaba más dinero? Llevaba su apellido, sí, pero no bastaba. Requería saber más sobre él. ¿Por qué se habían separado? ¿Por qué, siendo judío sefaradí, se había casado con una católica? ¿Por qué había obtenido la nacionalidad china? ¿En qué consistían exactamente sus negocios?

Acerca del segundo matrimonio de su madre, tampoco estaba muy enterada, como tampoco lo estaba su hermana Matilde a quien quería mucho y con la que se entendía muy bien. Su padrastro, Josef Cohen Calderón, judío mexicano, solía platicarles mucho acerca de México, pero ninguna de las dos sabía cómo y cuándo se habían conocido. Para casarse con él, ¿se divorció de su padre? ¡Cuántos misterios rodeaban la vida de las hermanas Avramow, cuantas preguntas sin respuesta! ¡Y cuántos secretos les faltaban aún por descubrir, especialmente de la vida de su padre!

«Odio que mi mamá me siga tratando como a una niña. Estoy segura de que me oculta algo», le decía furiosa a Myriam, su mejor amiga del Colegio Americano.

Entonces Suzy tenía quince años, cursaba secundaria y era una excelente estudiante. Además de ser una adolescente de rasgos finos y grandes ojos cafés, era muy buena para el deporte, en especial para el voleibol, y formaba parte del coro de canto. Lo que más le gustaba eran sus clases de teatro. Nada disfrutaba más Suzy que transformarse en un personaje de la literatura universal. Era una forma de dejar de ser ella misma para ser otra, vivir en una época diferente y en otro país, el cual nada tenía que ver con el suyo.

Suzy, con la ayuda de sus tíos, se trasladó a México cuando el peligro en Bulgaria era inminente. Aunque no conocía a su futuro prometido, los tambores de guerra sonaban más fuerte que su corazón. En la religión judía los matrimonios arreglados eran muy comunes. De hecho, existía la profesión, bien pagada, por cierto, de *casamentera.* O bien los arreglos se hacían entre familias del mismo pueblo. En el caso de Suzy Avramow y Paul Antebi, el arreglo matrimonial se realizó de un continente a otro, lo cual resultaba más arriesgado si los implicados nunca se habían visto en persona. Una vez comprometidos, ya no había vuelta de hoja, porque las presiones familiares eran constantes y además había una guerra de por medio. No les quedaba otra que aceptar el acuerdo.

Después de una parada obligada en Fortín de las Flores, muy cerca de Veracruz, donde Suzy compró un arreglo de gardenias empacada en un tronco de la planta de plátano, y un viaje de cuatrocientos veintitrés kilómetros y diecisiete horas con cuarenta minutos, finalmente llegó Suzy de Veracruz a la ciudad de México. «¡Cuánta gente, Dios mío!», pensó asomada por la ventana del vagón. Esa mañana del 19 de mayo de 1941, la estación de Buenavista se encontraba pletórica de gente que iba y venía entre vendedores ambulantes, pasajeros con niños, familiares que habían ido a recoger a sus parientes y centenas de maleteros.

Suzy, de veintidós años bien cumplidos, estaba nerviosa, por fin conocería personalmente a su prometido. Para el primer encuentro, se había puesto una blusa de algodón *beige* de manga larga, una falda, ligeramente amplia, con un estampado en tonos verde olivo y unas sandalias blancas que se había comprado en el puerto libre Casablanca. En su pequeña valija, con la que había viajado a Varsovia antes de la guerra para visitar a su novio, Suzy había guardado, después de una rigurosa selección de las cosas que se llevaría, sus papeles oficiales, algunas prendas de ropa (su imprescindible traje sastre azul marino hecho por su tío e inspirado en un *tailleur* modelo de Marlene Dietrich); un par de zapatos de tacón alto ya muy desgastados; su pequeña estrella amarilla, la cual solía usar cocida en su ropa del lado izquierdo, y que usó hasta el último día antes de tomar el barco; una fotografía color sepia de cuando su madre era joven y de su hermana Matilde, otra de Herschel y ella frente a la sinagoga, tomada antes de la guerra; su diario; cartas de amor de su amante polaco; su libro de *Madame Bovary*, todo subrayado; dos jabones y un enorme frasco con agua de colonia con el aroma a las rosas damascenas, las más finas de toda Bulgaria. A pesar del calor y del ajetreo del viaje, su pelo ondulado, café oscuro, enmarcaba su rostro de tez muy blanca. Prácticamente no llevaba maquillaje, salvo un poco de *rouge* en los labios. Sin ser una deslumbrante belleza, Suzy era muy atractiva; sus cejas negras y gruesas siempre muy bien delineadas (las peinaba con un cepillito especial) hacían juego con sus enormes y tupidas pestañas, las cuales siempre presumía porque con ellas podía sostener un cigarro sin temor a que se cayera. Sin embargo, lo más bonito de Suzy eran sus pómulos y su sonrisa.

«Ojalá que sea alto y delgado, que no sea calvo ni que use anteojos, que esté bien vestido, que no esté chimuelo, que no sea cojo, que hable bien francés», pensaba Suzy, mientras buscaba entre la multitud a Paul Jacques Antebi, de treinta y tres años.

2

La fotografía que le habían enviado sus tíos era muy pequeña y no se apreciaba mucho al novio debido al gran sombrero negro que llevaba puesto. Además, se veía demasiado cachetón. Sin embargo, la que él había recibido de Suzy, que entonces tenía 18 años, sentada al lado de su madre, en el borde de la ventana de un edificio baleado, era una foto más clara y mejor enfocada. Fue su padrastro quien tomó la foto durante una mañana de invierno. Ese día Suzy llevaba una boina oscura y aunque estaba casi en los huesos, se veía muy bonita, había posado con la mejor de sus sonrisas.

El prometido, vestido con una corbata ancha y un traje de lana demasiado caluroso para esa mañana tan soleada, corría entre la multitud, de un lado a otro, para buscar el vagón donde viajaba su prometida.

—¿Éste es el tren que vino de Veracruz? —preguntaba a los maleteros cada dos minutos.

—Sí, señor, éste es —le contestaban una y otra vez.

Igual de nerviosa estaba Suzy, preguntándose, desde la ventana del vagón, quién de todos los hombres que veía en el andén, arremolinándose en las ventanas y puertas de acceso, sería su esposo. «Mis tíos me aseguraron que vendría por mí a la estación. ¿Dónde estará? ¿Será ese señor tan pálido con cara de que está buscando a alguien? Sí, sí es él. Me lo imaginaba más alto. En fin, *Il n'est pas mal.* ¿Cómo lo saludaré? ¿De mano o de beso?».

—Aquí estoy —grita Suzy, sacando medio cuerpo por la ventana del vagón.

—*Te voilà* —le contesta Paul, sumamente agitado—. *Bienvenue, ma chérie!*, a este maravilloso país, lleno de sol y de gente buena —le dice Paul a su prometida, en tanto baja los escalones del tren.

Al poner un pie en el andén, Suzy tuvo la sensación de que en ese momento empezaba una nueva etapa de su vida. Un nuevo capítulo. ¿Qué le depararía el destino en un país tan distinto al suyo, con otro idioma, otra religión y otras costumbres? Ella era de esas mujeres que no le temían a la vida, y con esa actitud de arrojo empezaba esta nueva aventura de su viaje a México, además de sentirlo como un desafío, era como un destino al que no había que darle la espalda. «Paul será el padre de mis hijos y los nietos de mi madre».

Después de que el prometido le dio un beso en cada mejilla, a la *française, n'est ce pas?*, le tomó su valija y se dirigieron a la salida de la estación de Buenavista.

—¿Cómo te sientes, *ma belle*? Ya me habían dicho tus tíos que eras muy bonita, pero se quedaron cortos, eres ¡preciosa! ¿Te gusta que te llame así, Shoshanna o Susana? ¿O Suzy?

Suzy ya sabía que su padre no pasaría por ella a la estación, tal y como le habían dicho sus tíos, porque justo a la hora de su llegada él tenía una junta muy importante. «Parece increíble que, después de quince años de no ver a su hija, ni siquiera tenga la delicadeza de venir a buscarme a la estación. ¡Qué hombre tan insensible! Sinceramente, no me quiero hacer muchas ilusiones respecto a mi papá. Ahora que viva en México, sé que no lo veré muy seguido. Él tiene a su esposa, María Guadalupe Gutiérrez Uribe, a sus dos hijos, y su trabajo que lo absorbe todo el tiempo. Se lo dije a mi mamá, pero según ella, tengo que ser muy paciente y agradecerle la magnífica dote económica que le entregó a mi novio».

Qué feliz e ilusionado estaba Paul con la llegada de su futura esposa. En el momento en que la vio, sintió un verdadero *coup de foudre*. Lo primero que le había llamado la atención de Suzy fue su cuerpo bien formado y sus piernas largas y esbeltas. Además, no usaba medias. Algo que nunca se hubieran permitido las jóvenes mexicanas. Más que una muchacha búlgara que escapaba de la guerra, la novia parecía una estudiante universitaria dispuesta a comerse el mundo. Además, olía a rosas; no lo podía creer: era el mismo aroma que usaba la madre de Paul desde que él era un niño. La verdad es que había tenido mucha suerte. Paul conocía a muchos compatriotas, también sefardíes, que se habían comprometido de antemano sin conocer a la novia. Una vez que la prometida llegaba a México, no se podía regresar. ¡Cuántos matrimonios habían resultado un verdadero fracaso por la falta de amor! Y cuántos, al contrario, habían sido muy felices en un país en donde los recibían, en plena guerra, con los brazos abiertos.

—Ya verás cómo te irás encariñando, poco a poco, con este país. Una vez que nos casemos, ya verás qué fácil es conseguir la nacionalidad mexicana. En este país todo es fácil. En México todo se arregla con dinero; «mordida», le llaman. Te pasas un alto, le pagas al policía una *mordida* y ya estás libre, tienes que sacar un permiso, pagas *una mordida* y listo. Pero eso no importa ahora. La comida es muy variada y deliciosa. Te van a encantar los taquitos con sus tortillas recién hechas, que es como el pan para los mexicanos, el mole con chocolate y, como bebida, el tequila que se parece al vodka, pero mucho mejor. Los mariachis con sus trajes de charro, que llevan serenatas a las muchachas. Las pirámides de Teotihuacán y el sabor de una fruta que se llama «mango» te elevarán hasta el cielo. Aquí los mercados son una maravilla, ya verás las montañas de naranjas dulces y jugosas. Eso sí, tienes que tener mucho cuidado con el agua, porque de lo contrario, «la venganza de Moctezuma» te llevará derechito a la cama con una diarrea espantosa. Ah, una cosa muy importante es recordar el nombre del actual presidente de la República, se llama Manuel Ávila Camacho, pero el que realmente gobierna es su hermano, Maximino. No te olvides que el dólar está a 4.85 con lo que puedes comprar muchas cosas...

Paul hablaba y hablaba. Suzy lo escuchaba divertida mientras veía los frondosísimos árboles a lo largo del paseo de la Reforma, recientemente pavimentado, así como el camellón que dividía la avenida en dos.

—Mira, Suzy, el Ajusco con sus picos todos nevados —dice de pronto Paul, señalando con su dedo el volcán, el cual se dibujaba perfectamente en el horizonte. ¿Sabes cómo llaman a la ciudad de México? La región más transparente. Allí está la estatua de Cristóbal Colón, aunque aquí en México lo odian. En fin, déjame decirte, Suzy, que el clima de este país es único. ¡Siempre amanece con sol!

Paul llevó a su prometida al hotel Reforma, el mejor hotel y el más moderno de la ciudad de México. Cuando Suzy se bajó del coche y descubrió la marquesina estilo *art déco* con la gran R dorada en la fachada, se quedó impresionada.

—¿Verdad que es precioso? Las habitaciones tienen un pequeño vestíbulo, baño individual, un clóset muy grande, clima artificial en todo el edificio y una *suite* presidencial. Mira la belleza del *lobby*. Ya descubrirás todos sus locales comerciales de lujo, como salones de belleza, tiendas de ropa, una librería, una tabaquería y también casas de cambio —le decía Paul mientras la acompañaba a la recepción para que se registrara como huésped VIP.

En 1941, tener como cliente al hotel Reforma era un logro comercial fenomenal para cualquier importador de vinos y alcoholes, considerando que desde la apertura de sus puertas se convirtió en el mejor hotel de la ciudad. Además de administrar el mayor número de bares, cafeterías, restaurantes y salones de fiestas, sus huéspedes formaban parte de una élite internacional, mucho más atractiva y jugosa que la del Ritz, que a pesar de ser un hotel sumamente chic y prestigioso, sus clientes pagaban en moneda nacional; en cambio, los de su competidor más fuerte, en dólares. En los años anteriores a la Segunda Guerra Mundial, México era una opción turística por su patrimonio cultural e histórico, el más importante del continente. Su geografía lo acercaba a los americanos, mientras que sus políticas lo hacían neutral para los europeos. De ahí que la famosa frase de Alfonso Reyes: «Viajero, has llegado a la región más transparente», correspondía perfectamente bien a las expectativas para muchos de estos viajeros extranjeros de la época.

Un año antes de que se inaugurara el Reforma, tres mil doscientos rotarios americanos habían decidido realizar su convención en el Distrito Federal. «Necesitamos mil doscientos cuartos de hotel», solicitó el presidente del Club de Rotarios de Estados Unidos al presidente de los rotarios en México. Por más que sus congéneres nacionales se movilizaron para buscar el alojamiento necesario, se percataron de que la ciudad carecía de esta capacidad de oferta hotelera formal. A pesar de esto, optaron por no comunicarlo a la presidencia en los Estados Unidos, por temor a que fueran a cancelar la convención. Cuando, finalmente, llegaron los rotarios norteamericanos, muchos de ellos se vieron obligados de instalarse en lo que los organizadores dieron por llamar «Ciudad Pullman», una serie de vagones de tren localizados en los patios de la estación de Buenavista de los Ferrocarriles Nacionales.

Cuando Alberto J. Pani, quien fuera secretario de Hacienda y director de los Ferrocarriles Constitucionalistas con el presidente Calles, leyó en el periódico que más de trescientos rotarios americanos habían tenido que hospedarse en algunos furgones de ferrocarril —que se habían adaptado como dormitorios, baños, comedores, gimnasios, servicio médico y de correos y oficinas generales para llevar a cabo su convención, por falta de hoteles en la ciudad—, se dijo que México ya no se podía permitir negarle la hospitalidad a ningún turista del mundo. Había que ingresar, cuanto antes, al campo de la oferta turística internacional cuya demanda, por razones fáciles de explicar, se concentraba en los Estados Unidos y Canadá.

Al otro día llamó por teléfono al licenciado Narciso Bassols, quien además de ser su amigo era el secretario de Hacienda y Crédito Público. Le expuso su inquietud, a la cual fue muy sensible el secretario. «Estoy seguro de que al presidente le interesará mucho tu oferta», le dijo Bassols. Dos semanas después, don Alberto y su sobrino Mario Pani Darqui, un joven arquitecto de 24 años, sumamente talentoso, se encontraban desayunando en Sanborns de Madero. Sobre la mesa, entre platos con restos de *waffles* cubiertos con miel maple y de fresas con crema a medio terminar, don Alberto, quien como ingeniero había sido responsable de terminar el Palacio de Bellas Artes y de construir el tercer piso del Palacio Nacional, en una hojita de papel de su agenda trazó cómo imaginaba la construcción de un hotel moderno, con más de doscientos cuartos, que se que se encontraría, naturalmente, en el *boulevard* más bello de América Latina: ¡el paseo de la Reforma! ¡Qué mejor arteria en franco proceso de desarrollo para un hotel de lujo!

—¡Que se llame entonces hotel Reforma! —agregó entusiasmado su sobrino. Al escuchar lo anterior, don Alberto dibujó la letra «R» muy grande en la parte superior del improvisado croquis del edificio.

—¿Verdad que se ve muy bonita? —le preguntó a Mario.

—Tendría que estar un poquito más estilizada, tío, pero tienes razón, se ve muy elegante —agregó Mario, divertido al ver el trazo medio maltrecho de don Alberto.

—Cuando terminemos con el Reforma, comenzaremos a construir otro y otro. Ya verás como tú y yo desarrollaremos, con el tiempo, una verdadera cadena hotelera a la altura de cualquier ciudad cosmopolita del mundo. Por lo pronto yo pongo para la construcción de este hotel todos mis ahorros, 350 mil pesos —advirtió Alberto J. Pani.

Entre más lo escuchaba su sobrino, recientemente titulado en la Escuela de Bellas Artes de París, más tomaba café. La perspectiva de tantos proyectos lo ponían nervioso. No obstante, la idea de asociarse con el hermano de su padre, además de darle gusto, para él era un reto formidable que no había que dejar pasar. Aunque el tiempo que se habían fijado para la construcción era muy reducido, confiaba en el equipo del despacho de arquitectos donde trabajaba. Al cabo de una semana, Mario le dio cita a su tío en la oficina para mostrarle los planos, las aerofotos y las maquetas del magno proyecto.

—¡Me encanta! ¿Cuándo empezamos?

—Una vez que se confirme la venta del predio. Todo es un problema de papeles. Tal vez, con tus relaciones en el gobierno puedas agilizar un poco los trámites, pero por lo que a mí respecta, estoy más puesto que un calcetín —dijo Mario.

De toda la familia, Pani, el Comodoro, como le decían a Mario, se había llevado el talento. Como su tío, él también siempre pensaba en grande. Lo que entonces no sabían, ni don Alberto ni su sobrino, es que unos días después de que finalmente se firmara la compra del terreno para el hotel, don Narciso Bassols, uno de los siete sabios, junto con Vicente Lombardo Toledano, Manuel Gómez Morín, Alfonso Caso y Daniel Cosío Villegas, entre otros, renunció, así como varios ministros callistas. «Por lealtad al general Calles», su padrino político había escrito en su carta de renuncia dirigida al presidente de la República, el general Lázaro Cárdenas. Meses después, don Narciso partió para Europa como ministro en Londres. Ante la Sociedad de Naciones, hizo una vigorosa defensa de los pueblos agredidos de la intervención de las potencias fascistas. Muchos años después, durante una corta estancia en la capital, se hospedaría en el hotel Reforma, viniendo de París, donde había fungido como representante del general Cárdenas en el congreso fundacional del Consejo Mundial de la Paz. «Chicho», le dijo su mujer por teléfono desde México, «con el aguacero que cayó ayer se derrumbó el techo de nuestra recámara y el de la sala. Tenemos que dormir en un hotel».

Una vez que el matrimonio Bassols se había instalado en la habitación 707, don Narciso tomó el teléfono. «Alberto, nada más te llamo para decirte que el hotel Reforma es espléndido. ¡Cuánta razón tuviste, te felicito!», le dijo entusiasta a don Alberto J. Pani.

Después de cinco años de haber estado desocupado, don Narciso y su esposa habían sido los primeros huéspedes del cuarto 707. A raíz del escándalo que se había dado en esa habitación, la dirección del hotel había dispuesto cerrarla por un tiempo indeterminado. Curiosamente, esa noche, la señora Bassols había tenido una pesadilla espantosa. «Soñé que nos mataban», le comentó mortificadísima a su marido, muy temprano por la mañana. «Ya ves, mujer, no hay nada como dormir en la cama de uno», agregó don Narciso.

Trescientos sesenta y cinco días después de aquella cita fijada entre don Alberto y Mario, su sobrino, en los Azulejos, finalmente el hotel Reforma se inauguró el 23 de diciembre de 1936. Hay que decir, sin embargo, que una semana antes de que abriera sus puertas al público, algunos de sus cuartos fueron clausurados por los inspectores oficiales. Las disposiciones sanitarias de la época prohibían en los hoteles el uso del papel tapiz en los muros y el alfombrar, de pared a pared, los cuartos. De acuerdo con el reglamento, propiciaban la cría de chinches y pulgas. El flamante hotel incurría en esas faltas sanitarias. En consecuencia, para que le autorizaran al don Alberto J. Pani inaugurarlo, fue necesario, gracias a sus espléndidas relaciones, modificar sobre la marcha esta reglamentación tan obsoleta.

«¿De verdad había llegado a un país tan maravilloso, donde los judíos no eran perseguidos por el solo hecho de ser judíos?», se preguntó Suzy mientras recorría el *lobby* del hotel Reforma. Un país donde había paz, con playas hermosísimas y una historia fascinante como la que le solía contar su padrastro. También ella había tenido mucha suerte con su futuro marido, un hombre trabajador, ambicioso y rico. Como primera impresión le había gustado su frente amplia, la cual denotaba a un hombre inteligente, le gustaba su sonrisa cálida y su voz muy varonil. Seguro es bueno para la cama, pensó con una sonrisa maliciosa. ¿Qué más quería? Era su salvador. Gracias a él había dejado atrás la pesadilla de la guerra. Adiós, rey, Boris III, aliado de Hitler. Adiós, soldados nazis instalados en cada esquina de nuestra ciudad. Adiós a los parques en donde no pueden entrar los judíos, adiós a los aviones desde donde disparaban centenas de balas a los civiles. Adiós a las tarjetas de racionamiento, adiós a todas las estrellas amarillas cocidas hasta en la ropa interior, adiós pueblo búlgaro, pueblo sufrido, pueblo hambriento y pueblo cercado por Hitler.

A pesar de que Bulgaria se mantuvo neutral hasta el 1 de marzo de 1941, de allí en adelante se convirtió en aliada de las fuerzas del Eje, lo que significaba participar con Alemania nazi, Italia y Japón. En Bulgaria quedaron prohibidos los matrimonios mixtos, los funcionarios judíos fueron despedidos y se instauró un *numerus clausus* entre los trabajadores independientes, lo que significa que solamente algunos de estos trabajadores podían laborar. Las empresas no autorizadas, incluyendo las de los judíos privilegiados, los antiguos combatientes y los huérfanos de guerra, fueron sometidas a una *arianización* obligatoria. Ya para entonces se hablaba de los campos de concentración, entre ellos Belzec y Auschwitz. A partir de fines de 1941, los alemanes ejercieron presiones cada vez más intensas para que los judíos fueran concentrados para su deportación.

No obstante que ya habían pasado varios días desde la partida de Suzy, la que no dejaba de llorar su ausencia era Matilde, su hermana. Jamás se había sentido tan sola y con tanto miedo. Su madre estaba cada día más angustiada y su padrastro, en lugar de tranquilizarla, gritaba, se quejaba y a la primera oportunidad se ausentaba durante horas. Justo el día en que se fue Suzy, había que devolver los teléfonos del Estado. Imposible llamarla o que ella telefoneara para ver cómo estaba la familia. Todos los días, Matilde escuchaba las noticias por la onda corta de Londres (la BBC) y de Estados Unidos (la Voz de América). Por miedo a mortificarla aún más, evitaba comentárselas a su madre. La soledad de Matilde no hacía más que aislarla aún más. De vez en cuando se encontraba con Myriam, la amiga de Suzy, cuyo tema de conversación siempre giraba alrededor de su hermana. Algunas veces le escribían juntas largas cartas, en las cuales le incluían noticias de los vecinos y fotografías de su respectiva familia.

Más que consolarla, los encuentros con Myriam la dejaban todavía más entristecida. Al llegar a su casa, lo primero que hacía era encerrarse en su recámara y llorar y llorar. A veces escuchaba la radio local, en la única estación que aún transmitía y en la cual se escuchaba música búlgara tradicional. De todas las canciones y melodías, su preferida era la que solía entonar Suzy. Cada vez que se sentía melancólica, su hermana cantaba en ladino: *Adio kerida*.

Adio, adio kerida
no kero la vida,
me l'amagrates tu.
Tu madre kuando te pario
i te kito al mundo
korason eya no te dio
para amar segundo.

Adio, adio kerida
no kero la vida,
me l'amagrates tu.

Va, busakate otro amor,
aharva otras puertas,
aspera otro ardor,
ke para mi sos muerta.

3

Desde que Suzy era adolescente, estudiante del Colegio Americano, descubrió, encerrada en su recámara mientras su madre preparaba un *tarator* a base de *yagourt* y pepinos, que masturbarse la liberaba. Sentía como si dos enormes alas le crecieran de la espalda, gracias a las cuales se podía elevar hasta las alturas más insospechadas. Entre más se intensificaban las manifestaciones de la guerra, más se masturbaba la joven. Sentir tanto placer era una forma de contrarrestar la pobreza en la que vivía junto con su madre y hermana, la muerte, el sufrimiento y el hambre. Era una manera de consolarse, de acompañarse y darse gusto, solitita, sin pedírselo a nadie. También su amiga de toda la vida, Myriam, sabía consentirse, sin culpa, de esta manera. A veces hasta competían, recostadas en la cama, para saber quién lograba un orgasmo más rápido. Suzy siempre ganaba. Con el tiempo se volvió experta, multiorgásmica. Nadie mejor que ella conocía su cuerpo, y nadie mejor que ella sabía escucharlo y darle placer. Nada más escuchar sonar el *botoncito*, como ella llamaba al clítoris, para atender su llamado de inmediato, de lo contrario, sentía que se volvía loca.

A los quince años, empezó a fumar, a pintarse las uñas y a coquetear de una manera más evidente con los chicos de su clase. Se sentía bonita, pero sobre todo distinta a sus compañeras de clase. Ella era diferente porque leía, porque hablaba ladino, búlgaro, inglés y francés, y porque su curiosidad no tenía límites. No obstante, era alumna becada del Angloamericano, Suzy adoraba todo lo que venía de Francia, especialmente en lo que se refería a la literatura. «¿Verdad mamá, que si es francés, es inteligente?», le preguntaba a su madre. Juntas escuchaban la música de Charles Trenet y de Jean Sablon, juntas iban al cine y veían todas las películas de Louis Jouvet, de Jean Gabin, Simone Signoret y especialmente de Louis Jourdan. «Cuando sea grande me voy a casar con un hombre igualito a este maravilloso actor francés», le decía a su amiga Myriam. Por las noches devoraba los libros que había sacado de la biblioteca de la escuela: *El rojo y el negro*, *Los Miserables*, *Ana Karenina*, *Madame Bovary* y colecciones de poemas de Charles Baudelaire, Alfred de Musset, Paul Verlaine y Arthur Rimbaud. A los 18 años, se aprendió de memoria todos los poemas de Paul Géraldy, los cuales le recitaba a Herschel. Aunque su novio no hablaba francés, parecía entenderlo todo porque sonreía y se conmovía conforme Suzy avanzaba con la lectura. Esto hacía que Suzy se sintiera conectada con él, la hacía pensar que las letras eran eternas y memorables, aunque la traducción ni la sonoridad fueran las mismas que en el idioma original. Herschel la escuchaba embelesado por su gracia, por su conocimiento, por su amor a un arte que para él era desconocido.

Je cherche comme le vent ton corps
Comme navire que ne trouve pas de port
Je te desire encore
Et je te désirai dehors.

Fue precisamente en sus escapadas literarias que la intimidad creció y que ella y Herschel comenzaron un noviazgo que traspasaba los límites de las palabras y llegaba hasta los confines de sus propios cuerpos. Fue en esa época que Suzy dejó de masturbarse. Hacían tanto el amor, ella y su novio, que ya no escuchaba los llamados de aquel «botoncito» que la hacía tan feliz. Gracias a él, Suzy comprendió que la satisfacción sexual era aún mayor cuando había amor y se compartía sin reservas. No había nada más pleno que la compenetración de dos seres que se aman y que llegan juntos al orgasmo. Además de compartir lecturas, juegos, escapadas secretas y padecimientos por la persecución de los judíos, compartían la felicidad de estar juntos. Juntos escuchaban música de Chopin, juntos leyeron *Quo Vadis*, de Mickiewicz, juntos preparaban el *yougourt* con leche de oveja, el mejor remedio para no envejecer; juntos iban a rezar en la Sinagoga Central de Sofía, el tercer templo judío más grande en Europa.

La relación con Hersh, como cariñosamente lo llamaba Suzy, se convirtió en un escudo que la protegía de un mundo que amenazaba con desmoronarse a cada momento. Ante la angustia, ante la incertidumbre, siempre podía refugiarse en los brazos de Hersh, sentir que junto a él el resto del universo se desvanecía. «Mientras estemos juntos no va a pasar nada. La guerra no va a llegar a Bulgaria, nuestro mundo va a estar en paz y vamos a ser felices siempre».

Los buenos deseos, sin embargo, no pudieron contra la realidad. La última carta de amor de Hersch, dirigida a Suzy, la escribió la víspera del día en que los nazis fueron a buscarlo a él y a su familia para llevárselos a Auschwitz. Suzy ya esperaba lo peor, le había sorprendido que no hubiera asistido a su cita más reciente en el lugar donde siempre se veían. «Te querré toda mi vida», le había escrito dos días antes de desaparecer para siempre.

«¿Qué te parece, Herschel, ya me voy a casar y me sigo sintiendo tu viuda?», pensó Suzy mientras se cambiaba de ropa en el baño del departamento de Paul, una vez que se retiró el fondo ribeteado de encaje que compró en Casablanca, el espejo del botiquín reflejó la parte superior del cuerpo. A pesar de su extrema delgadez, sus senos se habían conservado redondos y firmes. Suzy tenía un cuello que bien podría ser envidiado por cualquier mujer aristócrata. Sus hombros eran femeninos y muy proporcionados. De pronto, la blancura y la suavidad de su piel la sorprendieron. Hacía meses que no se veía ante el espejo con tanto detenimiento.

«¿Te acuerdas cuando jurábamos que nos íbamos a casar?», siguió pensando Suzy, recordando a su antiguo novio, «y ya ves, no fue posible por culpa de Hitler. Te habrás ido para siempre, pero sigo fiel a nuestra historia de amor. Si me vieras en estos momentos, no me reconocerías, estoy tan flaca. Ya me repondré en este país tan generoso y tan rico en viandas y frutas. Tengo veintidós años y no soy virgen. Para convertirme en una futura esposa no soy pura. ¿Se lo digo o no se lo digo a Paul? Creo que lo mejor es que se lo diga. Estoy segura de que entenderá y que hasta apreciará que le hable con la verdad. ¿Y si es muy celoso? ¿Y si es muy macho o excesivamente religioso? ¿Y si mejor se lo digo mañana hasta que nos casemos? ¿Por qué las mujeres tenemos que llegar al matrimonio vírgenes y no los hombres? Entre más experiencias prenupciales hayan tenido, para ellos es mucho mejor para ambos. ¿De verdad se imaginará Paul que soy virgen? Lástima que no hable de esto con mis tíos. Mi madre ya lo sabe y me dijo que no importaba, que lo mejor era que fuera muy receptiva y cariñosa con él. "Mira, Suzy, mientras te pongas tus gotitas de agua de rosas en las partes adecuadas del cuerpo y le permitas hacer un viaje de absoluto placer, ya verás que, para él, lo de tu falta de virginidad lo tendrá sin cuidado"». «Me las pongo», se dijo con absoluta determinación. En seguida, buscó su frasco, se puso sus gotitas y otras más detrás de las orejas. En medio de un ambiente de rosas, Suzy, vestida con su camisón blanco de lino, salió del baño, sintiéndose casi virgen.

4

Los encantos personales de la novia, más las gotas del agua de rosas, no tuvieron el efecto. Paul se comportó como un amante precipitado. Quizá fueron los nervios de su primer encuentro, pero su fogosidad resultaba un tanto brusca, y Suzy extrañó la dulzura y los sentimientos que aún tenía por Herschel. No hubo necesidad de ningún tipo de aclaración respecto a su falta de virginidad. A pesar de su religión, y habiendo sido educado en Francia como ingeniero químico, de madre francesa, Henriette Salomón, Paul debía ser un hombre mucho más liberal, e incluso más sofisticado que sus paisanos. Suzy agradeció que no mencionara nada al respecto.

Al otro día fue la ceremonia del matrimonio, en absoluta intimidad. A la sinagoga nada más asistieron el padre y los tíos de Suzy. La comida fue en el departamento de Paul, de este modo se evitaron todos los rituales de la típica boda sefaradí que bien podían prolongarse hasta siete días, ya que siete son las bendiciones (*sheba berajot*), número sagrado para el judaísmo. Igualmente, se evitó la exhibición del ajuar formado por joyas y artículos del hogar. Asimismo, Suzy no tuvo acudir al baño ritual para purificarse. Lo que sí hicieron los novios, antes de casarse, fue la escritura y firma del contrato matrimonial. En seguida, el rabino les impartió las siete bendiciones debajo del dosel, después de que Paul rompió la copa de cristal y escuchó a los presentes exclamar: «*Mazal Tov!*». En seguida, dijo muy serio: «Sé mi esposa según la práctica de Moisés e Israel, y yo te cuidaré, te honraré, te apoyaré y te mantendré de acuerdo con la costumbre de los esposos judíos que cuidan, honran, apoyan y mantienen a sus esposas fielmente. Y aquí te presento la dádiva de matrimonio que te pertenecen, según la ley de Moisés e Israel; y también te daré tu alimento, ropa y necesidades, y viviré contigo como esposo».

Para la fiesta Paul contrató a dos violinistas. El acuerdo fue que tocarían música sefaradí, especialmente la canción preferida de Suzy: *Adio Kerida.* Con un vestido largo y blanco, que a última hora le compró Paul en las calles Paraguay (el más sobrio y pequeño que pudo comprar), Suzy, toda perfumada en agua de rosas, bailaba en los brazos de su flamante marido con un nudo en la garganta, no podía evitar en pensar en Herschel, su novio polaco muerto en Aushwitz. No pudo evitar evocar a su madre, a su hermana Matilde y a su amiga Myriam. Y no pudo evitar derramar unas lágrimas que ella misma no entendió si eran de alegría o de tristeza.

5

Mama kerida:

Ésta es la primera letra que te escribo desde que llegué a México. Hace justo un mes les dije adiós a ti y a mi hermana. Las tres, mientras nos abrazábamos, llorábamos mares de lágrimas. Las mías, las más saladas que recuerde, no dejaron de rodar durante todo el viaje en barco. Lloraba por abandonarlas en medio de la guerra. Se me hacía injusto e imperdonable el que yo partiera y ustedes se quedaran padeciendo tantos horrores. «Te tienes que ir para casarte», me decías, mamá, cuando lo que menos quería era irme para casarme con alguien que no conocía. Tú mejor que nadie sabes que amo a Herschel, mi novio polaco, del que no he tenido noticias desde que los alemanes invadieron Polonia. Hasta la fecha, no sé si está vivo en el gueto de Varsovia, muerto en Auwschvitz o simplemente exiliado en alguna parte del mundo. Sufro al pensar en todo esto, como también padezco por lo que les puede pasar a ustedes; a Myriam, mi amiga; a nuestros vecinos, al señor Katz de la librería. En fin, pienso en todos los que rodeaban mi mundo de la infancia y de la adolescencia y ahora son perseguidos por el solo hecho de ser judíos. Necesito que me mandes fotografías de la familia y de todos los amigos. Quiero cubrir una pared con sus rostros y sus sonrisas. No quiero olvidarme de cómo eran y qué cosas hacíamos juntos antes de la guerra: nuestros paseos en el par-

que, los días de campo y cuando visitamos el Puente de los deseos. Todo el día escucho mi disco con la canción: Adio, Kerida. Ahora te canto a ti aquella estrofita que tengo grabada en el corazón: «Adio, adio kerida/ no kero la vida/ me la amargaste tu...».

Llegar a un país donde se respira paz y abundancia, y estar casada con un hombre rico, créeme, mamá, que no basta para sentirme feliz. Allí está la tristeza, pegada a mi cuerpo, como si estuviera tatuada en mi piel. Sentirme tan lejos de ustedes me provoca una culpa atroz. Dice Paul que ya no debo de estar tan arraviada con el mundo, y que debería de agradecerle a nuestro matrimonio y a este país el hecho de estar viva. Mamá, mi marido no me entiende, no me acompaña en mi pena. Él no ha vivido la guerra, por eso hay momentos en que me siento muy sola; cuando platicamos acerca de eso, es como si sostuviéramos un diálogo de sordomudos. Al pasar los días, me doy cuenta que los dos somos distintos. A mí me encanta leer y él nada más piensa en sus negocios y en comprar estatuillas arqueológicas. Como árabe judío de Aleppo, Paul fue educado por una familia muy tradicional, y por Henriette, una madre sumamente estricta y dominante. Paul no habla ladino, y yo no sé nada de hebreo. Así es que nos comunicamos mitad en francés y mitad en español. «Ya te enamorarás de él», me decías para animarme. No, mamá, no ha sucedido tal cosa, y temo que no sucederá. Esto lo sentí de una forma muy clara durante nuestra luna de miel.

(Sé que las cartas son leídas por los rusos y pasan por una censura; si leen fragmentos sospechosos, los tachan con tinta negra. De todas maneras, te escribiré con absoluta libertad. Tal vez leyéndome comprenderán mejor el corazón de las mujeres).

A pesar de que Paul se esforzaba para que gozara durante el acto, no sentía nada. No era yo la novia que yacía en esa cama con el camisón blanco recogido hasta el cuello y oliendo a rosas de Bulgaria, era una recién casada totalmente ausente. Mis pensamientos estaban en otra parte. Como tú, soy una mujer sensual, con una imaginación desbordante, pero en esos momentos pensaba sin coherencia. De pronto, se me vino a la cabeza mi heroína, Madame Bovary, precisamente en su noche de bodas con el Doctor Bovary. Así como ella fantaseaba, en esos momentos, con las protagonistas de las novelas rosas que leía con fervor, así empecé a fantasear que estaba haciendo el amor con Rudolph, el amante del que Emma Bovary más se enamoró. Entre Paul y yo nunca se dio la mínima comunión. No me sentía emocionada, menos excitada. Incluso lo sentí muy ordinario: me susurraba al oído palabras en hebreo que no entendía, tal vez un poco obscenas. Para colmo, yo estaba nerviosa por temor a que descubriera que no era virgen. Aunque no me dijo una sola palabra, me di cuenta, cuando miró de reojo las sábanas y no encontró la mancha de sangre, la manzana roja, como la llaman, que frunció el entrecejo. Sin embargo, muy poco tiempo después se durmió y hasta roncó. A lo mejor ni le importó. No obstante, los siete días posteriores, que se supone que son de júbilo en las bodas judías, lo sentí un poco lejano. Más que decepcionado, tal vez se ha de haber sentido engañado porque yo no se lo confesé anteriormente. Ignoro si mi papá colaboró con la dote, tal como seguramente se los prometieron mis tíos para animarlo más a casarse conmigo. ¡Qué horror tantos rituales en donde no aparece el amor! ¿Te acuerdas, mamá, que me decías que si Paul se enteraba de que ya no era virgen, seguramente no le iba importar porque se trataba de un hombre culto, que había estudiado en la universidad y que había vivido en Francia? «Mira Suzy, mientras te pongas tus gotitas de agua de rosas en las adecuadas partes del cuerpo, y le permitas hacer un viaje de absoluto placer, ya verás que para él lo de tu falta de viriginidad lo tendrá sin cuidado». Ésas fueron literalmente tus palabras. Si tan sólo me hubiera preguntado, después de haber tenido relaciones, por qué no habían aparecido las manchas de sangre, quizá le hubiera confesado la verdad y eso nos hubiera unido, incluso hasta nos hubiera hecho cómplices. Pero no pudo, y menos yo, temiendo que tomara mi confidencia como una provocación. Sin duda, para todos los hombres de la tierra, pero especialmente para los arabes es muy importante casarse con una virgen. ¿Cómo explicarle que el haber perdido mi virginidad cuando cumplí dieciocho años, enamorada de mi novio, nunca me provocó la menor culpa? Al contrario, siempre me he sentido orgullosa por conocer mi cuerpo y saber cómo darle placer. Es lo mejor que me pudo haber pasado con Herschel.

Todavía tengo mucho que contarte sobre todo lo que he descubierto acerca de este país maravilloso, pero ya es muy tarde y mañana empiezo a tomar, por primera vez, clases de manejo. Paul me compró un auto modelo Ford Super Delux, dos puertas. Está loco.

«Mama kerida te kero mucho, te extranyo i pienso en mi ermana y en ti».

Susanna

6

Llegar a México, para Suzy, ahora señora de Antebi, fue comenzar desde cero un nuevo estilo de vida completamente distinto al que había dejado atrás en Bulgaria. Si algo le llamaba la atención a Paul, de recién casados, era la enorme capacidad de adaptación de su esposa. A pesar de que se daba a entender sin problema, ya que el ladino es muy semejante al español, Suzy decidió inscribirse a un instituto de idiomas para reafirmar su castellano. A pesar de que ya contaba con servicio doméstico perfectamente uniformado (recamarera, cocinera y chofer), decidió tomar clases de cocina, de conducir y de *bridge*. Nada le gustaba más que manejar el flamante coche que le había regalado su marido por las calles y avenidas de la zona eminentemente residencial: las Lomas de Chapultepec (la publicidad del fraccionamiento decía en 1922: «Compre usted en Chapultepec Heights y el Bosque será su jardín»). A veces, Suzy estacionaba su coche y caminaba hasta lo que había sido, en la década de los veinte, el Salón Social La Swastika.

Un año después de casada, en 1942, nació el hijo de Suzy, Albert, el 20 de junio. Por este nacimiento, Paul le regaló a su esposa un prendedor de brillantes, comprado en la joyería más prestigiada de la ciudad, La Perla, en la calle de Madero. Con los señores Dienner los políticos compraban las joyas más caras y exclusivas del mercado. Para no caer en confusiones con los regalos de su respectiva amante (movida) del momento, terminaban comprándole la misma joya a su esposa oficial. Lo mismo sucedía con la adquisición de las pieles.

Andando el tiempo, Suzy era cada vez más invitada, primero a las reuniones de la comunidad sefaradí, y después a los eventos de la sociedad mexicana. Fue así que empezó a conocer a algunas de las señoras que se encontraban fotografiadas en el libro del duque de Otranto: *Los trescientos y algunos más...*, forrado en terciopelo rojo y cuya primera página estaba dedicada a la primera dama, doña Beatriz Velasco de Alemán.

Nuestro propósito ha sido, y ojalá lo hayamos logrado, poner de relieve, con esta obra, el ejemplo de las personas, quienes haciendo el honor a sus antecedentes, han mantenido incólume el prestigio, y limpia la fama, que no es de la exclusiva propiedad de nadie, puesto que algún día será la herencia de nuestro hijos, con el objeto de que ellos continúen la obra solidaria de la civilización en marcha nunca interrumpida de la familia humana, que va hacia su origen, hacia la eternidad, se lee en el prólogo de esta obra *indispensable* para conocer *quién es quién* en la alta burguesía mexicana durante el alemanismo. Por más que Paul Antebi le suplicó al autor que incluyera la fotografía de Suzy, no lo convenció. «Para la siguiente edición, con mucho gusto», le dijo el cronista de sociales de la manera más educada, a sabiendas que no habría jamás una segunda edición.

Esta exclusión dejó totalmente sin cuidado a Suzy. Al contrario, lo festejó. Para ella no había reuniones más aburridas y provincianas que las organizadas por esas damas tan *apretadas*, tan chismosas y cuyas vidas resultaban totalmente estériles. «Me divierto mucho más en las reuniones que organiza mi amigo Blumi en el Ciro's, en los cocteles de las embajadas y en mis tardes de *bridge*», le comentaba a su marido. Paul le daba la razón, y él también procuraba evitar este tipo de reuniones sociales. Sin embargo, en el fondo, le gustaba que su mujer saliera retratada en los diarios en todo tipo de eventos. Tener una esposa tan guapa, bien vestida y solicitada, le daba estatus, lo cual era bueno para sus negocios.

Pero una cosa era la señora Suzy de Antebi, quien solía gastar veinticinco mil pesos mensuales con el diseñador francés, Henri de Chatillon, y otra, Suzy Avramow, quien llegó a la ciudad de México en 1941, de Bulgaria, en plena guerra con una pequeña valija con muy pocas prendas de vestir de medio uso. Había algo que no embonaba con su aparente vida resuelta y en *technicolor*, y que en su fuero interno le provocaba un terrible vacío. En esa época, Paul empezó a viajar aún más que de costumbre. El marido atento y comedido que la recibió en México se transformó de repente en una persona distante. ¿Cómo había sido posible tal cambio? ¿Fue culpa de Suzy? ¿Se equivocó en algo? ¿Había algún código no escrito en aquel país que la recibía con tanto afecto y que ella, sin darse cuenta, había roto?

Todo empezó desde que se convirtió en madre. Después de que tuvieron a sus hijos, su marido había cambiado mucho: ya no era cariñoso y cada vez se mostraba menos atento con Suzy. Lo extraño era que había sido precisamente Paul el que insistió en tener descendencia lo más pronto posible. Suzy deseaba complacerlo y, además, en el fondo, a ella también la ilusionaba la posibilidad de ser madre. Pensaba en su familia en Bulgaria, en su madre, y en cómo muy pronto ella misma estaría a cargo de formar su propia familia. Se preguntaba qué pensaría su mamá al respecto. Si estuviera allí con ella, seguro estaría emocionadísima y, como buena madre sefardí, la estaría llenando de consejos, leyendo juntas el poema *Eshet jail*, que en español se traduciría como *Una mujer valiosa*, donde se alaba la maternidad, el respeto por los padres y la íntima relación entre las madres y Dios.

Qué falta le hacía en esos momentos su mamá. A su pesar, Suzy reconoció que se hubiera sentido más tranquila y apoyada con su madre cerca. Las cosas habían cambiado tanto desde su llegada a México, y su marido se había ido transformando poco a poco en un hombre desconocido. Se irritaba por cualquier tontería y, de vez en cuando, entre gritos e insultos, le recordaba el que no hubiera sido virgen, o bien, le echaba en cara sus modestos orígenes. Le recordaba, además, el hecho de que el padre de Suzy no los hubiera apoyado ni los tomara en cuenta para nada.

El permanente mal humor de su marido se le había filtrado al corazón de Suzy. Ya no jugaba con sus dos hijos pequeños, al contrario, la irritaban sobremanera. La institutriz y el resto del personal la sacaban de quicio con sus chismes y sus constantes quejas. Estaba cansada de jugar el papel de la perfecta *maîtresse de maison*, esposa del rico industrial Paul Antebi. Necesitaba amor, ternura y mucha comprensión. Alguien con quien hablar, a quien contarle sus cosas y compartir sus melancolías y miedos. Empezó entonces a masturbarse como solía hacerlo en Bulgaria, y a soñar con un amante. Al principio, mientras se masturbaba, se le venían a la cabeza imágenes de Hersch, su novio polaco. Sin embargo, últimamente, no era el pasado el que animaba sus fantasías, sino el presente: últimamente, cada vez con mayor frecuencia, se le aparecía el rostro del *beau* Robert, como llamaban al bello Robert Gilly, el mejor amigo de Paul Antebi.

7

Más que la decoración lo que importaba en el Ciro's era la asistencia. Era un lugar para ver y ser visto. Se decía que era el primer centro nocturno alfombrado, porque la gente vestía de gala para ir a Ciro's. Se ponían sus joyas. Salían retratados en los periódicos. Hablaban de ellos. Se mezclaban con los llamados *internacionales*. Los hombres iban de *smoking*, y ellas, de largo y de vestido de coctel. No era obligatorio, pero sí muy bien visto. La gente empezaba a llegar a las diez de la noche. Se bailaba. Y se cenaba. Se comía rico. Se bebía vinos de cosecha. Se discutía sobre los últimos chismes de la temporada. Tocaba la orquesta Everett Hoagland. Se tocaba *blues*, música lenta, suave. Romántica. Bailaban las señoras *cheek to cheek*.

El Ciro's tenía también una zona privada: el Champagne Room. Un sitio exclusivo, centro de la *crème de la crème* de la sociedad mexicana, donde se reproducían los murales de Diego Rivera, su época de los alcatraces. Una indígena desnuda con una canasta gigante llena de alcatraces. Allí había una cantante chilena, Malú Gatica. Alfred C. Blumenthal, el dueño del lugar, conocido por todos como Blumy, la trajo a cantar a su centro nocturno, aunque tiempo después, Malú se fue a Hollywood de sirvienta. Interpretaba canciones románticas y cantaba en francés. Con una voz muy chiquita. Era guapa. Ella comentaba que pertenecía a una familia de alta alcurnia de Chile.

Uno de los personajes más relevantes era Rico Pani, el derrochador hijo del dueño del hotel Reforma. En muchas ocasiones, Rico cerraba el Champagne Room para fiestas particulares. La familia Pani, propietaria del hotel Reforma, el mejor hotel de la ciudad en su momento, había ofrecido la operación a Blumenthal, quien operaba como director general el Ciro's y sus servicios complementarios: bares, *cabarets*, todo. El hotel Reforma pertenecía a Blumy en arrendamiento bajo contrato.

«Oye, Blumy, todo lo que se tome en este momento corre por mi cuenta», ordenaba Rico Pani. En respuesta, Blumy lo adulaba, lo atendía, lo utilizaba. Quería quedar bien con él y era perfecto para sus objetivos, independientemente de que el gigantesco gasto que hacía se deducía de la renta del hotel.

Blumy era judío, de baja estatura, no manejaba bien los cubiertos, medio ignorante, no tomaba partido en términos políticos, corriente, tenía un cutis con acné, ojos chiquitos, nariz grande, mal vestido. Siempre usaba corbatas, pero de mal gusto, gruesas, blancas, con rombos, medio nacaradas. Usaba el saco blanco del *smoking*. Era corriente, sin embargo, sabía perfectamente con quién quedar bien y tenía un extraordinario sentido del humor. Además, sabía muy bien quién era quién. Quién ostentaba. Quién olía a dinero. Hacía la barba a los VIP. Quedaba bien. Blumy era discreto, inteligente, seco, sabía secretos, conocía vidas privadas, *des histoires*, como dicen los franceses. Sabía que Pedro Corcuera en realidad se llamaba Pedro Loizaga y que había heredado la apostura de su abuelo, un gran abogado hispano que se hiciera de enorme clientela en Guadalajara. Sabía que el apellido Corcuera, vasco, venía de su madre. Sabía que en el país Vasco había ferreterías y negocios de venta de chatarra que se llamaban Casa Corcuera. Sabía el nombre personal de las secretarias privadas de los ministros. Sabía el cumpleaños de sus clientes más asiduos. Sabía a cuánto ascendían sus cuentas bancarias. Sabía quién podía y no podía pagar las cuentas del Ciro's. Sabía quién debía sus consumos. Sabía quién era amante de quién, quién se acostaba con quién, quién tenía casa chica, quién era amigo de Miguel Alemán, quién tenía un origen turbio y quién estaba en la lista del FBI. Sabía quién era hija o hijo natural. Sabía los verdaderos orígenes de la fortuna de los Béistegui. Sabía qué matrimonio se llevaba bien. Qué marido le pegaba a su mujer. Cuánto les había costado su residencia en Acapulco. Sabía quién de todos los secretarios, con y sin cartera, compraba abrigos de pieles para sus amantes. Sabía a cuánto ascendían las herencias. Sabía a quién de todos sus clientes había que retratar para que salieran en los periódicos y a quién no. Sabía a quién darle una buena mesa. Sabía a quién ofrecerle vino importado y a quién darle vino del país. Sabía quién era judío y quién lo negaba. Sabía quién era espía y quién lo negaba. Sabía quién era aristócrata y quién era un farsante. Sabía quién era homosexual. Sabía quién consumía cocaína. Sabía qué número de caballo ganaría en las carreras de cualquier domingo. Sabía de los amores platónicos. Sabía quién se pintaba el pelo y quién usaba peluquín. Sabía de los amores de Miguel Alemán y de las tristezas de doña Beatriz. Sabía a quién había que fiarle y a quién no. Sabía quién era influyente de verdad, y quién un charlatán. Sabía a quién mirar de frente y a quién no confrontar. Sabía a quién servirle, por cortesía de la casa, *champagne* o sidra. Sabía quién se había peleado a golpes con quién y la razón. Sabía cuántos años tenía la chica que vendía los puros y los cigarrillos. Sabía qué joyas eran buenas, y cuáles, falsas. Sabía que Nika Rothschild no pertenecía a la familia de los banqueros Rothschild de Francia, sino que era rica y normalmente fea, como escribiera Agustín Barrios Gómez, su gran amigo y su alumno en el *savoir faire*. Sabía quién se había operado la nariz y el rostro. Sabía quién era franquista, stalinista, nazista, alemanista, comunista y corcuerista. Sabía quién era dueño de su propiedad y quién la tenía hipotecada. Sabía a quién le iba bien en los negocios y quién estaba a punto de quebrar. Sabía la vida privada de la aristocracia mexicana, de los diplomáticos, de los políticos, de los financieros, de las niñas bien, de los nobles en decadencia, de los millonarios, de los corruptos, de los avilacamachistas, y de los periodistas. Sabía quién era lambiscón. Sabía quiénes dejaban buenas propinas y quiénes eran los clientes tacaños. Sabía quién de todos sus clientes habría tenido intenciones de quedarse a dormir en el hotel Reforma. Sabía invertir el menos tiempo posible en hacer una reservación de una habitación con cama matrimonial. Sabía si sus huéspedes se bañaban en regadera o en tina. Sabía si alguno de ellos padecía de insomnio. Sabía el nombre verdadero del Raffles. Sabía como se llamaba la abuelita de Miguel Alemán. Sabía qué marca de automóvil tenía cada uno de sus clientes. Sabía quién de sus clientes tenía su fortuna en bancos Suizos. Sabía quién de todas las familias de sus paisanos habían pasado por el campo de concentración. Sabía quién de ellos tenía tatuado, en el antebrazo izquierdo, su número de identidad. Sabía quién de todos sus huéspedes dormía con o sin piyama. Sabía cuántas Coca-Cola se vendían en el país. Sabía que cuando llegó a México, en la ciudad había 1,757,530 habitantes. Sabía que llegaba, tal como lo había sugerido Alfonso Reyes, «a la región más transparente del aire». Sabía que gracias a que Miguel Alemán «chorreaba encanto» y que «siempre andaba sonriendo», eso traería más turistas a México, uno de los objetivos del hotel Reforma. Sabía que María Félix se había construido un pasadizo subterráneo desde su casa de Polanco hasta la residencia oficial de Los Pinos. Sabía que su presidente, que no Truman, es decir Miguel Alemán, estaba enamoradísimo de la bellísima brasileña Leonora Amar con la que se paseaba por los aeropuertos de todo el mundo. Sabía que Miguel Alemán se quería reelegir. Sabía que Jorge Pasquel era un gran contrabandista. Sabía que gracias al gobierno alemanista, tenía permiso de entrarle a la *mordida*. Sabía que aunque habitados por iguanas y víboras de cascabel, había que comprar algunos terrenitos en el nuevo fraccionamiento del Pedregal de San Ángel. Sabía que de alguna manera él también estaba *haciendo patria* al fomentar, gracias al hotel Reforma, el turismo en México. Sabía que había que invertir en Acapulco, que allí había que tener muchos negocios, para poder comprar muchas playas. Sabía que Alemán pensaba en millones. Sabía que en este país se podía expropiar cualquier extensión de tierra, sin la menor dificultad. Sabía que aquí se podían comprar los jueces. Sabía que aquí no funcionaba la libertad de expresión y que todos los diarios del país estaban coptados por el gobierno. Sabía que en Tijuana o en Ciudad Juárez o Temixco, uno se podía divorciar pagando dos pesos. Sabía que el regente de la ciudad, Fernando Casas Alemán, quería ser presidente de la República. Sabía que vivía en un país donde la mentira era institucional. Sabía que en este país se podía comprar un acta de nacimiento en menos de diez minutos. De los artistas de Hollywood, también sabía todo acerca de sus vidas. Sabía que Linda Christian tenía un padrastro mexicano muy importante. Sabía que Marlene Dietrich fue el primer caso de anorexia. Sabía que Cary Grant era bisexual. Sabía que cuando Van Johnson vino a México se enamoró de una niña bien mexicana. Sabía que Orson Welles se había enamorado de Dolores del Río cuando el actor tenía once años. Sabía que la mamá de Dolores del Río había funcionado como alcahueta entre Welles y ella. Sabía que el actor de *Citizen Kane* le había regalado a la actriz mexicana cuatro docenas de camisones de seda pura y hechos a mano. Sabía también que Dolores del Río nunca se ponía dos veces el mismo vestido, también los amoríos de la actriz con el matador de toros español, Gallito.

Blumy hablaba inglés, francés, español e italiano. No bebía, ni fumaba. No tenía vicios. Rutinario. Muy trabajador. Se fijaba en todos los detalles. A cuarenta metros veía un cenicero sucio. Estaba al tanto de los gustos de las personas, las mesas que les gustaban, qué preferían comer, quién estaba peleado con quién para no mezclarlos. Conocía los gustos y las fobias de la gente. El *who is who*. Presentaba las mujeres más bellas a los hombres mexicanos más importantes. Era el *conseguidor*, pero de categoría, aunque también conocía a muchas *gold diggers*, buscadoras de oro.

Blumy nunca hablaba de su persona, aunque todos sabían que era protegido de Miguel Alemán. No se le veía andando con señoras, pero era amigo de mujeres muy bellas y ejercía una gran influencia sobre ellas. Ser amigo de Blumy, en esa época, era muy importante. Tener acceso a la mejor mesa en el Ciro's podía arreglar los negocios más jugosos del mundo.

8

Hermana kerida:

Muero de remordimiento por no haberte escrito desde que llegué a este país. Te pienso y te extraño todos los días. México es un país muy extraño, así como le abren las puertas a los judíos que vienen huyendo de la guerra, hay muchos mexicanos que simpatizan con los nazis. Bien a bien, no acaban de entender lo que está pasando en Europa con la Segunda Guerra Mundial.

Estar casada tiene sus ventajas, pero también sus desventajas. No me gusta que me griten, que me insulten, que me den órdenes, que me hagan sentir tonta; no me gusta ser la señora de Antebi, ni de nadie, no soy una propiedad. Me gusta ser Shoshanna a secas. No me gusta tener que estar en la casa antes de que llegue el señor. No me gusta que Paul me pregunte qué hice todo el día y no me gusta que lea el periódico frente a mis narices durante el desayuno. Odio tener que pedirle dinero hasta para comprarme un chocolate. Y odio no poder contarle mis inseguridades y miedos. «Tu exagères, ma chérie!», *me dice todo el tiempo. El que exagera es él, por no escucharme y preguntarme por qué me siento triste o qué es lo que me pasa. Sí, Matilde, hermana kerida, extraño la libertad que vivía intensamente en Sofía antes de la guerra. Pero lo que más extraño de todo es a Herschel. No sé si has insistido en llamar al número de teléfono que te di antes de venir a México. Como sabes, es de la tía de Herschel que vive en Varsovia y está casada con un hombre con muchas influencias nazis. Otra opción podría ser que le pidas por favor a tu amigo que toca piano en un bar que por favor vaya a las oficinas del Consejo Judío, encargado de llevar el registro de los que están encerrados en el gueto y que busque si en sus listas aparece el nombre de Herschel Chartorisky. Dime que no estoy loca, hermana, y que es normal, en plena guerra, querer saber si mi novio polaco está vivo o no. Dime que reacciono como cualquier chica preocupada por tener noticias de él. Y dime que no pierda las esperanzas de reencontrarme con el amor de mi vida.*

Ay, hermana kerida, a veces me siento tan triste como no te puedes imaginar. No tienes una idea de cómo extraño nuestras pláticas y nuestras carcajadas, nuestras idas a los conciertos y a ver viejas películas rusas. Hay días en que extraño todo, hasta los cafés y sus terrazas donde tomábamos chocolate vienés con mucha crema chantilly. *¿Te acuerdas? Y, claro, extraño a mi madre y su maravilloso* gyuvech. *¿Qué daría porque estuvieras aquí conmigo? Mientras tanto, recibe todo mi cariño, mi nostalgia, mi tristeza y mi corazón.*

Tu hermana que te adora,
Shoshanna

9

La primera vez que se vieron solos Suzy y Robert fue en la terraza del hotel Majestic. A pesar de que ambos convivían desde hacía algunos años en fiestas, comidas y reuniones sociales muy diversas, nunca antes se habían dado cita para encontrarse *tête à tête*. No es que antes no hubiera hablado con Robert miles de veces, pero cuando lo hacía era porque quería hablar con Paul o para ponerse de acuerdo para ir los dos matrimonios juntos a una fiesta. Para Suzy reconocer la voz de Robert era más que suficiente. Se hubiera dicho que en esos instantes rejuvenecía diez años. Se sonrojaba. Se alisaba el pelo con las manos. Le brillaban los ojos. Cambiaba el timbre de su voz. Hablaba quedito. Subía la voz. Se contradecía. Hablaba en inglés, francés y en español. Tartamudeaba. Se reía. Y se despedía como si nada. Con esta misma emoción había recibido, la semana pasada, la llamada de Robert: «Tú pon el día, el lugar y la hora. Yo pongo lo demás...».

Es verdad que la propuesta la tomó por sorpresa, sin embargo, se sobrepuso:

—El próximo jueves a las cinco de la tarde, en la terraza del Majestic —dijo con un tono sumamente mundano.

—Era Agustín Barrios Gómez. Nos vamos a ver para tomar un café —le comentó a su marido, la gran actriz Susana Avramow.

Paul sólo encogió los hombros, sin preguntar nada. Últimamente parecía más lejano que nunca, como si en su cabeza volaran incansables pensamientos que no se atrevía, o no le daba la gana, compartir con su esposa.

La elección del lugar no fue casual. Siempre que paseaba a turistas por el Centro Histórico, Suzy invariablemente los llevaba a comer o a tomar una taza de té a la terraza del hotel Majestic. Pensaba que desde allí se apreciaba una de las vistas más espectaculares de la ciudad. El hecho de que el encuentro se diera en un sitio turístico y abierto para todo público, le quitaba la posibilidad de una mala interpretación en el caso de toparse con alguien conocido. Si efectivamente llegara a suceder esta circunstancia, el encuentro casual no sería de ningún modo tergiversado. Al contrario. En ese contexto, encontrarse a Suzy y a Robert como dos buenos amigos hubiera parecido totalmente normal. Si el compromiso se hubiera fijado en un bar o en un cafecito desconocido, entonces sí hubiera provocado todo tipo de rumores.

Suzy fue la primera en llegar. En su reloj Vacheron Constantin faltaban dos minutos para las cinco de la tarde. Estaba guapísima. Muy temprano en la mañana había ido a la clínica Elizabeth Arden, ubicada en avenida Juárez y Alameda. Hacía apenas un mes que la acababan de inaugurar, gracias a la bendición personal del Excelentísimo Reverendo Señor Arzobispo de México, doctor don Luis María Martínez. Cuando telefoneó para hacer la cita con la dermatóloga Anita de Benavides, enviada desde la casa matriz en Nueva York, ésta le recomendó hacerse el nuevo tratamiento facial *firmo lift*. Mientras una de las encargadas, la señorita Lourdes Vallejo, le colocaba la crema especial para dilatar los poros y le platicaba de «este sensacional hallazgo», Suzy pensaba en su *rendez-vous*.

«¿Qué me pongo?», era una de sus dudas diarias y constantes. Tenía tanta ropa que a veces terminaba usando la más demodé con tal de no seguir atormentándose ante la incertidumbre.

Era tal su afán por verse bien arreglada, por ser aceptada, por ser admirada y envidiada por sus amigas, que en varias ocasiones tendía a exagerar en su arreglo. «Será dizque la "mejor vestida de México", pero a veces es cursísima»; «Lo que no me gusta de Suzy es que siempre está *overdressed*»; «Para mí que se arregla como la típica judía, siempre lleva demasiadas joyas, pieles. Además, se maquilla exageradamente», comentaban algunas de sus conocidas. Dijeran lo que dijeran, ninguna de ellas podía negarle a Suzy su porte tan chic y su gran habilidad para sacarse el mejor de los partidos. Lugar al que iba, lugar en el que llamaba la atención, ya fuera por sus *ensembles* o por sus accesorios siempre originales y de buen gusto.

No hay duda que para esa cita tan especial, necesitaba una *toilette* fuera de lo común. Tenía que ser discreta, pero atrevida a la vez. Clásica, pero juvenil. Sencilla, pero no tanto. Muy femenina, pero sin exagerar. Muy de moda, pero sin ser estrafalaria. Sofisticada, pero sin ser demasiado lujosa. Quería verse como una señora muy elegante, aunque teniendo el cuidado en no *aseñorarse* demasiado.

«¿Qué me pongo?», se volvió a preguntar con cierta ansiedad. «Si sigue el día así de bonito como cuando salí de la casa, podría ponerme el saquito de piqué blanco, con la falda negra de gabardina. O bien, mi *robe manteau* azul marino con botones dorados. ¿Y si pasara de volada a la *boutique* Vogue para ver qué les ha llegado?».

Suzy tenía una relación muy especial respecto a las cosas materiales. En su muy personal lista de prioridades ponía en el mismo lugar las ganas de amar, con sus deseos de poseer. Sin darse cuenta vinculaba todos sus estados de ánimo con el dinero. Cuando estaba deprimida, sentía una imperiosa compulsión por comprar y comprar. Pero lo mismo le sucedía cuando estaba contenta. En este caso era su euforia lo que la llevaba a consumir compulsivamente. Pensaba que, al embellecer su físico, de alguna manera, embellecía sus sentimientos. Así como Suzy estaba ávida de amor, lo estaba también en relación con sus apetitos extravagantes de lujo. He allí uno de sus peores pecados, su extremado narcisismo fomentado por su inseguridad. «Sí, sí, saliendo de aquí me voy corriendo a Vogue y me compro un vestido precioso. Tengo que estrenar. Estrenar siempre trae buena suerte...».

Sumida como estaba en sus múltiples cavilaciones, de repente vino a saludarla una señora que la había reconocido a pesar de su mascarilla de algas marinas y de la toalla en forma de turbante que tenía alrededor de la cabeza.

—Suzy, ¿cómo estás? —le preguntó Jessica de Campero, con su bata blanca y el rostro cubierto de un ungüento azul turquesa— ¿Irás esta noche a la recepción que les ofrecen a los condes de Orlowski?

Curiosamente, en esa ocasión Suzy no estaba invitada.

—Me invitaron. Pero no puedo ir. Paul y yo tenemos otro compromiso—dijo con tal aplomo que parecía absolutamente verdad lo que acababa de afirmar. Dos mentiras dichas en tan sólo sesenta segundos. Últimamente mentía con una facilidad apabullante. Bastaba con que su marido le preguntara en dónde había estado por la tarde para que respondiera: «en mis clases de *bridge*», cuando en realidad había ido al cine con Robert. Lo mismo sucedía cuando contestaba el teléfono, especialmente en esas últimas semanas. En varias ocasiones había sonado el aparato, después de las diez de la noche. «Era Miroslava Stern. Quería saber el número de teléfono de la costurera», le decía a su marido. O bien inventaba que la llamada había sido para la institutriz Melle Mann, siendo que había sido Robert simplemente para decirle, muy rapidito, algo como: «*Bonsoir jolie madame*».

Suzy se despidió de la señora Campero, no sin antes advertir de un vistazo, y con un ligero dejo de envidia, la bolsa de cocodrilo Hermès que tenía su conocida a los pies del camastro. «Nos llamamos», exclamaron las dos al mismo tiempo, sabiendo perfectamente que no lo harían nunca. En el fondo no se simpatizaban. Jessica no le tenía ninguna confianza a las llamadas internacionales y, por añadidura, judías. Por su parte, Suzy encontraba a la señora Campero aburrida y tontísima.

«Espero que le haya gustado nuestro tratamiento *firmo lift*. ¿Sabe usted? Es un método integral de belleza y de salud para la mujer. Ya verá que los resultados, además de maravillosos, son inmediatos. Aquí la esperamos, *madame* Antebi. Muchas gracias por su visita», decía de una forma sumamente profesional Anita de Benavides mientras acompañaba a Suzy a la puerta. En la parte superior izquierda de su bata rosa, aparecía su nombre bordado, antecedido de *Docteur en Dermatologie*.

Al salir Suzy de la clínica, el cielo se había cubierto. «¡Qué barbaridad! En un dos por tres tengo que pasar a la *boutique* Vogue. Espero que me dé tiempo...», se dijo con cierto nerviosismo en tanto se encaminaba hacia Madero. Estaba a punto de llegar a la esquina de San Juan de Letrán cuando, súbitamente, salió a su encuentro un joven. ¡Clic!, hizo su cámara fotográfica. «*Merde*!», exclamó Suzy molesta. Con un gesto rápido, tomó el cartoncito que le ofreció el fotógrafo para que fuera a buscar, dentro de tres días, su foto. «Desmaquillada como estoy, seguramente voy a salir horrible», pensó cuando atravesaba la avenida.

—Suzy, Suzy. —Escuchó que la llamaban por la espalda. Era el ingeniero Teodoro Amerlink, vestido muy elegantemente con traje de gis blanco y sombrero gris Oxford. Sobre sus zapatos llevaba sus eternas polainas—. ¡Qué gusto de verte! Justamente les íbamos a telefonear para que tú y Paul vengan a una cena que vamos a dar por el Año Nuevo chino. Mi mujer ya compró los palillos chinos. Ya tenemos el menú: sopa de gallina con hongos, cuya receta nos dio la hija de los embajadores de China, arroz frito *sub gum* con té de la China, pollo frito a lo chino, ensalada de verduras Shanghái, dulce de cacahuate y la rosca de Reyes. Vine a ver cómo va la construcción de la Torre Latinoamericana. Desafortunadamente todavía nos falta mucho. Apenas está el *esqueleto*. ¿Sabías que será la torre más alta de México? Va a tener 44 pisos, una torre de radio-televisión, un mirador, un acuario y muchas oficinas.

El presidente de la Compañía de Fianzas la Latonal, consejero de importantes empresas, no dejaba de hablar. Para colmo, tartamudeaba. Dos veces tuvo Suzy que ver su reloj para darle a entender que llevaba un poco de prisa.

—Dile a Josefina que me llame y con mucho gusto vamos —dijo para interrumpirlo de una forma que no se viera tan grosera. En seguida, se despidieron.

Suzy caminaba con prisa. A la altura de la iglesia de san Francisco atravesó Madero. Nunca lo hubiera hecho. En ese momento salía Mimí del brazo de la doctora Chapa, del Sanborns de los Azulejos.

—Suzy, ¿cómo estás? ¿Ya conocías a la doctora Esther Chapa, ¿verdad? —le preguntó refiriéndose a la intelectual de izquierda y gran luchadora desde los años treinta en pro del voto de la mujer—. ¿A dónde vas con tanta prisa? ¿Cómo está tu marido? ¡Qué bueno! Oye, ¿de casualidad no te sobrarán dos boletitos para el concierto de Claudio Arrau en Bellas Artes? Va a tocar con la Sinfónica dirigida por José Yves Limantour. Dicen que va a estar precioso.

Suzy le dijo que no tenía boletos ni para ella.

— ¿Por qué no le llamas a tu amigo, Carlos Denegri, seguro él te los puede conseguir? —le propuso Mimí antes de despedirse a la carrera.

—Suzy es judía. Su marido es mi-llo-na-rio, pero también es judío. Pobres, si vieras que en el fondo me dan lástima. ¡Vete tú a saber cuántos de sus familiares se han de haber muerto durante la guerra! Tiene razón. Le voy a llamar a Carlos Denegri. Seguro él, con sus relaciones tan importantes, puede conseguirme boletos para Bellas Artes. Por cierto, ¿leíste su última columna?

A pesar de que Mimí y la doctora Chapa atravesaban la calle San Juan de Letrán repleta de coches que iban y venían, la señora Carmona no dejaba de hablar y de hablar y de hablar.

Estaba Suzy a punto de poner un pie en Madero 20, cuando de repente se topó con Margot Pagliai. «¡Qué milagro! ¿Cómo estás, Suzy? ¡Estás delgadísima! Acabo de llegar de Acapulco. No sabes cómo nos quedó la casa de bonita. Es igualita a la de *Gone with the wind.* Bruno está feliz. Oye, a propósito, contamos contigo y con Paul para la inauguración, ¿verdad? Quiero que sea una gran *party*. Yo te llamo sin falta».

A Suzy le dio mucho gusto encontrarse a la señora Pagliai, pero más complacida se sintió al saber que los invitarían a la *soirée*. Sin duda, sería espectacular. Doreen Feng, su amiga china, ya le había contado que tenían, en su nueva mansión de Acapulco, una colección de magníficas pinturas europeas, tanto renacentistas como del pincel de artistas contemporáneos.

«Ojalá que inviten también a los Gilly», pensó al penetrar en los grandes salones de la *boutique*.

—Suzy, ¿cómo estás? ¡Qué bueno que viniste! Nos acaba de llegar ropa nueva. Está divina. Muy chic. ¿Necesitas un vestido para el coctel de Maruca Palomino? —le preguntó Lupita Arenas con su voz ronca tan característica.

—Más bien necesito algo menos informal —le dijo Suzy mientras ambas se encaminaban hacia donde se encontraba la ropa de las últimas colecciones.

—Mira estas blusas de seda con estos *prints* tan bonitos —le decía Lupita vestida toda de negro y luciendo un collar de perlas de tres hilos, maravilloso. La señorita Arena tenía un tipo tan aristocrático que daba pena verla convertida en una vendedora de ropa para señoras ricas. Lupita era una niña bien de cincuenta años, soltera, y una fumadora empedernida. Para muchas señoras, Lupita era todo un verdadero enigma, no se explicaban por qué nunca se había casado y por qué vivía sola en el hotel Ritz. Se decía que había sido la *petite amie* de Frida Kahlo, cuando muy jóvenes trabajaron juntas como empleadas de la joyería La Perla. Tener como clienta a la señora Antebi era un privilegio para cualquier establecimiento comercial. De ahí que siempre fuera tratada con muchas consideraciones.

—No sabes la prisa que tengo. Quiero algo no muy formal. Para una cita muy especial. —Iba a agregar algo más, pero no se atrevió.

—¿Te parece bien un *petit tailleur*? ¿Cómo ves este traje sastre? —le preguntó a la vez que descolgó un traje en casimir inglés—. Mira este diseño de mascota con sus vivos en rojo. ¿Verdad que hace un contraste precioso? Es una creación de Marcel Bloch que nos acaba de llegar de París. Es el que usó Rebeca Iturbide en nuestro desfile de moda otoño-invierno —comentaba Lupita entre fumada y fumada a su cigarrillo Camel.

Suzy sabía que el diseñador era el mismo que había hecho los vestidos de María Félix para la película *Doña Diabla*. Bloch vestía a las artistas de Hollywood, tener uno de sus vestidos era una garantía de elegancia y distinción indiscutible. No lo pensó dos veces. Se lo probó. Le quedó justo. Se lo compró. En el momento de firmar la nota en la caja, se acercó la vendedora corriendo.

—Suzy, aquí tienes el sombrero que va con el traje. Es de antílope color rojo. Lo fui a buscar a la bodega. También nos acaba de llegar. Te vas a ver guapísima.

Suzy lo tomó entre sus manos enguantadas y lo examinó. Lo que más le gustó del sombrero fue el velito negro chispeado con lunares negros. No acababa de acomodarse el velo frente al espejo que cubría una de las grandes columnas de la *boutique*, cuando Lupita exclamó:

—Ay, Suzy, te ves adorable. Pareces de figurín. Y eso que no estás maquillada, ¿eh? Te queda precioso. Ya ves que yo nunca halago mucho. Pero eso sí, siempre digo la verdad. Te ves guapísima.

Tenía razón la señorita Arena. El color frambuesa, además de darle mucha luz al rostro de Suzy, la hacía verse particularmente femenina. «¿Se lo ponemos también en su cuenta, ¿verdad?», le preguntó la cajera con una mirada cómplice.

—Muchas gracias, Lupita. Eres un ángel. ¿A ver qué día nos vamos a tomar un café? —le propuso, como siempre lo hacía, a pesar de que nunca se llegaba a concretar la invitación.

En tanto Suzy firmaba los dos recibos, Lupita, en un pequeño cubículo cerca de la caja, metía el traje sastre en una caja grande de cartón, envuelto en papel de China. El sombrerito iría en su sombrerera, en donde se leía Vogue con grandes letras doradas.

—Oye, Suzy, ¿no prefieres que te mandemos tus compras a tu casa? —preguntó la empleada.

—Ay, no. Mejor yo me lo llevo —respondió Suzy un poco agitada.

—Como tú quieras. Bueno, pues aquí tienes tu *shopping*. *Enjoy it* —le dijo Lupita con una sonrisa muy misteriosa al mismo tiempo que le entregaba las dos cajas. A pesar de que Suzy se dio cuenta del tono con que Lupita le había hecho esa recomendación tan a la gringa, no quiso darle importancia. Tenía demasiada prisa. Tomó las dos cajas. Se despidió de ella de beso y dio la media vuelta.

Lupita la observaba detenidamente mientras se dirigía hacia la puerta de la salida. Quién sabe en qué pensaba. Por su parte, la cajera abrió la carpeta de su contabilidad. Buscó el nombre de Suzy de Antebi y en seguida introdujo, en el compartimiento que le correspondía, los dos recibos recién firmados, junto con otros que esperaban su liquidación desde hacía varios meses. Para ese momento, el total de la señora «mejor vestida de México» ascendía a nueve mil ochocientos veinticuatro pesos.

Cuando Suzy llegó a la avenida Juárez, para esa hora de la mañana ya estaba llena de gente que iba y venía. A pesar de lo estorboso que le resultaba llevar esas dos cajas de cartón en las manos, sus pasos eran rápidos y firmes. En la banqueta por la que caminaba se veían algunos boleros dando grasa a zapatos de señores vestidos con trajes muy formales, con el riguroso sombrero de la Casa Tardan, que mientras tanto leían el periódico. «Ese señor se parece a Arturo de Córdova. *Il n'est pas mal*», pensó Suzy al mirar a un hombre de bigotito quien también la miró.

—Señora Antebi, mis respetos. —Escuchó que decía, a sus espaldas, un hombre bajito, completamente calvo, a la vez que se retiraba su sombrero con un gesto muy ceremonioso. Llevaba un traje de solapas muy anchas y una corbata anchísima de rombos negros y dorados.

—Ay, señor Vogler, me asustó.

—Discúlpeme, señora, no era mi intención. Iba usted muy pensativa —dijo Otto Vogler, engolando la voz, con un fuerte acento alemán—. El otro día le telefoneé para avisarle que ya estaba listo su prendedor de brillantes que me mandó a hacer. ¿Acaso no le dieron el recado?

Suzy se puso nerviosa. Había algo en la personalidad del alemán que la disgustaba enormemente.

—Claro que sí, señor Vogler. Prometo pasar a verlo la próxima semana. Discúlpeme, pero en estos momentos llevo mucha prisa. —Al despedirse, el señor Vogler, hizo una caravana un poco ridícula.

"¡Qué barbaridad!, ya se me había olvidado por completo lo del prendedor. Espero que no me salga muy caro. Paul odia a este señor. Según él, cuando el viejo era maestro del Colegio Alemán decían que era el *gauleiter* de Hitler. Ya me imagino todos los informes que le ha de haber reportado al psicópata durante la guerra. ¡Qué horror, no sé por qué me hice su clienta! Fue Mimí quien me lo recomendó. Paul no va a querer que le compre ni una sola joya. Y ahora, ¿qué hago? El *bridge*, el *bridge* es lo único que me puede salvar de mis deudas. Ojalá que me inviten pronto a jugar».

En todo esto pensaba Suzy en tanto se mezclaba entre los peatones. Las que se destacaban entre algunos señores con aire de notario y hombres de negocios eran las parejas acompañadas, seguramente, por la madre de la novia. Ellas vestidas de traje sastre y sombrero. Sus hijas, con tacones muy altos, presumiendo sus medias de *nylon* Van Raalte con planta y talones negros. Algunas de ellas llevaban, en las manos, bolsas de El Borceguí o de El Palacio de Hierro.

Finalmente llegó al estacionamiento del hotel Alameda. Guardó las cajas en el cofre. Bastó con que se instalara frente al volante para percatarse de cuán cansada estaba. Más que fatigada, se sentía excitada. Faltaban cuatro horas y veinte minutos para su cita. Se vio en el espejito del retrovisor. El tratamiento *firmo lift* sin duda había sido muy eficaz. Su piel se veía radiante. Poco a poquito se fue retirando los guantes. Sacó la llave del coche. Prendió el motor. Y arrancó.

10

Suzy manejaba su Packard color vino sintiéndose un poco intranquila por la hora. Era la una y cuarto de la tarde. De pronto, frenó. Estaba en alto. «Ay, qué raro, si en esta esquina no había semáforo», pensó. Tenía razón. Casas Alemán, el regente de la ciudad, acababa de instalar, sobre Juárez, varios semáforos. Eran los primeros signos de la modernidad. Aunque entonces apenas circulaban en la ciudad algo más de ochenta mil autos, en el centro, y a esas horas, la circulación ya era considerable. Despacito como iba Suzy, de pronto, advirtió a uno de sus amigos en la acera de enfrente. «Ahí va Juan Sánchez Navarro, caminando con don Manuel Gómez Morín... Tan lindo Juan, siempre tan educado. Tan seductor. El sí que sabe tratar muy bien a las mujeres. Es todo un caballero. Han de estar, seguro, conversando acerca de las próxima elecciones». A pesar de que Suzy no era muy conocedora respecto a temas políticos, de todas sus amigas era la que estaba mejor informada. «Yo no sé cómo en su país todavía no pueden votar las mujeres. Les aseguro que el día que lo logren, México será otro. En Bulgaria nos permitieron hacerlo en medio de la guerra. Y en Israel, las mujeres pueden votar desde que se creó el Estado, es decir, desde 1948. En cambio, aquí en México, la mujer no cuenta».

Desafortunadamente, Suzy nunca encontraba eco en este tipo de reflexiones. ¡Cuántas veces no intentaba, en sus reuniones de *bridge*, hablar un poco sobre la situación política en que se encontraba el mundo! Pero a ninguna de esas señoras les interesaba ni la guerra que se estaba librando en Corea, ni mucho menos los procesos de Núremberg. ¡Cuántas veces no les preguntaba a sus amigas si no encontraban a los gobiernos mexicanos demasiado corruptos e injustos en relación con la mayoría de los mexicanos! «¿Qué quieres que hagamos, Suzy, los pobres siempre han sido pobres en este país?», le decían. ¡Y cuántas veces no les preguntaba cuáles eran sus posturas en relación con la forma en que estaba gobernado el país! Pero era inútil. No había nada que hacer con las señoras burguesas de la sociedad mexicana que ni siquiera hablaban de las bodas de la aristocracia europea porque, o confundían el nombre del país, o se hacían bolas con los apellidos. Cuando les preguntó qué les había parecido la reciente boda entre Mohammad Reza Pahlavi y Soraya, una de ellas inquirió si se trataba del rey de Filipinas. Guerras o no guerras, inflaciones, devaluaciones, ellas continuaban hablando acerca de las criadas, de los chismes de la sociedad, de las casas chicas de los alemanistas y de las últimas fiestas que se habían organizado en Acapulco. Con las únicas dos amigas que podía discutir sobre temas muy diversos era con Doreen, su amiga china, y con la embajadora de los Estados Unidos, en cuyo país las mujeres votaban desde 1920.

Con el tiempo, Suzy aprendió a no opinar, a cerrar la boca y a seguir disfrutando de los privilegios que ofrecía este maravilloso país gobernado por un grupo de políticos cuya única meta era seguir incrementando sus respectivas fortunas.

Por más que le tocó el claxon de su flamante coche a Sánchez Navarro, éste no hizo caso. El joven abogado estaba muy concentrado platicando con el fundador del PAN. Hacía apenas dos semanas que Suzy había ido a buscar su coche a la

Automotriz O'Farrill, S. A., agencia que vendía, además de General Motors, Packard, Studebaker y DeSoto. «Este carro está equipado con Ultramatic», le había dicho, muy ufano, Carlitos Ávila Camacho, sobrino del dueño del establecimiento, el señor Rómulo O'Farrill. Al mismo tiempo que le entregaba las llaves con una sonrisa como de anuncio de pasta de dientes Fornhan's, comenzó a explicarle a la nueva propietaria: «Ultramatic es la caja automática más moderna que existe. Tiene ventajas extraordinarias y ningún inconveniente de otros mecanismos similares. No obstante, ser automática le da a usted el dominio absoluto de su automóvil, pudiéndose siempre enfrenar con el motor. Usted solamente acelera y el Ultramatic interpreta sus deseos».

Interpretar sus deseos, eso era precisamente lo que deseaba Suzy en esos momentos. Independientemente de sentirse halagada por el interés de Robert, ¿cuáles habían sido exactamente sus motivaciones al haber aceptado la cita? ¿Por qué había hecho todo por provocarla a sabiendas de los riesgos que corría? «*A quoi je joue*?», se preguntó con cierta gravedad. A pesar de que todo había empezado, efectivamente, como un juego, al cabo de las últimas semanas su relación había cobrado un tono de complicidad que antes no existía. «Paul, puedes viajar con absoluta confianza. En tu ausencia yo seré el chaperón de tu mujer. Yo te la cuido», le decía Robert a su mejor amigo cada vez que el señor Antebi tenía un viaje de negocios en puerta. Ése siempre había sido el tenor de sus relaciones, es decir, de absoluta camaradería. Y esa confianza, poco a poco, había crecido también en la relación entre Robert y Suzy. Su amistad se fue haciendo cada vez más afectuosa. Sus bromas eran más íntimas. Nada más ellos las entendían. Empezaron a comunicarse en clave. A cada uno de sus amigos mutuos le habían puesto un apodo que nada más ellos conocían. Cuando se encontraban entre muchas personas, se hablaban con los ojos para después morirse de la risa. «Suzy y Robert *son comme des enfants terribles*», decía la embajadora de Francia.

Cuando Paul estaba fuera de México, Suzy organizaba grupitos de amigos para ir al cine. Entre ellos siempre estaba Robert. A veces con su esposa, a veces solo. También, y siempre en grupo, iban al Ciro's, al Capri, a bailar al Patio o simplemente a jugar cartas a casa de uno de sus amigos. Poco a poco se fueron acostumbrando a estar juntos. Poco a poco se fueron contando sus secretos más íntimos. Y poco a poco se fueron haciendo cómplices de algo que ya intuían ineludible. La vez que se dieron cuenta de esto fue precisamente una noche en que fueron a escuchar a Los Churumbeles, después de una deliciosa cena en casa de Jean Sirol. Además de los Grimaldi, estaban Maruca Palomino, Óscar Obregón, madame Nika Rothschild, baronesa de Koenigswarter y su marido, Doreen y su hermano que estaba de paso en México, y Suzy, solita. «Explícale a Ivo que lo vamos a llevar a un lugar ¡único!, que acaban de inaugurar y que está de mucha moda», le decía Oscarito a la China quien, en esa ocasión, iba vestida con una túnica blanca bordada con dragones dorados y unos pantalones amarillos de seda cruda. Sus zapatos de raso eran del mismo color que su *top*, los tacones eran plateados como sus largas, largas uñas. Al agregado cultural de la Embajada de Francia no le gustó mucho la idea de ir a ese lugar. Él hubiera preferido ir a El Casanova.

Jean Sirol era asiduo cliente de El Casanova, una *boîte* muy afrancesada, chiquita y en donde no cabían más de cincuenta personas. Sin embargo, y por contradictorio que parezca, solamente dejaban a entrar a los representantes de Los trescientos y algunos más... Estaba ubicada en la calle de Génova. A las afueras del *nightclub* no había ningún anuncio luminoso, lo cual lo hacía todavía más exclusivo, ya que muy poca gente sabía de su existencia. En la entrada minúscula se encontraban dos estatuas de negritos venecianos, muy de moda en la época.

Sobre la cabeza llevaban unos penachos de plumas de avestruz, color verde agua. Sin duda era un lugar muy refinado, en donde, además de tomarse la copa, se bailaba siempre con música francesa, en una pista sumamente pequeña. La dueña de este cabaret tan privado era una judía rusa que se llamaba Marieta Sebastián. Marieta tenía sesenta años, era particularmente gorda, una anfitriona extraordinaria y amante de un joven violinista suizo que se llamaba Teddy Staufer. Marieta hablaba el francés, el inglés y el español con acento ruso. Su hija, Natasha, estaba casada con Jacques Gelman, un productor de cine, muy rico, quien con el tiempo se hizo millonario como representante de Cantinflas. Así mismo, era coleccionista, dueño de una pinacoteca extraordinaria. Desafortunadamente, El Casanova nada más funcionó en la época de la guerra. Una vez terminada, cerró sus puertas laqueadas en blanco con dorado. El que más llegó a lamentar su clausura fue Jean Sirol. De las cuatro veces por semana que tenía costumbre de salir por la noche, tres se las dedicaba a El Casanova y nada más una al Ciro's, lo cual, naturalmente, molestaba mucho a Blumy. Pero cuando más se irritó con él fue a causa de su ausencia total a lo largo de quince días. Durante esas dos semanas Patachou se presentaba en El Casanova. Sirol fue a ver a la cantante francesa todos los días. Una de esas noches tan inolvidables para Jean fue cuando la rubia interprete, lo eligió entre todos los caballeros asistentes, para sentarse sobre sus piernas y hacer lo que siempre hacía, con unas tijeritas cortarle su corbata. La mitad que le correspondía se la guardaba en el interior de su corpiño, en tanto cantaba *J'ai rendez-vous avec vous*. Jean Sirol conservó la otra mitad durante muchos años. Siempre que ponía un disco de la Patachou, buscaba lo que había quedado de su corbata.

Una vez que Los Churumbeles empezaron a cantar, Jean Sirol se puso de mejor humor. Se olvidó de El Casanova. Pero si de humores se trataba, esa noche, uno que resultaba realmente inmejorable era el de Suzy. ¡Estaba feliz! Se sentía de una forma maravillosa. Había pasado una semana en Acapulco, descansando, comiendo muchos mariscos y asoleándose. Pero, sobre todo, estaba encantada porque hacía dos días que Paul se había ido de viaje. Conforme el grupo de músicos españoles entonaban su repertorio, el ánimo de Suzy iba *in crescendo*, es decir, se elevaba de más en más. Por lo que se refiere a Robert, esa noche no se encontraba muy relajado. Suzy había hecho un comentario en casa de Sirol, que le había molestado. Durante la cena se había hablado acerca de lo que significaba realmente el tedio.

—Es una enfermedad de lujo —sentenció Oscarito.

—Es la emoción de no sentir ninguna emoción —terció Maruca.

—*Une personne qui parle lorsque vous désirez qu'elle vous écoute* —dijo Jean Sirol.

—El tedio es como el *spleen* de finales del siglo XVIII —explicó Nika Rothschild.

—Es cierto —dijo su marido, el barón de Koenigswarter, consejero de la Embajada de Francia—: el tedio es como un cansancio de la vida, es como llevar una carga demasiado pesada. Así solían describir el *spleen* en Inglaterra.

También la China quería emitir su opinión, pero no sabía en qué momento. En el fondo, Doreen era penosa. A pesar de su aparente protagonismo en las reuniones sociales, se manejaba con muy bajo perfil. Por más que no estuviera de acuerdo respecto a un tema en particular, no le gustaba imponer sus opiniones. Jamás interrumpía las conversaciones. No le gustaba discutir, ni mucho menos emitir juicios sin fundamentos. Sin embargo, en esta ocasión sí tenía deseos de participar en la conversación.

—El peor pecado de Emma Bovary fue haber querido luchar, precisamente, contra el tedio —comentó muy quedito. En ese momento, Suzy volteó a verla.

—Tienes razón. Madame Bovary prefirió suicidarse antes de seguir sumida en el aburrimiento que le representaba su matrimonio —agregó con demasiado énfasis.

—Más que por el aburrimiento, la Bovary se mata por la culpa que le provocaban todas sus deudas económicas. Además, no tenía de otra. Para inmortalizar a la Bovary, Flaubert tuvo que matarla —apuntó Helene Aubry.

—Todas las mujeres que estamos aquí presentes llevamos a una Emma adentro —explicó Maruca.

—¿Qué quieres decir? —preguntó Sirol.

—Pues que todas, en el fondo, somos románticas, soñadoras y...

—¡Arribistas! —exclamó Helene mirando hacia donde se encontraba Suzy. Se hizo un silencio. La búlgara no sabía cómo reaccionar. Haberle contestado a la mujer de Robert, además de provocador, hubiera sido demasiado obvio para los que estaban allí. Lo mejor era ignorar el comentario y atacar por otro lado.

—Es cierto, Maruca, no nada más las mujeres tenemos a una Emma en nuestro fuero interno, yo conozco a muchos hombres que también tienen a su Emma muy dentro de ellos.

Todos se rieron. Hasta Ivo Feng sonrió a pesar de que no había entendido ni una sola palabra de la discusión.

—Así es, Suzy. Estás dentro de mi corazón —anotó Óscar Obregón llevándose, en son de broma, las manos contra el corazón.

—Creo que esta conversación se está poniendo un poquito tediosa. *Sincerement vous m'ennuyer* —dijo con un tono irritado *le beau* Gilly, quien hasta ese momento no había abierto la boca.

Afortunadamente, en esos momentos a Doreen se le ocurrió hacer un brindis:

—Primero, por Madame Bovary y luego por todas Suzis del mundo —sugirió con una enorme sonrisa. Todos alzaron sus copas. También Robert, pero él apenas la elevó.

En realidad, Robert se había molestado tanto con su esposa como con Suzy. Ambas lo habían hecho sentirse sumamente incómodo. La única que se había percatado de su estado de ánimo, aparte de Suzy, había sido Doreen, de ahí que se hubiera puesto a platicar con Helene. Había que distraerla.

—El té chino es mucho menos astringente que el de la India —le explicaba. Ivo Feng no necesitaba charlar con nadie. Estaba demasiado distraído observando los chalecos y los sombreros de estilo Cordobés, llenos de borlitas, de Los Churumbeles. Mientras tanto, Suzy actuaba como si nada hubiera pasado. Optó por no prestar atención a las insistentes miradas que a veces le lanzaba Robert. Era mejor ser discreta. Además, si tomaba una actitud distante, era una forma de excitarlo aún más. ¿Acaso no era eso su objetivo? Se dispuso, entonces, a disfrutar al máximo de la *soirée*. Empezó a decir secretitos al oído de Jean Sirol. Bromeaba con Óscar. Alzaba su copa de vino rojo y exclamaba: ¡chis!, mostrando una dentadura espléndida. Entonaba las canciones. Aplaudía como hacen las gitanas. Se atravesaba en medio de la mesa como para tomar un cigarro, precisamente de la cajetilla de Robert, Raleigh, marca recién aparecida en el mercado. Coqueteaba con el hermano de Doreen. Le pedía al mesero más vino.

—¿Vas a ir al baile de Los Penachos? —le preguntaba, casi a gritos, a Maruca.

—Yo ya tengo el mío, me quedó precioso. Me lo diseñó Valdez Peza.

En tanto continuaba representando su papel de mujer de mundo, Robert la observaba desde su lugar con un rictus tenso. «*Quelle comedienne…*!». Se veía muy serio. No hablaba con nadie.

—¿Qué te pasa? —le preguntó su mujer.

—Nada. Me duele un poco la cabeza —contestó tajante.

De pronto, Suzy hizo un gesto para levantarse de la silla.

—Voy a polvearme la nariz —murmuró. Al ponerse de pie, en lugar de retirarse de su lado, bordeó toda la mesa con el objeto de pasar justo enfrente a Robert. Le dio un pisotón:

—*Oh, pardon*! —le dijo haciendo un guiño.

En ese instante, Gilly aspiró su perfume que tanto le gustaba. Con un porte como de reina, Suzy atravesó el salón.

—Estás que da gloria mirarte. Estás que se para la gente. Estás como para robarte, muy lejos llevarte. Estás ¡imponente! ¡Guapa, guapa, guapa! —cantaba Juan Legido, dirigiéndose hacia ella—. Uy, las mujeres. ¡Cómo camina! Usted…, sí señora. Cuidado, cuidado… —continuó diciéndole, pero sin cantar.

Antes de desaparecer, Suzy agradeció los piropos con una leve sonrisa. Todos sus amigos se rieron, salvo Robert. No le faltaba razón al cantante español. Suzy estaba radiante. Para esa ocasión se había puesto un modelo de Dior bautizado con el nombre de Dream. Tenía el talle *strapless* de terciopelo negro y la falda con múltiples capas de gasa a listas con negro y blanco. Se le veía una cinturita sumamente breve. Estaba ligeramente bronceada. Por esta razón, la gargantilla con tres hilos de perlas que tenía alrededor de su cuello largo contrastaba con su piel dorada. En esa ocasión se había peinado con un chongo rematado contra la nuca, lo cual le daba un aire todavía más distinguido.

De pronto, Robert se puso de pie. Le preguntó algo al mesero. «Al fondo a la izquierda», le dijo el empleado. Pero Robert se dirigió a la derecha. «Ha de estar borracho», pensó el joven, quien no se daba abasto atendiendo tantas mesas.

—¿Qué haces aquí? —le preguntó Suzy al salir del *pipi room*, como solía llamar al baño.

—Te estoy esperando —contestó Robert. Acto seguido le dio un beso en la boca—. ¡Mira cómo me calientas! —le decía al oído.

A lo lejos se escuchaba a Juan Legido cantando: «El beso, el beso, el beso en España, lo lleva la hembra muy dentro del alma. Le puede usted besarle en la mano, o puede darle de su hermano, así la besará cuando quiera. Pero un beso de amor no se lo dan a cualquiera…». Esa había sido la señal que ambos estaban esperando. Suzy sintió sus labios, tanto los superiores, como los inferiores, ardiendo. Una vez más, se había *comido* su calzoncito lleno de encajes.

11

La señora Antebi seguía deslizándose en su coche. El escudo que se encontraba hasta delante del cofre representaba un bello cisne. «Un símbolo de aristocracia», le había asegurado el vendedor de la agencia. Sus pensamientos no dejaban de fluir en desorden. «¡Tendré que volver al centro! ¡Qué me importa! Aunque me quede un poquito lejos, disfruto mucho venir a esta zona. Me acuerdo cuando llegué a México y mis tíos me llevaron a comer al Sanborns de los Azulejos. Claro que entonces no había tantos coches, ni bicicletas, ni construcciones tan gigantescas, ni tampoco tantos niños de la calle limpiando parabrisas. ¡Cómo ha cambiado el centro! Ahora veo muchos más vagos y limosneros que antes. Pobre gente. Afortunadamente, la Alameda sigue igual de bonita, con sus bancas verdes y sus estatuas de la mitología griega».

De repente, Suzy volteó a la altura del parque y vio en la marquesina del cine que exhibían *El ocaso de una vida*, con Gloria Swanson y William Holden. «Esa sí la tengo que ir a ver», pensó ilusionada. Ilusión, eso era exactamente lo que le provocaba la perspectiva de una relación, más íntima, con Robert. La sola posibilidad de ir con él al cine, aunque fuera junto con otras parejas, de comer palomitas a su lado, de poder comentar la película a la salida y luego irse a cenar, la llenaba de alegría. Le daba ilusión. Cuando pensaba en Robert, era como si en esos momentos se tomara una vitamina para el corazón, era como si esos momentos la llenaran de ilusiones y como si en esos momentos su vida se pintara de color de rosa. Desde que Suzy era muy joven solía vivir de ilusiones, de falsas esperanzas.

«La guerra no existe, no existe, no existe», acostumbraba a escribir en uno de sus cuadernos del liceo justo en la época en que ésta era inminente. «Mi familia no se va a separar, no se va a separar, no se va a separar», era otra de las frases que escribía compulsivamente, unos días antes de despedirse de su madre. En caso de recuperar su vieja costumbre, ¿qué escribiría ahora Suzy respecto a sus sentimientos hacia Robert? En un cuaderno imaginario, tal vez, escribiría algo como: «No estoy casada, soy libre; no estoy casada, soy libre; no estoy casada, soy libre». Casada como estaba con Paul, no había nada que le provocara la mínima ilusión. De hecho, nunca se ilusionó con su persona. De su realidad, lo único, quizá, que le daba ilusión era su hijo. Haber dado luz a un varón era el premio que nunca pudo obtener su madre. Era su gran compensación. Organizarle su *bar mitzvah* le daba mucha ilusión. Imaginárselo estudiando en una universidad importante, le daba mucha ilusión. Saberlo feliz, le daba ilusión. Pero ¿y Paul? No, él no le provocaba la mínima ilusión. Había varias razones que se lo impedían. Desde las más pequeñas, hasta las más importantes. Por ejemplo, a él no le gustaba ir al cine. No le gustaban ni las palomitas, ni los muéganos, ni las gomitas rociadas de azúcar. Además, no toleraba los lugares cerrados. Sentía que le faltaba aire. La última película que habían visto juntos fue el estreno de *Monsieur Verdoux*, con Charles Chaplin y Martha Raye. A Suzy no le gustó la película del supuesto Barba Azul moderno, cuya única meta era enriquecerse a expensas de sus mujeres. En cambio, Paul se había reído mucho con las atrocidades que le hacía el señor Verdoux a todas sus esposas. ¿Cómo podría inspirar ilusión un señor tan misógino?

Después de bordear la glorieta del Caballito, Suzy advirtió el elegante *restaurant* Ambassadeurs, del que siempre hablaba el periodista Carlos Denegri en sus columnas como uno de los lugares predilectos de los alemanistas. Ella ya lo conocía. Incluso el *maître d'hotel* la saludaba por su nombre. Nada más arribar a este restaurante tan exclusivo, le ofrecía el famoso daiquirí, que era donde mejor lo preparaban. Cuando llegó a la altura del hotel Reforma, pensó en detenerse un momento para saludar a su amigo Alfred C. Blumenthal, propietario del Ciro's. «Ahorita Blumy ha de estar muy ocupado organizando el coctel que le va a ofrecer a Paulette Goddard, su amiga del alma. Que no se me olvide…, es el próximo viernes… Ah, ya sé qué zapatos me voy a poner para esa tarde, los negros de antílope de plataforma, que llevan sobrepuestas lentejuelas rojas, que me acabo de comprar».

Al detenerse en el alto del entronque del paseo de la Reforma e Insurgentes, justo enfrente de la estatua de Cuauhtémoc, Suzy tuvo tiempo de comprar las *Últimas Noticias*. Mientras se ponía la luz verde, sus ojos leyeron: «Disgusto de los agentes aduanales del puerto de Tampico contra los hermanos Pasquel, quienes han controlado totalmente los servicios de autotransporte de carga para sus negocios cuantiosos entre los que señalan la movilización de cinco mil toneladas de hule consignadas a ellos desde las Islas Holandesas, por vía de EEUU. Las bodegas están congeladas». La noticia no sorprendió a Suzy. Era la típica forma de comportarse que tenían los «nuevo-ricos-alemanistas». Desde que Miguel Alemán había llegado al poder, sus amigos se habían encargado de construirse mansiones, organizar fiestas y ostentar sus fortunas. Especialmente aquellos que eran conocidos como *ministros sin cartera*, en cuya lista aparecían los tres hermanos Parra Hernández. Estos eran muy famosos por sus negocios, hechos gracias a sus influencias, y también por sus aventuras amorosas. En una ocasión, Cassandra escribió en su columna que se había enterado por un periódico de los Estados Unidos que Manuel Parra Hernández había sido sorprendido en un sofá del Teatro Chino de Los Ángeles mientras hacía el amor con la actriz norteamericana Maureen O'Hara. Cuando la noticia se publicó, el señor Parra Hernández se molestó tanto que, además de negarlo rotundamente, demandó al reportero. Éste, indignado por la demanda del mexicano, se dirigió al teatro y con unas tijeras recortó el tramo de tela en donde se encontraba, todavía fresca, la mancha de semen del inculpado. «¡Qué bueno que en el Palacio de Bellas Artes no hay sofás, porque de lo contrario, no faltarían demostraciones tan apasionadas como las que le manifestaba el señor Hernández Parra a la actriz de Hollywood!».

Jorge Pasquel era uno de los amigos de la infancia del presidente de la República. A propósito de este aduanero poderosísimo cuyas oficinas estaban representadas en varios estados de la República y dueño de latifundios vastísimos, también se contaban muchas leyendas. Sus regalos a políticos y a sus amantes eran famosísimos por su gran valor. Cuando lo invitaban a fungir como testigo a una de las bodas importantes, acostumbraba a regalar coches último modelo o los boletos de avión, en primera clase, para la luna de miel. Era tan generoso con sus amigos que un día invitó a cinco parejas a Nueva York al hotel Pierre. En cada una de las habitaciones les esperaba a los caballeros un abrigo de pelo de camello y, para sus esposas, una estola de *mink*. Siempre que viajaba solía llevar consigo un maletín de cocodrilo, el cual nunca dejaba en la habitación del hotel. En él guardaba su colección de relojes suizos. En total eran veinte modelos de veinte marcas distintas, uno para cada ocasión. Para ir de compras, para ir al teatro, para ir Chez Maxim's o para ir a conocer algún museo. Entonces tenía un romance con María Félix. En esos días la actriz mexicana estaba filmando la película *Que Dios me perdone* en el lago de Pátzcuaro. Una mañana le habló por teléfono a Pasquel y le dijo: «Oye, Jorge, fíjate que no hay hielo en el hotel Posada Vasco de Quiroga. Me estoy muriendo de calor. ¿Qué hago?». Al otro día Jorge Pasquel llegó en su hidroavión. En el aparato llevaba un refrigerador repleto de botellas de agua de Perrier y de Schwppes, además de varias cajas de caviar y langostas. Decían que todas las pieles y joyas con las que sale María Félix en la película de Tito Davison se las regaló Jorge Pasquel. Incluyendo el primer radio portátil que llegó a México, el cual, por cierto, se echó a perder por toda el agua que entró en la lanchita mientras Tito Junco y Fernando Soler se peleaban por Lena Kovacs (María Félix), y Julián Soler los filmaba desde el embarcadero, gracias a lo cual, descubrió que Lena era cómplice del crimen de su pobre marido, con quien se había casado por interés. Necesitaba dinero para sacar a su hija de un campo de concentración.

«*Maman, maman*», dijo Albertito cuando escuchó el claxon del coche de su madre que estaba frente al portón de su casa, esperando que le abriera Chucho, el mozo. Con una gran maestría, Suzy metió el vehículo en el interior del garaje. «*Tu as été sage?*», le preguntó a su hijo a la vez que lo alzaba en brazos. Rigo, el perro *springer spaniel*, no dejaba de brincotear alrededor de su ama. «*Ça suffit!*», le ordenaba temerosa de que pudiera, con sus uñas, romperle las medias de seda. *Mademoiselle* Ana Luisa Rapp estaba en la puerta del jardín. «*Bonjour madame. Le petit a été très sage*», le comentó la institutriz, con un ligero acento. Entre ellas siempre se hablaban en francés.

La señorita Ana Luisa Rapp había sido recomendada por Alfred C. Blumenthal. Según Blumy, la señorita Rapp era una mujer sumamente confiable, preparada, pero, sobre todo, inteligente. Ella también era judía. Henriette (Ana Luisa Rapp) había nacido en Frankfurt, Alemania, en el seno de una familia de clase media, acomodada. Sus padres deseaban que su hija fuera doctora en medicina para que pudiera enfrentar la vida sin problemas. A diferencia de Suzy, que era sefardita, Ana Luisa era judía ashkenatzi. Así como los sefaraditas son judíos que salieron de España a raíz del decreto de expulsión firmado por los reyes católicos, los ashkenatzi llegaron con las legiones romanas a Alsacia y se asentaron en ambas riberas del río Rhin. *Ashkenaz*, en hebreo, significa Alemania. Y *Sefarad*, en el mismo idioma, quiere decir: España. El padre de Ana Luisa era un médico que llevaba la religión de una forma no muy ortodoxa, como era común entre los *yekes*, como apodaba el resto de la comunidad a los judíos alemanes. El doctor Rapp era un hombre liberal. Su madre judía, también alemana, era una mujer de su casa, tranquila, cuya única ilusión era ver crecer bien a sus hijas. Ana Luisa una espléndida alumna, ganadora de medallas al mérito académico, había terminado sus estudios de medicina en la universidad de Göttingen. Entonces tenía veinticuatro años de edad. A pesar de la cuota *nemerus clausus* que existía en la admisión de estudiantes judíos en las *gymnasium* preparatorias alemanas, dadas las excelentes calificaciones de Ana Luisa no le quedó, a la universidad, otra alternativa más que admitirla. Al egresar, hizo su especialidad en medicina interna. Dos años después, empezó a dar consulta. En 1933 subieron al poder en Alemania los nacional socialistas, encabezados por Adolfo Hitler. Al cabo de muy poco tiempo se empezaron a llevar a la práctica una serie de decretos en contra de la comunidad judía de Alemania. A partir de estos acontecimientos, Ana Luisa ya no pudo ejercer, de manera abierta, su profesión. Muy rápidamente el señor Rapp cayó en cuenta de que la situación no mejoraría como aseguraban muchos líderes judíos de la época. Él conocía perfectamente la trayectoria de Hitler. Había leído su libro *Mein Kampf* (*Mi lucha*), desde finales de la década de los veinte, en donde el futuro dictador da cuenta, abiertamente, de teorías racistas que consistían en eliminar a los judíos de la sociedad alemana.

Ya desde entonces había hecho preparativos para huir del país. Fue cuando enterró las joyas de su mujer y algunos objetos personales de valor debajo del gran roble que crecía en frente de su casa, porque de lo contrario tenía que haberlas entregado a las autoridades. O entregaba ese patrimonio o no le daban permiso para salir de Alemania legalmente. Para eso nada más llevó un testigo, su hija mayor.

«Mira, hijita, uno nunca sabe. Algún día tal vez puedas necesitar esto para ti y para tus hermanas». A pesar de lo alerta que estaba el señor Rapp de la situación, lo único que lo detuvo para huir inmediatamente de Alemania fue la carrera de Ana Luisa. Para sus adentros, él sabía que en ningún otro lugar del mundo su hija podría hacer una carrera del nivel de las universidades alemanas. A partir de 1938, la familia intentó emigrar hacia cualquier país que estuviera en disposición de aceptarlos y darles asilo, pero todos sus esfuerzos fueron en vano. Ya era demasiado tarde. Había acontecido la emblemática *kristallnacht*, en noviembre de 1938, conocida como la «noche de los cristales», en la que las juventudes nazistas habían destruido todos los escaparates de los comerciantes judíos. Se quemaron sinagogas y produjeron daños en muchos edificios comunitarios.

Jamás pudieron huir. El matrimonio Rapp fue, finalmente, deportado en enero de 1940. Sucumbieron en el campo de exterminio de Auschwitz. Yulia, la hija menor, logró esconderse con una familia alemana no judía. La hija de los alemanes era su compañera de clase. Ana Luisa, por su parte, fue arrestada y luego llevada al campo de concentración de Bergen-Belsen, donde sobrevivió milagrosamente. Pero para el resto de su vida quedó marcada con el número 97430152. Al momento de ingresar en el campo de mujeres, todas las prisioneras tenían que someterse al tatuaje de su número en el antebrazo izquierdo.

Igualmente se les rasuraba el cráneo. Así como se marcaban a los animales para saber a qué dueño pertenecían, así procedían los nazis con los judíos que caían en sus manos. Ana Luisa Rapp dejó de ser Ana Luisa Rapp para convertirse en un simple número. La marca quedaría como un recuerdo indeleble de aquellos días de horror. La señorita Rapp procuraba ocultarlo por razones que sólo ella entendía. Más tarde, una vez liberada, siempre intentaba esconder esa marca. Para ella formaba parte del pasado que no quería revelar.

A principios de 1945, el campo de concentración de Bergen-Belsen fue liberado por el cuarto ejército americano. Entre los pocos sobrevivientes se encontraba Ana Luisa Rapp. Primero fue enviada a un hospital de campaña, conocido por contar con muy buenas enfermeras alemanas. Una vez recuperada, Ana Luisa fue trasladada al campo de refugiados bajo la protección de las Naciones Unidas. Allí estuvo unos meses procurando recuperar su salud, para que renaciera su deseo de vivir. El campo de refugiados Fürstenhagen se encontraba en el mismo condado de su ciudad natal, por lo que la región le era totalmente familiar. Este campo contaba con un importante número de barracas de madera que habían sido adaptadas a manera de *bungalows*, lo que permitía a los recién liberados reos viviesen con cierta comodidad. ¡Cómo no iban a encontrar todo el confort del mundo después de las condiciones infrahumanas en que los judíos habían subsistido en los últimos años! ¡Cómo no se iban a sentir privilegiados si eran sobrevivientes! ¡Cómo no sentirse, sin embargo, culpables y deprimidos por las mismas razones! Las aparentemente buenas condiciones en que vivían los mil doscientos treinta y cuatro refugiados hicieron que los soldados norteamericanos bautizaran al campo con el mote de Gold Cap.

Como médica, Ana Luisa comenzó, inmediatamente, a ocuparse de aquellos refugiados con enfermedades de diversa índole. Por aquellos días se había declarado una nueva epidemia de tifo, por lo que la doctora Rapp utilizó sus amplios conocimientos, siempre con la ayuda y el alto profesionalismo de las enfermeras alemanas, para atender a quienes habían caído víctimas del mal, aún poniendo en riesgo su propia salud. Además, Ana Luisa inició una campaña de desinfección de los refugiados tratando de eliminar a los piojos y a sus liendres. A pesar de que muchos de los habitantes del campo habían sido rapados, todavía algunos de estos bichos se encontraban firmemente adheridos a la delgada piel de sus cráneos. Estos insectos eran los portadores de la enfermedad. No obstante, a pesar de sus esfuerzos, muchos de sus pacientes murieron. Muchos de los liberados ya no podían digerir la comida que les fue negada durante tanto tiempo. O bien comían demasiado, o bien morían a causa de la epidemia. Lo que en realidad necesitaban era una alimentación adecuada y, de manera especial, apoyo psicológico. Requisitos sumamente difíciles de obtener en la posguerra.

Como resultado de su impotencia, Henriette experimentó una enorme frustración. Se sentía deprimida, descorazonada. Era una mujer demasiado responsable y rigurosa, pero, sobre todo, sensible. Hubiera querido que sus esfuerzos se tradujeran en un éxito absoluto. «Comprenda, doctora, que en estas condiciones nadie puede tener éxito. Esto no depende exclusivamente de la labor del médico. Hay otros factores que intervienen», le decía un compañero de la casita donde habitaba, el doctor Josef Sigal, también judío sobreviviente. Sin embargo, Ana Luisa como buena germana obsesiva, consideraba su experiencia médica en el campo como un fracaso. Por otra parte, quería salir de ese universo fétido en donde nada más se respiraba olor a hospitales y muerte. A partir de entonces decidió abandonar el ejercicio de la medicina. A sabiendas, además, de que fue el estudio de su carrera lo que impidió que su familia escapara a tiempo de las garras de los nazis. Ya no quería saber más de Europa. Esa Europa desgarrada, ensangrentada, destruida, dividida, pero, especialmente, desilusionada. Lo único que quería era desligarse del pasado. Dejar todo atrás.

12

Entre los recados telefónicos que Suzy había recibido esa mañana mientras se encontraba en la clínica de belleza, había dos de Mirsolava Stern, uno de Doreen y otro del peletero, el señor Hans.

—Dice que ya está su bolsa y su cinturón de cocodrilo. Que puede pasar por ellos cuando guste —le anunció la doncella, vestida a la europea con un uniforme negro, delantal de organdí blanco y cofia sobre la cabeza—. Ah, también le llamó el señor de larga distancia —agregó Carmina.

Para variar Paul se encontraba de viaje.

—Nada más voy a comer una ensalada y un poco de queso gruyer —le dijo para que le avisara a la cocinera—. ¿Ya comió el niño?

—*Oui, madame.*

—¿Y usted ya comió?

—*Oui, madame.*

—¿Por qué entonces no lo lleva a Chapultepec?

—*Oui, madame.*

Es cierto que, al cabo de cuatro de años de trabajar en la casa, Suzy le había tomado afecto a la doctora Rapp. Era, sin duda, muy eficiente y responsable. Sin embargo, lamentaba que fuera tan poco comunicativa y tan rigurosa. Nunca hablaba de ella y menos de su pasado. Además, había ocasiones en que la ponía nerviosa. Tenía la impresión de que la observaba demasiado. Un día, incluso, llegó a pensar que la espiaba. Fue la vez en que la encontró, por casualidad, en su dormitorio. Al entrar a su habitación, vio cómo la institutriz abría el cajón de su *secrétaire*. «*Excusez-moi, je cherche un enveloppe*», dijo apenada. «Permítame. Yo le busco el sobre. No tiene usted por qué estar en mi dormitorio», apuntó Suzy sorprendida. Lo que también le llamó prodigiosamente la atención fue ver que la doctora Rapp no llevara puesto su eterno saco de *tweed*. También era la primera vez que la veía con una blusa de manga corta. Suzy tenía una expresión muy seria. Con esa misma actitud le entregó el sobre. En el momento en que la doctora extendió su brazo para tomarlo, Suzy vio que en el antebrazo izquierdo tenía un número tatuado. Se quedó helada. Impactada. No supo qué hacer, ni qué decir. «Se puede usted retirar», dijo. «No se preocupe», alcanzó a agregar con la voz entrecortada.

A partir de ese incidente tan desafortunado para ambas, Suzy y Ana Luisa se habían distanciado. La institutriz le recordaba su propio pasado. A pesar de que compartían el mismo dolor, entre ellas se había instalado un *malaise*. Un malestar que tenía que ver con sus respectivas biografías, las cuales las unían, pero, al mismo tiempo, las separaban por completo. Ninguna de las dos quería recordar. Ninguna de las dos quería hacer frente a una etapa de su vida tan dolorosa. Lo único que deseaban era huir de esa pesadilla.

Si Suzy se hubiera enterado para qué necesitaba Henriette aquel sobre que fue a buscar a su pequeño *secrétaire*, tal vez, en ese momento, no se hubiera molestado tanto con la doctora. Era para meter una pequeña nota que le había escrito al millonario judío Paul-Louis Weiller, a quien había conocido en Nueva York durante una cena ofrecida por el hermano de su colega, Josef Sigal. En esa recepción habían estado nada menos que la princesa de Savoie, un príncipe de Bourbon Parme y el rey de Yugoslavia. Después de haber bailado varios *boogie-woogie*, Paul-Louis Weiller los había invitado a su departamento en Park Avenue. Fue allí donde el señor Weiller le había dado a Henriette su dirección en París, 15 *rue* de la Faisanderie. «Para cuando quiera visitar la capital del mundo», le dijo. Hacía tres años que *mademoiselle* Mann estaba ahorrando dinero para viajar, precisamente a París. Después de esos años en los cuales laboró ininterrumpidamente, y de reunir una buena suma de dinero, sentía que ya era el momento para tomarse unas vacaciones. En la pequeña nota que le enviaba a Paul-Louis Weiller, le escribió dos frases: «México es un país totalmente surrealista». En la segunda le anunciaba su próximo viaje a París. «*J'arrive le 15 novembre*».

Suzy descolgó el teléfono blanco y marcó un número. «Miri, soy yo. ¿Qué pasa? Sí, sí me dieron tus recados. Por eso te llamo. ¿Cómo estás? ¿Fuiste con el doctor? ¿Qué te dijo? Sí, ya sé que estás muy deprimida. Pero, ¿qué te dijo el psiquiatra? ¿Otras pastillas? ¿Te dio a tomar más…? Ay, Miroslava. ¿Por qué no te tranquilizas?», le preguntaba Suzy a la actriz. «¿Por qué no vamos a comer mañana? Hoy no puedo. Pero tenemos que hablar. Ay, Miri, estás hecha bolas. Por favor, no llores. ¿Por qué no le llamas a Blumy? Él siempre te tranquiliza. Te hace reír. ¿Vas a cenar con Ernesto Alonso esta noche? Ay, qué bueno. Mira, sin falta te telefoneo mañana para que nos pongamos de acuerdo para comer, ¿okey? No, Miroslava yo no te juzgo. Te quiero y te respeto mucho para poderte juzgar. Hablamos mañana, ¿de acuerdo? Te mando un beso. Cuídate. Hasta mañana».

Suzy colgó el teléfono mortificada. No le gustaba que Miroslava Stern estuviera sufriendo. Aunque era más joven que ella, se habían hecho muy amigas. Solían asistir a las mismas fiestas en el Country Club, sobre todo a aquellas que organizaba Blumenthal. Cuando Miroslava fue elegida reina del Blanco y Negro en 1943, fue Suzy la que le había prestado un saco blanco de visón. Desde la muerte de la madre de Miroslava, de alguna manera Suzy se había convertido en su confidente. Ella era de las pocas personas que sabía que el doctor Stern no era su padre, sino su padrastro; que Ivo no era su hermano, sino su hermanastro y que su madre era judía. Y era la única que sabía acerca de la confusión sexual que padecía la actriz. Suzy quería ayudarla, pero no sabía cómo.

Suzy comió su ensalada con prisa, pero, sobre todo, con desgano. La conversación con Miroslava la había entristecido. Incluso se sentía un poco deprimida. A pesar de que en muy pocas horas vería a Robert, había algo en ella que le provocaba cierta ansiedad. ¡La culpa! No respecto a Paul, sino por la felicidad que le provocaba el próximo encuentro. La última llamada telefónica que hizo antes de empezar a arreglarse fue a Doreen. «¿Qué crees Suzy? Que invité a Carlos Fuentes a cenar. Sí. Nada más él y yo. Es para festejar el Sun Neen, el Año Nuevo chino. Le voy a cocinar unos platillos deliciosos. Espero que le gusten. A mí ese muchacho me parece muy inteligente. Muy instruido. Estoy segura que se convertirá en un escritor muy famoso. Ya verás», decía la china. «Mmmmmm», hacía su interlocutora, divertida de escuchar a su amiga tan encantada ante la perspectiva de contar con un invitado tan *charmant*.

13

Cuando Suzy llegó a la terraza del hotel Majestic todavía se encontraban muchas personas terminando de comer. A tal grado lo vio concurrido que hasta se preguntó por qué había fijado la cita tan temprano. «Debí de haberle dicho a las seis», reflexionó al entrar al restaurante.

«¿Para cuántas personas, señora?», le preguntó el Capitán. «Para dos», respondió. «¿Van a comer?». «No nada más vamos a tomar una copa». «Por aquí, señora, por favor», le propuso el capi en tanto la conducía hacia el fondo del salón. «Prefiero en la terraza», apuntó Suzy. Si el capitán Ramírez le había propuesto a la señora Antebi instalarla en el interior del comedor, no había sido casual. La había encontrado tan bella y tan bien vestida que no pudo evitar pensar que *madame* tendría una cita de amor. Una cita romántica. Incluso hasta llegó a pensar que se trataba de una *movida* de alguien muy importante. Hay que decir que esa tarde, Suzy estaba espectacular. El sombrero color frambuesa, del mismo color del *lipstick* de sus labios, y el velito negro que cubría su rostro, hacía que sus ojos se vieran como dos estrellas. Ya que la tarde se había cubierto con nubes grises, sobre el traje sastre se había puesto un saco de piel color vino sumamente oscuro para que combinara perfectamente con el resto de su ensamble.

Una vez que el Capi la instaló en una mesa de la terraza, le preguntó qué tomaría: «Tráigame una copa de tequila, por favor», ordenó Suzy. «¿De tequila?», preguntó Ramírez, sorprendido. «Nada más tengo de la marca Cuervo, ¿está bien?», «Ése, está perfecto», anotó en tanto se retiraba sus guantes largos de color negro. Suzy Antebi era la única señora de sociedad que osaba tomar tequila. Fue Frida Kahlo quien le había enseñado a tomarlo correctamente. «Mira, Suzy, abres lo más que puedas tu mano, ya sea la derecha o la izquierda. Y en lo que se llama "la tabaquera", es decir, en el huequito que se hace entre el pulgar y el índice, le pones un poquito de sal. En seguida, tomas un limón partido en dos. Sirves tu tequila en un "caballito", te echas a la boca el puñado de sal, te chupas tu limón y te empinas el tequila. Esa es la forma en que hay tomarlo». Desde ese día, Suzy siempre pedía su «tequilita», su «salecita» y su «limoncito». Le encantaba escandalizar a las señoras mexicanas. Entre más las provocaba con este tipo de actitudes liberales, más se divertía al imaginar sus juicios.

En tanto se tomaba su bebida, traguito a traguito, Robert estaba batallando con el tráfico del centro. A unas cuadras de donde se encontraba, estaban protestando los trabajadores de las minas de Nueva Rosita. Unos días antes, muchos de ellos habían entrado en huelga de hambre, de allí que hubieran llamado su manifestación la Caravana del Hambre. Éste era su segundo intento por llegar al Zócalo. Para esos momentos, la policía ya estaba lista para cercarlos y hasta golpearlos si fuera necesario. Robert estaba nerviosísimo. Ya eran las 5:10 de la tarde y apenas estaba entrando por la calle de Madero.

De pronto comenzaron a sonar las campanas de la Catedral. Eran las 5.30 de la tarde. «Si no llega en cinco minutos, me voy», pensó. Sesenta segundos después vio aparecer a Robert. De pronto, le pareció más joven. Lo era. Tres años menor que ella. Se veía guapísimo con su sombrero y traje azul marino, su camisa impecable y su corbata Hermès. Le hizo una señal con la mano. Robert se acercó a ella con una sonrisa en los labios.

«*Il est trop mignon*», se dijo Suzy sintiendo un gran alivio.

—*Je suis désolé* —apuntó el joven, al mismo tiempo que le besaba la mano—. ¿No te tocó la manifestación? El tráfico estaba imposible. Bueno, pero eso no importa. Lo importante es que ya esté aquí. *Qu'est que tu es belle!*

Suzy lo observaba con el mentón sobre su mano derecha. Estaba pasmada, impresionada y un poquito apenada. ¡Estaba feliz! Hay que decir que también Robert se sentía muy emocionado. Le sudaban las manos. Le apretaban los zapatos. Le faltaba aire. «¿Gusta tomar algo el señor?», preguntó el Capi Ramírez. «Sí, un café *express* y un *cognac*, por favor». Tomó la cigarrera de plata de Suzy que estaba sobre la mesa.

—*Tu permets*? —le preguntó mirándola fijamente.

—Claro. A ti te permito todo… —anotó Suzy. Robert se puso el cigarrillo en la boca. Suzy tomó otro. Se lo colocó entre los labios. En seguida, buscó su encendedor Dupont de oro en la bolsa. Acercó su cabeza a la de Robert y encendió los dos cigarrillos al mismo tiempo. Ambos se rieron.

—¿Sabías que eres igualito a Louis Jourdan, mi actor preferido? —le dijo a Robert.

—Ya me lo habían dicho —contestó sintiéndose un poco intimidado por su comentario un poco vanidoso y frívolo. Sin embargo, le gusto que se lo dijera, de alguna manera era una *flor*, ya que el actor era como él, *beau comme un dieu*—. Pues tú te pareces a una actriz muy bonita y joven que se llama Anouk Aimée; te pareces a ella, por las cejas. No viste la película *Les amants de Vérone*, de Jacques Prévert, él fue el que le sugirió el nombre de «Aimée». Suzy no había visto la película, pero sí muchas fotografías publicadas en la revista *Paris-Match* de esta actriz que prometía tanto.

Charlaron sobre Acapulco; del divorcio de Rita Hayworth y el príncipe Alí Kahn; del supuesto Rafles, el ladrón que robaba a las señoras *popof*; de la próxima fiesta en el Club France para conmemorar los dos mil años de haber sido fundada la ciudad de París.

—Quien está vendiendo los boletos es Nika Rothschild. Ella es la organizadora. Tengo entendido que el dinero que se reúna será para una asociación de beneficencia —comentó Suzy.

No me sorprende. ¿Sabes lo que dicen de los Rothschild? Que si la pobreza judía no existiera, ellos la inventarían. Es bien conocido que para no sentirse tan culpables a causa de su colosal fortuna siempre están organizando festejos que tengan que ver con la filantropía. Yo estudié en París, Ciencias Políticas con uno de ellos. Era muy chistoso. Se llama Jean Louis Rothschild. ¿Sabes lo que decía? Que las iniciales R. F. no significaban Republique Française, sino Rothschild *frères*. Es decir, que si un día quebraran sus negocios, quebraría Francia. Decía que los Rothschild no trataban a nadie familiarmente sino famillonariamente. Según él, todo el mundo tiene origen judío: el general De Gaulle, la reina Isabel, el archiduque Otto de Habsburgo y hasta Christian Dior.

Suzy lo miró divertida y preguntó, abriendo los ojos muy grandes:

—¿Christian Dior? —Cuando pronunció la o, lo hizo de una forma tan graciosa, que a Robert le surgieron deseos de besarla, mas no se atrevió.

—Así es. Hace muchos años Jean Louis descubrió a un filósofo nacido en Toledo en el siglo XII, llamado Hallévy ben Dior. ¿Qué te parece?

Comenzaron a sonar las campanas de la Catedral, lo que les hizo ponerse de pie de inmediato para asomarse desde la terraza. La tarde, aunque gris, estaba luminosa. De ahí que la plaza, con sus cuatro fuentes, sus prados verdes y palmeras, se hubiera visto despejada. Incluso no había tranvías circulando en esos momentos sobre los rieles. Sólo un tren esperaba pasaje.

—Ay, mira qué chaparritas se ven las palmeras —exclamó Suzy, sintiéndose como una niña traviesa.

—Mira qué bien se ven los volcanes, pese a los edificios —agregó *le beau* Robert. De pronto, Suzy le puso la mano sobre la suya. Con la derecha, Robert jugaba nerviosamente con su sombrero. Sus sentimientos iban de la timidez a la excitación que se incrementaba al percibir el perfume de Suzy. Aunque ella sabía lo que quería, compartía esos sentimientos encontrados. Pero su nerviosismo les hacía seguir hablando de cosas banales.

—Mira, allí está mi coche. Es ese Oldsmobile negro que está junto de ese Hudson gris que ya se ve muy destartalado. Ese que parece como tanque. Si no me equivoco…, es el automóvil del señor Stempa, uno de nuestros clientes. Podría jurar que es suyo… Si así fuera, ¡qué chistoso que me haya estacionado justo al lado de él! Encontré lugar de puritita suerte. Espero que el cuidador de verdad lo esté vigilando.

Suzy lo escuchaba con una sonrisa en los labios. De repente, una de sus pestañas se enredó en uno de los agujeritos del tul de su velo. Empezó a parpadear. Al darse cuenta, Robert sacó su pañuelo y se lo entregó. Fue en ese momento que Suzy se quitó el sombrero. Con la cabeza descubierta se veía aún más hermosa. Sin poderlo evitar, Robert le dio, ahora sí, un beso sobre la mejilla.

—Qué bonita piel tienes —le dijo muy quedito. Suzy no sabía qué decir. Los dos se quedaron callados—. Ha de haber pasado un ángel de la Catedral —comentó Robert.

—Qué bella es, ¿verdad? —preguntó Suzy.

—¿Sabes qué me contó mi abuelo? Que él había sido testigo, en 1922, de cuando el Hombre Mosca ascendió 65 metros del exterior del Templo Mayor. Es decir que con el solo apoyo de sus pies y sus manos fue subiendo por la fachada hasta llegar a esa cruz. Parece ser que la plaza estaba llena de gente. Allí estaba mi abuelo. ¿Sabes cómo se llamaba el acróbata norteamericano? Bebe White. A ver qué día, subimos tú y yo a las torres, Suzy.

Cuando la búlgara escuchó pronunciar su nombre, tuvo, efectivamente, deseos de subirse a cualquiera de las torres. Hubiera bastado con que se lo pidiera Robert para que se hubiera puesto sus zapatos de golf y hubiera escalado cada uno de los milímetros de la fachada. Hubiera bastado que se lo sugiriera, para que le hubiera dado, a él solito, ese espectáculo único. Hubiera bastado que le solicitara para convertirse, nada más para complacerlo, en la mujer mosca, en ese momento le hubieran salido alas y dos antenas para abrazarlo. Era tal su alegría de estar a su lado que, incluso, si le hubiera pedido que se echara por el balcón contra la Plaza de la Constitución, lo hubiera hecho. Sí, lo hubiera hecho por amor… y por los tres tequilas que se había tomado.

—De acuerdo, un día subimos —se limitó a decir Suzy, sintiendo mucho calorcito por todo su cuerpo.

—Mira esas nubes, qué bonitas. ¿Sabías que hay varios tipos de nubes? Esas que están allí, que parecen borreguitos, se llaman cirrus. Pero hay por lo menos otras tres categorías diferentes. Los nimbus, que son masas de gotitas de agua común y corrientes como de algodón de azúcar. Los cúmulus son las grises cargadas de mucha agua. También están los estratus que son altas, lejanas, como hechas jirones por el viento. Y después existen combinaciones con todas estas nubes —terminó Robert, sintiéndose muy orondo de los conocimientos meteorológicos que aprendió en primaria. Suzy estaba con la boca abierta.

—¿Sabes lo que decía Beaudelaire? «*J'aime les nuages… les nuages qui passent… là-bas… là-bas… les merveilleux nuages*».

—Gilly tomó la mano de Suzy la besó y con una mirada muy tierna, le dijo—: *Tu es une veritable poète pleine de charme...*

Al salir de la terraza y entrar al restaurante para dirigirse hacia los elevadores, Robert escuchó su nombre.

—Señor Gilly —Era Max Michel, hijo del dueño de los almacenes Liverpool —. ¡Qué bueno que lo veo! Aún no hemos recibido el pedido de los perfumes de Nina Ricci. No hay que olvidar que se acerca el 6 de enero. El que más nos urge es el de L'air du Temps.

¡Qué urgencia tendría el joven Michel por los perfumes que ni siquiera reconoció a la señora Antebi, amiga de sus padres! Cuando cayó en cuenta se disculpó.

—¡Qué pena, señora! Perdón, ¿cómo está usted? Qué gusto en verla. ¿Cómo está el señor Antebi? Salúdamelo, por favor.

Todo había sucedido muy rápido. Tanto que Robert no tuvo tiempo de decirle a Maxito, como llamaban a este joven de veinte años, el motivo por el cual no le había enviado aún su pedido. Toda la remesa de los perfumes Nina Ricci estaba atorada en la aduana debido a una huelga de los aduaneros.

—Mañana, sin falta, le llamo al secretario particular de Ramón Beteta para ver si me puede ayudar. Sería una pena que perdiéramos el pedido. Acuérdate lo que escribió Jean-François Revel: «Uno puede hacer todos los negocios que quiera en México, a condición de "ponerse de acuerdo" antes con cualquier funcionario federal». Con dos o tres *mordidas* estoy seguro que arreglaré el problema —le dijo Robert a Suzy cuando se encontraban en el elevador.

Cuando finalmente llegaron a la Plaza de la Constitución, donde Robert había estacionado su coche, estaba oscuro. La noche se sentía fresca pero agradable. Arriba de las torres de la Catedral, los miraba fijamente una luna blanca y redonda. Robert ayudó a Suzy a ponerse el saco de piel que tenía sobre los hombros. Más que auxiliarla, se hubiera dicho que la envolvía con sus brazos. Suzy sentía cómo se estrechaba contra su espalda. De su cuerpo advertía un calor muy especial. En esa misma posición Robert le preguntó muy quedito al oído:

—¿Te tienes que ir a tu casa?

—Depende.

—Depende, ¿de qué?

—Depende de ti.

—¿De mí?

—¿No será más bien de ti?

—A lo mejor.

—¿Por qué no vamos a tomar una copa al bar del hotel María Cristina?

—¿A estas horas? Son casi las siete de la noche...

—Como quieras.

—Si se trata de querer, claro que quiero.

—¿Entonces?

—Entonces, ¿qué?

—¿Vamos?

—¿Si quieres?

—¿Por qué no te vienes en mi coche y luego te llevo a buscar el tuyo?

—Ya se me olvidó en qué estacionamiento lo metí.

—No te preocupes. Le hablamos a nuestro amigo Fernando Casas Alemán para que nos lo localice.

—¿No tienes que llegar temprano a tu casa?

—Helene y mi hija están en Francia de vacaciones.

—Paul no está en México. Albertito ha de estar viendo la televisión con *mademoiselle* Mann.

—Entonces, nadie nos está esperando.

—Tanto mejor.

—Hueles delicioso, Suzy.

—Gracias a ti.

—No, gracias a tu piel de búlgara sensual.

—Entonces, gracias a mis padres.

—Claro, porque sin ellos no estarías aquí.

—También yo estoy agradecida con los tuyos.

—¿Quieres que vayamos a mi casa?

—*Tu es fou*!

—*Fou de toi.*

—*Et moi, folle de toi.*

En seguida se subieron al coche. Suzy sentía su corazón enorme. Era tan grande que lo sintió entre las piernas. Las apretó. No se le fuera a caer. «A chispar», como decía su doncella. Tenía que regalárselo, esa noche, a Robert. Pero enterito.

14

Afortunadamente, Suzy y Robert se fueron justo antes de que la policía disolviera, a garrotazos, la Caravana del Hambre. Muchos de los obreros heridos terminaron dentro del centro deportivo, el cual fue llamado «la cárcel de Miguel Alemán». Al otro día, el gobierno los regresó en trenes a Nueva Rosita, en el extremo norte de Coahuila. Efectivamente «para calmar los ánimos obreros» sin necesidad de cesión alguna por parte de la empresa, tuvo que intervenir el general Lázaro Cárdenas.

Cuando estaban a punto de llegar a río Lerma, a unos metros del hotel María Cristina, de pronto Suzy sintió un cierto temor de encontrarse a alguien conocido.

—¿Por qué mejor no vamos a otro lugar? —preguntó un poco vacilante.

—Como quieras... Vayamos, pues, a donde nos lleve el destino —agregó Robert a la vez de que se metía por la calle de Guadiana para salir al paseo de la Reforma. Aunque no se lo dijo, en el fondo, él también temió esta posibilidad. Tenían razón. En el bar del María Cristina, efectivamente, se encontraban personas que conocían muy bien y que, al verlos llegar a esas horas, hubieran despertado muchas suspicacias. En una mesa estaba el galerista Toño Souza, tomándose una copa con un pintor quien, a pesar de su corta edad, ya había tenido su primera exposición. El joven artista de ojos muy azules y pelo dorado como el trigo, llamado José Luis Cuevas, no dejaba de hablar de sus futuros proyectos respecto a una muestra de su obra en Washington. Muy cerca de ellos se encontraba Mimí platicando con Carlos Denegri a propósito de quiénes habían viajado en el yate presidencial. «Dicen que durmieron en el mismo camarote el coronel Serrano y el licenciado Casas Alemán. En el otro de los cinco dormitorios que tiene el Sotavento, Beteta y Ruiz Cortinez. Virgilio Galindo, en cambio, durmió en un camarote solo», decía el periodista mientras masticaba su puro.

Robert manejaba, por la lateral de Reforma, a muy baja velocidad.

—¿Ves esa casa de tezontle de estilo español?

—Allí vive la familia Guichard —comentó justo al llegar a la esquina de Rhín.

—¡Qué misteriosa se ve! Estas son una de las pocas casas bonitas que quedan. Lástima que el paseo de la Reforma ya no sea ni la sombra de lo que fue. El que me ha platicado mucho de lo que era, hace muchos años, es el marqués de Guadalupe. Según él, diariamente se paseaba por Reforma con su caballo vestido con su traje de charro y se encontraba a doña Carmelita Ortiz de la Huerta, caminando, junto con sus hijas, al mismo tiempo que rezaban quince misterios. Dice que el rosario era de plata antigua, ¡precioso! En esa época también solía toparse con una parvada de blancas palomas que eran las nanas vestidas con sus uniformes inmaculados, empujando los *landeaux* de los bebés porfiristas. ¿Qué pensaría el marqués si viera que ahora, en lugar de las niñeras, se encuentran las *petites putes* recargadas en las bases de las estatuas de los próceres? Míralas, unas parecen hasta niñas. ¿Sabías que algunas de ellas, para choquear a los paseantes, se ponen el uniforme del Sagrado Corazón? —dijo Suzy muerta de la risa.

—Rincón Gallardo estaría encantado de verlas. Dicen que es todo un don Juan. Te aseguro que cambiaría el horario de sus paseos —añadió Robert.

—Mira, allí vive la mamá de Archi Burns, en esa casa que está justo en la esquina de Mississippi. Dicen que es preciosa y que tiene unas antigüedades ¡únicas! —apuntó Suzy.

A esas horas de la noche, el tráfico había disminuido notablemente. Cuando pasaron la Fuente de Petróleos y entraron en la zona de Las Lomas, Suzy empezó a sentirse más y más liberada. El hecho de haber dejado atrás la parte más céntrica de la ciudad, especialmente la zona donde vivía, le provocaba un sentimiento de libertad muy particular. Se sentía rejuvenecida y relajada. No tenía ganas de pensar en nada más que en el momento presente. Se quitó el abrigo de pieles. Se reacomodó en el asiento. Abrió su bolsa. Sacó su polvera. Se polveó. Se puso un poco de *lipstick* sobre los labios. Buscó su perfumero diminuto y se puso unas gotitas de perfume. En seguida, puso el radio. *I love Paris*, cantaba Frank Sinatra. Prendió un cigarrillo y echó ligeramente la cabeza hacia el respaldo.

—Me encanta esta canción. Tal vez un día vayamos juntos a París, ¿no crees? —le preguntó a Robert.

—No nada más lo creo. Estoy seguro. A mí cuando más me gusta París, es en otoño. Bueno, en todas las estaciones. ¿Y a ti?

—Soy como Josephine Baker: *J'ai deux amours: mon pays et Paris* —agregó Suzy.

—Pues yo tengo tres: *mon pays, Paris et Suzy* —dijo Robert.

Suzy sintió que el calorcito en su interior amenazaba con estallar.

—¿Sabías que todas las calles que dan en la sección Virreyes las bautizó Antonieta Rivas Mercado? Era en la época en que todo esto era un fraccionamiento y se llamaba Chapultepec Heights, el socio principal que empezó a fraccionar para que

Las Lomas se convirtiera en una zona residencial era Albert Blair, casado, precisamente con Antonieta. El señor Blair era tan filantrópico que regaló una escuela a la colonia, que está muy cerca de donde se encontraba el restaurante La Swastica. *C'est gentil n'est ce pas*?

Robert la escuchaba. Además de distraerlo con su conversación, lo atraía. Le encantaba que Suzy fuera tan curiosa y estuviera informada de tantas cosas. Pero lo que más le agradaba de su personalidad es que fuera *très femme*, como le dijo aquella noche cuando se besaron por primera vez. Le encantaba que se tratara de una mujer que, aunque estuviera casada, actuara con tanta libertad en cuyas circunstancias otra señora de sociedad se hubiera comportado muy torpemente. Y le encantaba que fuera tan audaz, pero sobre todo, tan vital. Precisamente fue gracias a esa vitalidad que Suzy no sólo se había *comido* aún más sus calzoncitos de encajes, ahora se preguntaba si no se los había tragado por completo. Para esos momentos, ya no los sentía. El calor que emanaba de su cuerpo los había derretido.

«Dos mil doscientos, dos mil trescientos, dos mil quinientos», leía mentalmente lo que alcanzaba a distinguirse de la nomenclatura de las casas por las que pasaba el automóvil.

—¿Se puede saber a dónde me vas a llevar? ¿A la Universidad de las Américas? ¿A Toluca? ¿A un pueblito que se llama Valle de Bravo? —preguntaba con un tono coqueto y divertido.

—Es una sorpresa. Lo único que te puedo decir es que falta ya muy poco para que lleguemos —le explicó Robert, quien no dejaba de fumar, sin abandonar nunca la sonrisa en los labios.

Finalmente llegaron al número 2783. Debido a la oscuridad, Suzy ya no pudo leer el gran letrero de la entrada que decía «Tony's Courts». Robert estacionó el coche frente a las oficinas. Apagó el motor.

—*Je reviens, mon chéri* —le dijo a Suzy, apretándole ligeramente la mano. Fue todo tan rápido que Suzy no pudo reaccionar. «*Mon Dieu!*», alcanzó a decir en el momento en que Gilly bajó del coche. De inmediato sacó sus lentes oscuros de la bolsa. Se los puso. Una vez más temió que alguien conocido hubiera podido reconocerla en una situación realmente embarazosa.

—¿Dónde estamos? ¿En un hotel? ¡Está loco! ¡Estamos locos!

«¿Qué hago? ¿Le pido que nos vayamos de inmediato? No. No es para tanto. *Je suis, quand même, majeur*. No soy una niña. Sé exactamente lo que estoy haciendo. Lo que sucede es que en el fondo soy una cobarde. ¡Una hipócrita! ¿De qué me sorprendo? Llevo meses en *train de l'allumer*, de provocarlo, hasta de desafiarlo. Era inevitable. Nadie me está obligando a nada. Tenía que pasar. *C'est la vie, voilà tout*».

Una vez que Robert habló con el señor Antonio Remis, propietario de los *courts*, regresó al coche. Un minuto después, el Oldsmovile enfiló hasta el garaje privado del *bungalow* número siete. Una vez que el velador les llevó, de parte del señor Remis, una botella de vino rojo y unas tortas de jamón, Robert se quitó la corbata y el saco. En ese momento, Suzy no se pudo quitar el suyo, porque no llevaba blusa. «Me hubiera comprado la blanca de seda que me enseñó Lupita. Qué tonta fui», pensó al desabotonarse el primer botón de su saquito. Sentados en un pequeño sofá forrado en terciopelo rojo, que se encontraba en el pequeño recibidor de la habitación, empezaron a cenar.

—¿Sabías que el siete es mi número de suerte? Además, es un número muy importante para los judíos. Nuestro candelabro tiene siete brazos; siete espíritus reposan en la vara de Jesé. Salomón construye el templo en siete años. Siete se utiliza setenta y siete veces en el Antiguo Testamento. Siete es un número mágico. Siete cielos, siete tierras, siete mares, siete divisiones del infierno, siete puertas. El *shabat* es el séptimo día. Siete años de vacas flacas y siete vacas gordas. Siete por siete, cuarenta y nueve, como a los cuarenta y nueve años son liberadas todas las propiedades. Zacarías habla de los siete ojos de Dios. Sin duda es un número místico. Pero, ¿sabes qué, Robert? También el siete significa ansiedad por el hecho de que indica el paso de lo conocido a lo desconocido. Quieres decir que se ha completado un ciclo, pero, ahora, ¿cuál será el siguiente? —preguntó Suzy.

Todo lo anterior lo había dicho en un tono agitado. Se veía nerviosa, incluso pálida. ¡Qué rápido había cambiado de estado de ánimo! De haber estado actuando con seguridad, de pronto empezaba a comportarse como si se encontrara rebasada por las circunstancias.

—¿Qué te preocupa? ¿Quieres que nos vayamos? Discúlpame. Debí de haberte consultado —le decía Robert, tomando sus manos entre las suyas.

—Lo que me inquieta un poco es no saber cuáles son realmente tus sentimientos. Conozco los míos, pero ¿y los tuyos? —La que preguntaba con esa intensidad ya no era la Suzy, *femme du monde*, ya no era la señora moderna y atrevida que siempre había conocido Robert. En tan sólo unos minutos, Suzy se había convertido en una mujer insegura y aprensiva. Esa nueva faceta de su personalidad conmovió mucho a Robert.

—Tranquila, Suzy. Respecto a mis sentimientos, quiero pensar que son iguales que los tuyos. *Je t'aime*. El siguiente ciclo que vendrá es el que nos pertenece. El que nos estaba esperando. Es este momento que estamos viviendo, tú eres mi ciclo. Y yo el tuyo. Juntos estamos empezando uno nuevo. No tenemos derecho de suprimirlo, de ignorarlo y de dejarlo ir. Si actuáramos de esta forma, el número siete dejaría de ser tu número de suerte. Tendrían que sacarlo de la Biblia. Piensa, Suzy, que nos queremos. ¿Acaso no estamos siendo sinceros con nosotros mismos?

—Claro que sí. En eso tienes razón. Pero no estamos siendo honestos con los demás. Paul es tu mejor amigo y Helene siempre ha sido muy linda conmigo. Aunque no es exactamente mi amiga, hemos convivido mucho. Además, tú tienes una hija y yo tengo un hijo. No es nada sencillo. *La vie est compliquée.*

—Sí, sí, la vida es complicada porque nosotros la complicamos. Lo que nos sucede a los dos es más sencillo de lo que te imaginas. Es cierto que nuestras circunstancias no son las ideales para empezar nuestro nuevo ciclo, pero esas son las que nos tocaron vivir en estos momentos. Esas son las cartas que tenemos en estos momentos, y con ellas debemos jugar. ¿Qué podemos hacer? Tal vez si hubiéramos estado libres tú y yo, no nos hubiéramos enamorado. No lo sé. El caso es que lo nuestro no empezó ayer, ni hace una semana, comenzó hace años. Lo que sucede es que nos hacíamos los tontos. Teníamos miedo. Nos engañábamos. Siempre he pensado que engañarse a sí mismo es mucho peor que engañar a los demás. Tú y yo ya no nos podemos engañar. ¿Por qué? Porque sabemos la verdad. Estamos enamorados. *Voilà...*

Nunca había sentido a Robert tan sincero como esta noche. Nunca lo había advertido tan cercano y humano. Y nunca nadie le había hablado así del amor. Poco a poco, Suzy se fue desabrochando su saco. Cuando llegó al tercer botón, Robert empezó a ayudarla. Mientras tanto, ella le desabrochaba su camisa. Un olor a lavanda le recordó el olor de los campos de rosas de su país. Sintió una extraña melancolía. Tuvo ganas de llorar, pero se controló. Ya lo haría cuando estuviera sola. Más tarde. Por lo pronto, había que expresarle a Robert todo lo que sentía en esos momentos. Había que decírselo lentamente. Hacérselo sentir. Había que escuchar lo que le decía el silencio de esa habitación tan anodina, pero tan cómplice de una vivencia fundamental. Había que vivir el número siete hasta las últimas consecuencias. Tratar de sentir siete veces. Decirle a Robert siete veces que lo quería. Vibrar siete veces. Besarlo siete veces. Abrazarlo siete veces. Mover el cuerpo siete veces. Y hacer el amor siete veces. Por su parte Robert estaba siete veces excitado. No tardó mucho tiempo en descubrir que los pezones de Suzy sabían, efectivamente, a frambuesa madura. Le gustaron tanto que casi se los arranca a besos. Le gustaron tanto, que por tantito y se los devora. Le gustaron tanto que ya no se los quería regresar. «*Je t'aime*», le decía enternecido. Se lo decía mientras la acariciaba, mientras buscaba sus calzones y su liguero, para quitárselos. Poco a poco le fue quitando primero una media y luego la otra. En seguida la recostó en la cama, ella abrió las piernas instintivamente y él practicó algo que para él era común y para ella no: el beso francés. «*Je t'aime*», le repetía ella mientras se contorsionaba de placer. Qué sensación tan única y tan intensa. Resultaba mucho más excitante que cualquier tipo de masturbación. «*Encore, encore, more, more, máz, máz!!!*», exclamaba Suzy en todos los idiomas que sabía y en pleno orgasmo. Si en la habitación hubiera un espejo en el techo, como sucede en muchos hoteles de paso, la pareja de enamorados se hubiera reflejado semejante a las bellísimas ilustraciones de la novela *Justine*, obra del Marqués de Sade. Así se hubieran visto estos enamorados en plena lujuria. Suzy ignoraba que Robert fuera tan experto en las artes amatorias. Él, que parecía tímido en la vida social y en extremo educado, era un gran conocedor de las posiciones y variaciones del sexo. «Qué diferencia con Paul, pobre. No sabe nada más que hacer dinero. Robert parece ser de otro planeta. Me doy cuenta que me falta mucho por aprender en el aspecto del amor físico. Ahora ya puedo exclamar esa maravillosa frase liberatoria de Madame Bovary: "*J'ai un amant! J'ai un amant*"», se decía una y otra vez en su cabeza.

Pero eso no era todo, faltaba la confirmación del acto sexual. El cuerpo de Robert subía y baja, siete veces, en el de Suzy, en la posición llamada de *el misionero*, esa sí se la sabía de memoria. Fue en ese momento que Suzy corroboró que Robert no estaba circuncidado. No le importó, al contrario, sintió más. «Siete veces más», le gritaba. Y las siete obedeció Gilly. «*Mon Robert, je t'aime!*», decía Suzy, sintiendo elevarse de más en más. Sus mejillas estaban particularmente rosadas, sus ojos se veían más grandes y brillantes. «*Ma belle!*», le dijo Robert al oído, justo en el momento en que los dos llegaron hasta el séptimo sueño. Abrieron las siete puertas y entraron a los siete cielos. «*Je t'aime*», exclamaron al mismo tiempo. Fue como un grito sordo. Como un grito que salía de un volcán. Como si en esos momentos se hubieran liberado los siete animales puros de cada especie para ser salvados del diluvio. Como si se hubieran escuchado las siete trompetas del Apocalipsis. Y como si por primera vez se hubieran pronunciado las siete letras no utilizadas del alfabeto árabe.

—¿Escuchaste ese ruido? Creo que va a caer una tormenta —dijo el señor Antonio Remis, al velador.

—No, patrón. Viene del siete —contestó con toda naturalidad Jesús Lemus García, mientras leía la nota roja de *El Universal*.

15

—Ya me tengo que ir, Robert. Es tardísimo y Paul me ha de estar esperando en la casa. Desde que llegó de las vacaciones, ha estado insoportable —decía Suzy mientras se ponía las medias con todo cuidado. Sus piernas eran bellísimas y estaban un poco bronceadas. Tres horas de amor con Robert bastaban para transformarla en una mujer totalmente liberada. Aunque seguía casada, se sentía libre, rejuvenecida, pero, sobre todo, amada. Qué tan liberada era Suzy que, con toda tranquilidad y sin ningún asomo de pudor, aceptaba hacer el amor en la casa de Robert y Helene, en la cama matrimonial de Robert y Helene y en la intimidad del hogar de Robert y Helene—. ¿Sabías, Robert, que eres el perfecto amante? Con cada orgasmo que sentí esta tarde, era como si las olas del mar cubrieran cada poro de mi cuerpo para luego retirarse como si se tratara de una larga caricia.

—*Voilà, c'est ca l'amour, ma chérie*! —agregó Robert con una sonrisa, sin quitarle los ojos a los senos redondos y firmes de Suzy.

—Por cierto, Robert, ¿por qué nunca me habías contado que tu abuelo, Paul Reynaud, fue ministro de Hacienda? Era *barcelonnette*, ¿verdad?

—Así es. Lo detuvieron en Vichy, fue entregado a los alemanes que lo encarcelaron hasta el fin de la guerra. Todavía vive.

—Cuando vayamos a París, prométeme que me llevaras con él para conocerlo.

—Ya veremos...

Una vez que Suzy se dio un regaderazo, lo cual hacía siempre que hacía el amor con Robert, se puso su *soutien-gorge*, y el resto de su ropa interior color sangre de pichón, comprado en uno de sus viajes a París. Todo contrastaba con su piel ligeramente bronceada, lo cual la hacía verse aún más atractiva. Suzy acostumbraba a viajar a Francia exclusivamente para comprarse ropa. Siempre estaba a la moda, no en balde era conocida como la «mujer mejor vestida de México». En sus columnas, Agustín Barrios Gómez se refería constantemente a este aspecto de Suzy: «Se mide la calidad y elegancia de una dama por la envida que provoca en las demás. Es por ello que, constantemente, Suzy Avramow de Antebi iba guapísima. Suzy realiza tres viajes a Europa todos los años con el único objeto de comprar ropa. De ahí sus envidiables atuendos en la posada de los Penachos, en el Jockey Club».

—Lo que es el destino —prosiguió Suzy—. Tuvimos que encontrarnos en México. Tú estabas en París en plena guerra con tu familia; y yo, tratando de huir de Bulgaria. Nos pudimos haber encontrado en unos de los puentes de París o en Casablanca. Pero nuestra cita impostergable era la ciudad de México. *N'est pas mon amour*?

—*Tout à fait!*

Robert terminaba de ponerse sus pantalones y su camisa azul clara. El amor de Suzy le daba seguridad, ganas de vivir. Así como Helene era buenísima para la cocina, así era de mala en la cama. Robert nunca sintió que su mujer llegara a un orgasmo. Un día se lo preguntó y ella se limitó a decirle: «no te olvides que soy exalumna de colegio de monjas». Robert sentía que a su relación era incompleta y que, sin el entendimiento sexual y pleno que debe de existir en una pareja, resultaba muy difícil establecer una verdadera unión y complicidad. De hecho, en los dos últimos años habían tenido muy poco sexo, prácticamente nada. Lo que más le irritaba a Robert era advertir que a Helene no le importaba, ni se quejaba, y menos trataba de indagar qué sucedía entre la pareja. La cotidianidad y la costumbre fueron apagando, poco a poco, la poca pasión que existía en el matrimonio.

—Le dijiste a Paul que íbamos al cine, ¿no? Entonces estamos a muy buen tiempo. Ese tipo no te merece, Suzy. Siempre te lo he dicho, es el individuo más engañable del mundo. Se diría que lo hace adrede.

—*Je m'en fou*, al fin que ya le pedí el divorcio —comentó Suzy en tanto se abotonaba su saco de su traje sastre color vino, el cual combinaba perfectamente con sus zapatos y su bolsa.

Antes de abandonar el departamento de Río Nilo, se dieron un último beso en la boca. Tomaron el elevador y al salir, cuál no fue su sorpresa de toparse con Paul.

—¡Ahora, sí! —le gritó en la cara a Suzy, sacándola a empujones del elevador, después de haberla golpeado en la cara.

—¿De qué hablas?

—De que ahorita mismo vamos a la procuraduría. Vas a terminar en la cárcel por adúltera.

—¿Estás loco?

—Eres una adúltera y en estos momentos vamos con la policía.

Suzy no tiene otra alternativa que obedecer. Paul no estaba solo, había mandado traer a dos policías y a un abogado. Sintiéndose totalmente acosada, trata de sentarse sobre el cubreasiento sucio y pegajoso. Ni idea tiene a dónde van. Un minuto después, escucha al abogado de Paul decirle que se dirigirían a la Séptima Delegación.

—¿De qué se trata todo esto? Dime, Paul, que crimen he cometido para que me lleven a la Séptima Delegación. ¿Qué buscas con provocar este escándalo? Antes, hablemos como personas civilizadas.

Paul la ignora completamente. Su respiración es fuerte y no deja de fumar. En la patrulla se siente un ambiente pesado. Por añadidura apesta a sudor y a comida frita.

Al llegar a la delegación, Suzy, con su rostro deslucido, empieza a sentir frío a pesar de que es mes de julio. Tal vez sea provocado por el miedo que va sintiendo ante el enigma de su futuro inmediato. De pronto se dio cuenta de la cantidad de reporteros y fotógrafos, encargados de cubrir la fuente de la nota roja.

Las luces de los *flashes* la deslumbraban a pesar de los lentes negros que lleva puestos. «Señorita, mire a la cámara, por favor», le decían constantemente. Las secretarias de la delegación masticaban chicle, terminaban de comer su torta, o bien se pintaban las uñas. Todo el ambiente y el mobiliario de la penitenciaría parecía de película de Juan Orol. Se hubiera dicho que, de un momento a otro, aparecería el actor de *films* de gánsteres, David Silva. Todo era tan patético y sórdido, Suzy no sabía si reír o llorar. «Nunca me imaginé en una delegación mexicana. ¡Qué horror!», pensó. Para colmo, aún no sabía dónde estaba Robert. En el momento de la detención habían sido separados. No podían hablarse. Tenían que declarar individualmente. De haber sabido que serían sorprendidos por Paul y la policía, se hubieran puesto de acuerdo con lo que iban a decir. Sus versiones tenían que haber coincidido, de lo contrario había la posibilidad de caer en contradicciones. Lo cual sucedió.

Con una actitud de absoluto machismo, Paul miraba a Suzy, como diciéndole: «Ahora te amuelas y sufres las consecuencias». Ella volteaba la cara, era imposible sostenerle la mirada a ese hombre tan vengativo y corriente. Suzy le había pedido el divorcio. ¿Por qué, en lugar de llegar a un arreglo civilizado, provocaba un escándalo tan bajo y vulgar? En su fuero interno, Suzy se alegraba de que, en medio de todo este escándalo, él también sería señalado como *el cornudo*.

«*Finalement, tu est un cocu, mon cher*», pensaba Suzy con una sonrisita en los labios. Pensaba que para un hombre debía ser terrible que todo el mundo supiera que es un cornudo. El abogado de Paul, el típico licenciado alemanista, con tirantes, saco de grandes hombreras y el sombrero puesto, no se separaba de su cliente. En el fondo, el abogado admiraba a Paul por haberse atrevido a acusar a su mujer frente a las autoridades.

Después de que el licenciado Agustín Alanís Fuentes, investigador del Ministerio Público, escuchara los hechos, dictaminó que Suzy fuera sometida a unos estudios que servirían para fundamentar si en verdad la acusación era cierta. Estos fueron los momentos en que más sufrió Suzy durante la experiencia de su detención. Era la segunda vez que pasaba por el mismo examen que le hicieron en el hospital Rubén Leñero y, sin embargo, tenía que volver a hacerlo. Una vez que se quitó su ropa íntima, se percató, que detrás de los cristales de las ventanas de la sección médica, unas rotas, y otras totalmente, sucias, fisgoneaban personas para verla desnuda. Eso la hizo evocar a los miles de desnudos rapados, como estaban los judíos, antes de entrar a la cámara de gas. Se le hizo un nudo en la garganta y sintió deseos de gritar. Después diría Suzy que en sus rostros se reflejaba «una infernal morbosidad».

Y así fue, Susana Avramow fue examinada minuciosamente, en dos ocasiones, por petición de Paul Antebi. Para colmo de su paranoia, su todavía esposo fue a buscar un médico del hospital francés para corroborar el diagnóstico de los dos médicos anteriores. Por su parte, Robert Gilly pasó también a revisión con el médico Julio Reyes Ortiz, de la Procuraduría del Distrito Federal. Todo era tan ridículo, qué prueba le encontrarían a Robert. ¡Ninguna!

Una vez que se cerró la investigación preliminar, el licenciado Agustín Alanís Fuentes, agente investigador de la séptima delegación, encontró elementos suficientes para considerar penalmente responsables del delito de adulterio tanto a Suzy como a Robert, determinando por lo tanto su envío la Penitenciaria del Distrito.

16

La Prensa, *27 julio 1951*
Otro escandaloso triángulo amoroso entre aristócratas
Movido vodevil al descubrir Paul Antebi los devaneos culpables de su guapa esposa.
Por Luis C. Márquez

La bella francesa Susana Avramow de Antebi, significativa figura de los círculos sociales de esta capital, mujer que ha sido considerada como la mejor vestida de México por sus ricos y elegantes atavíos y su porte distinguido, protagoniza un fino y movido vodevil, un auténtico vodevil francés pues en él sólo intervienen personas de esta nacionalidad.

Ella fue enviada con su belleza y elegancia a la penitenciaría del Distrito Federal, acusada por su esposo del delito de adulterio. Se trata de un triángulo amoroso denunciado ante las autoridades. Los presuntos adúlteros niegan los hechos y dan una versión infantil del caso denunciado, pero contra ellos se esgrimen pruebas contundentes.

El escándalo social no puede ser más fenomenal. Susana fue sorprendida por su esposo cuando se encontraba en el apartamento del francés, acompañada de éste. Ella dice que visitó a su amigo para leer algunos libros y comentarlos, sin embargo, su esposo no está conforme con tal versión, cree que le ha sido infiel, que lo engañó descaradamente.

La detención de Susana y del hombre que se presume es su amante es la comidilla del día en todos los sitios donde se reúne la gente de pomada, donde rifa lo popof. *En la colonia francesa no se habla de otra cosa. El hecho ha causado verdadera sensación.*

Los presuntos adúlteros rindieron ayer mismo su declaración preparatoria ante el licenciado Alberto Sánchez Cortés, juez quinto de la tercera Corte Penal. Los dos negaron abiertamente los hechos. No obstante, todo hace pensar que no son tan inocentes como se dicen.

Detención de la pareja por dos policías

A las veintitrés horas de anteayer, los policías 1039 y 1084 presentaron en la séptima delegación a Susana Avramow de Antebi y a Robert Gilly Reynaud, a petición del esposo de aquella.

El licenciado Agustín Alanís Fuentes, agente investigador del Ministerio Público en turno, procedió a conocer de los hechos para levantar el acta de rigor. Primero declaró Antebi, dijo que tiene la nacionalidad francesa, con domicilio en Sierra Madre núm. 215, Lomas de Chapultepec. Comenzó diciendo que el 18 de julio de 1941 contrajo matrimonio con Susana procreando ambos dos hijos.

Su esposa cambió de la noche a la mañana.

Continuó declarando que desde hace tres semanas se dio cuenta de que su esposa había cambiado radicalmente su carácter. Lo trataba con violencia y casi no le hacía caso a lo que él le indicaba.

Siguió diciendo que, hace aproximadamente un mes, regresó de un viaje y entonces varios amigos le informaron que su cónyuge paseó con Robert Gilly Reynaud, durante su ausencia, luego al comprobar que ella lo trataba con indiferencia, empezó a sospechar de su conducta.

«Conozco a Robert desde hace varios años —precisó—. Siempre iba yo con mi esposa a visitarlo a su casa. Fue a mi regreso de

Europa al enterarme, por boca de algunos amigos, cuando nació en mí la sospecha. Pensé qué Robert y Susana tenían relaciones íntimas».

De casualidad descubrió el idilio

Continuó declarando que el miércoles pasado a las 20:30 horas, casualmente pasó a bordo de su automóvil por la esquina del Río de la Plata y el paseo de la Reforma y con sorpresa vio que el flamante automóvil de su esposa, un Buick modelo 1950, se hallaba estacionado en dicho lugar. Agregó que inmediatamente comprendió que su cónyuge estaba en la casa núm. 26 de la calle Atoyac, domicilio de Robert Gilly Reynaud.

«Por la vía telefónica —continuó diciendo—, me comuniqué con mi abogado Medina Baeza, citándolo para que nos viéramos en esta delegación. En esta oficina pedí el auxilio de dos policías. Todos: mi abogado los policías y yo hicimos vigilancia frente a la casa de Robert hasta las veintitrés horas cuando mi esposa y Robert salieron del apartamento de éste a ocupar el elevador».

El francés Jacques Antebi Salomón dijo que su esposa le había dicho una grave ofensa en francés: «Me dijo que ahora todo México sabría que me engañaba». Siguió diciendo que tal cosa lo indignó y por esto determinó acusarla formalmente del delito de adulterio juntamente con Robert.

Declaran los policías

Los dos policías que se encargaron de detener a la pareja fueron llamados a declarar sobre el escandaloso caso y dijeron que por instrucciones del agente investigador acompañaron al francés Paul Antebi Salomón hasta las calles de Atoyac 26, donde se reunieron con dos abogados de éste y esperaron a que saliera la señora Avramow de Antebi y su amigo Robert Gilly, a quienes detuvieron al tenerlos frente a ellos.

17

Cuando los policías suben a Suzy en la patrulla, siente un olor que no logra descifrar. Necesita aire, quiere bajar el cristal, pero no la dejan. Con un tono burlón le dicen: «Seño, usted no puede abrir la ventana». Suzy se enoja y se preocupa: no podrá gritar si es que esos supuestos guardianes de la justicia le faltan al respeto.

Suzy ve cómo se alejan de la ciudad llena de luz, para irse adentrando en un mundo totalmente desconocido para ella. ¿Cuándo iba a tener que andar por los rumbos de La Merced? Por primera vez empieza a conocer otro México, el de las vecindades que se fueron anexando a la gran prisión de la ciudad, ahí se fueron a refugiar las familias de los presos sentenciados a varios años.

Se tranquiliza al saber que Antebi viene siguiéndola en otro vehículo. Es su acusador, pero, aun así, le sirve de custodio. Cuando ve por primera vez el edificio de Lecumberri, lo siente en verdad como un Palacio Negro. Desde la entrada se siente el dolor, el odio, el resentimiento social hacia quien no tiene necesidad de robar y de matar.

Ve a lo lejos que llega Robert, se siente aliviada. Ya no está sola contra Antebi. De pronto, una mujer gorda, vestida de policía, le dice que la acompañe para que se cambie. Suzy piensa:

«¿Por qué me he de quitar mi ropa? La bata me da asco, ¿dónde voy a poner mi abrigo? La camisa rayada que me ofrece, la puedo usar sobre mi suéter, ni pensar que toque mi piel esta cosa blanca y negra que ellos llaman uniforme».

Al llegar a su pequeña celda de la penitenciaria del Distrito Federal, conocida como el Palacio Negro de Lecumberri, Suzy viste la misma bata de rayas que el resto de las presas. Muere por un cigarro. Siente náuseas. Además del olor fétido que se respira en el ambiente y de la humedad, lo que le llama la atención a Suzy es la cantidad de chicles incrustados en el piso. A lo lejos se escuchan varios gemidos e insultos de presas que se confunden con los gritos de los celadores. «Cállate, cabrona, o te doy una madriza».

Hasta ese momento, Suzy no había podido llorar. Había algo que se lo impedía, pensaba que si le daba rienda suelta a su tristeza, no pararía nunca de expresarse. Era una tristeza tan antigua, tan vieja, que hacía muchos años había optado por encapsularla y ocultarla hasta el fondo de su corazón. Le daba pavor desenterrarla, temía que se desperdigara por doquier, sin poder regresarla a su cápsula. La suya era una tristeza formada por torrentes de lágrimas, una tristeza que se había impregnado en cada uno de sus poros y una tristeza que padecía desde que era una adolescente. Ella, que siempre había sido la alumna ejemplar, la joven brillante a la que siempre recurrían sus compañeras del Instituto Angloamericano para que les ayudara.

«Susahana, a mi papá ya lo corrieron del trabajo. Por favor, habla con el dueño del almacén donde trabajaba», «Susahana, necesitamos conseguir la medicina de mi mamá, ayúdanos con tus contactos en Varsovia». «Susahana, los de la SS se llevaron a mi padre. Ayúdanos, por favor». Ahora, muchos años después, esa misma Susahana, tan desafiante y solidaria con los demás, se encontraba sola en la cárcel, sin saber qué hacer. Como su madre, su hermana Matilde y sus compañeras, también ella se sentía injustamente presa. Aunque había escapado de la guerra, ahora también llevaba un uniforme a rayas como los que habían llevado millones de judíos en los campos de concentración. Como ellos, se sentía vejada y humillada. Tenía el amor de Robert, sí, pero ¿por cuánto tiempo?

Sumida como estaba en sus cavilaciones tan atormentadas, de pronto un policía panzón y bigotón abrió la puerta de su celda y con una voz aguardentosa le dijo: «¿Qué pasó, güerita? No esté triste. ¿Es cierto que está usted en la cárcel por resbalosa? Pus fíjese que aquí hay un preso de apellido Cid, de nacionalidad extranjera como usted, que la puede ayudar a salir por tan sólo quinientos pesos. Él es mi amigo. ¿Quiere que le diga?». Haciendo acopio de su fuerza interior, le suplicó al guardián que por favor se retirara. Le dijo que ya tenía un abogado y que no necesitaba de la ayuda de su amigo Cid.

Esa noche, Suzy no durmió, lloró. Lloró todo lo que no había llorado en años. Lloró por la guerra, por la muerte de Herschel, por su madre, por su hermana, por un padre inexistente. Lloró por su amiga Myriam, a la que no le había escrito desde que llegó a México, lloró por los vecinos de su edificio, lloró por los judíos muertos, por los sobrevivientes, por el rey Boris, quien había sido envenenado por Hitler. Lloró por sus hijos, por tener una madre tan frívola, lloró por haberse casado con un hombre tan cobarde e interesado y, por último, lloró por lo feliz que la hacía Robert Gilly, *malgré tout*...

18

Tres veces revisó, con todo cuidado, su libro de cocina. Faltaban dos días para su cena y Doreen no se decidía por el menú. Hasta ese momento había elegido tres posibilidades. La primera consistiría en sopa de col china, arroz, costillitas de cerdo a la barbacoa, germinado de frijol dorado con carne de cerdo y pollo al *curry*. La segunda: sopa de abulón, arroz, rizos de camarón con pollo, cacerola de setas con pollo y habas doradas con carne de cerdo. Y la tercera: sopa de lechuga y pescado, arroz, setas chinas al vapor e hígados de pollo con salsa agridulce. Después de mucho reflexionar y de discutirlo con sus padres, optó por el segundo. «Para postre podrías dar tu "lago de almendras" que te sale tan bueno», le había recomendado su madre, quien estaba igual de excitada con el compromiso de su hija. Cómo no lo habría estado si es bien sabido que en China se venera y admira profundamente los logros académicos. Incluso se dice que aquellos que están llenos de lo que han aprendido de los libros no deben temer la presencia de los espíritus. En el caso de la cena de su hija, ella estaría cerca de un espíritu privilegiado.

Era la primera vez que Doreen invitaba a su casa, *tête à tête*, a uno de sus pretendientes mexicanos. Era la primera vez que lo haría para festejar una fecha tan importante. Y era la primera vez que la celebraría sin sus padres. Hacía unos días que había recibido un telegrama de Formosa, en donde se les comunicaba que la abuela se encontraba muy enferma. Urgía su presencia. Los embajadores Feng tomarían el avión la víspera de la cena. Doreen estaba consciente de estas dos responsabilidades. Festejar con todo el rigor, debido a la fiesta más importante para los chinos y ser la anfitriona de Carlos Fuentes, quien además de ser el hijo de don Rafael Fuentes, jefe del Ceremonial y Protocolo de Relaciones Exteriores, era un incipiente escritor con un talento deslumbrante. Doreen tenía que lucirse doblemente.

Siempre que llegaban estas fechas, es decir, una semana antes de que terminara el año viejo, que es cuando se festeja el Año Nuevo chino, en la residencia de la embajada se creaba un gran ambiente festivo. Entre la familia Feng se respetaban al máximo todas las tradiciones heredadas de muchas generaciones. Como sucedía con las demás costumbres milenarias, la celebración de Sun Neen se seguía paso a paso. Doreen no sólo las mantenía al pie de la letra, sino que incluso las difundía. En uno de los capítulos de su libro *El placer de la cocina china*, explicaba puntualmente todo lo relacionado con el Año Nuevo chino: «Es cuando el Dios de la Cocina asciende hacia el cielo para reportar al Sheung Duy, Dios Todopoderoso, todas las virtudes y los vicios de cada miembro de la familia. Por lo tanto, el día 23 de la décimo segunda luna, la familia se reúne frente al cuadro de Dios de la Cocina, que está colocado en la chimenea de la cocina de cada hogar. Acompañados por el ruido de cohetes, que alejan a los malos espíritus, la familia reza ante él y le frota los labios con miel u otro dulce pegajoso. Esto se hace para inducirlo a decir únicamente cosas buenas, o para sellarle los labios tan completamente que no le será posible decir nada malo. A continuación, se descuelga el cuadro, se coloca sobre una carroza o un caballo hechos de carrizo y papel, y llevado con gran pompa hasta el patio principal. El Rey de la cocina, montado sobre su carroza o caballo, es quemado en medio de grandes ceremonias y de esta manera se eleva rápidamente continuando su camino espiritual hacia el cielo».

Efectivamente, en una de las paredes del antecomedor, decorada como la cocina con *feng shui*, se encontraba un cuadro enorme Zao Wang Ye, conocido también como el Rey de la estufa o el Dios de la cocina, el cual se asemejaba mucho al Gran Buda de la provincia de Leshan, en Sichuan. Debajo del marco dorado, pregonaba un refrán: «*Eat anything with four legs except the dinner table*». A pesar de que la costumbre era la de colocar su imagen a un lado de la estufa, con la esperanza de que ayudará a alejar el hambre, Doreen lo había colocado muy cerquita de la despensa, símbolo que también ahuyenta la escasez de alimentos.

Para esta celebración, los invitados debían vestir sus mejores galas y presentar sus respetos a los padres, los abuelos, los amigos, los conocidos, así como a los antepasados ya fallecidos. Algo muy importante era saldar todas las deudas. «Esto se hace para salvar las apariencias del que ha pedido prestado, y atraer buena fortuna para él y su familia durante el año venidero», escribió en su libro Doreen.

Como una verdadera «gran maestra de las artes culinarias», como le gustaba autonombrarse a la china, empezó a organizarse con mucho esmero. Un día antes, le advirtió a todo el servicio doméstico que quería la cocina impecable. Así mismo recomendó que para esta cena tan especial nada más la asistiría Charly, ya que su padre había sido un magnífico chef. Es evidente que el mayordomo había mentido. A lo más que había llegado el señor Fu, fue a pulir su receta de bísquets chinos. Entre las muchas recomendaciones que hizo la hija de los embajadores, además de la minuciosa limpieza de la residencia, del planchado del mantel y de los ramos de flores, era la de desocupar la mesa más grande de la cocina.

A la mañana siguiente, Doreen se despertó muy tempranito. Sobre la mesa ya estaba dispuesto todo lo que le había pedido a la cocinera: la pila de tazones grandes, varias ollas y platones, una botella con salsa de soya, aceite vegetal, una caja de sal, una de pimienta y otra con maicena. Igualmente, se encontraban, apilados, cuidadosamente, los vegetales que utilizaría, así como las ollas, sartenes, platones y tapas. La estufa ya estaba limpia y despejada con sus cuatro quemadores, dos de los cuales serían para el arroz y la sopa. El tercero, para el platillo de cocimiento lento. Y el cuarto quemador como reserva para freír a último momento. Charly, por su parte, ya había sacado el mantel blanco todo bordado para la mesa redonda que se colocaría en la mesa de biblioteca y la vajilla de porcelana con dibujos chinos bien definidos y nítidos, como debe de ser. El vidriado de la vajilla de la residencia tenía un brillo muy especial. No tenía ni un solo defecto. Esta vajilla antigua que venía de Chiang–Té–Chén, cerca de Kim–Kiang, era el orgullo de la señora Feng. Nada más era utilizada para festejos muy especiales. Charly ya había lavado en agua jabonosa las cucharas de porcelana y los *faai jee*, los palillos de marfil. El sabía que si no se lavaban de este modo, podrían cambiar de color, poniéndose de un tono amarillo o café desagradable. Prácticamente, ya todo estaba listo.

Doreen había previsto el menú, pensando también en las personas de servicio. De ahí que los ingredientes que usaría serían para ocho o diez personas. Ellos también tendrían su fiesta de fin de año chino. Charly les había enseñado a comer con *faai jee*: «Para manipular los palillos hay que tener en mente que uno de los palillos siempre debe permanecer inmóvil, y el segundo hace las veces de palanca que se levanta hasta rodear la comida y luego es bajada hasta que aprieta firmemente. El palillo estacionario se sostiene entre el pulgar y la base del dedo índice, y se apoya sobre el último nudillo del cuarto dedo. El segundo palillo, que sirve de palanca, se sostiene presionado entre la punta del pulgar y la curva que se forma entre el primero y el segundo nudillo de dedo índice cuando éste se dobla. El tercer dedo sostiene este palillo, siendo también la fuerza que lo mueve hacia arriba o hacia abajo». No había día en que el mayordomo no les recitara el mismo sermón. «Ay, Charly, a mí déjame comer como Dios manda con mis cubiertos normales. Sus costumbres nomás no me gustan», le decía la cocinera. En cambio, el que había aprendido maravillosamente bien las lecciones de Charly había sido el jardinero. «Desde que aprendí hasta las tostadas quiero comer con mis palillos», aseguraba don Pedro muerto de la risa y mostrando sus dientes amarillos.

Una de las tantas tareas que tenía Charly como mayordomo de la residencia era la preparación del té a la vieja usanza. Es decir, que debía de prepararlo desde la quema de las hojas de té. Desde que era muy joven, su padre le había enseñado el mejor método que consistía en colocar las hojas sobre charolas planas, siempre en una habitación de temperatura graduada, ya sea para marchitarse o cocerse al vapor. Después de haberlas marchitado suficientemente, las enrollaba y las torcía a mano. En seguida, las secaba y las empaquetaba, no muy apretadas, en forma de ladrillo. Con mucho cuidado cocía el polvo al vapor, colocándolo en moldes y comprimiéndolo por medio de comprensión hidráulica. Charly también era experto en preparar tés medicinales, en reconocer los diferentes tipos de *ginseng* y en dar diagnósticos según el estado de la lengua. Según el mayordomo, más que tomar el pulso, para diagnosticar cualquier enfermedad había que palpar la lengua, ya que cada parte de ella corresponde a un órgano. Un día le dijo a la recamarera que el órgano del corazón se encontraba justamente en la punta. «¿Por qué no me la muestra para que se la palpe?», le dijo a Lupita. Ésta lo tomó como un insulto y no le habló en tres días.

A pesar de que Doreen recomendaba en su libro, con letras ¡mayúsculas!: «¡Importante! Las uñas deben ser cortas», ella había aprendido a cocinar con las suyas, que eran ¡larguísimas! Nadie supo nunca cómo lo lograba. Muchas de sus amigas pensaban que se servía de sus uñas como cualquier utensilio para medidas. Ella, en lugar de decir: «agregar una pizca de sal», diría, «añadir una uña del dedo chiquito, ya que la del dedo gordo está reservada para la maicena». Lo que también resultaba todo un misterio es que nunca se le rompieran. «Ay, Doreen, ¿cómo le haces para tenerlas tan fuertes?». La china se limitaba nada más a sonreírles, sin confesarles jamás que, prácticamente todo el día, tomaba té de *ginseng*, mezclado con la flor *dang gui*, cuyos poderosos efectos fortalecían su sangre. Entre más la nutría, más fortalecía cada una de sus diez uñas maravillosas.

Una vez que la china verificó que, efectivamente, ya se encontraba todo listo, se puso una bata blanca que compró en el mercado de pulgas de París, que había pertenecido al primer cocinero de la Tour d'Argent, y una red para el pelo. En seguida comenzó a preparar la sopa de abulón, o *bow yu tong*. Con mucho cuidado cortó las verduras en diagonal. «Esto permite una mejor absorción de sabores», le explicaba a Charly, quien no dejaba de pasarle, uno a uno, cuatro tallos de apio y cuatro setas chinas. Mientras que la china cortaba, siempre en diagonal, las dos rebanadas de jamón ahumado, el jengibre y el kilo de carne de cerdo, el mayordomo la observaba en absoluto silencio. «Se va a cortar una uña, se va a cortar una uña», pensaba con cierta ansiedad. Pero Doreen rebanaba los ingredientes con una enorme maestría, un accidente de esa naturaleza hubiese sido imposible. Todos sus movimientos estaban perfectamente coordinados. Se hubiera dicho que era una chef profesional. Además, todo lo hacía con gracia. Con esta misma actitud femenina mezclaba la maicena, la salsa de soya, las dos cucharaditas de sal y la media del azúcar. Mientras tanto, en la estufa se estaba calentando un poco de aceite en una olla para poder freír el jengibre. Cuando terminó de cortar todo lo anterior, se dirigió hacia el lugar donde se encontraba la estufa y puso en la olla el jengibre y la sal. Charly ni siquiera parpadeaba. A pesar de su carácter escéptico y negativo, no pudo evitar creer que su patrona era una mujer muy bonita, que era dueña de una piel preciosa, y que su boca tenía forma de corazón.

En tanto, mientras Doreen esperaba que transcurriera el medio minuto que se requería antes de agregar las seis tazas de agua hirviendo, miraba sus uñas. Jugaba con ellas. Y las admiraba para después seguir esperando hasta que el agua hirviera nuevamente y así añadir las setas, el apio y la mezcla de carne de cerdo. En seguida, cubrió la olla con la tapa. Puesto que tenía que esperar diez minutos antes de agregar el jamón y el abulón, decidió irse a su habitación. Allí, frente a su tocador, se puso su mascarilla de arroz, té verde y Lui Hui (líquido de Aloe Vera) que ella misma había inventado y cuyos resultados eran verdaderamente extraordinarios. Con la cara cubierta con un ungüento verde claro, una vez transcurridos exactamente diez minutos, regresó a la cocina. Su aspecto fantasmagórico asustó a Charly. «Ay, señorita, no la reconocí», exclamó el mayordomo, llevándose sus manos a la boca. En efecto, Doreen estaba irreconocible. Parecía una actriz del teatro Kabuki. Seria y *enmascarada* como estaba, la china añadió a la olla, donde seguía hirviendo el líquido, el jamón y el abulón. «No permita que el abulón se cocine más de cinco minutos, porque se hará duro y ahulado», le recomendó a Charly.

Tres horas después de estar cocinando cada uno de los platillos que comprenderían el menú de la cena, Doreen se sentía un poco fatigada. Lo único que le faltaba era el postre. Aunque fácil, la manera de hacerse era muy elaborada. Nadie más que ella podía hacerlo, de lo contrario corría el riesgo de que saliera grumoso. Una vez que hirvieron las ocho tazas de agua, con la lata de leche evaporada, agregó despacito un cuarto de taza de maicena, previamente diluida en agua fría. Esperó que espesara la mezcla, añadió una cucharadita de extracto de almendras, una cucharadita de vainilla y un cuarto de taza de azúcar. Estaba tan ilusionada por tener a Carlos Fuentes como invitado, que ella, personalmente, se quedó durante veinte largos minutos, dándole vueltas y más y más vueltas alrededor de su lago de almendras. De esta forma le daba rienda suelta a su propio ingenio creativo. A veces giraba la cuchara de palo hacia la derecha; otras, hacia la izquierda hasta lograr la suavidad cremosa que deseaba. Más y más vueltas. Creía que, si esto lo hacía al mismo tiempo que evocaba bonitos pensamientos para el bien de su futuro invitado, su postre quedaría todavía más suculento. Mientras tanto, en el otro quemador estaba hirviendo la infusión de crisantemos junto con la hierba murajes para «iluminar los ojos». Estas compresas se las pondría sobre sus párpados justo antes de vestirse para la cena.

19

Como cualquier reo, Suzy debió someterse al cuestionario que se hace al entrar a Lecumberri. Un agente mal encarado comenzó a preguntarle a gritos y hablándole de tú, mientras terminaba su torta de jamón de puerco con mucha crema y aguacate.

No te escucho. Habla fuerte y en español por favor:

¿Nombre?

¿Dónde naciste?

¿Cuántos años tienes?

¿Soltera o casada?

¿Qué religión profesas?

¿Hasta qué año fuistes a la escuela?

¿En qué trabajas?

¿Nombre de tu papá? ¿Mamá?

¿Domicilio, dónde vives? ¿En cuál colonia?

Enseguida, con la mano que tenía libre, le tomó las huellas del dedo índice. De ahí la pasó a otro apartado para hacerle la exhaustiva revisión de objetos, ropa y cuerpo. Igualmente, le tomó su peso, le midió su estatura y le imprimió sus huellas. En otra salita, le tomaron la foto con el número, de frente y de perfil.

Después, pasaron a Suzy a la revisión médica. Posteriormente, la llevaron a otra sala para que se despojara de sus prendas de vestir y le entregaron el pestilente uniforme a rayas, que le quedaba enorme. Finalmente, ya con el uniforme puesto, la llevaron a su celda correspondiente.

La primera vez que Suzy escuchó hablar de Lecumberri fue en boca de Paul Antebi. Él le platicó acerca de un preso muy famoso, llamado Ramón Mercader, asesino de León Trotski, uno de los líderes de la Revolución Soviética. En la mañana del 20 de agosto de 1940, bajo las órdenes de Josef Stalin, un individuo llamado Jacques Mornard Vandendrescher, supuesto hijo de un diplomático del servicio exterior belga, mató a Trotski con un piolet: una piqueta de alpinista que se había traído de Francia. No fue sino hasta mediados de 1944 cuando se supo que el verdadero nombre del asesino del soviético era Ramón Mercader del Río, espía de la Unión Soviética. Lo que más le había llamado la atención a Suzy fue que el muralista mexicano, David Alfaro Siqueiros, también había intentado, anteriormente, matar a Trotski, pero sin lograrlo. Le llamaba igualmente la atención el hecho de que Trotski se hubiera enamorado, aunque brevemente, de una joven pintora llamada Frida Kahlo, mujer de Diego Rivera.

Tiempo después, Suzy se enteraría de que la celda del asesino de Trotski había estado en una crujía cercana a la suya. Su celda era de dos cuartos llenos de libros y un radio de onda corta. Tenía muchos privilegios. Su comida era distinta a la de los otros reos. Recibía mujeres muy hermosas y hasta teléfono tenía en su celda.

Durante sus investigaciones, Suzy también se enteró de Goyito, un estudiante de química llamado Gregorio Cárdenas Hernández, asesino de cuatro mujeres, mismas que fueron enterradas en el patio de su casa; y que terminó confinado en el pabellón de los enfermos mentales. «Fíjese que fue tal el escándalo y el morbo que varias señoritas de distinguidas familias, gracias a sus influencias, consiguieron permisos especiales para atestiguar el juicio. Algunas de estas muchachas hasta pudieron hablar con el asesino. Según ellas, por motivos puramente científicos...», declaró en su momento una de las celadoras.

Todo eso lo descubriría Suzy mucho después. En este momento, lo único que sabe es que pasan las horas, sigue encerrada en la zona femenil de Lecumberri y continúa recibiendo la visita de los agentes del Ministerio Público. Sigue sin entender por qué diablos la mantienen presa, no obstante, está dispuesta a pagar la fianza.

«Señora, el adulterio en México es un delito según el Código del Distrito Federal y Territorios Federales. Aquí, en el Título Decimoquinto, que trata sobre Delitos Sexuales, Capítulo IV, Artículo 273, que habla del adulterio, dice que: "se aplicará prisión de dos años y privación de derechos civiles hasta por seis, a los culpables de adulterio en el domicilio conyugal o con escándalo". Y el suyo no ha dejado de sonar en todos los periódicos. Yo le sugiero que no esté de altanera y que mejor me platique desde cuándo le puso los cuernos a su marido».

Al escuchar lo anterior, Suzy se altera, protesta y exclama completamente indignada:

–¿Quién es usted para hablarme en ese tono? No tiene derecho. Necesito hablar con mi marido.

–Da la casualidad, señora, que él fue quien la denunció.

–Quiero hablar con mi abogado.

–¿A esta hora?

–Sí, a esta hora. No importa la hora, el licenciado Cárdenas siempre toma mis llamadas.

–Ahorita no hay nadie en las oficinas que le pueda prestar un teléfono. Mañana puede hacer la cola con los demás presidiarios que están esperando su turno para hablar por el teléfono público.

–No traigo dinero. Además, al entrar a Lecumberri me quitaron mi bolsa, que vale una fortuna. Quiero recuperarla, porque en ella tengo unas pastillas que urge que me las tome.

–Su *bolsita* la va a recuperar hasta que la dejen en libertad. Por lo de las píldoras, le sugiero que mañana hable con el médico de Lecumberri.

–Me da pavor que me la roben.

–Como puede ser que sí, puede ser que no.

–Éste es un país de ladrones.

–¿Ya sabe cómo le dicen al gabinete del presidente Miguel Alemán? Alí Babá y los cuarenta ladrones. No se sorprenda.

–A mí ya nada me sorprende.

–Bueno, señora, me despido. Espero que descanse, mañana le espera un día muy ajetreado porque vienen muchos testigos y amistades suyas. ¿Es cierto que la llamaban la «mujer mejor vestida de México»?

–Buenas noches, señor agente.

Una hora después de que se fuera el agente, entraron a la celda de Suzy dos mujeres. La más joven estaba acusada de matar a su marido; a la otra la habían llevado a la cárcel por robo en el domicilio donde trabajaba. «La verdad es que los Azules, no tienen madre, nomás porque me robé unas cucharitas, dizque de plata, me trajeron al Palacio Negro de Lecumberri».

La asesina, totalmente borracha, alcanzó a contar el porqué la habían encerrado: «Pos yo sí, de plano, le di *matarile* a mi viejo porque estaba chingue y chingue… Se lo merecía el cabrón…».

Curiosamente, ninguna de las dos le preguntaron a Suzy por qué razón se encontraba allí. Ella nada más las escuchaba, procurando no inhalar demasiado el olor que despedían sus cuerpos, era un olor como a petate quemado. No obstante, no podía evitarlo: el separo era tan pequeño, no había a dónde huir.

Esa noche, Suzy decidió dormir en el suelo y dejarle el catre a las dos mujeres. Cubierta con un sarape, se acordó de las veces en que había estado con Robert en Acapulco. Parecía que a Paul no le importaba. «*Tu as besoin de vacances… ma chérie*», le decía como para animarla. Incluso le sugería que se fuera con los niños. «Mándalos con el chofer y ustedes váyanse en avión», le propuso la última vez que fueron.

«¿Qué nunca sospechó el imbécil que después de tantas salidas, terminaríamos Robert y yo enamorados? He allí la perversidad de este tipejo: todo lo armó para que yo cayera en brazos de su amigo y así poder caernos *in fraganti*. En mi caso, no es *chercher la femme*, sino *chercher l'argent*! Paul es tan tacaño y paranoico con su dinero. En el fondo es un hipócrita, porque todo el dinero que da para asociaciones judías filantrópicas no es porque sea generoso, es para su imagen, para que la comunidad crea que se trata de un hombre muy generoso. Cuando se termine todo este lío, me divorcio. No tengo sueño y, sin embargo, estoy muerta de cansancio y me dan pavor las ratas, las cucarachas y todos los bichos que se puedan encontrar en esta pocilga… Además huele horrible, es por el Gran Canal del Desagüe que está a cielo abierto. ¡Qué horror!».

Por más cansada que estaba, esa noche Suzy no durmió pensando en la muerte tan violenta de Trotski en manos de Mercader del Río, ni en Goyo Cárdenas, cuya celda a lo mejor no se encontraba lejos de la suya. A pesar de todo, sus pensamientos volvieron una y otra vez a Robert, y se refugió en ellos como la única forma de mantener la angustia a raya.

20

Entonces Carlos Fuentes tenía 21 años. Era un ávido lector, todo lo que le caía en las manos lo leía con verdadera obsesión. Para entonces ya había descubierto a Balzac, a Dickens, a Kafka, a Proust, Huxley, a Cervantes y a un joven escritor argentino, llamado Jorge Luis Borges. A pesar de que no dejaban de invitarlo a todas las fiestas organizadas por las embajadas y Los trescientos, sus intereses intelectuales iban más allá las de sus amigos niños–bien *juniors,* quienes nada más pensaban en divertirse. No es que Fuentes no se hubiera divertido, ni dejara de asistir a estas reuniones sociales, sino que a la vez que estudiaba su carrera de Derecho en la Escuela Nacional de Jurisprudencia en San Ildefonso, se daba tiempo para consolidar su cultura, la cual tenía que ver con todo: con el teatro, con el cine, con la música, con los ateneos literarios del momento, con la pintura y con la ciencia. A propósito de estos temas, afortunadamente, el joven escritor sí contaba con interlocutores de su misma calidad intelectual, como eran Jaime García Terrés, Enrique Creel, Elena Urrutia, Celia Chávez, Gloria Segrist, Eugenia Caso y Esperanza y Celia Chávez de Terrés. Con ellos, precisamente, formó parte de un grupo teatral, el cual tenía costumbre de reunirse todos los sábados en casa de los Fournier. El director era Salvador Novo. El día en que no había ensayo, el grupo leía obras de autores modernos, poesía y de los últimos libros que se acababan de publicar.

Otro de los grupos literarios sabatinos a los que asistía Fuentes era el que se reunía en el IFAL, junto con Emilio Carballido, Enrique González Casanova, Rafael Corrales y Luis Rius entre muchos otros. Por añadidura, era el discípulo consentido de don Manuel Pedroso, el gran intelectual y maestro de teoría general del Estado y de Derecho Internacional Público, y exrector de la Universidad de Sevilla antes del franquismo. Junto con muchos jóvenes, Carlos Fuentes también iba a su departamento de Río Amazonas 74, en donde se pasaba horas discutiendo con el gran maestro sobre los Enciclopedistas. Igualmente *Carlitos,* como le decían, era parte de una agrupación fundada por el pintor Fito Best, bautizado con el nombre de Basfumismo. Pero, así como se pasaba horas discutiendo con Ernesto de la Peña acerca de Hegel y de Kant, también pensaba en qué disfraz ponerse para el baile de fachas en la Embajada de Paraguay. Para esa ocasión, Cassandra escribió en su columna *Campos Elíseos*: «Hacía mucho tiempo que no asistíamos a una fiesta tan alegre y de tanto colorido como la ofrecida por el ilustre doctor Fermín Dos Santos el miércoles pasado. El anfitrión llevaba el atavío que hiciera famoso al torero Mazzantini. También de "fachas" estaba Carlitos Fuentes, quien con la sola ayuda de una media de *nylon* logró convertirse en Cuasimodo. Es cierto que no se parecía mucho al jorobado de *Nuestra Señora de París*. Afortunadamente, él no es tan feo como el personaje de Víctor Hugo. Esmeralda esta vez era Susana Oneto. La argentina, Cuca de Martínez Teddy, logró el primer premio con su traje de china poblana. Del harem de un Alí Khan cualquiera, brotó la *ravissante*, hija del embajador de China, Doreen. Estaba disfrazada de odalisca, cubierta por una tenue tela de gasa. Sus eternas uñas largas pintadas de blanco nacarado y sus ojos rasgados la delataban. Max Gómez mostraba sus esplendorosas pantorrillas, propias de un pirata tuerto. También con las rodillas al aire, Martha Roth pero en postal acapulqueña. El que estaba casi desnudo era el cónsul uruguayo. En cambio, el duque de Otranto, vestido como Escipión el Africano. Pero el traje más original, aparte del de Carlitos, fue el de mi general Ríos Zertuche. Iba de *civil.* Nadie lo reconocía. Por mi parte, fui vestida como una verdadera Casandra de la época griega. El drapeado de mi túnica blanca fue la envidia de todas las invitadas».

Carlos llegó a la residencia de la Embajada China a las nueve en punto. El joven había heredado la puntualidad de su padre. Como era de esperarse de una persona sumamente educada y viajada, no llegó con las manos vacías. «Toma», le dijo a Doreen al mismo tiempo que le entregaba un disco en cuya funda se veía una imagen estilizada de la Torre Eiffel durante una puesta de sol. En la contraportada aparecía la foto del compositor con una breve reseña de su obra.

—La canción es de Cole Porter. La canta Ella Fitzgerald. Está en primer lugar del *hit parade* de Nueva York. Espero que te guste.

La china enfundada en un vestido oriental de seda azul turquesa, bordado con hilos de oro cuyas aperturas de los lados estaban particularmente abiertas, lo miró con unos ojos brillantísimos. Si de todo su guardarropa había elegido el vestido azul, fue porque sabía que este color entrañaba encantos muy especiales. Para esta ocasión tan especial, alrededor de su chongo se había colocado cuatro crisantemas naturales amarillas para que combinaran con el amarillo de los bordados de su túnica. Tomó el regalo. Lo desenvolvió. Se sentía apenada. Lo único que se le ocurrió hacer en esos momentos fue darle un beso en la mejilla derecha:

—*Xièxie* —le agradeció en su idioma materno.

—De nada —dijo el incipiente escritor con la marca de los dos labios sensuales pintados de rojo de su anfitriona en una de sus mejillas.

En seguida Doreen se dirigió hacia donde se encontraba el tocadiscos Garrard, un rinconcito hasta el fondo del *hall*, en cuyos muros se encontraban dos pinturas chinas en pergamino, originales del siglo XIII. Cada figura vestida a la vieja usanza estaba de pie sobre un tapete ornamentado con la *svastika* hindú cuyas aspas giraban hacia la izquierda. Sin duda eran las pinturas más valiosas de toda la residencia. Mientras Carlos caminaba detrás de ella, admiraba además de su espléndido *derrière*, su cuerpo armonioso, casi perfecto. La china abrió la tapa del aparato que lo protegía y puso el disco de pasta negra de setenta y ocho revoluciones. De pronto se escuchó la voz de la cantante negra:

I love Paris in the spring time,
I love Paris in the fall,
I love Paris in the winter, when it drizzles,
I love Paris in the summer when it sizzles...

La melodía envolvió a la china de inmediato. Cerró los ojos. Empezó a llevar el ritmo de la música con su esbelto cuerpo. Se sentía transportada. El joven escritor le había dado en el clavo. Ella se sabía de memoria todas las canciones de Cole Porter. Era su compositor preferido. No sólo por su música, sino por su vida, Doreen se había enterado de que en 1937, el músico había sufrido un accidente que prácticamente lo había confinado a una silla de ruedas y a un constante peregrinar por los hospitales, cosa que no le había impedido componer: *Night and Day, Begin the beguine* y *You do something to me*. Por añadidura, la china adoraba París. En esa ciudad había conocido a Christian Leonard, un joven parisino quien, durante un verano, la había paseado y enamorado en tan sólo ocho días. Sobre este encuentro tan azaroso tenía decenas de páginas escritas en su diario. Al advertirla tan emocionada, pero sobre todo, tan encantadora, Carlos tuvo un impulso.

—¿Quieres bailar? —le preguntó con cierta timidez antes de reacomodarse sus lentes de montadura negra.

—*Of course*! —respondió Doreen con una sonrisa luminosa.

Esa noche, la china estaba particularmente hermosa. El color azul de su vestido tan intenso la hacía verse aún más resplandeciente. Al tomarla Carlos entre sus brazos, de inmediato advirtió la sensualidad de su menuda silueta. Si en algo era experto el joven intelectual era precisamente en detectar los *deliciosos secretos* de las mujeres. A los nueve años empezó a sentirse atraído por sus compañeritas de escuela en Washington, sobre todo de una que tenía unas pecas adorables. A los doce, se había enamorado, por primera vez, del fleco de una pequeña. A los quince había cortejado a una actriz. A los dieciocho conocía todos los burdeles de la ciudad de México. Y a los veinte, ya se había graduado como un espléndido amante. En su larga lista de amores físicos y espirituales se encontraban nombres de actrices, de niñas bien, de mujeres casadas y de hijas de embajadores. Desde que era muy pequeño fue sensible a la belleza. A propósito de este tema, que siempre lo obsesionó, muchos años después escribió: «La belleza sólo le pertenece al que la entiende, no al que la tiene. La belleza no es más que la verdad de cada uno de nosotros. La verdad y la belleza de los cuerpos, pero también de los juegos, de los sueños, de la solidaridad, de la atención que le ponemos a las cosas y a los seres, de la comida y la bebida, del poema y del canto, de la memoria y de la imaginación, la belleza de la naturaleza, de la muerte y del misterio, del día y de la noche».

En tanto continuaban bailando de cachetito, Carlos le decía a Doreen:

—Eres como la Ciudad Luz. Eres como la Ciudad Prohibida. Eres como la Ciudad Agua.

Mientras tanto, ella trataba de seguir sus pasos con sus tacones altos plateados. Trataba de no distraerse, de seguir correctamente el ritmo de su acompañante.

—No hay duda que eres un escritor. Sabes decir cosas tan bonitas.

A pesar de los tapetes chinos que yacían sobre una alfombra de color *beige*, la pareja se deslizaba sin problema. De pronto se apareció Charly. Estaba vestido impecablemente con una filipina blanca con cuello y puños cubiertos con terciopelo negro. Llevaba el pelo negro y estirado hacia atrás como nunca. Iba a anunciarles que la cena ya estaba servida. La pareja no se percató de su presencia, seguían bailando en París. Seguían envueltos por las cuatro estaciones del año, al mismo tiempo. Y seguían deslizándose sobre aquellos tapetitos que, de un momento a otro, se elevarían por los cielos. El mayordomo no quiso interrumpirlos. Se retiró pensando que las relaciones entre China y México nunca habían estado tan estrechas como en ese Año Nuevo.

Una vez que terminó la canción y se hizo el silencio, reapareció el mozo: «Ya está todo listo», anunció muy serio.

—¿Quieres que pasemos a la biblioteca? —le propuso Doreen a Carlos. Ambos se dirigieron, todavía emocionados por su baile, a una de las habitaciones más agradables, después de la cocina, que tenía la residencia. Cuando Fuentes entró se quedó impresionado. La pequeña habitación, iluminada con luz indirecta y decorada completamente al estilo chino de finales de siglo XIX, parecía la sección dedicada al Oriente de cualquier gran museo. Entonces el escritor ignoraba todo acerca del arte del *feng shui*, al cual siempre había recurrido la familia de la china en cada una de las residencias que habían ocupado a lo largo de la vida diplomática del señor Feng. De ahí que Fuentes hubiera captado el ambiente tan singular que se respiraba en esa habitación de la residencia. Se sentía mucha paz, pero al mismo tiempo mucha energía.

—Siento como una antigua energía espiritual —dijo atinadamente el escritor. Al escuchar lo anterior, Doreen tuvo ganas de darle otro beso, pero pensó que hubiera sido *too much*. Todo el amueblado de la biblioteca estaba diseñado en línea vertical, como solían ser los muebles de esa época. Eran muy oscuros y hechos en una madera demasiado fuerte, lo cual los hacía parecer muy incómodos, pero a la vez muy seductores. Las sillas de madera que aparecían adosadas contra las paredes estaban separadas entre sí por pequeñas mesas altas y cuadradas. Sobre cada una de ellas aparecía un objeto extraño.

—¿Qué son? —preguntó el escritor.

—Son pipas de agua muy antiguas que había en casa de mis abuelos —respondió Doreen. En el centro se encontraba una mesa redonda cubierta por un mantel bordado, muchos tazones de porcelana con comida hasta el tope, otros con arroz, dos teteras, dos tazas para té diminutas, dos copas, dos platos medianos y dos platos hondos. Todo lo anterior enmarcado por los palillos chinos de marfil y por el par de cucharas soperas de porcelana. Alrededor de la mesa había cuatro pequeños taburetes.

—¡Qué bonito se ve el contraste del mármol blanco y la madera oscura! —opinó Carlos.

—Aunque no se vean muy confortables, hace muchos años eran ideales para los veranos calientes de China. Nada más por eso son muy agradables. Puedes comer toda la sopa caliente que quieras, que no sentirás ni un ápice de calor en tu cuerpo —agregó la anfitriona.

Del techo colgaban cuatro linternas de aceite que hacían las veces de lámparas para iluminar el cuarto, además de árboles bonsái y ornamentos de jade. Lo que también le llamó la atención al invitado fueron los cuatro paneles con caligrafías chinas y un reloj muy viejo.

—Éste perteneció a mi bisabuelo, de quien decían que era tan puntual que solía llegar media hora antes a todas sus citas —comentó la china. El escenario era maravilloso. En el ambiente se respiraba un aire de misterio. Todo parecía como de las películas del detective Charlie Chan. Carlos Fuentes estaba encantado.

Cuando finalmente se instalaron en sus respectivos lugares, sin querer, el escritor dejó caer uno de sus palillos.

—Oops… —exclamó la china.

—¿Qué pasó? —preguntó Carlos.

—Es que en relación con los palillos chinos hay muchas supersticiones. Dejar caer alguno de los dos dicen que trae muy mala suerte. Encontrar un par de largos diferentes significa que perderás el tren, barco o avión —El invitado sonrío.

—No me digas. Justo en dos días viajo a Suiza. Entonces seguro perderé el avión. ¡Qué bueno, porque así me quedo contigo! —comentó con una sonrisa en los labios.

Doreen se entristeció.

—¿Te vas? —inquirió la china.

—Sí. Tengo que continuar con mis estudios en la Universidad de Ginebra y en el Instituto Universitario de Altos Estudios Internacionales. Además, debo seguir en la misión de México ante la Organización Internacional del Trabajo.

Mientras Fuentes hablaba de su próximo viaje, Charly colocaba en cada lugar un tazón de porcelana con la sopa de abulón humeante.

—*Duy mmmm juh, laah. Jun juy mo yeh seck* —interrumpió Doreen a su amigo—. Esto quiere decir, ¡por favor discúlpame! ¡Realmente no hay nada que comer!

Carlos miró a su anfitriona sorprendido.

—Disculparse por la comida es la costumbre china. Contrariamente a los anfitriones occidentales quienes generalmente están muy orgullosos de las especialidades que han podido procurar a sus invitados, y hasta presume por cada platillo; nosotros somos todo lo contrario. La anfitriona china muestra su buena educación ofreciendo amplias disculpas por la comida. Sin embargo, es el invitado el que debe refutar enérgicamente mis disculpas. A partir de este momento, deberás alabar todas las virtudes de la comida. Lo deberás de hacer con tanta elocuencia que sienta que te hace agua la boca.

Carlos se echó una carcajada.

—¡Eres una china encantadora! —le comentó al mismo tiempo que le tomaba una de sus manos.

—Ahora, y aunque nada más estemos los dos solitos, debo hacer un brindis en tu honor —explicó Doreen. En seguida la anfitriona elevó su copa y dijo:

—Hago un brindis por el éxito de un escritor mexicano. Estoy segura de que llegará muy lejos. Estoy segura de que sus enseñanzas y su prosa tan poética enriquecerán a millones de lectores de todas partes del mundo, incluyendo a China. *Cheers*! Por favor, toma tu tiempo y disfruta de la cena. Ahora tú debes hacer otro brindis para la anfitriona —recomendó con una sonrisa sugestiva. Carlos tomó la suya y dijo:

—Has de saber, mi querida Doreen, que la amistad es la gran liga inicial entre el hogar y el mundo. Esta noche me has abierto las puertas del tuyo, y de tu mundo lleno de misterio y de enigmas. Espero que un día me invites a penetrarlo... —dijo el escritor tan coqueto.

Tal y como lo había advertido, Doreen, durante la cena a lo largo de la cual Charly nunca dejó de servir té caliente, se pasó el tiempo pidiendo disculpas por la mala calidad de la comida. A veces a Carlos se le olvidaba continuar con los elogios. Entonces Doreen ponía una expresión triste, hasta que el invitado exclamaba algo amable respecto a los platillos. Así lo hizo en relación con el arroz.

—¡Está delicioso! —dijo el invitado.

—El arroz en China simboliza la armonía y la paz. Para nosotros, es el conocimiento de que el hombre no puede existir pacíficamente y en armonía con sus semejantes, a menos que primero se sienta en paz con su propio estómago. Pero todavía no te lo acabas. Como dice mi abuela: «En nuestro país habitan más de cuatrocientas cincuenta millones de personas. Si cada una fuera a dejar un grano de arroz cada día, ¡imagínate el desperdicio!».

¡Cómo no habría estado buenísimo el arroz de Doreen, si se lo traían especialmente para ella desde Cantón! Lo había cocido a fuego lento durante cuarenta minutos exactos. A los primeros veinte de cocción, lo había mirado a hurtadillas dentro de la olla. Lo había hecho con tanto cuidado que hasta Charly se enterneció, él, que era tan ajeno a todo tipo de sensiblerías. Los resultados tenían que ser ¡magníficos!

Cuando llegó la hora del café, el cual Charly sirvió en la sala, sobre la charola de plata se encontraba, entre las tacitas de porcelana azul y blanco, un paquetito muy bien envuelto. Aunque no es costumbre dentro de la tradición china regalar un obsequio por el Año Nuevo, Doreen tenía uno muy especial para su invitado. Al momento de alcanzarle su taza de café, se lo entregó.

—¡Que tengas un año nuevo, cuyo signo animal es el conejo, muy feliz!

El joven escritor tomó el paquete y lo desenvolvió de inmediato. Eran dos libros decorados con un cordón rojo. Uno era un viejo ejemplar forrado en piel de proverbios de Confucio. El otro también aparecía encuadernado con una piel muy fina en color guinda. En el centro se leía en letras doradas: *El placer de la cocina china*, firmado por la anfitriona.

—Espero que estos dos libros sean como un talismán para alejar a los espíritus del mal —le dijo la autora.

Inmediatamente después encendió dos luces de bengala que tenía preparadas para simbolizar las linternas que se acostumbra iluminar durante la celebración del Año Nuevo chino. Con su varita entre manos, Doreen parecía un hada. Un hada adorable, dispuesta a cumplirle todos sus deseos a su invitado. ¡Qué tanto se habrá emocionado Carlos Fuentes con su regalo y con las luces que, al querer darle un beso a la china, se le cayeron los anteojos! Estaba sinceramente emocionado. Doreen, por su parte, se sentía muy complacida. Su sonrisa lo decía todo. De pronto se puso de pie. Se encaminó hacia el *hall*. Abrió la tapa del tocadiscos. Sacó el disco. Lo volteó al «Lado B». Y sin ver cuál era la canción, lo puso. Dio la media vuelta y se encaminó hacia la sala. A sus espaldas escuchó la voz de Ella Fitzgerald cantando: *As time goes by*. No lo podía creer. Ésa también era una de sus preferidas. Le fascinaba. Incluso después de haber visto la película *Casablanca*, había comprado el disco. Estaba tan contenta que esta vez fue ella la que le dio un beso. Carlos se sonrojó, pero le gustó.

—¿No es maravillosa? —le preguntó a Doreen al mismo tiempo que la invitó a bailar.

¡Con qué placer abrieron mutuamente los brazos! ¡Con qué naturalidad recomenzaron con su baile! ¡Lo hacían con tal coordinación y cadencia que se hubiera dicho que se trataba de una pareja de danzantes profesionales!

—¿Viste *Casablanca*? ¿Verdad que es una película espléndida? —le preguntaba a su anfitriona, mientras la estrechaba de más en más. Se sentía tan entusiasmado que empezó a hablar sin parar. Doreen se limitaba a escucharlo y asentir dulcemente.

—Imagínate, chinita, que el día que se estrenó *Casablanca* en el cine Lindavista yo tenía 16 años. ¡Me encantó! Esa tarde me enamoré de Ilsa Lund, y no es porque fuera interpretada por Ingrid Bergman, que es bellísima, sino porque representaba a la mujer valiente y romántica dispuesta a todo con tal de defender sus convicciones. ¿Sabías que la actriz no supo, hasta el final de la cinta, con quién se quedaría de los dos? ¿Si con

Laszlo o con Rick? Claro que el filme de Michael Curtiz tiene algunas fallas históricas, como, por ejemplo, que un perseguido político como era Víctor Laszlo, maravillosamente bien interpretado por Paul Henreid, anduviera corriendo de aquí para allá vestido de blanco, sobre todo por cómo eran de sanguinarios los nazis. Además, el aparente himno nazi que cantan en el café de Rick no era el himno que dan a entender que era. Pero todo eso no importa. La película es extraordinaria. Aunque Humphrey Bogart no es precisamente un gran actor, allí está magnífico. El que también está genial es Peter Lorre.

Todo esto decía Fuentes, mientras la cantante de *jazz* continuaba entonando:

You must remember this
A kiss is still a kiss, a sigh is just a sigh
The fundamental things apply
As time goes by
And when two lovers woo
They still say, «I love you»
Woman needs man
And man must have his mate
That no one can deny
Well, it's still the same old story
A fight for love and glory
A case of do or die
The world will always welcome lovers
As time goes by.

Cuando terminó la canción, tanto Carlos como Doreen emitieron un suspiro. Todavía sentían la emoción enredada entre sus tobillos. Tomados de la mano, se dirigieron hacia la sala. Se sentaron en el *love seat*, forrado de terciopelo guinda que estaba justo debajo de un gran espejo, el cual hacía que se creara un *chi* muy positivo en la habitación.

—*We always have Paris* —dijo de pronto el escritor con un dejo de melancolía.

—Es cierto, *we always have Paris* —agregó la china sintiéndose un poco nostálgica. Le sirvió un poco más de café a su invitado—. ¿Sabes qué? Que mientras me platicabas de la película *Casablanca*, pensé que entre Rick's Café y el Ciro's existen muchas similitudes. También las hay entre las personalidades de sus respectivos propietarios, Rick Blaine y Alfred C. Blumenthal. Los dos lugares siempre están repletos de gente de todo tipo, que van desde espías y mafiosos, hasta políticos y princesas. Además, también ellos siempre están servidos por un *barman* ruso, quien por cierto también se llama Sacha. Tanto Rick como Blumy son cínicos, pero sentimentales a la vez. Los dos no se meten en política y, sin embargo, están indirectamente involucrados con políticos. Gracias a sus relaciones pueden obtener documentos vitales para muchos de sus clientes. Papeles oficiales que van desde pasaportes hasta permisos para abrir comercios. Los dos son unos anfitriones extraordinarios. Los dos conocen su *métier* como la palma de su mano. Como sucedía con Rick, Blumy sabe la vida de todo el mundo y nadie conoce la de él. Y, por último, los dos padecen amores imposibles. Rick con Ilsa Lund y Blumy con Paty, una de las Andrews Sisters. Además, los dos siempre llevan su eterno saco blanco de *smoking* para recibir a sus clientes. ¿No te parecen demasiadas casualidades? En lo único que no se parecen entre sí es que Blumy ni fuma, ni bebe, en cambio, en la película, Rick no deja de beber y de fumar. Ah, ahora que recuerdo, existe algo más que los diferencia. El Ciro's no tiene, desgraciadamente, un pianista como Sam. *Too bad*!

Carlos estaba impresionado con todas las conjeturas de Doreen.

—Tienes razón, chinita. ¡Qué observadora eres! Deberías de ser escritora. Qué burro, si ya lo eres. Pero respecto a lo que dices, seguramente los autores de la pieza de teatro en la que está basada la película, Murray Burnett y Joan Alison, nunca se imaginaron que con su obra inspirarían a otros muchos dueños de bares en países muy lejanos. Claro que estamos hablando de escenarios totalmente distintos. Ya no estamos ante una conflagración, pero, sin duda, aún se sienten los efectos de la Segunda Guerra Mundial. Por lo que se refiere a nuestro país, allí están todavía muchos inmigrantes que vinieron a probar fortuna. Otros ya regresaron a su país, pero sin saber qué hacer. Respecto al resto del mundo, la situación todavía sigue muy incierta. Ya ves lo que está pasando en Corea. Pero tienes razón. El Ciro's es la imagen de un mundo caótico e injusto, tal como era Rick's Café. Aunque pareciera que ya estamos en paz, me temo que no es así. Como diría Jean Giraudoux, que por cierto colaboró para el gobierno de Vichy. «La paz es el intervalo entre dos guerras». ¿Por qué mejor no pensamos, chinita, que «*we always have Paris*?».

Cuando Carlos Fuentes y Doreen se despidieron se dieron un beso.

—Feliz Año Nuevo —se dijeron muy quedito.

—Te escribo desde Suiza —agregó el escritor.

No fue ciertamente un beso a la francesa, ni a la mexicana, ni a la china. Fue un beso sumamente tierno. Un beso amistoso. Un beso solidario. Pero, sobre todo, un beso de paz.

Acostada en su cama, la china escuchó más de diez veces la canción *I love Paris*. Aunque sentía sus ojos llenos de lágrimas, no lloró. Aunque tenía muchas cosas importantes que escribir en su diario, no escribió. Y aunque se sentía sumamente cansada, no durmió. Siguió allí, escuchando su canción favorita, cuando de pronto sonó el teléfono de su recámara. ¿Quién sería a esas horas de la noche? Era Maruca Palomino: «¡Suzy está en la penitenciaria!».

21

Al otro día de su llegada a la cárcel, Suzy seguía asombrada con los diferentes casos que se iban presentando en las barandillas del juzgado y de lo mucho que había cambiado su vida en apenas una noche. Vio cómo una mujer de las que se decía era «de la vida galante», con alto grado de embriaguez, trataba de seducir a los policías con tal de que la regresaran a la calle. Suzy, horrorizada, comparaba las diferentes vidas entre ambas. Ella, apenas unos días atrás, había estado en la hermosa mansión de Bruno Pagliai, el activo y social presidente del Hipódromo de las Américas, así como de otras importantes empresas. La cena, en ausencia de su esposa, quien ya se encontraba esperando a Pagliai en Europa, fue lujosa y con platillos exquisitos. Había compartido la mesa con Crista Humboldt de Du Pasquier, Philip Du Pasquier, Gina Sanie, la baronesa Orlowska, Maruca Palomino y otras personas que gozaban de la amistad del señor Pagliai, quien disfrutaba de compartir su considerable colección de magníficas pinturas europeas, tanto renacentistas como del pincel de artistas contemporáneos. Ahora, por la arbitrariedad de Paul, estaba en Lecumberri.

Se preguntaba si Paul no se había dado por enterado de que su matrimonio ya no funcionaba. Las señales eran obvias: desde el pleito con violencia que tuvieron semanas antes. Cuando

Paul recién había llegado de Europa, la acompañó a la fiesta de sus amigos, en donde se organizó un juego de naipes. Esa noche, Suzy ganó mucho dinero mientras, a su izquierda, una de sus amigas perdía gruesas sumas de dinero.

Dentro de ese juego estaba Robert, que también perdió a su favor. Paul, discretamente, me pidió que perdonara la deuda a su amiga, pero no lo hice. Como en su momento le diría al juez:

«Ella me llegó a deber mucho dinero. Esa noche era la de mi triunfo, no tenía por qué regalarle mi dinero a mi amiga, no había razón para que yo desaprovechara mi racha de suerte».

Paul se enojó ante su actitud. En cambio, Suzy rompió frente a todos el cheque que Robert le había entregado para saldar su deuda de juego. Una vez en casa, Paul se mostró iracundo y le pidió una explicación. «En verdad me asustó, corrí a mi recámara y puse el seguro en la puerta. Desde afuera, sin poder entrar a mi habitación», Paul preguntó en forma brutal: «¿Por qué mostraste esa preferencia con Robert al dispensar su deuda de juego?».

»Después me prohibió que volviera a ver a Robert. Como yo no contesté nada, se enfureció, casi derriba la puerta a golpes. Otra vez con voz alta dijo: "¡No permito que en mi propia casa se me cierren las puertas!". Bajó rápido la escalera, a pesar de su cojera por el accidente aéreo que sufrió años atrás, y donde yo no me separé ni un minuto de él en el Hospital Francés. Se dirigió a la cocina y tomó un cuchillo con el cual trató de forzar la cerradura. El miedo me hizo correr a la otra puerta para esconderme en esa habitación. Ante el escándalo, los sirvientes acudieron para auxiliar, la institutriz se fue con los niños para calmarlos por si los habían despertado con los golpes y gritos.

»Al día siguiente, al enfrentarme a Paul, me preguntó si quería divorciarme de él. Mi pronta respuesta fue: "¿Sabes que estamos casados bajo el régimen de asociación de bienes, o bienes mancomunados como le llaman?". Le sorprendió que yo estuviera al tanto de nuestra situación conyugal. De momento se sintió otra vez engañado, ahora por mis tíos, quienes al "concertar nuestro matrimonio arreglado", según Paul, omitieron decirle esa importantísima cláusula. A Paul no le convenía ni gustaba la idea de que yo, al divorciarme, recibiera la mitad de sus bienes.

»Cuántas veces me recordó que yo había llegado a él con una pequeña maleta, empacada con ropa ya muy usada, y que él, desde la mera hora del brindis matrimonial, tuvo que hacerse cargo de todos mis gastos, porque yo llegué sin un centavo».

Cuando Doreen Feng llegó a visitar a Suzy, no podía creer las condiciones en las que se encontraba la colonia y Lecumberri. Para llegar a la colonia Morelos, Charly, convertido ahora en el chofer de la embajada, tuvo que pasar por La Merced y por una cantidad de calles llenas de baches, de cantinas y de vecindades a punto de caerse. Más de diez veces preguntó a los peatones y comerciantes ambulantes dónde se encontraba Lecumberri.

—Siga usted todo derecho, da vuelta la primera a la izquierda, pasa tres cuadras, y luego, donde está un taller mecánico, a la derecha. Y ya de allí pregunte...

Por más que le explicaban la ruta que debía de tomar, se perdía. Hasta que por fin llegaron. Nunca se imaginó Doreen que la fachada con sus dos enormes torres estuviera tan ennegrecida. Al entrar le llamó la atención la arquitectura, muy del estilo de la época de Porfirio Díaz, y una rotonda destinada al cuerpo de vigilancia de la penitenciaría. Doreen se fijó en los siete brazos o galerías de forma estrellada desde donde se erigía una torre de 35 metros de altura, destinada para la vigilancia de toda la cárcel. Debido a que el drenaje de la cárcel se tapaba constantemente, el olor era nauseabundo. Doreen sacó su pañuelo rociado con perfume y se cubrió su pequeña nariz.

Esa mañana, Doreen optó por vestirse con lo más discreto de su guardarropa, un holgado y largo abrigo color amarillo que había comprado en París y una blusa china bordada a mano, en tonos *beige*. Se veía guapísima con su pelo muy negro recogido en un chongo acomodado a la altura de la nuca. Como ya era costumbre en ella, el nacarado del barniz de sus largas uñas, fabricado por ella misma, hacía juego con el de los tacones de sus zapatos.

—Suzy, querida. ¿Cómo te sientes? ¿Qué puedo hacer por ti?

—Ay, Doreen, me he sentido fatal, sola y muy desorientada. ¿Verdad que Paul me tendió una trampa?

—Sí, estoy segura. Pero tienes al mejor abogado de México.

—Pero en este país de machos, el adulterio está penado, especialmente para las mujeres. Si Paul quiere amolarme todavía más, es capaz de dejarme aquí años. ¿Te das cuenta? Además, ahora quiere quitarme la custodia de mis hijos.

—Por ellos, no te preocupes, Suzy. Antes de venir los fui a ver y están muy bien. *Madeimoselle* Mann me dijo que estaban comiendo y durmiendo sin problema. Ella se va a ocupar muy bien de ellos. Sí me dijo que te extrañaban y te mandaban muchos besitos. Quién sabe qué les contó su papá, porque tu hijo me preguntó, en secreto, algo que me dejó muy preocupada, me preguntó si su mami era mala. «No», le dije. «Tu mami los adora a los dos y ella también los extraña. En unos días ya estará aquí con ustedes».

—¿Eso te dijo? *C'est ne pas vrai*... ¡Es el colmo! Te digo que Paul está dispuesto a destruirme por completo.

—No, Suzy. Él no es tan villano como te imaginas; lo que sucede es que está muy enojado por lo de Robert. Se siente herido en su orgullo; y traicionado por su mujer y su mejor amigo. Yo siempre te he dicho que Paul te tiene envidia porque brillas. Tienes un halo muy brillante y todo el mundo te quiere.

—No, Doreen, no es una razón para tratarme así. Después de esto nos tenemos que divorciar.

—Quizá sea lo mejor…

—¿Qué sabes de Robert? Dime, ¿han hablado?

Estaba a punto de contestarle a Suzy, cuando de pronto se apareció la celadora, gorda y despeinada: «Ya terminó la visita», dijo con voz de hombre.

Antes de despedirse, Suzy le entregó a Doreen las píldoras que le había pedido y que estaban en su bolsa imposible de recuperar y la carta que le había escrito a Robert en una hoja de papel que el agente del Ministerio Público le regaló luego de varias súplicas. En seguida, se dieron un abrazo fraterno. Se miraron a los ojos, como sólo saben hacer las mujeres cuando entre ellas existe un pacto inquebrantable de amistad, especialmente en momentos difíciles. Doreen se fue con un nudo en la garganta. Mientras que Suzy regresó a su celda de 2.5 por 3.5 metros cuadrados, sintiéndose más sola que nunca. Arrastraba los pies y sentía que su bata de rayas pesaba una tonelada. Cuando llegó a su celda, cuál no fue su sorpresa de encontrarse a las dos presas que se estaban peleando por la mitad de un bolillo. Mientras se jalaban el pelo, se insultaban a todo pulmón: «Hija de la mañana», le decía una a la otra, mostrando dos dientes de oro. «Tú, cabrona, eres una asesina, hija de puta». Por más que Suzy intentó calmarlas fue inútil. «Usted mejor ni se meta, vieja apretada, porque también me la madreo», le dijo la que había matado a su marido. Al escuchar lo anterior, Suzy salió muy indignada de la celda y fue a buscar a la celadora. Veinte minutos después regresó una relativa calma y, con ella, los ronquidos de la ladrona. En seguida, Suzy extendió sobre el piso la frazada a cuadros, cerró los ojos e intentó dormir.

—A la residencia, por favor —le dijo Doreen a Charly al subirse al Cadillac negro último modelo. Charly asintió con un gesto, su gorra de chofer se balanceó de un lado a otro y arrancó el vehículo. Mientras manejaba y se abría paso por la ciudad, pensó que, si su mujer le hubiera puesto los cuernos, él también la hubiera metido a Lecumberri.

Mon chéri:
Hélas, hélas, hélas! *Estoy devastada. Todo sucedió tan rápido.* C'est la fatalité, *me dirás con razón. Una fatalidad que ni tú ni yo podemos permitir por culpa de Paul, cuyo único objetivo es destruir a la madre de sus hijos. No sé qué pensar. Seguramente tú, quien lo conoce como la palma de tus manos, te imaginas qué le pudo haber sucedido. ¿Estaba celoso o simplemente moría de envidia por nuestra relación, la cual, de alguna manera él fabricó hasta provocar este escándalo inaudito? El daño ya está hecho. La única opción que me deja es pedirle el divorcio y pelear por la custodia de mis hijos. Por otro lado, pienso en tu situación, en Helene y en tus dos hijos. Es cierto que tu matrimonio tampoco estaba funcionando muy bien, pero ahora con este escándalo, imagino se deteriorará aún más.*

Mon chéri, *por más cuidadosos que fuimos, era inevitable que Paul reaccionara con tanta virulencia. Está en su naturaleza. No soporta la felicidad de los demás, y menos la nuestra. Seguramente nos odia a los dos y es capaz de hacernos todavía más daño, a ti, a mí, y de paso a mis hijos.*

El licenciado Cárdenas viene mañana y espero que traiga buenas noticias. Me gustaría mucho, y siempre que te parezca oportuno, que pudieras venir a verme, o por lo menos mandarme una carta con Maruca, quien quedó visitarme mañana mismo.

Mon chéri, *te digo, que* je t'aime avec tout mon coeur. *Extraño todo tu cuerpo, especialmente la* douceur de ta langue, *que* j'adore. *Piensa en mí, en nuestro amor y en nuestro destino juntos.*

Je t'embrasse très fort.

Suzy

22

Entonces el puerto de Acapulco estaba de mucha moda, a tal grado que el gobierno mexicano instaló una oficina de turismo en Nueva York, y Aeronaves de México ofrecía un vuelo directo desde la gran manzana. En Acapulco se codeaban la naciente clase media mexicana, la clase política y muchos de los actores más famosos de Hollywood. Todos se daban cita en el Pacífico mexicano. Revistas como *Harper's* y *National Geographic* dedicaron múltiples páginas a la promoción del lugar paradisiaco. Celebridades como Cary Grant, John Wayne, Dolores del Río, Rita Hayworth, María Félix, Esther Williams, Agustín Lara, Errol Flynn y Orson Welles eran visitantes asiduos. Aunque la propaganda mexicana se veía rebasada favorablemente por la extranjera, los diarios locales también dedicaban planas completas que declaraban orgullosas: «Aquí Acapulco». El hecho de que Miguel Alemán hiciese continuos viajes de descanso al puerto dotó a la bahía de un *glamour* adicional. El presidente era propaganda en sí misma, y Acapulco, el sitio en donde Alemán paseaba en su yate Sotavento, practicaba el golf y vacacionaba en su magnífica residencia ubicada en Puerto Marqués. «De un piso… con techos pintados de un verde vivo».

De todos los hoteles del puerto, Suzy reservó dos habitaciones en el Hotel de las Américas para el 22 de marzo de 1951.

Además de este inmueble, la familia Pani era propietaria de una cadena que incluía al Hotel del Prado, en el Distrito Federal, y al hotel Vista Hermosa, en Tequesquitengo, Morelos. Lo eligió porque, entre otros hoteles de fama internacional como el Casablanca, Los Flamingos (el escondite de la pandilla de Hollywood) y El Mirador, a un lado de la Quebrada, construidos en cerros y acantilados, el Hotel las Américas era uno de los más discretos.

Cuando Suzy y Robert llegaron al hotel, los niños ya habían arribado con *madeimoselle* Mann, quien estaba encantada porque no conocía una playa tan hermosa. Los niños, muertos de cansancio por la carretera, se instalaron junto con la institutriz en un *bungalow*, Suzy en una habitación, y Robert, en otra (Estas dos recámaras se comunicaban a través de una puerta). Suzy se encargó de pedirles a sus hijos la merienda al cuarto, no sin antes anunciarles con mucho entusiasmo que mañana los llevaría a la playa del hotel y luego al concurso de las tortugas. Lo que menos le preocupaba a *madeimoselle* Mann es que no llevaba traje de baño. Además de no saber nadar, le molestaba mostrarse con los brazos descubiertos. Su piel, demasiado blanca y delicada, se enrojecía con el sol. Lo que sí llevaba en su maleta eran dos sombreros de ancha ala y mucho protector solar.

Esa noche, Suzy y Robert tenían cita para cenar con Teddy Stauffer en La Perla, del hotel El Mirador. Para ese momento, Blumy ya había despedido a Teddy del Ciro's Acapulco, de allí que los dueños de El Mirador, Carlos Bernard y Juan Adolfo López, lo hubieran contratado para que se ocupara del *nightclub*, el cual abrió sus puertas el 17 de diciembre de 1949. Lo que nunca imaginaron Suzy y Robert es que en la mesa donde los esperaba Teddy Stauffer, super bronceado y con una guayabera inmaculada, se encontrarían a un grupo de amigos muy internacionales, entre ellas a Maruca Palomino.

«*Oh, mon Dieu*!», se dijo Suzy, al verla de lejos, con su pelo muy cortito y un vestido *strapless* de algodón floreado. Se veía guapísima. No es que no le hubiera dado gusto a Suzy encontrarse con una amiga a la que quería tanto, lo que temía era la crónica que escribiría a propósito de su encuentro con Robert Gilly. Es cierto que Maruca ya sabía de su relación porque la misma Suzy se le confesó en el Jockey Club, pero hasta ese momento no era tan público. Encontrarse a los dos en Acapulco, *of all places*... era una confirmación de su *affaire*.

—¡Qué gusto verlos! ¿Cuándo llegaron? —exclamó Maruca mientras los recibía con una enorme sonrisa, a la entrada de La Perla.

—Hace unas horas —contestó Suzy, un poco intimidada.

—¿En qué hotel están?

—En el de las Américas.

—No lo conozco —contestó Maruca, mientras le daba un golpe a su quinto cigarro del día—. Estás guapísima, *ma chérie*, no hay duda de que el trópico te sienta de maravilla. ¿Verdad, Robert, *qu'elle est très belle?*

—*Très!* —contestó Robert, un poco seco.

Hacía varios meses que Suzy lucía plena, bellísima. Su piel y el brillo de sus ojos la delataban. Como su madre le decía: «hay dos cosas que no se pueden ocultar: el amor y el dinero». Pero no sólo eran estas dos circunstancias las que alegraban el corazón de Suzy, había otra fundamental: la libertad de asumir *j'ai un amant*, frase que se había convertido en un verdadero mantra. Tener como amante a Robert, el hermoso, era un triunfo absoluto. Suzy no pasaba por alto que Robert Gilly, aunque casado con Helene, era muy codiciado tanto entre las señoritas casaderas como entre las señoras ya casadas, con el típico marido aburrido. No había coctel, fiesta o reunión en la que no era solicitado gracias a su encanto y a su físico.

«Es que es guapísimo, me encanta cuando platica de cuando estudiaba en el Liceo Henri IV, en París, el mismo donde estudió Napoleón», «¡Es de lo más coqueto!», «Es un *gentleman*, además tiene unas corbatas Hermès preciosas!», «¿No lo han visto velear en Valle de Bravo? Lo hace de maravilla», «Me encanta de *smoking*», «Debe de ser un amante maravilloso». Cuando estas mismas señoras, admiradoras de Robert, se enteraron de que Suzy y él tenían una relación extramarital, morían de envidia. No, nunca le perdonaron que ella hubiera sido la elegida para convertirse en su *maîtresse*. Una vez que el amorío fue público, la juzgaron, la criticaron y terminaron por rechazarla. A Robert, sin embargo, después del escándalo, continuaron invitándolo.

Desafortunadamente, esa noche en La Perla, Suzy y Robert no tuvieron oportunidad de hablar mucho con Teddy. Robert se pasó la noche platicando con el cantante francés André Toffel, y Suzy, con Maruca.

—¿Te das cuenta, Maruca, que Paul está de viaje y la esposa de Robert también?

—*Don't say*. Todos estos días tienen *carte blanche*.

—Sí y no, porque vine con los niños.

—¿Quieres que te haga *baby sitting*?

—Gracias, vine con *mademoiselle* Mann.

—Esa mujer me da miedo. Cuídate, me da la impresión que un día te va a traicionar.

—Es rara, pero buena gente. Me da lástima porque ha sufrido mucho.

—Esas, *ma chérie*, son las peores.

—¿Tú crees?

Aparte de Doreen Feng, Suzy contaba con dos grandes cómplices: Jean Sirol, agregado cultural de la Embajada de Francia. Y Maruca Palomino, su amiga y alcahueta, como ella misma se nombraba. Antes de salir a Acapulco, Suzy y Robert habían asistido a una fiesta en casa de Pepe Castellot. Maruca, que todo lo sabía, había publicado en su columna semanal de la revista *Hoy* que el agregado cultural había pedido a París:

«Un avión de propulsión a chorro para participar en la carrera aérea México-Acapulco. El coctel en casa de Castellot fue exclusivamente divertido y tuvo demasiado éxito para el promedio de fandangos que se ofrecen diariamente. Nadie sabía de qué grupito formar parte, porque en todos se contaban historias y se hacían críticas de interés absoluto. Álvaro Araúz, interpretó, como pudo, las canciones de Maurice Chevalier. También estaban en la reunión Pita Amor y Luis Alcoriza. Raoúl Spitalier descaradamente *flirteaba* en un salón con Gloria Cansino: como todos los franceses, está buscando el escándalo».

Pese a que Maruca no tenía repelo alguno al compartir las indiscreciones de la sociedad mexicana, optó por no mencionar a Suzy ni a Robert. Como tampoco lo hizo días después, cuando escribió en su columna:

«En La Perla, el ya famoso *nightclub* del hotel El Mirador (un prodigio arquitectónico originalmente suspendido entre las rocas de La Quebrada), la noche del viernes, por gentil invitación de Carmen López Figueroa, se reunieron a cenar varias celebridades mundiales. Jay, el renombrado chef de Hollywood, preparó un menú exquisito en el que no faltaron los camarones a la parrilla en salsa *champagne* y el filete en pimienta *comme chez Maxim's*. Durante la cena, la orquesta de baile entonó, con gran estilo y suave música tropical, canciones de André Toffel. Y, como fondo, los increíbles clavadistas, con sus saltos espectaculares y antorchas de colores en las manos, deslumbraron a los presentes. ¡Algo fantástico! Entre el grupo de invitados estaban David Selznick, el gran productor de *Lo que el viento se llevó*, Dolores del Río, Lou Reilly, Teddy Stauffer, el director de *La Perla*, y la famosísima actriz Jennifer Jones. ¡Fue una *soirée* maravillosa!».

Maruca Palomino era una mujer cuya belleza intrigaba mucho, así como podía ser una de las mujeres más guapas de su grupo de amistades, igualmente, y si había amanecido de mal humor, su físico podía afearla a tal grado que resultaba irreconocible. Siendo culta, muy leída e inteligente, de su boca podía emanar terribles vulgaridades, lo que la hacía aún más atractiva e interesante.

Fue ella la que le enseñó a Suzy todas las expresiones coloquiales que estaban de moda entonces: «¡Se le cae la mano!», «¿qué hace aquí esa india?», «¡güera mugrosa!», «¡válgame Dios!», «¿con qué ojos?», «¡tal por cuál!», «¡ah, que la canción!», «es no tener madre», «ya apareció el peine», «se la llevó de corbata», «¡auténtico mango!», «¡esas personas son de medio pelo!», «¡ahí nos vidrios», «esa güerita es bien resbalosa», «¡india guarachuda!», «eso le pasó por ofrecida», «camarones con merengue», «¡qué vacilada!», «a todo mecate», «gata igualada», «es una chamagosa», «viento en popa», «echar "una manita"», «¡desembucha!», «¡tú las traes!», «no se hagan bolas», «¡cascos ligeros!», «el ojo al parche», «pa' luego es tarde», «el "mero mero"», «sana, sana, colita de rana», «¡pácatelas!», «¿por qué se pone tantos moños?», «ya píntate, manita», «hacerle al tutifruti», «tragar camote», «fajar», «señorona de alto copete», «no te me achiques tan pronto, mi chango», «pelagatos», «¡señora apretada!», «matón con placa», «¡chitón, perrito ladrón!», «¡sí, Chucha, cómo no!», «¡qué buena puntada!», «como que no quiere la cosa», «cuatacha», «por puritita puntada», «ni fu ni fa», «soplar y comer pinole», «¡aguas!», «señora acartonada», «coscocolina y dispareja», «aquí entre nos…».

Maruca Palomino tenía siempre muchos pretendientes, por lo general *juniors* de la alta burguesía mexicana. Pero a muy poco tiempo de pretenderla, huían despavoridos. «Esta mujer es demasiado dominante, siempre quiere tener la razón», opinaban. De allí que sus noviazgos duraran no más de tres semanas. Esto a Maruca la tenía sin cuidado. «El que se la pierde es él…», decía, mostrando una hilera de dientes tan perfectos como su eterno collar de perlas.

Algo que a Suzy siempre le resultó extraño era que Maruca fuera tan tacaña. «Más la conozco y menos la entiendo. Su casa de Cuernavaca la construyó a base de dádivas. Lo invitaba a uno a pasar el fin de semana con la sola condición de aportar una puerta o una ventana. Y cuando uno no podía, ella decía: "De perdida tráeme la tapa del excusado del bañito de abajo, pero que sea de color verde pistache"», decía Pedro Friedeberg, uno de sus mejor amigos.

Gracias a estas *dádivas*, Cristina Brittingham le llevó catorce vigas de madera para el techo de su sala, y Pablo Martínez Gallardo le donó veinticinco metros cuadrados de azulejos para la cocina. Robert Humphrey, que era muy pobre, aunque de muy buena familia, sólo le regaló un juego de salero y pimentero. Algo que entristecía y enternecía mucho a los amigos que querían de verdad a Maruca, incluyendo a Suzy, era que en las reuniones tomara tanto tequila, vino o lo que fuera. Ya cuando llevaba una docena de caballitos, se quitaba la ropa y empezaba a bailar en la mesa. Media hora después, totalmente *entequilada*, anunciaba que ya estaba lista para hacer el amor con quien estuviera dispuesto.

A Maruca le encantaba la moda y tenía un gusto excepcional para vestirse. Trabajó varios años en la casa María Pavignani. Algo pasó que, al dejar su trabajo, decidió meterse de monja. En el convento nada más se quedó un año. Se aburrió, colgó los hábitos y se volvió animadora social en cruceros del Caribe y en otros mares. De paso, viajaba gratis…

«Era una brillante experta en *backgammon*, *bridge*, canasta, *gin rummy*, póker, *mah jong*, *ping-pong* y hasta damas chinas. Así conoció casi todo el planeta. También jugaba tenis, golf, bádminton, *shuffleboard* y quién sabe qué más. Pero era muy regañona si uno no jugaba a su altura y, si ella perdía, eran peores las rabietas, la furia y los insultos...», contaba Friedeberg.

Un día Maruca hizo una manda de ir de rodillas a la Villa si la Guadalupana le concedía un favor. El favor le fue concedido y Maruca se fue de rodillas a la Villa, ¡en el asiento de un taxi!

Ésa era Cassandra, como firmaba en sus columnas, una de las mejores amigas de Suzy.

23

Querida Suzy:

Cada día que pasa, te extraño más. Tengo la impresión que te fuiste a América hace un siglo y apenas partiste hace un poco más de un año. Los judíos búlgaros cada vez sufrimos más humillaciones y prohibiciones. Te escribo con mi estrella amarilla pegada a mi viejo suéter que me regalaste, tatuada en mi corazón. Ahora esta estrella de seis puntas ya forma parte de mi cuerpo, como si hubiera nacido con ella. Me he acostumbrado tanto a llevarla cosida a mi ropa, que le pedí a mi madre me la cociera en mi camisón, y en mi ropa interior. Por otro lado, la odio, porque me recuerda a dos palabras: Juden verboten, *como se lee en los letreros por todas partes: en las entradas de los comercios, piscinas, restaurantes y parques.* Juden verboten, *tener cuentas bancarias, (salvo con un permiso imposible de obtener) y propiedades a nuestro nombre. Y* Juden verboten *hasta a los rayos de sol, puesto que tenemos que cubrir nuestras ventanas con cartones negros para despistar a los bombarderos. A nosotros, por el solo hecho de ser judíos, todo se nos prohíbe, menos pensar e indignarnos contra esta guerra absurda. Por más que el rey Boris III luche por la neutralidad de nuestro país y para que no nos involucremos en el conflicto de las grandes potencias, no acaba por tomar decisiones con mucha más firmeza. Claro, a él le conviene seguir teniendo el apoyo de los alemanes.*

Bonachón como es, cada día flaquea más ante las presiones de los nazis. Ante tal actitud, Hitler nos somete cada vez más. ¿Te acuerdas cuando Boris era amigo de los judíos? Pues ahora ya es aliado del Führer.

Por todo lo anterior, los de la SS *se llevaron a mi padre a los campos de trabajos forzados; según Boris, son necesarios los brazos fuertes de los judíos como los de mi padre para seguir con las construcciones de los ferrocarriles. Desde entonces, mi madre ha vuelto a beber. Ignoro dónde consigue el vodka búlgaro. El otro día encontré en la parte trasera del edificio una decena de botellas de cerveza que venían de nuestro departamento. Me pregunto: ¿de dónde diablos saca dinero para comprar todo esto en el mercado negro? Pobrecita, porque vive aterrada, encerrada en su habitación desde donde escucha los ladridos de los perros dóberman que no dejan de ladrar día y noche. Jura que un buen día las Escuadras de Protección de los nazis vendrán por nosotras y nos llevarán al campo de concentración. Para colmo, ya no tenemos radio. Juden Verboten para los judíos. Ya no podemos escuchar los conciertos de los que tanto disfrutábamos o de los programas en donde se narraban las vida de los escritores famosos. El otro día, mi mamá quiso ir a ver a mi padre, pero no se lo permitieron y se puso como loca. Tuvo que venir mi tío Jacobo para calmarla y explicarle que su petición resultaba imposible e impensable.*

El otro día me encontré con Matilde. Ha adelgazado muchísimo, la vi muy pálida. Estaba haciendo fila para conseguir las pocas migajas de comida que nos dan a diario: legumbres podridas, cebollas desohojadas. Me dio mucho gusto verla y la abracé. «¿Me podrías conseguir una naranja para mi madre?», le rogué con los ojos bañados de lágrimas. «Te cambio la naranja por mis zapatos», le dije, mientras tu hermana miraba mis zapatos gastados. En seguida me comentó lo que yo ya sabía: que lo de la naranja era imposible. De pronto, las dos nos pusimos a llorar como niñas. «¡Vámonos con Suzy a México!», nos decíamos las dos entre sollozos.

No te quiero poner triste, pero esta es nuestra realidad de todos los días.

No sé qué mas contarte, mi querida Suzy. Mejor cuéntame tú. ¿Es cierto que ya estás embarazada? ¡Qué alegría y qué rápido! Un hijo mexicano. Espero que sea hombre. ¡Qué feliz ha de estar tu marido! Me tienes que contar muchas cosas acerca de tu nueva vida. Me dijo tu hermana que las cartas podían ser enviadas a Marsella, todavía puerto libre, en casa de tu tío Jacques.

Te dejo, mi querida Suzy, mi madre me está llamando. Te quiere con todo su corazón.

Myriam

24

En cuanto a Jean Sirol, se trataba de un hombre exquisitamente mundano, erudito, encantador y amigo de *tout* México. Nada divertía más a Sirol, universitario catedrático de economía política y autor de varias obras, que los *ménage à trois*, «el triángulo perpetuo», o bien «hogar entre tres», argumento de obras del teatro de *vodevil* muy francesas. Sirol fue, además, uno de las primeras personas en tenderle la mano a Suzy, cuando recién llegó al país.

A pesar de que, en 1942, la Segunda Guerra Mundial ya tenía casi tres años destruyendo Europa, tanto mexicanos de la alta sociedad, como miles de extranjeros europeos que residían en México, parecían ajenos al infierno que se estaba desarrollando en el viejo continente. En ese año, las relaciones entre México y Francia eran distantes, no sólo porque los franceses habían perdido su influencia en el país, también porque la nación europea enfrentaba una crisis política y social. Dos años antes, el general De Gaulle, exiliado en Londres, había formado el Gobierno de la Francia Libre, más conocido como la Francia Libre, que luchaba contra el gobierno fascista y proalemán del mariscal Philippe Pétain, conocido como el Régimen de Vichy.

Las ideas propuestas por la Francia Libre fueron bien recibidas en México, pues hacían referencia la Revolución de 1789 y resaltaban la importancia de un gobierno democrático, el mismo al que aspiraba el presidente Lázaro Cárdenas y su sucesor, Manuel Ávila Camacho. México, a pesar de declarar su neutralidad, ya estaba involucrado en la conflagración Mundial a causa de una serie de ataques alemanes a bienes nacionales, como el hundimiento, el 13 de mayo de 1942, del buque petrolero Potrero de Llano; y el 20 de ese mismo mes, el Faja de Oro, en las inmediaciones de las costas de Florida. A consecuencia de estas agresiones, el 28 de mayo de 1942, el presidente de la República, Manuel Ávila Camacho, solicitó al Congreso de la Unión «declarar el Estado de Guerra a las potencias del Eje»: Alemania, Japón e Italia, nombrando como capitán responsable a Paul Meléndez Trufis.

El 25 de julio de 1942, el recién llegado a México, Maurice Garreau-Dombasle, le escribe a Ezequiel Padilla, Secretario de Relaciones Exteriores:

Excmo. Señor ministro:
El general De Gaulle y el Comité Nacional Francés me han confiado la dirección de su Delegación en México y acabo de llegar de Londres donde tuve el gusto y el honor de ver con frecuencia al Sr. D. Alfonso de Rosenzweig Díaz. Me sería sumamente satisfactorio tener el gusto de saludarlo y tratar con usted sobre cuestiones relacionadas especialmente con la Francia Combatiente.

En espera de tener conocimiento de la hora y día en que podrá recibirme, presento a usted, Excmo. Señor ministro, las seguridades de mi más atenta y distinguida consideración.

Fue así como iniciaron las entrevistas entre Padilla y Garreau, mediante la intermediación del diplomático Alfonso de Rosenzweig Díaz, que entonces fungía como encargado de negocios de la Embajada de México en Reino Unido. Fue precisamente de Rosenzweig quien recibió una carta del Maurice

Dejean, ministro de Relaciones Exteriores de la Francia Libre, donde expresaba que: «El Comité Nacional Francés se sentiría altamente complacido si el gobierno mexicano, cuyos sentimientos respecto a Francia se han señalado por una amistad tradicional y una solidaridad democrática inquebrantable, tomara la decisión de brindar su reconocimiento al movimiento del general Charles de Gaulle».

Dos factores se sumaron a la decisión del gobierno mexicano de apoyar al general De Gaulle: por un lado, la influencia de Jacques Soustelle, antropólogo francés que entre 1935 y 1939 se había ganado un lugar tanto en la academia mexicana de arqueología como en la clase política cardenista. En 1939, cuando empezó la guerra, fue nombrado teniente y agregado militar en la embajada francesa. En 1940, reconoció al general De Gaulle. Fue bajo la dirección de Soustelle que Francia construyó en el país un servicio de propaganda eficiente, que influyó entre los intelectuales mexicanos y en la opinión pública en general. Otro factor importante fue que el mismo embajador francés del gobierno de Vichy, Albert Bodart, apoyara al general De Gaulle. A este gesto se sumaron la mayoría de los franceses que residían en México.

La noticia de la aceptación mexicana al movimiento francés de resistencia representado por el Comité Nacional Francés obtuvo una respuesta inmediata. En un comunicado de prensa, el gobierno hizo saber que México brindaría todo su apoyo a la Francia Libre, y que marcharía a su lado hasta que la libertad del pueblo francés volviera a recobrarse.

La respuesta dirigida a Ávila Camacho por parte del movimiento francés no se hizo esperar. La primera misiva, enviada por el delegado adjunto del Comité, *monsieur* Gilbert Medioni, llegó a manos del licenciado Padilla ese mismo día. En ella, Gilbert expresaba la enorme gratitud que tenía la Francia Libre hacia el gobierno de México, y destacaba la fraternidad existente de antaño entre ambos pueblos: «... Al tomar esta medida el gobierno mexicano se ha mostrado fiel al espíritu imperecedero de los héroes de la Independencia mexicana y una vez más se ha manifestado como el paladín de las causas justas y de la libertad. En los momentos actuales este acto trascendental quedará inscrito en los anales de la historia», escribía Medioni.

Posteriormente, fue el mismo general De Gaulle quien hizo llegar su agradecimiento.

Al decidir el establecimiento de relaciones oficiales con el Comité Nacional Francés, el gobierno de México ha tenido un gesto caballeresco, enteramente de acuerdo con las nobles tradiciones de vuestro gran país. Francia, que sigue combatiendo contra todas las tiranías, no puede engañarse acerca del profundo significado de esa decisión que afirma a la faz del mundo la fuerza de los lazos que unen al pueblo francés y al pueblo mexicano en su común adhesión a los ideales de la democracia. Ruego a Vuestra Excelencia se sirva aceptar mis votos y los del Comité Nacional Francés, por la grandeza y prosperidad de México, así como las seguridades de mi alta consideración personal.

General De Gaulle

Interesada por mantenerse al tanto de la guerra, y aunque en su casa ya tenía un buen radio, Suzy se interesó y obsesionó por un enorme y hermoso mueble de madera que vio instalado en el despacho de la casa de la familia Creel. Se trataba de una Radio Electrola, RCA Víctor, modelo QU8, de la cual sólo se habían construido trescientas unidades. Era lo máximo en tecnología, ya que podía sintonizar estaciones de todo el mundo, además de que podía grabar discos casi como los que se vendían en las tiendas y, entre otras chucherías, ofrecía un cambiador de discos automático que permitía escuchar música continua por más de tres horas seguidas. Costaba la friolera de siete mil quinientos pesos. Al enterarse Suzy de que ya no había más aparatos en México, hizo las gestiones necesarias para que lo trajeran de la fábrica RCA de Nueva York.

Las noticias que diariamente escuchaba de los servicios informativos de la BBC de Londres y *The Voice of America* le parecían espantosas, aterradoras y derrumbaban todo el optimismo que pudiera tener, como el martirio que padecían los judíos, segregados, discriminados, despojados de sus pertenencias, enviados a campos de trabajo forzado y de concentración. Esa preocupación se incrementaba aún más cuando pensaba en lo que podía ocurrir con su madre y su hermana Matilde, y toda la gente con la que convivía en Bulgaria.

También, como ciudadana francesa, le deprimía enormemente el que Francia estuviera ocupada por los nazis con el consentimiento del gobierno colaboracionista del mariscal Philippe Pétain, quien, desterrado de París, instaló su sede de gobierno en la población de Vichy, una comuna veraniega y turística ubicada en el departamento de Auvernia-Ródano, a lo que se nombró como el Régimen de Vichy. Además de comprometerse a entregar a integrantes de la comunidad judía a campos de trabajo forzado y de concentración, Pétain firmó, por medio de oscuras negociaciones, un armisticio con la Alemania nazi en el que se establecía que el gobierno francés asumiría todos los costos de manutención de las tropas de ocupación germanas en Francia, lo que significaba un gasto de muchos millones de francos al mes y permitía que los alemanes mantuvieran, como prisioneros de guerra, a casi un millón ochocientos mil militares en territorio alemán, negándose rotundamente a repatriarlos, lo que representaba una enorme disminución en la fuerza de guerra y de trabajo de los franceses.

Aunque fue hasta el 2 de noviembre de 1942 que México rompió relaciones con el gobierno de Vichy y reconoció al Comité Nacional Francés en México, unos meses previos, el 14 de julio de ese mismo año, la Embajada francesa celebró la toma de la Bastilla de 1789 y, con ello, la primera victoria del pueblo para deponer la monarquía de Luis XVI, con un evento que de inmediato llamó la atención de la prensa y las notas de sociales.

Excélsior, 14 de julio de 1942
Un verdadero éxito tuvo ayer la tómbola en el Club France

Para conmemorar el 14 de julio, fecha gloriosa para Francia, principalmente en estos momentos en que la nación se halla invadida, los franceses libres de México organizaron una tómbola y un té, que tuvieron lugar en los jardines y salones del Club France, los que se vieron concurridos por un gran número de personas que acudieron por la mañana y después de las quince horas.

Desde las once la gente empezó a llegar, y una hora después apenas si se podía transitar por los salones, en donde tenía lugar la tómbola, principal atracción de la mañana.

Más de dos mil doscientos números se han vendido —nos dice la señora Sola Lande, presidenta de la sección mexicana de los Amigos de los Voluntarios Franceses— y cada uno de ellos ha obtenido premio. Y para afirmar lo que decía, vemos delante de ella una caja repleta de billetes y pesos, que habla magníficamente de la generosidad de los concurrentes y de la espléndida organización de esta benéfica sociedad, que presiden las señoras Kremper, Cilveti y Sautier. Esto anima grandemente la fiesta, los premiados que salen gozosos y triunfantes, al tiempo que se anuncia que los divertissements *comenzarán en breve. Habrá números de canto y de baile, los primeros por señoritas de la Colonia Francesa, y los segundos, por un grupo de señoritas inglesas, y otros por las dos niñas del exministro de Francia, Nichole y Françoise Bodard, que dirigirá la ya famosa bailarina, Lily Levy. Se toca el himno de Francia,* La Marsellesa, *que todo el mundo escucha de pie, profundamente conmovido. En seguida, un grupo de señoritas pertenecientes a la Colonia Inglesa radicada en México, danza un baile titulado* Morris Dance, *de la época de Enrique VIII. Vestidas con trajes de las campesinas inglesas de aquel tiempo, son de verse los colores vivos y brillantes de los trajes de las bailarinas que, en medio de los pasos y movimientos de la danza, lucen y alegran enormemente el ambiente.*

Después toca a Françoise Bodard bailar intermezzo, *vestida con un traje de gasa verde suave. Con infinita gracia va ejecutando cada paso, tal como si fuese una persona mayor. Pero nada quizás tan lleno de sal y malicia como su* cakewalk, *en el que, vestida con un traje de principios de siglo, con sus saltos y pasos frenéticos, deleitó a la multitud.*

En el pie de foto de la imagen que acompaña la nota, se lee: *«Un aspecto de la concurrencia que llenó ayer el Club France, durante la tómbola efectuada por la mañana, Berta Suárez Evette, Germain Desdier y Margarita Suárez, que contribuyeron con su gracia y hermosura a darle mayor ánimo a tan destacado evento».*

Uno de los nombres que no menciona el artículo es el de Susana Avramow de Antebi, pero eso no le importó a Suzy. Invitada por Jean Sirol, la tómbola en el Club France fue su primer evento social, el primer paso de un largo camino que la llevaría a conocer los secretos, el ánimo y las aspiraciones de la clase alta mexicana.

25

BATALLA VERBAL

Una verdadera guerra se entabló ayer en el juzgado noveno penal entre el defensor de la señora Susana Avramow de Antebi, Raúl F. Cárdenas, y el esposo de ésta, Paul Jacques Antebi Salomón. El abogado quería hacer reconocer al marido que tanto éste como su esposa cultivaban amistad con Gilly, pero que sólo quiso darse por enterado de una manera parcial cuando supo que, estando pendiente su divorcio, iba a tener que repartir su fortuna con su esposa. Afirmó el licenciado Cárdenas que el divorcio estaba ya en trámite a solicitud de la señora lo cual viene a arrojar una sombra sobre el violento procedimiento seguido por Salomón.

Por su parte, Antebi Salomón sostuvo que sólo se enteró de la amistad de su esposa con Gilly cuando regresó de Europa en junio último tras cuatro meses de ausencia, lo cual contradice lo conocido por todas sus relaciones sociales. La segunda parte de la diligencia desarrollada en el juzgado noveno penal consistió en una disertación jurídico científica.

SEIS HORAS DE DILIGENCIA.

Durante seis horas, abogados, fiscal, médico y marido estuvieron sudorosos y exasperados, sosteniendo sus distintos puntos de vista. Hoy esta larguísima diligencia terminará después de que sean careados los esposos junto con Gilly. Entonces dictará el juez su determinación.

A la diligencia de ayer asistieron el fiscal licenciado Barreda; el abogado de Antebi, licenciado Marbal; el de la señora Antebi, licenciado Cárdenas; el de Gilly, licenciado Monroy, así como multitud de amigos de los protagonistas de este asunto, más los inevitables curiosos y litigantes.

Antebi Salomón, al presentarse muy elegante, declaró con celeridad. Ratificó lo dicho en la séptima delegación a raíz de la aprehensión por el sugerida de su esposa, es decir: que muchos amigos suyos, de los cuales citó a los señores Luis Jiménez Abad y Louis Difilhot, habían visto a la señora y a Gilly en restaurantes y teatros, lo cual podía prestarse a murmuraciones.

—Al principio nos llamó la atención, pero después nos fuimos acostumbrando de verlos juntos. Se veían tan felices, que daba gusto.

Cuando ya Antebi iba a retirarse, el licenciado Cárdenas, siempre calmoso, comenzó a interrogarlo. Sus preguntas hechas sin alzar la voz parecían inofensivas, pero en muchas ocasiones Antebi se vio obligado a reflexionar antes de contestar:

Licenciado Cárdenas: ¿Está usted enterado de que su abogado vino a verme para negociar un divorcio voluntario?

Antebi: Sí, pero el divorcio no era propiamente voluntario puesto que yo exigía y exijo conservar a mis hijos a mi lado.

Licenciado Cárdenas: ¿Sabía usted que su boda con la señora Susana fue contraída bajo el régimen de comunidad de bienes?

Antebi: Pues no, cuando nos casamos firmé unos papeles sin enterarme de su contenido.

Licenciado Cárdenas: ¿No les leyeron a ambos el acta matrimonial?

Antebi: Sí, desde luego, pero no me fijé.

Licenciado Cárdenas: ¿Cómo y cuándo se enteró de lo que califica usted como infidelidad de su esposa?

Antebi: El 20 de marzo me marché a Europa, regresé el 18 de junio, cuatro días después asistimos a una fiesta y jugamos. Mi esposa tenía mucha suerte, pero una amiga íntima suya estaba perdiendo constantemente en favor de mi esposa y del señor Gilly. Mi esposa, a pesar de mi recomendación, aceptó el dinero de su amiga, pero rompió el cheque con que Gilly pagó sus deudas de juego. Lo rompió delante de todos los asistentes. Me extrañó esto, hice unas preguntas y el señor Gilly me contestó, sin mucha elegancia, que mi esposa lo hacía porque le daba la gana. Ya en casa, le prohibí a mi esposa que volviera a ver al señor Gilly, mi esposa se encerró en su cuarto y esto me enfureció. Casi derribé la puerta a golpes y como al escándalo acudieron los criados, decidimos aplazar la discusión hasta el otro día. Al día siguiente, en efecto planteamos lo del divorcio.

Licenciado Cárdenas: Antes de marcharse a Europa, ¿nunca sospechó usted nada?

Antebi: No. Nunca. El señor Gilly estaba muy solo pues tenía a su esposa y a sus hijos en París, lo acogimos al verlo triste en un sentido de buena amistad.

Licenciado Cárdenas: ¿No es cierto que autorizó usted a su esposa a salir de paseo con el señor Gilly?

Antebi: Nunca autoricé tal cosa.

Licenciado Cárdenas: ¿Cuándo se enteró de que estaban ustedes casados bajo régimen de comunidad de bienes?

Antebi: El día 23 de junio cuando, al hablar de nuestro divorcio, me lo dijo mi esposa…

La diligencia se suspendió a las 16:00 horas para ser reanudada por la mañana. Antebi, de 33 años, será careado con su esposa y con Gilly, de 41. Por lo pronto, la casa número 323 de las calles de Calderón de la Barca, donde antes solía reunirse en continua celebración la flor y nata de la diplomacia de la colonia francesa y de la sociedad mexicana, ha quedado un tanto desierta.

A ELLA LE GUSTA EL LUJO, A MÍ, EL TRABAJO

Después de que terminó de declarar ante el juez, Paul Antebi declaró a los periodistas que su esposa Susana es una mujer que derrocha grandes cantidades de dinero en lujo, que lleva un tren de vida capaz de agotar cualquier fortuna.

«Sin embargo, yo le daba todo porque quería hacerla feliz». Después agregó que su referida esposa tiene predilección por el lujo y él, por el contrario, no piensa más que en el trabajo: «Yo trabajo doce horas diarias en forma ininterrumpida para que ella se dé el lujo de vestir bien».

Luego relató que Susana era muy pobre cuando se casó con él. Vivía en tal grado de pobreza que familiares de ella se habían comprometido a ofrecer un agasajo a quienes asistieron a la ceremonia nupcial y al final de cuentas no tuvieron dinero para pagar dicho convivio. «Yo tuve que pagar esa cuenta porque me dio mucha pena lo que había ocurrido», dijo sobre el particular.

LAS OPINIONES FAVORECEN A LA SEÑORA ANTEBI

Los numerosos amigos de Susana Antebi, como se le conoce en los círculos sociales, coincidieron en señalar que su marido es un «perfecto granuja». De todos era conocido que Susana estaba tramitando el divorcio de Paul, desde hace algunas semanas y que además de una pensión exigía la custodia de sus dos pequeños hijos, fruto de diez años de matrimonio. También reconocieron los amigos de Suzy que su amistad con Robert Gilly no era cosa reciente, pues también su esposo la cultivaba con agrado.

A última hora, se nos informó que el ingeniero Antebi Salomón había secuestrado a los dos hijos del matrimonio, valiéndose precisamente de la detención de la señora en la penitenciaría. Esta precipitación para apoderarse de las criaturas y en circunstancias tales hacen sospechar que, amenazado de divorcio, el ingeniero optó por crear un escándalo que condujese a la detención de la esposa a fin de tener manos libres para ocultar a los hijos. Queda establecido que tanto la señora como el señor Gilly fueron detenidos y atropellados en la calle y no en el interior del departamento ocupado por el último, esta circunstancia hace incomprensible el tratamiento al que fue sujeta la señora Antebi.

RICAS PERSONAS DECLARAN EN PRO DE LA SEÑORA AVRAMOW

Por espacio de siete horas desfilaron ayer, delante del juez noveno penal, los representantes de grandes fortunas radiadas en México; todas esas personas abonaron la conducta de la señora Susana Avramow de Antebi. De las declaraciones de estos se desprende que la amistad con la señora Antebi con Robert Gilly era conocida y aprobada por el marido.

Primera declaración:

«La Sra. Antebi es la persona más amable y educada que he conocido. Además, es una espléndida anfitriona y muy buena amiga. Es cierto que últimamente se le veía mucho acompañada de Robert, pero eso sí, siempre a sabiendas de Paul. Lo cual no dejaba de extrañar a todo el mundo. Como son extranjeros no hay duda de que tienen otras costumbres que nosotros. Nunca entendí su relación, es decir, el hecho de que Robert fuera tan amigo de Paul, y ahora resulta que es un traidor y amante de su esposa. He de decir que Paul no trataba muy bien a Suzy. Siempre le hablaba con mucha autoridad y no era cariñoso con ella. Al contrario, es un marido muy distante y seco. Últimamente ya no se llevaban bien. Pero eso no justifica el que Suzy esté en Lecumberri, por adulterio, ¡qué termino tan violento, Dios mío! Me parece un exceso totalmente desproporcionado. ¿Será por venganza, por dinero, porque Paul tiene otra mujer? Ojalá que de veras se divorcien y cada quien por su lado sea feliz. Sinceramente se lo deseo a Suzy, a quien siempre he considerado como una muy buena amiga. No obstante, no me gustaría estar en su lugar».

Segunda declaración:
«Pobre de Suzy, con ese marido tan intransigente e hipócrita. Un marido que todo el tiempo nada más piensa en cómo hacer más dinero. Un hombre muy frío que abandonaba mucho a la pobre de Suzy. Todo el tiempo viajaba o llegaba a su casa a las horas de la noche. Robert, además de guapísimo y educado, es un amigo adorable, siempre dispuesto a ayudar a los demás. Tal vez vio que Suzy no era feliz y de alguna manera quiso ayudarla. También yo soy muy amiga de Robert y seguido jugamos tenis juntos. Es un gran deportista, con mucho sentido del humor. Aquí entre nos, no creo que se lleve muy bien con su esposa, la típica francesa, muy criticona y exigente. Suzy es todo lo contrario, sabe divertirse y disfrutar de la vida. A mí la que me preocupa es Suzy. Temo que entre los tres sea ella la que acabe pagando los platos rotos. Mi amiga es una mujer que ha sufrido mucho, vino huyendo de Bulgaria durante la Segunda Guerra Mundial. Ella ha sido testigo de mucho sufrimiento, incluyendo el de su madre y su hermana que se quedaron en Bulgaria, creo que ahora ya están en México. No lo sé. Yo por eso no la juzgo. Ha de ser horrible tener que casarse con un hombre que ni conoces y vivir en otro país que no es el tuyo. Ojalá se divorcie y mande a volar a Paul».

Tercera declaración:
«La verdad es que para mí todo este escándalo ha sido una sorpresa. Yo siempre creí que el matrimonio de Suzy y Paul era muy completo y armonioso. Paul, es un hombre muy exitoso en sus negocios, hizo dinero muy rápido. Ambos se adaptaron muy bien a México. Con el tiempo se hicieron de muchos amigos y siempre eran invitados a todas partes, sobre todo a las embajadas. Siempre salían felices de la vida fotografiados en la sección de sociales de los periódicos. Yo nunca había tenido amigos judíos y la verdad es que me parecen personas muy cultas y agradables. De que tienen sus costumbres diferentes a las nuestras, eso sí. Pero acaba uno por aceptarlas. Por eso siempre

que nos invitaban a mi mujer y a mí a su casa, íbamos con gusto. Sus hijos y mis hijos van al mismo colegio. También ellos, junto con sus papás, han venido varias veces a nuestra casa en Acapulco, y con los Gilly. Robert y Helene también son muy buenos amigos nuestros. Sinceramente, yo nunca sentí que hubiera algo más que una buena amistad entre Robert y Suzy. Por eso no me explico por qué llevaron a Suzy a Lecumberri. Alguien muy intrigante y de mala fe seguramente le lavó el cerebro al pobre de Paul, con puros chismes. Estoy seguro de que todo se aclarará y que muy pronto Suzy y Paul volverán juntos a su casa. En fin..., eso es lo que espero».

En la mañana declaró la francesa Madeleine Leforestier de Samictivich, amiga del matrimonio Antebi desde hacía trece años, y que durante cuatro cultivó también amistad con Gilly. Afirmó que en muchas ocasiones antes del viaje de Antebi a Europa, había presenciado cómo Paul Antebi aceptaba que su esposa fuera llevada al cine, a la ópera y a restaurantes por Gilly, y que esto nunca dio motivo a un escándalo en la sociedad mexicana.

Fernando Rodon Vargas explicó que había visto a Susana y Gilly varias veces juntos, que en una ocasión en el Jockey Club, estando presente el matrimonio Antebi y el señor Gilly, Paul Antebi propuso jugar, a lo que él no accedió porque se dio cuenta de que la señora Antebi tenía deseos de ir al cine, «Gilly la llevará», le dijo Antebi, «y luego vendrán ambos a buscarnos al Café de París donde cenaremos». Así lo hicieron, pero cuando se dirigían a dicho café, cometieron una infracción de tránsito, tuvieron que ir a la delegación a pagar una multa y eso los demoró. Cuando Paul y Fernando ya terminaban de cenar, llegaron Susana y Gilly. Esto ocurría poco antes del viaje de Antebi a Francia. También afirmo que nunca oyó murmuraciones acerca de la amistad de la señora con su compatriota.

Joaquín Obregon Langedschidt confirmó en su declaración la del anterior testigo en lo referente al Café de París, y a que nunca hubo escándalo ni ostentación de una amistad indebida.

Asistieron a la diligencia los licenciados Fernando Barrera, fiscal; Raúl F. Cárdenas y Felipe Gómez Mont, defensores de la señora Antebi; Luis H. Monroy, defensor de Gilly y Dámaso García Jarquinm, coadyuvante del Ministerio Público, en nombre de Paul Antebi. Además de las personas que declararon y pidieron que no aparecieran sus nombres, figuran la hija de los embajadores de China, Doreen Feng, el capitalista Joaquín Obregón Langendscheidt, José Castello y Fernando Rondon Vargas.

Una vez que habían terminado de declarar los testigos presentados por Susana, el licenciado Fernando Barrena pidió al juez que se anexarán al expediente unos documentos que iba a exhibir en ese mismo momento por medio de los cuales se trataba de demostrar que la referida Susana y Robert Gilly sostenían relaciones ilícitas.

Parsimoniosamente, con una sonrisa de triunfo, el licenciado Barrena fue sacando de un portafolio los documentos en cuestión. Se trataba de cuatro copias fotostáticas, certificadas por el notario público Julio García Tabares, radicado en Acapulco, correspondientes al registro que se lleva en los hoteles de las Américas y Bahía de dicho puerto de todos los pasajeros que ocupan cuartos en dichos establecimientos.

También se anexaron al expediente doce copias fotostáticas de las listas de pasajeros que utilizaron la vía aérea para trasladarse y regresar al puerto de Acapulco. Asimismo, se exhibió el pasaporte de Paul Jacques Antebi donde puede verse que salió del país para dirigirse a Europa el 20 de marzo y que regresó el 19 de junio del corriente año, en las cuales se demuestra que la francesa Susana Avramow de Antebi aprovechó una larga ausencia de su esposo para pasear en el puerto de Acapulco acompañada de Robert Gilly Reynaud. Por los documentos presentados, se pudo saber que el 22 de marzo, o sea dos días después de que había salido su esposo hacia Europa, la francesa Susana Avramow abordó un avión acompañada de Robert Gilly con destino a Acapulco. En ese puerto se hospedaron en el Hotel de las Américas ocupando el cuarto número 58 y regresaron días más tarde.

El 27 de abril volvieron a volar a Acapulco, se hospedaron en el mismo hotel y retornaron a la capital el Primero de Mayo. El 11 de mayo, Susana y sus dos hijos acompañados de Robert, volvieron a viajar en avión con destino a Acapulco y se hospedaron en el hotel Bahía. Ellos ocuparon el cuarto número 603 y regresaron el 13 del mismo mes. Por último, el 26 de mayo, otra vez solos los dos, abordaron un avión y fueron a Acapulco. Ocuparon el cuarto 602 del hotel Bahía. No se pudo averiguar cuándo regresaron de este viaje. Como se puede ver durante la ausencia de su esposo, Susana voló varias veces al paradisiaco puerto de Acapulco acompañada de Gilly Reynaud.

Entre marzo y mayo del presente año, la pareja acusada ahora de adulterio visitó cuatro veces el cálido puerto del Pacífico, hospedándose ambos en el mismo cuarto de lujosos hoteles según consta en los documentos legalizados notarialmente que ayer fueron anexados al expediente respectivo (mientras en Excélsior *recalcan que sólo eran fotostáticas, aquí los presentan como documentos notariados).*

En tanto el fiscal exhibía dichas pruebas la francesa permanecía algo nerviosa en el privado del juez instructor de la causa teniendo a su izquierda a la señorita Doreen Feng, hija del embajador de China, quien se ofreció como testigo de buena conducta.

26

Doreen, una de las mejores amigas de Suzy, era la testigo que más expectación había despertado entre los abogados, jueces, fiscales y periodistas. Con toda puntualidad, llegó a la delegación justo a las 17: 00 horas, vestida con un abrigo holgado, color amarillo gris y una blusa bordada china. Esa mañana, se había hecho un chongo espléndido gracias a su abundante cabellera negra. Sus largas, larguísimas uñas pintadas en blanco nacarado hacían juego con sus altos, altísimos tacones de zapatos. Si de algo se ufanaba Doreen, era que ella misma preparaba el barniz de sus uñas; según su vestimenta, era el color de las uñas y los tacones. Era como su marca personal. Cuando sus padres, los excelentísimos señores embajadores de la China Nacionalista, se enteraron del escándalo de Suzy, le aconsejaron a su hija apoyar en todo lo que necesitara a su amiga, tan *encantadora*, pero siempre con la condición de decir la verdad. No obstante, en la Cancillería China, manifestaron ciertas molestias, ya que el personal del juzgado en el curso de las diligencias cometió un error que pudo haber acarreado una reclamación diplomática sin mayor importancia pues sólo afectaba a lo ceremonial. Cuando un miembro del Cuerpo Diplomático debe declarar, el juez debe preguntarle dónde quiere hacerlo: si en su oficina, su domicilio o en otra parte.

Doreen no se veía nerviosa, al contrario, contestaba las preguntas, con muchísima precisión, mientras jugaba con una cajita de cerillos La Central de a diez centavos. Lo que más llamaba la atención era su característica vocecita gutural. Cada vez que le hacían una pregunta consultaba un diario recubierto de piel que llevaba minuciosamente en inglés de todas sus actividades. «Yo conocí a Suzy muy poco tiempo de que llegara a México en 1942. La conocí en un coctel que la Embajada de Francia les ofreció a los nuevos embajadores representantes de la Francia Libre. Me atrajo su personalidad, la forma en que hablaba francés e inglés, y su manera tan original de vestirse. Poco a poco nos fuimos haciendo muy amigas; a las dos nos gusta leer, cocinar, viajar, las fiestas, la moda y ambas estamos enamoradas de este maravilloso país que es México. Juntas fuimos a la inauguración del Ciro's y a muchas fiestas de gente importante. Leo en mi diario que en diciembre de 1950 ayudé a Suzy a alquilar una casa en Acapulco para pasar las vacaciones. Paul, su marido, estaba en Europa. Estuvimos tan contentas que regresamos en Semana Santa. Un amigo de Robert Gilly hizo las reservaciones en el Hotel de las Américas. Como su habitación era más bonita, se la cedió a Suzy y él se fue al cuarto de Robert. Yo compartí la habitación con Suzy. Leo en mi diario que en esa ocasión me enfermé y Suzy le habló al doctor. Un médico acapulqueño, el doctor Xavier Barbosa de la Torre, muy amable me dijo que los camarones que comí me habían caído mal. La tercera vez que fuimos a Acapulco, nada más fue un fin de semana. Suzy y yo compartimos un *bungalow* en el hotel Bahía. Estaba por organizar un cuarto viaje al puerto, pero tuve que cancelarlo; yo me quedé en la ciudad para cuidar a la señora Legorreta, quien se puso muy enferma. Suzy nunca se hospedó en el mismo cuarto del hotel. Así como Robert jamás se hospedó en la misma habitación que mi amiga Suzy».

Lo que ya no leyó o declaró Doreen fue la nota que recortó y pegó en su diario, lo que había escrito el cronista de sociales, el Duque de Otranto, en su columna de *Excélsior* del 22 de julio de 1951: «El puerto de Acapulco, por su inigualable belleza natural, sigue siendo el principal punto de atracción turística. En la playa de Caleta, después de un chapuzón, descansan, J.C. Campell, Alberto Botani, Doreen Feng, Suzy de Antebi y Robert Gilly. A estos dos últimos se les ha visto bailar *chic to chic* en La Perla. ¿Dónde andará Albert Antebi? Jorge Marrón, mejor conocido como Dr. IQ, da una presumida enorme ante sus amigos (Doreen, Suzy y Robert) invitándolos a pasear en "su yate", nos dijo en confianza que es muy lujoso, que pertenece a Mario Moreno, Cantinflas, quien le dijo lo usara durante su estancia en ese lugar».

Fue esa tarde del paseo en el yate, durante la puesta de sol, que Robert le dijera a Suzy, muy quedito al oído: «*Je t'aimerai toute ma vie*». ¿Amarla para toda la vida? Era una declaración de amor muy seria y comprometedora. Sea como fuera, a Suzy le llegó derechito en el corazón. Las palabras de Robert la habían conmovido hasta la médula. Lo único que le faltaba era divorciarse de Paul para sentirse totalmente libre y tomar su destino entre sus manos. Llegando al hotel, hicieron el amor en una hamaca preciosa que colgaba en la terraza de la habitación que ocupaba Suzy. Fue una hazaña tan difícil, que los dos se dieron por vencidos, terminando muertos de la risa mientras bebían *champagne* en la playa del hotel y cantaban juntos la canción que le compusiera Agustín Lara a María Felix: «Acuérdate de Acapulco, María bonita...». Al otro día, fueron a nadar al Beachcomber el bellísimo *roof garden* del Ciro's Acapulco. Allí estuvieron un buen rato platicando con el músico suizo, Teddy Stauffer, Mr. Acapulco, como lo llamaban, y bailando en la terraza con las melodías de Cotter and his Orchestra. Tanto Suzy como Robert sabían que allí iba muy seguido la famosísima Virginia Hill, la viuda de Al Capone, y que el famoso compositor norteamericano Irving Berlin también era amante de Acapulco, a tal grado que le compuso una canción; él había cenado con Diego Rivera en cuya casa, muy cerca de la de Dolores del Río, llamada La Casa de los Vientos, había pintado preciosos murales. «A lo mejor desde la terraza vemos en la bahía el Sotavento, el yate del presidente Miguel Alemán», le dijo Suzy a Robert, muy cerquita, casi en secreto, en tanto bailaban la canción compuesta por Irving Berlin: «Paraíso, más bien que Acapulco, los poetas te habrían de llamar por la gana infinita de encantos, de tus playas, tus rocas, tu mar; tus paisajes nimbados de ensueño no se pueden jamás olvidar…».

27

De acuerdo con lo indicado por el juez, el 30 de julio de 1951 se presentaron a declarar Maruca Palomino; la institutriz, Enriqueta Mann; José Natividad Morales, chofer de Paul Antebi; y Antonia Guzmán, la cocinera de la casa. A continuación, se transcribe parte de sus declaraciones:

Maruca Palomino:

«Para mí, Suzy es una mujer intachable. Me entiende: in-ta-chable. Además de muy divertida, es inteligente: juega bridge *y póker maravillosamente bien. Es el alma de las reuniones, por eso todo el mundo la invita; es la salvadora de las fiestas. El que es insoportable es su marido, Antebi. No tiene el menor mundo, muy mal educado y, para colmo, es muy provinciano. En cambio, Robert Gilly… "ningún* bachelor *puede con él". Es encantador. Un* gentleman. *Incapaz de meter en un lío a ninguna mujer, menos a su amiga Suzy. Cuando estuve con ellos en Acapulco, no noté nada raro. Cuando fui a desayunar con Suzy y Doreen al Hotel de las Américas, muy cerquita de La Quebrada, me di cuenta de que Robert tenía su habitación, in-de-pen-diente. En esa ocasión, Suzy había elegido el hotel Mirador, porque le daba ilusión saber que en la habitación 131, se hospedaba Frank Sinatra y en la 114, Agustín Lara y María Félix. Adoraba Acapulco porque en*

el puerto se habían casado Elizabeth Taylor y Mike Todd, siendo testigos del enlace Debbie Reynolds y Eddie Fischer. Además, desde la terraza del hotel, se veían perfecto los clavadistas de La Quebrada. Al lanzarse al mar, cada uno de ellos llevaba en la mano una antorcha encendida. El espectáculo era único. Por la tarde fuimos a cenar y luego cada uno se fue a su hotel.

*»Yo estaba hospedada en Casa Corcuera. Sinceramente, no me creo en absoluto lo del "adulterio". Todo este lío me parece cursísimo. Es Antebi el que ha inventado toda esta historia para que, en el divorcio, porque a mí me dijo Suzy que le urgía divorciarse, él se quede con toda la lana y quizá hasta con los hijos. Lo que sí es un verdadero escándalo, es todo lo que ha salido en los periódicos. En este país no hay el menor el respeto por la intimidad. La prensa te desnuda de la noche a la mañana. La sociedad mexicana es mentirosa, chismosa y morbosa. Qué bueno que me eduqué e hice todos mis estudios en Estados Unidos. Por eso veo las cosas de otro modo. Como cronista de sociales, no juzgo, no califico, nada más describo lo que veo y escucho. Y eso que sé muchos secretos de todos los "apretados", pero no los publico y menos si se trata de una amiga o amigo. Sería incapaz de exponerlos, y menos de difamarlos, como han hecho en muchas crónicas periodísticas. ¿Cómo pueden juzgar a Suzy de "adúltera" en el país donde se institucionalizó "la casa chica"? Aquí todos los alemanistas tienen amantes, sus esposas también tienen sus aventuras y hasta sus "*gigolos*". Basta con ir al Ciro's para encontrarse con toda la corrupción, la doble moral, y, por supuesto, la impunidad. Para mí esa* boîte *es un nido de ratas; todos roban, todos mienten y todos se encubren. Por eso me parece de una gran hipocresía el que ahora ataquen a la pobre de Suzy.*

Enriqueta Mann:
«Hace tres años soy institutriz de los dos hijos de madame Antebi. Desde que me contrató siempre se había portado conmigo muy bien. Era muy comprensiva, sobre todo porque ambas somos

sobrevivientes de la Segunda Guerra Mundial. Me regalaba vestidos, libros en francés y a veces platicábamos lo que habíamos padecido al exiliarnos. Pero poco a poco fue cambiando. Nada más pensaba en su ropa y en sus fiestas. A los niños los quiero mucho, son muy buenos, aunque a veces los veía tristes y muy solos. Hace como tres meses, he sentido a madame *mucho más distante e irritable con sus hijos. Ya no juega ni platica con ellos, como solía hacerlo antes. Siempre está muy ocupada hablando por teléfono con sus amigas o tarda mucho tiempo cuando dice que va de compras al centro. También le dedica demasiado tiempo al juego de cartas y a las fiestas. Sus salidas con* monsieur *Gilly se hicieron cada vez más frecuentes. Salía con él, ya sea al cine, a comer a un restaurante, a una fiesta o a una reunión de amigos. Cuando regresaba de ver a* monsieur *Robert, estaba feliz, de muy buen humor y hasta más cariñosa con los niños que de costumbre. En Semana Santa fuimos a Acapulco con los niños. Nosotros nos fuimos en coche con el chofer y la señora y el señor Gilly en avión. Me gustó que pasáramos a través de Cuernavaca, Taxco y Chilpancingo. No obstante, me pareció muy raro que nos mandara por coche, pero no dije nada. Mientras* madame *salía con* monsieur *Gilly, yo me quedaba con los ellos en el hotel. De hecho, no conocí el puerto y nada más fuimos a la playa del hotel, la cual, por cierto, es preciosa. Cuando* monsieur *Antebi regresó de Europa, empezaron los pleitos entre ellos. Yo ya había sido testigo de muchas discusiones, pero se fueron haciendo cada vez más violentas. Los niños lloraban y me preguntaban qué era lo que estaba pasando con sus papás. Confieso que me daban mucha ternura.* Madame *Antebi es una mujer muy autoritaria, es muy fría. Demasiado cerebral. Siempre quiere tener la razón y esto exaspera a* monsieur *Antebi, también él es de mucho carácter. Creo que los dos son muy infelices y claro, los que más sufren son* les enfants. *Ojalá que llegaran a un acuerdo, porque llegará un momento en que deban decidir quién de los dos se quedarán con los niños. Sinceramente, no me gustaría volver a trabajar con* madame *Antebi, prefiero a* monsieur».

José Natividad Morales:
«Yo llevo años trabajando con la familia Antebi. El señor Paul es muy buena persona, en cambio la señora Suzy es difícil. Siempre se está quejando de todo, nada le acomoda. Recuerdo que el año pasado el señor Paul rentó una casa muy bonita en Acapulco. Bueno, pues la señora Suzy no dejaba de protestar porque estaba en una colonia medio fea. Siempre estaba con ellos el señor Robert y la señorita Doreen, la Chinita, como yo la llamo, así como los niños y la institutriz. En ese viaje me di cuenta de que la señora Suzy se iba sola a la playa con el señor Robert. Mi patrón no decía nada. A mí esto, la mera verdad, no me gustaba nadita. "Aquí hay gato encerrado", pensaba. Sobre todo cuando mi patrona me mandó en coche a Acapulco con los niños y la institutriz, y ella viajaba por avión con el señor Robert. Todo esto mientras el señor Paul estaba de viaje. La señora y el señor Robert se hospedaron en el Hotel de las Américas y ocuparon el cuarto número 58. Me acuerdo porque varias veces les llevé el periódico y el señor Robert me abría la puerta en bata. Mire, yo no soy nadie para juzgar, pero no me gustaba nada, nadita, el comportamiento de la señora Suzy. Y eso que mi patrón siempre la consentía mucho. ¿Cuántas veces no la llevé a las tiendas del centro para comprar ropa? Allí la esperaba horas hasta que encontraba lo que le gustaba. Siempre se subía al carro llena de bolsas y cajas. Bien gastadora que es la señora Antebi. Diario, diario, se ponía una ropa diferente. También les compraba mucha ropa a los niños, pero en donde más gastaba era en joyas y pieles. En una ocasión me dejó de pagar dos quincenas, y eso sí me encabronó. Hablé con el señor Antebi, y asunto arreglado. Cuando llevé a mi patrón a Lecumberri, la que me dio más lástima fue la señora. Pero también pensé: "Esto le sucedió por resbalosa. Qué bueno que no metieron al bote al señor Robert, porque la que se merecía el castigo era ella". Ahora bien, yo no creo que cuando el señor cachó a la señora Suzy y al señor Robert hubieran estado dizque leyendo unos libros como se publicó en la prensa ni que

hubieran estado leyendo la Biblia. Se tardaron tres horas en salir del departamento del señor Robert. Para mí, que el señor Antebi no la va a perdonar y la va a dejar en la cárcel».

Antonia Guzmán:
«Ay, a mí ni me hable de esa señora... Así como traicionó al ingeniero, nos traicionó a todos en la casa. Sobre todos a los niños, pobrecitos con una mamá tan infiel. Desde hacía unos meses, la notaba bien extraña. Ya no iba al mercado y menos al súper. Estaba como ida. Nada le importaba de la casa. Había días en que en el refri ya no había nada. Yo ya no sabía qué hacer de comer. Y si inventaba el menú, con comida mexicana, me regañaba y me decía que la casa no era una fonda de comida corrida. Además, ya no me pagaba tan puntualmente. A mí esa señora ya no me gusta, prefiero al ingeniero. Aunque, eso sí, es muy enojón, es mucho más cumplidor que su esposa. A mí me da lástima porque como es cojo, pues luego arrastra un poco la pierna. Hace tres años tuvo un accidente de aviación. Entonces la señora sí lo cuidó y estuvo con él en todas sus rehabilitaciones. Cojo y todo, el ingeniero acabó yendo al súper para traerme los víveres. Sí, estoy muy decepcionada de mi patrona. Y eso que el señor Robert sí me caía muy bien. Siempre muy educado y sonriente, pero nunca me imaginé que tenía quereres con mi patrona. Creo que así son los franceses, nada más les gusta comer y coger... Bueno, eso me dijo un día mi patrón».

28

Era de madrugada. Afuera de Lecumberri ya se iniciaba la venta de tamales y atole. Muchas cantinas del barrio cercano a la Merced seguían abiertas. Muchas de ellas despedían un olor a pulque insoportable. A lo lejos se escuchaban algunos acordes de guitarra de la canción ranchera de moda de esos momentos: *Juan Charrasqueado*. En una de las celdas del Palacio Negro, Suzy espera angustiada, se ve pálida, ojerosa y desencajada, han pasado muchas horas en espera de su ansiada libertad. A pesar de que confiaba en el licenciado Cárdenas, desconfiaba de las artimañas de Paul Antebi, quien era capaz de todo con tal de acusarla como adúltera y quitarle los hijos. A pesar de todas las manifestaciones de amistad y afecto de todos sus amigos, Suzy se siente básicamente sola. Piensa en su hermana, en su madre. Se acuerda de su Hersch, su primer novio y se pone a llorar. Se siente culpable, tal vez llevó demasiado lejos su relación con Robert. Parecía tan fácil ponerle los cuernos a Paul. Después de ver a Robert, cuando regresaba muy tarde a su casa y Paul parecía que le estaba esperando, después de saludarla con un beso en cada mejilla, le preguntaba: «¿A dónde fueron a cenar? ¿A quién te encontraste? ¿Qué dice mi amigo Robert?». Todo parecía un juego, como si los tres se hubieran puesto de acuerdo en un plan perverso. ¿Acaso no eran amigos desde hace muchos años? Suzy se llevaba perfecto con Helene, y Paul, con Robert. Un verdadero *ménage à trois*, muy a la francesa…, como decían las crónicas de los diarios. A decir verdad, todos sus amigos lo sabían, poco a poco se fueron acostumbrando de verlos a los tres juntos, o nada más a Suzy y a Robert. A veces tanta libertad irritaba un poco a Suzy, le hubiera gustado que Paul fuera un poquito más celoso. Que de vez en cuando se inquietara por verla llegar tan tarde a su casa. Le hubiera gustado que se le enfrentara a Robert, incluso a golpes, exigiéndole que ya no viera más a su esposa. Incluso, una de esas noches en que regresó a su casa muy tarde y se topó con Paul, con su vaso de *whiskey* en la mano, sentado en su sillón de piel, le dijo, con un aire un poco desafiante:

—*J'ai un amant.*

Paul la miró con cierta ternura y agregó:

—*Quelle bonne nouvelle, ma chérie!* Buena noticia para ambos. Tranquila y conserva tu relación —murmuró Paul con cierta dificultad después de tres jaiboles.

Fue en ese momento que Suzy comprendió que su marido no la quería, ni le importaba.

—Para ti soy como un mueble más, no me quieres nadita ni yo tampoco. Entonces ¿para qué diablos seguimos juntos? —le preguntó haciendo esfuerzos por no llorar. No podía creer el desapego con el que había reaccionado Paul. Una vez hecha su confesión no mostró ni un ápice de tristeza o al menos de celos. Nunca lo había sentido tan distante y lejano como en esos momentos en que Suzy asumió la verdad, es decir, que estaba enamorada de Robert.

A partir de esa noche, Paul y Suzy ya no durmieron en la misma habitación. Prefería ocupar el pequeño cuarto de costura, que era helado, que compartir con él la habitación matrimonial. A veces lo escuchaba llegar a la casa muy tarde. «Ya se fue otra vez *avec les putes*», pensaba Suzy. En efecto Paul, solía frecuentar algunos prostíbulos. No es que tuviera una relación fija, sino más bien aventuras de una noche. Cuando se topaban en los corredores de la casa no se dirigían la palabra. Si esos eran los sentimientos de Paul hacia ella, ¿cuáles serían entonces los de Robert? ¿La amaba de verdad o veía su relación con Suzy como una conquista más?

Los que más sufrían de esta situación tan tensa que se respiraba en la casa de los Antebi, desde el día del escándalo, eran los niños. Por más que *mademoiselle* Mann procuraba distraerlos lo más posible, intuía que el mayor de los dos, el pequeño Albert de nueve años percibía perfectamente el conflicto que había entre sus padres: «¿Dónde está mi mamá?, preguntaba con mucha insistencia», «¿Por qué no ha venido a dormir a la casa?». «¿Por qué mi papá se pone tan enojado si pregunto por ella? Algo ha de haber pasado, porque en el colegio me miran muy raro». «¿Qué quiere decir la palabra "adulterio" como dicen los periódicos donde hablan de mi mamá? ¿Por qué algunos de nuestros amigos ya no quieren venir a la casa?», preguntaba. Mariana, de seis años, no hacía tantas preguntas; ella estaba muy contenta jugando a la *comidita*, con sus muñecas. A veces Melle Mann le contestaba al niño: «A tu mami la invitaron a Acapulco a pasar unos días. Ya va a regresar». Otras veces prefería guardar silencio o cambiar de tema de conversación. Para que ya no estuvieran tan inquietos, Melle Mann decidió llevarlos al circo Atayde. Les encantaban los payasos, sobre todo Bozo Bocinas, el más famoso de todos porque salía en la televisión. Con él se morían de la risa de las carcajadas del payaso. Pero al payaso que más querían era a Firulais; Suzy siempre lo contrataba para los cumpleaños de sus hijos. «Trátenlo muy bien porque es de las mejores familias de Guadalajara», les decía su mamá. Firulais, como amigo de la familia, tenía derecho de quedarse hasta el final de la fiesta, cenar pastel y tomarse unas copitas de tequila traído especialmente desde Guadalajara para los Cohen. Desafortunadamente, era muy mal bebedor y terminaba medio borracho con todo y sus zapatotes rojos y su nariz redonda del mismo color. «Llévelo a su casa, por favor», le pedía Suzy al chofer, ignorando que lo que menos tenía Firulais era casa. Después de haber sido un *junior* de la sociedad tapatía, rico y bien parecido, terminó en la miseria, durmiendo en un cuartucho de azotea.

Sin querer, mientras pensaba en una vida que ahora le parecía lejana, una vida que le había sido arrancada de golpe, Suzy se preguntó si sus esfuerzos habían valido la pena. Una de las obsesiones de Suzy era pertenecer a un país, a una religión y a un mundo social. En México, encontró el perfecto circulo por pequeño que éste hubiera sido, un sector de la sociedad, que le había abierto las puertas a muy poco tiempo de su llegada a México. Desde que llegó al país, se dio a la tarea de, a lo largo de diez años, per-te-ne-cer a la burguesía mexicana y a la internacional. Fue su amiga, cronista de sociales, Maruca Palomino, quien la introdujo «al grupo», como llamaban a los más selectos de «Los trescientos y algunos más…». Maruca la ayudaba a organizar sus cenas, comidas y reuniones de *bridge*. Gracias a las influencias de Maruca, Suzy entró al Club France, al Jockey Club. Le presentó Madame Durand para que sus hijos fueran inscritos al más exclusivo colegio de primaria. Estos contactos fueron fundamentales para que conociera más gente. Para los cumpleaños de sus hijos procuraba invitar a niños cuyos padres o eran muy ricos o eran hijos de diplomáticos o de las mejores familias mexicanas. De allí que se esmerara tanto en organizar estas fiestas infantiles tal como las organizaban las «señoras bien», es decir, invitando a magos, payasos, perritos que saltaran los aros, sin olvidarse de comprar las mejores las mejores piñatas. Por lo general estas fiestas, muchas de ellas de disfraces, las cubría la revista *Social* o incluso diarios como *Novedades* y *Excélsior*. Lo importante para Suzy, y también para

Paul, era aparecer y moverse en sociedad que apenas hacía una década no tenían ni idea de su existencia. Por eso temía que ese mismo grupo de personas, después del escándalo le diera la espalda. «La sociedad mexicana es tan conservadora e hipócrita que no me sorprendería que empezaran a hablar mal de mí», pensaba con cierta tristeza.

Las horas pasaban y Suzy seguía encerrada en esa celda maloliente y húmeda. Con un rictus de amargura, observaba a sus compañeras que dormían como si nada. La primera noche que pasó en Lecumberri, se sentía particularmente cansada y sucia, vejada, como un animal encerrado. ¿Era el adulterio suficiente motivo para terminar en la cárcel y ser tratada como la hija de Lot que se convirtió en piedra como nos lo cuenta el Antiguo Testamento? Finalmente, ¿de qué era culpable? ¿De no conformarse con su vida? ¿De buscar el amor?

Estaba pensando en esto cuando de pronto escuchó unos pasos del otro lado de la puerta de su celda. Temía que fuera alguno de los policías, que llegaban a cualquier hora de la madrugada, y le daba pavor que otra vez fueran a interrogarla o burlarse de ellas. Definitivamente no se sentía con fuerza para enfrentarlos. Súbitamente se abrió la puerta, y para sorpresa de Suzy se trataba del licenciado Cárdenas.

—Suzy, ya está todo arreglado —le dijo con una sonrisa.

No lo podía creer. ¿Cómo le había hecho su abogado, «abogado de todo México», para evitar tanta burocracia? De pronto tuvo ganas de abrazarlo.

—Sales a las once.

—¿De hoy? —pregunta, totalmente incrédula.

—Sí, sí. De hoy mismo —el licenciado Cárdenas, vestido impecablemente con un traje de tres piezas, le sonrió.

—Claro que todavía quedan muchos trámites y otros pendientes, pero eso déjamelo a mí. Tú tranquila. Mi chofer te va a llevar a tu casa.

—¿A mi casa? ¿Lo consultaste con Paul? No creo que sea lo más prudente, lo viviría como una provocación. Ya no quiero más violencia frente a los niños. No te importa si mejor tu chofer me lleva a casa de Doreen Feng.

—No hay problema; donde tú digas.

¿Enfrentarse a Paul en esas circunstancias? ¡Imposible! No estaba preparada. Prefería recobrar el ánimo para después hablar entre ellos, tranquilamente. ¿Y Robert? ¿Y había regresado su esposa de las vacaciones? Insistía en preguntarse por qué nunca la había ido a ver a la cárcel y menos le había, por lo menos, contestado su carta. ¿A qué se debía ese silencio? ¿Lo habrá asustado tanto escándalo? ¿Daba por terminada su relación? ¿Por qué? ¿De qué la culpaba? ¿De haber contribuido en deterior su matrimonio con Helene, el cual por cierto tampoco marchaba bien? «Seguramente Robert se asustó con tantos chismes y rumores. Él, que siempre está al pendiente del qué dirán. Él, que es tan huidizo, prefirió huir. ¿Qué no se dará cuenta que los dos nos expusimos, los dos estuvimos de acuerdo con vivir intensamente nuestra pasión? En realidad, quien acabó pagando los platos rotos fui yo, fue a mí que me metieron a la cárcel. Su actitud no es de un hombre enamorado, ni comprometido. ¡Vaya decepción!».

Cárdenas interrumpe sus pensamientos.

—Esto no ha terminado, Suzy. Es muy importante que lo entiendas. Esto, en realidad, es el principio. Tienes que ir a firmar, a atestiguar, faltan careos. No te olvides que fuiste acusada de adulterio y el código correspondiente establece una pena de hasta dos años de cárcel.

El alivio de Suzy dio paso a la desesperación. ¿Tantos años de cárcel? ¿Y si Paul se sale con la suya y termina encerrada? ¿Pasar dos años más allí, en esa celda mugrienta? ¿Sería capaz de soportarlo? ¿Sería capaz de sobrevivir ese castigo tan injusto, como lo hicieron tantos judíos al terminar la guerra? ¿Cuánto tiempo pasaron encerrados en los campos de concentración? ¿Cuánto tiempo tardaron en morir? ¿Sería capaz de soportar lo que ellos soportaron? ¿Sería capaz de soportar lo que Herschel soportó, lo que su familia, lo que sus compatriotas?

El licenciado Cárdenas se da cuenta de su confusión.

—Te prometo que vamos a pelear, Suzy. Por ahora, lo importante es que ya sales libre…

Suzy regresa al presente. Le da las gracias de nuevo.

—Sé que te debo dinero —le dice—. Te prometo que lo voy a conseguir. No tengo ahora en efectivo. Tengo muchos amigos, estoy segura de que ellos me apoyarán. Saben la clase de persona que es Paul. Además, podría vender mi juego de té de plata…

No se lo dice al licenciado Cárdenas, aparte de las dudas, Suzy tiene muchas deudas: cuentas que pagar a su modista, Henry de Chatillon, las de juego de *bridge* y las joyas que le acababa de comprar al señor Rubio sin decirle una palabra a Paul. Seguramente él ya le había cancelado las cuentas. ¿De dónde va a sacar el dinero? ¿De dónde va a pagar? ¿A quién pedirle prestado? ¿A Robert? ¿A su padre? No hablaba con él desde hacía mucho tiempo. Las últimas noticias que había tenido de él fue por una nota del periódico, publicada hacía unos meses, que decía: «Mientras Chiang Kai Chek continúa su política de "más vale que digan aquí corrió que de aquí murió". Es muy posible que la esposa del generalísimo (que actualmente se encuentra en Estados Unidos), haga una breve visita a México, invitada por los banqueros Avramow muy amigos del jefe de lo que fuera China Nacionalista. Los Avramow hicieron su fortuna a la sombra de Chiang». Para Suzy era terrible tener un padre tan rico con el que no se podía contar en absoluto, incluso en una situación tan angustiante. Ni modo, ahora debería de pagar ella misma sus deudas, tendría que vender sus pieles, sus joyas y sus cosas de plata. ¿Y si todo se lo quitara Paul? Ella no era dueña de nada, ni de su coche último modelo, que estaba a nombre de Paul ¿En que trabajaría si ni estudios tenía? Se da cuenta de la situación tan vulnerable en la que se encuentra. Se da cuenta de que todo ha sido tan injusto, tan de baja calaña, tan cobarde.

—Por lo pronto, no te preocupes por mis honorarios. Eso lo veremos después.

El comentario conmueve a Suzy. Lo abraza, le llora, le da las gracias una y mil veces.

— Eres el mejor abogado de México. —Lo repite varias veces. Se siente tan vulnerable que por momentos tiene la impresión de ser como una niña desamparada. Sus pensamientos la llevan de vuelta a Robert, sin saber que, en esos momentos, él duerme tranquilamente en su casa, después de haber recibido decenas de llamadas de amigos para demostrarle su apoyo.

29

El puerto aéreo en la ciudad de México estaba lleno de pasajeros que viajaban y, otros, que regresaban de sus vacaciones. Los que retornaban eran esperados, en la respectiva puerta de salida, por una cantidad de familiares, lo mismo si se habían ido por tres días o por tres meses: allí estaban, felices de la vida, los hijos, sobrinos, abuelitos, nietos, cuñados, primos. Para muchos, aunque no viajaran, ir al aeropuerto representaba todo un acontecimiento, era como introducirse con la imaginación a muchos países y ciudades lejanas de Europa y Estados Unidos. Entonces los ricos viajaban muy bien vestidos: los hombres de traje completo y sombrero y abrigo de pelo de camello, y las mujeres con traje sastre, guantes y zorros de piel. También era costumbre que se encontraran, entre las salas de espera de algunas líneas de aviación, sobre todo europeas, muchos fotógrafos y periodistas para hablar de las personalidades que viajaban o que visitaban el país. A Maruca Palomino le encantaba darse sus vueltas al aeropuerto, o bien, enterarse de quién viajaría, a dónde, pero sobre todo con quién. Le gustaba mucho ponerse detrás de la barandilla para ver de cerca a los viajeros. En su columna *Los impertinentes*, se podían leer cosas como: «Salieron para el Viejo Continente la linda Gina Schondube (elegantísima con su abrigo de vicuña y sus zapatos de tacón alto) y sus primos, Tony y Tomás Braniff. Allá se encontrarán con el infatigable novio de la primera, Emilio Azcárraga. Y como dicen, más vale pájaro en mano... que adiós, que te vaya bien...».

Después de más de veinte minutos de espera frente a la puerta de llegada de Air France, finalmente apareció Helene, con anteojos negros, más rubia que como se fue, más guapa y delgada. Llevaba puesto un saco de mascota azul marino y blanco, con una mascada Hermès que combinaba perfectamente. «*Qu'est qu'elle est belle!*», pensó Robert con sentimientos encontrados. Los niños bronceados y muy repuestos, corrieron hacia él para abrazarlo y besarlo, contrariamente a Helene, quien nada más lo saludó, con cierta frialdad, con un beso en cada mejilla. Sus hijos parecían contentos de ver a su padre al cabo de dos meses de vacaciones. Durante el trayecto de regreso a su casa, los papás no abrieron la boca, mientras que los pequeños se arrebataban la palabra para contarle a su papá todo lo que habían hecho en la Costa Azul.

«Yo aprendí a bucear», «El tío Gilles nos llevó a un campo nudista», «En St. Tropez, vimos a Brigitte Bardot de lejos», «Dice mi abuela que "*le Mexique c'est un pays de sauvages*"», «Ya sé andar en bicicleta». Robert los escuchaba a lo lejos, pero sin ponerles mucha atención. Se sentía nervioso. Sabía que Helene ya se había enterado del escándalo. Sabía que Paul la había llamado por teléfono para contarle todo. Y sabía que le iba a pedir el divorcio.

—Tenemos que hablar —le dijo Helene a Robert llegando a su casa.

—Absolutamente —contestó Robert muy serio.

Después de instalar a los niños en su recámara con la nana, Robert y Helene se dirigieron a la suya. Cerraron la puerta; la primera en tomar la palabra fue Helene.

—¡Eres un miserable! Siempre lo sospeché. No era normal que el imbécil de Paul estuviera tan de acuerdo en que te ocuparas tanto de Suzy. Muchos de nuestros amigos me lo llegaron a comentar y a preguntar. Hasta Maruca me dijo que no me debería de ir a Europa por tanto tiempo: «Con un marido tan seductor, no te conviene», me dijo. Tenía razón. Eres un seductor de mierda. Pudiste haber sido más discreto. Nunca me gustaron los Antebi, *trop juives, trop arrivistes, et trop vulgaires*. Mejor te hubieras metido con alguien más, alguien como Maruca, lo hubiera entendido más. Ella es más fina, más mundana, educada y culta... ¿No te habrá utilizado Paul para deshacerse de su estúpida mujer? A menos de que estés realmente enamorado de ella. *Tu l'aime? Dis moi, si tu l'aime?*

Al escuchar esta pregunta, Robert se quedó helado. Respiró y trató de relajarse.

—*Oui, je l'aime!*—contestó con la voz entrecortada.

Helene se quedó perpleja. Ahora, ella era la que no sabía cómo responder.

—En ese caso, no hay nada que hacer. ¡Divorciémonos!

30

La tarde en que Suzy salió de Lecumberri, acompañada de su abogado, el licenciado Cárdenas, ya la esperaban decenas de reporteros de diferentes diarios; hasta los de deportes se habían animado a ir al Palacio Negro para ver personalmente cómo era la famosa adúltera. «Oiga señora, ¿qué sintió cuando su marido la cachó con las manos en la masa?». «¿Es cierto que se va a divorciar?». «¿Cuánto pagó de fianza?». Por más que Suzy se cubría el rostro con sus manos enguantadas y con sus anteojos negros puestos y caminaba rápido hacia la salida, no podía evadir las cámaras, ni las preguntas impertinentes de los periodistas. «¡Déjenme en paz, por favor!», murmuraba angustiada. «Tranquila. No les hagas caso», le decía su abogado, quien caminaba a su lado. Mientras tanto, Charly, el chofer de Doreen Feng, intentaba estacionarse lo más cerca de la salida de Lecumberri. «Aquí estoy, señora Suzy», exclamó Charly, perfectamente bien uniformado, al mismo tiempo que le abría la portezuela del vehículo último modelo de la embajada. «Mañana nos hablamos. Trata de descansar», sugirió el licenciado Cárdenas al despedirse de la «bella francesa», como la llamaban en las crónicas.

Suzy estaba tan cansada que se durmió durante todo el trayecto de Lecumberri a casa de Doreen. Tuvo un sueño muy extraño. Se veía acostada en una cama pequeña, entre Robert y Paul. De pronto hacía el amor con el primero, para enseguida lanzarse a los brazos del segundo y continuar con el sexo. «¿Quién de los dos me quiere más?», les preguntaba muerta de la risa. «*Les deux*!», exclamaban ambos a carcajadas. Los tres estaban enfundados con el uniforme rayado de la cárcel.

«Señora Antebi, ya llegamos a la residencia», escuchó que le decía Charly entre sueños. Sintiéndose todavía muy aturdida por su sueño, Suzy abrió los ojos y se percató de que habían llegado a casa de su amiga. «Gracias, Charly», alcanzó a decir con una voz apagada y casi inaudible.

Lo que menos hizo Suzy esa noche fue descansar. Después de la cena, una deliciosa sopa china de pollo y verduras preparada por Doreen, se desahogó con su amiga y le compartió todas sus dudas, en tanto fumaba intensamente su cigarro de marca Elegante, «con boquilla de ámbar», como rezaba su anuncio. De vez en cuando le daba un sorbito a su té chino verde, servido en una taza de porcelana azul y blanca:

—No sé nada de Robert. No quiero hablarle a su casa porque sé que ya llegó Helene. Me preocupa su silencio, pero sobre todo su distancia. ¿Qué estará pensando? También me preocupan mucho mis hijos. De verdad, Doreen, me tengo que divorciar, pero ¿en qué términos? Ya le pedí a Raúl Cárdenas que vaya preparando los papeles. Por cierto, me urge hablar con Blumy. ¿De casualidad tendrás su teléfono? Hace mucho que no hablo con él. Luego me lo das por favor.

Al escuchar nombre del dueño del Ciro's, Doreen se quedó muy intrigada; ¿para qué le llamaría en estas circunstancias tan adversas por las que estaba atravesando su amiga? Doreen sabía que Alfred C. Blumenthal estaba enamorado de Suzy y que en varias ocasiones la había invitado, con insistencia, a pasar unos días en el hotel Casablanca de Acapulco, del cual era socio mayoritario. Es cierto que Suzy nunca correspondió a sus insinuaciones, pero no por ello dejaba de frecuentarlo y de consultarlo para muchos asuntos muy personales. Por ejemplo, su ayuda con las autoridades alemanistas para que su madre y su hermanastra huyeran de Bulgaria y se instalaran en México, o bien, pedirle una habitación *suite* del hotel Reforma para encontrarse con Robert, o la reservación de una mesa muy exclusiva para diez personas en el Ciro's para ella y sus amistades. No, no le daba buena espina a Doreen que Suzy quisiera hablar con ese señor tan corrupto y desprestigiado.

—Te decía, Doreen, que cada día me convenzo más de que mi relación con Robert es mi prioridad y es lo que más me preocupa. Él me dijo que también se quería divorciar. De verdad, ¿lo hará? Ay, no sé, estoy muy confundida. Creo que lo mejor es que me vaya a dormir. Espero que mañana esté más lúcida y tranquila. Gracias por todos los periódicos que me juntaste mientras estuve en Lecumberri. Son muchísimos, qué horror, cuántos chismes y levanta falsos no habrán inventado los cronistas de sociales y reporteros. Hasta mañana, mi queridísima Doreen, mi aliada e incondicional amiga.

En el cuarto de huéspedes ya la esperaba, sobre una cama majestuosa y en el ambiente olor a incienso, un piyama de estilo chino, de seda bellísima color pistache, del mismo tono que la bata estampada con flores blancas, que yacía a los pies de la cama. Aunque se sentía exhausta, Suzy no pudo evitar echar una mirada a la pila de periódicos sobre la mesita de caoba de la habitación. Su amiga Doreen le había advertido que las noticias no eran halagadoras, pero se sintió en la obligación de darle a Suzy la oportunidad de enterarse de la opinión pública a solas y en privado.

Las sensaciones de Suzy pasaron del enojo a la incredulidad hasta la franca irritación. Desde su detención, no hubo día en que los diarios no se refirieran a ella, en la *Nota Roja*, como una criminal; el «escándalo del año», como llegaron a llamar el conflicto entre su marido y ella. Lo que no podía saber, pero ya intuía, era la forma en que iba a reaccionar la sociedad mexicana. ¿Cómo era posible que le dedicaran tanto espacio a sus dimes y diretes? Las señoras de la burguesía mexicana nunca habían leído tantas crónicas de sociales respecto al supuesto «adulterio». Mientras desayunaban, se devoraban las columnas en donde se exhibía la intimidad de Suzy, para después hablar por teléfono con sus amigas y comentarlas. En el fuero interno de muchas de estas lectoras, exalumnas de colegio de monjas del Asunción, Sagrado Corazón y del francés de San Cosme, se morían de deseos de tener un amante. «¿Qué se sentirá tener una "aventurilla", después de tantos años de casada? ¿Dónde harán el amor Suzy y Robert? ¿Tendrán remordimientos de conciencia? ¿A qué hora se verán sin que se entere el marido? ¿Cómo será Robert como amante?», se preguntaban algunas con cierto morbo. Al igual que Suzy, ellas también se sentían aburridas y solas. A pesar de ello, ninguna se atrevía a aceptar su realidad, hubiera sido como admitir un fracaso. En su código personal, tenían prohibido pronunciar la palabra *divorcio* y menos *adulterio*. Tampoco osaban pronunciar la palabra clítoris, no tenían ni la menor idea de que se trataba de un órgano sexual del aparato genital femenino. Algunas, al escuchar esta palabra, pensaban que se trataba de una enfermedad extraña, como sífilis. La mayoría, especialmente las mujeres que pertenecían al naciente y muy conservador Partido Acción Nacional, asociado a la iglesia y surgido en 1929, prefería ser una señora in-fe-liz que una señora di-vor-cia-da. Las más desdichadas empezaban a beber en exceso o a tomar píldoras para los nervios. Por más infelices que hubieran sido en su matrimonio, la consigna era que no se notara su desdicha. Lo que no podían evitar, y que invariablemente las delataba, era el rictus que se iba formando de más en las comisuras de su boca, era un rictus de amargura y frustración. Muchas de ellas, pertenecientes al Movimiento

Familiar Cristiano, fueron las que empezaron a rechazar a Suzy a raíz del escándalo; las mismas que invitaban a comer a su casa al arzobispo, Luis María Martínez, y rezaban para rogarle a Dios que frenara la ola del comunismo y que tenían un rosario bendecido por el Papa arriba de su cama matrimonial. «Yo prefiero no invitarla más a mi casa. El otro día le pregunté al padre Antonio, y me dijo que procurara evitarla, porque Suzy vivía en pecado mortal y para ella no existe la espiritualidad conyugal y familiar como camino de santificación». «El otro día, en una comida, me dijo Mayita, que todo lo sabe, que a lo mejor Suzy estaba embarazada de Robert». «Dicen que Paul Antebi secuestró a sus dos hijos, valiéndose precisamente de la detención de Suzy. Parece ser que se lo llevó a uno de los centenares de edificios de apartamentos de la avenida Insurgentes que tiene Paul Antebi. ¡Pobres criaturas, con unos padres tan irresponsables!». «La verdad es que Robert es un don Juan, no hace mucho me llamó por teléfono para invitarme al Ciro's».

Las que se habían escandalizado al doble con el adulterio de Suzy eran las Comulgantas, que era como Lola Tovar llamaba a sus amigas «mochas». Desayunaban juntas prácticamente a diario, en el Sanborns de la calle Madero. Generalmente, Lola se reunía con ellas después de la misa de las 10:00 a.m., en la iglesia de San Francisco, donde invariablemente comulgaba. Allí, muy sentaditas en el caballete a la entrada del restaurante, todavía con sus mantillas negras sobre la cabeza, su collar de perlas y su medalla de la Virgen de Guadalupe de troquel antiguo mexicano: Lupita de la Arena, una «niña bien» en decadencia, que trabajaba en la joyería La Perla, en la calle de Madero; Lola Zubieta, Mercedes Velazco Zimbrón y su hermana, Rosita Manzur; Dolores Pacheco, Totita Creel, Tere García Robles y la infaltable Leonor Campero. Ninguna fumaba, ninguna bebía y el único libro que habían leído era *María* de Jorge Isaacs. Cuando les preguntaban qué era el amor para ellas, contestaban lo mismo: «El inefable amor a Dios y el amor al prójimo son dos de sus manifestaciones más hermosas».

Lola Tovar adoraba a Francia, leía a los Enciclopedistas, a George Sand y a Colette. A partir de que se ponía el sol, se instalaba en su sillón preferido, estilo Napoleón III de palo de rosa, y escuchaba a Charles Trenet, cuyas letras de canciones se sabía de memoria. «¡Pónganme la vitrola!», les pedía a sus hijas. Y mientras escuchaba al cantante y compositor de *La mer*, dejaba volar su imaginación hasta el infinito y evocaba a sus monjas del Colegio Francés. Así era Lola Tovar, romántica, pero muy brava; inteligente, pero demasiado comunicativa; simpática como ella sola, pero, por momentos, un poco hiriente. Conocía la vida y milagros de todas las familias de la alta sociedad mexicana: quién se habían casado con quién, cuáles eran sus orígenes, bajo qué régimen se había formado las grandes fortunas, quién era quién en los gabinetes presidenciales, quién era de la mano izquierda y quién tenía «casa chica».

Aunque las Comulgantas la querían y admiraban por su inteligencia y su espléndida memoria, a veces le tenían pavor a Lola Tovar, quien a como diera lugar, quería dominar la conversación, tener siempre la razón y, por si fuera poco, tildarlas, constantemente, de «ignorantes», «iletradas», «cursis» y «provincianas». En esa época, Lola Tovar asistía al curso más avanzado de La Sorbone, en el Instituto Francés de América Latina (IFAL). En el salón de clases impartidas por el escritor Jean-Marie Le Clézio, entre otros intelectuales franceses que habían venido a México como parte de su servicio militar, era la que más participaba, más preguntaba, más interrumpía y más se burlaba de las que tenían muy mal acento. Había compañeras que la odiaban y otras, como Marie Therese Harmand, que la adoraban y se morían de la risa con sus observaciones, siempre chispeantes y muy ingeniosas. «*La mexicaine la plus française du Mexique*», decían de ella, entre los maestros a quienes constantemente invitaba a comer a su casa, ya que por casualidad vivía justo enfrente del IFAL.

Cuando Lola Tovar se cansaba de los comentarios ultra conservadores e hipócritas de las Comulgantas, sin decirles, «agua que pasa» se cambiaba de mesa y se iba a terminar su pan dulce con chocolate a la mesa de las Comunistas, como llamaba a sus amigas más informadas, liberadas y leídas. Con ellas hablaba mucho de política mexicana. La Dra. Esther Chapa, activista en pro de los derechos de las mujeres, y Amalia Castillo Ledón, la primera embajadora mexicana, eran las que lidereaban este grupo tan selecto. «Me dijeron que va a ver una terrible devaluación». «Dicen que el próximo "tapado" es el viejito, Ruiz Cortínez...», «A mí me han contado unas cosas horribles de María Izaguirre...», «México es un país de puros mentirosos y ladrones...», «Si por lo menos los taxistas hablaran inglés, este país tendría muchos más turistas».

Gracias a estos antecedentes, el grupo de las Comulgantas supo de inmediato que su amiga Lola Tovar se traía algo cuando le arrebató la palabra a Rosita Manzur, justo cuando esta última se mostraba indignada por el adulterio de Suzy: «Lo que pasa es que ustedes son una bola de ignorantes, provincianas y como nunca han viajado, no saben. Pero *le ménage à trois* se acostumbra en Francia desde la época de los reyes. Allí están Madame de Montespan, Madame de Maintenon, de Luis XIV, Madame de Pompadour y Madame du Barry de Luis XV. Allá, en Francia, nadie se escandaliza por este tipo de situaciones y menos se hubieran publicado en los diarios. Para ellos son chismes de las *concierges*, de las porteras. Lo que le pasó a esa señora judía es que su marido ya no le daba *batería*, y por eso le puso los *cuernos*. Pero tampoco es para tanto. Brincos diera alguna de ustedes que le hiciera la corte alguien como Gilly, pero así de gordas y viejas como están... Yo conozco muy bien a la familia del muchacho, él es pariente del que fue ministro de Francia, durante la Segunda Guerra Mundial. Conozco a todos los *barcelonnettes* que llegaron al país con una mano atrás y otra adelante, pero que aquí en México se hicieron millonarios. Soy muy amiga de Maxito Michel, dueño de Liverpool, conozco muy bien a los Subervielle, las Mallet y las Tron, todas fueron conmigo al Colegio Francés. También conozco a las Signoré, a las Barbaroux y a la Guichard…». Lola Tovar siguió con su charla. Como sabían bien que Lola era de armas tomar, y no querían que la agarrara contra ninguna de ellas, sus amigas la escucharon en silencio.

Esa noche, Suzy soñó que le pedía ayuda a Hersch, su novio polaco. Lo veía con su camisola y sus pantalones rayados, negro y blanco, y la estrella de David, amarilla. Estaba en los huesos, todo rapado y descalzo. Con los brazos extendidos, decía con una mirada de absoluta tristeza. «No te puedo ayudar, mi amada, Shoshanna, porque estoy metido en un campo de concentración. Todo el tiempo pienso en ti. Gracias a nuestra historia de amor, sobrevivo. Me acuerdo de nuestras escapadas al hotel Balmoral en Varsovia, donde tomábamos unas limonadas deliciosas. ¿Recuerdas que platicábamos que nos íbamos a casar?», le preguntaba con la cara cubierta de lágrimas, mismas que eran bebidas por muchas mariposas amarillas que se posaban en sus ojos y las bebían. La escena era bellísima, casi mágica, pero desgarradora.

Desde que Suzy había llegado a México, padecía muchas pesadillas e insomnios. Casi siempre eran las mismas escenas que la atormentaban dormida o despierta, todas tenían que ver con la Segunda Guerra Mundial, la llegada de los nazis a Bulgaria, y el día en que tuvo que despedirse de Hersch, de su madre y su media hermana. También soñaba con su padre, quien se le aparecía como un fantasma, pero las pesadillas que más la perturbaban eran las de la guerra. El estar viva en un mundo totalmente ajeno, lejos del conflicto bélico, la hacía sentir culpable. Todavía resonaban en sus oídos lo que había escuchado de varias personas acerca del gueto de Varsovia: «Es el horror más grande que he visto en toda mi vida. Familias de doce personas, casi todos judíos polacos, sobreviven en un espacio de cuatro por cuatro y apenas tienen qué comer. El gueto fue construido como una etapa de tránsito para que sus habitantes sean transportados al campo de exterminio: Treblinka. La población del gueto es casi el treinta por ciento de la población total de Varsovia. Puesto que se encuentra en una zona céntrica de la ciudad, vigilada por centenas de soldados nazis y colaboradores locales, los polacos no judíos pasan frente a sus muros como si nada. Van al cine, al mercado o a pasearse en los parques, como si el gueto no existiera. Los que están dentro no pueden salir y si tratan de hacerlo, son ejecutados».

Bien a bien, Suzy nunca supo si Hersch había muerto, efectivamente, en el gueto, si había sido llevado, junto con su familia, a un campo de exterminio, o si había huido a otro país. «Por eso, Maruca, en las noches en que no puedo dormir, le pregunto qué fue lo que realmente le sucedió. Mientras miro su foto donde aparece adolescente, con una sonrisa muy tierna, le platico y le cuento de mi vida en México», le comentó en una ocasión a la cronista de sociales, su confidente. «Teníamos los mismos intereses. El mismo amor por la música clásica, la literatura y el cine mudo ruso. A los dos nos llamaba mucho la atención León Trotsky. Cuando nos enteramos de que se había exiliado en México, Hersch y yo soñamos con ir juntos a ese país. En esa época, en 1937, estaba a un par de años de empezar la guerra y todavía se podía soñar y viajar, aunque hubiera sido con la imaginación. Gracias a las noticias que nos llegaban a Bulgaria, supe de Frida Kahlo, de la pintora de la que Trotsky se enamoró. Nunca acabaré de agradecerte el que me hubieras llevado a su casa en Coyoacán; fue tan importante para mí.

Fue como haber cumplido una asignatura pendiente, la que teníamos Hersch y yo. ¿Cómo me comunicaba con él? En inglés y en francés. Nunca pude aprender polaco, es el idioma más complicado del mundo, yo creo que ni ellos mismos se entienden. Nada más sé decir una frase: "*kocham cie*", que quiere decir: "te quiero" y así le digo en mis noches de insomnio. Hersch era guapísimo, alto, delgado, rubio de ojos azul celeste. Cada vez que sonreía se le iluminaba la cara. Era campeón de las regatas de su escuela. Su madre era preciosa, una mujer muy educada y de una excelente familia de Polonia; se llamaba Sonia Chartorisky. Su padre era dueño del mejor almacén de ropa de Varsovia. Siendo personas tan cultas y preparadas, nunca entenderé por qué no huyeron de Polonia antes de que empezara la guerra. Nada más a ti te cuento estas cosas, porque sé que me entiendes y que no me vas a juzgar. Bueno ni a Robert le he platicado de esta etapa de mi vida, y menos a Paul, quien nunca entiende nada. Se pondría celosísimo. Por favor, Maruca, lo que te acabo de contar, no se lo platiques a nadie. Como dicen ustedes en México: "chitón, perrito ladrón», le recomendó a la cronista de sociales, quien tenía el arte de saber meter hilo para sacar hebra.

Esa noche, mientras se esforzaba inútilmente por dormir, Suzy recordó la última carta que le había enviado a Herschel, su novio polaco, cuyo recuerdo se le presentaba a veces como un espejismo. Ninguna de sus misivas obtuvo respuesta. Aunque Suzy dejó de escribirle, nunca consiguió sacarlo de su corazón.

31

Amadísimo Herschel:

Ésta es la tercera carta que te escribo. De las dos anteriores que te envié a Varsovia, a casa de tu tía, no tuve respuesta, lo cual me llena de zozobra y de una angustia indescriptible. Los meses pasan y yo sigo, en medio de esta guerra de mierda, sin noticias tuyas. Cuando nos despedimos, la última vez que nos encontramos, no imaginamos que nunca más nos volveríamos a ver. Nuestra despedida en la puerta de mi casa fue como de costumbre: después de darnos un beso largo y particularmente tierno, me dijiste mientras bajabas las escaleras: «Acuérdate que, regresando de Varsovia, después de ir a ver a mis padres, iremos a ver El acorazado Potemkin*». A partir de ese momento, ya nunca más supe de ti. Fui varias veces a la casa de huéspedes donde vivías y la dueña tampoco tenía noticias tuyas. A pesar de que cada vez más aparecían señales de que una guerra era inminente en Europa, te negabas a aceptarlo. «Aquí en Sofía, no pasará nada porque Bulgaria es un país neutral», me decías muy confiado, por eso decidiste venir aquí para continuar con tus estudios de literatura y cine. ¿Te acuerdas el día que vimos una vitrina en la librería del señor Katz, que decía con enormes letras blancas y una estrella de David pintada: «Emigren, váyanse a Jerusalén»? Unos meses después, Hitler invadía Polonia y crearía, para el mes de noviembre, el gueto de Varsovia,* *donde imagino que te llevaron con toda tu familia a pesar de sus influencias y buena posición económica.*

Por eso no recibías mis cartas, ¿verdad, mi adorado Herschel? Como te las envié con las primeras palomas mensajeras, tal vez nunca llegaron a su destino. Lo que sucede es que todavía no están muy bien adiestradas por el ejército británico. O bien fueron atacadas por los halcones alemanes. En ellas te contaba cómo junto con mi tristeza, comencé a padecer las terribles presiones de mi madre: «Te tienes que ir a México, tienes que casarte con el señor Paul, quien tan amablemente está dispuesto a que te conviertas en su mujer», me repetía todo el día, llorando sin parar. Matilde, mi hermana, trata siempre de calmarla, pero es inútil. Cuando empieza a gritar de ese modo, me salgo de casa para no escucharla y no enloquecer como ella. Mi único deseo es irme contigo, aunque sea en el interior del gueto. No me importa si corro el riesgo de que me lleven a un campo de concentración, siempre y cuando sea contigo. Morirme a tu lado tiene más sentido para mí que huir a un país extraño y casarme con un hombre que no tengo la menor idea de quién es. «¿Y si Herschel y yo huyéramos, con papeles falsos, a cualquier país de las Américas? ¿Y si los dos nos ocultáramos en el drenaje de la parte vieja de la ciudad de Varsovia? ¿Y si los dos nos escondiéramos en lo más profundo del bosque, cuyas centenas de árboles todos iguales, altos y delgados, confunden a cualquiera?», me pregunto por las noches con el rostro cubierto de lágrimas. Hace unos días, le hablé por teléfono a tu tía y le pregunté si me podía alojar en su casa por unos días para investigar en Varsovia sobre tu paradero. «No le he dado asilo ni a mi hermana mayor», me dijo entre sollozos. «Mira, Suzy, lo mejor es que te olvides de Herschel y te vayas a México para empezar una nueva vida. Aquí las cosas se van a poner cada vez peor. Tampoco yo he tenido noticias de familia Chartorisky desde hace varios meses. A lo mejor ya se los llevaron todos a un campo», me dijo antes de colgarme, con la voz entrecortada y sin despedirse. Esa llamada fue horrible para mí. Fue como un ultimátum. Es tal mi angustia, que te he soñado cojo, te he soñado tuerto e incluso en el interior de una cámara de gas. También te he soñado sonriéndome y acariciándome mis seños. Te he soñado mientras bailamos con la música de Charles Trenet, y te he soñado diciéndome al oído, en tu francés tan extraño: «Te amaré toda mi vida».

¿Te das cuenta de que los que arreglaron todo el shadjen *para que se llevara a cabo el matrimonio concertado a distancia fueron mi padre y mi mamá? No comprendo cómo le hicieron para arreglar los papeles, los cuales nada más tienen valor para la fe judía. La* ketubah *no tiene ningún valor legal en otras partes del mundo. Así es que, al casarme con él, es como si no estuviera casada con nadie. Cuando el rabino me pregunte si me quiero casar con Paul, contestaré como hacemos en Bulgaria, es decir, moviendo la cabeza de arriba abajo para decir «no» y no tronaré, naturalmente, la boca como hacemos los búlgaros para decir «sí».*

¿Sabes, Herschel? No llevo nada de ajuar, ni de joyas y mucho menos dinero. Espero que no se me exija que haga el «baño ritual», porque tú mejor que nadie sabes que a quien le ofrecí mi virginidad fue a ti. Así que el novio tendrá que aguantarse.

Mi hermana Matilde se queda con mi madre, esperando que le arregle sus papeles para ir a México. Las dos estamos deshechas porque no queremos separarnos. Dice que mientras llegan se va a ir a Francia a formar parte de la resistencia con su amigo Michel. ¿Te acuerdas de él? En una ocasión que discutieron en mi casa, él decía que De Gaule era por ser militar mejor que Churchill. Y tú decías que era el primer ministro de Inglaterra con más influencia en Estados Unidos y en Europa. Los dos estaban fuera de sí, mientras yo les decía que lo importante era que todos nos uniéramos para derrotar a los nazis. «Hitler es un monstruo», les decía a gritos. Y mira hasta dónde ha llegado.

Mi adorado Herschel, ésta es una carta de despedida, mañana tomo el tren para la primera etapa de mi viaje, para mi supuesta libertad. Por contradictorio que parezca, nunca me había sentido tan atada de manos. Lloro con esa forma extraña de llorar que nos caracteriza a los búlgaros. Te mando todas mis lágrimas, mi amor y mi alma.

Shoshanna

32

Nunca se le olvidaría a Suzy el día en que Maruca Palomino, después de mucho insistirle, la llevara finalmente a la casa de Frida Kahlo. Esa tarde había llovido a cántaros y Coyoacán se veía triste con sus callejuelas empedradas llenas de charcos y baches. Entonces la pintora ya había padecido varias operaciones quirúrgicas, por eso las recibió en su silla de ruedas, vestida con un precioso huipil oaxaqueño y unas grandes arracadas de filigrana; alrededor del cuello llevaba un collar de bolas grandes de jade. No obstante el colorido de su atuendo y de sus listones color fucsia que se había puesto en la cabeza, Frida se veía demacrada y particularmente débil. Hacía mucho tiempo no se depilaba el entrecejo y la pelusa se advertía también en el labio superior. La pintora no dejaba de fumar. Al lado de la silla de ruedas se movía constantemente su perro *xoloitzcuintle*, Señor Xolótl. En su recámara donde recibió a las visitas, se percibía un extraño olor a hierbas quemadas, el tufo de las medicinas provocado por la humedad de la Casa Azul. Arriba del dosel de la cama, entre muchas pequeñas fotografías de personajes de la Revolución Rusa, se hallaba la de León Trotsky. No muy lejos, se encontraba una silla de mimbre en la cual yacía el corsé de yeso al que Frida le había pintado una hoz y un martillo de color rojo, y más abajo un feto en su tercer semestre:

—¿Quién creen que se acaba de ir? Dolores del Río. Ella es mi confidente —les dijo Frida, a la vez que mostraba una dentadura descuidada. En efecto, las dos eran muy amigas y se contaban sus respectivos secretos. Uno de ellos era el que Frida le había pedido prestado dinero a la actriz, el cual nunca se supo si se lo rembolsó o no.

—Dolores linda. Ruégote perdones esta molestia. ¿Podrías prestarme doscientos cincuenta dólares? Necesito para resolver un caso urgente, pagándotelos en dos meses. En caso de que seas tan amable, suplícote los mandes a Londres 127 Coyoacán, D.F. Millones de gracias.

Tres meses después, le mandó otra carta: «Debes comprender, linda, que después del divorcio de Diego me ha costado mucho trabajo nivelar mis gastos. No quiero admitirle ni un centavo a pesar de que él me lo propuso». Queremos pensar que, a cambio de este préstamo, la pintora le regaló a Dolores del Río una pintura donde se representaba a dos mujeres desnudas muy parecidas a Frida y a Dolores. La pintura permaneció en la colección personal de la artista de cine, misma que, después de muchos años, se subastó por más de ocho millones de dólares.

Durante la visita a Frida, la que tomó más tequila de las tres fue Maruca Palomino. Aunque le gustaba beber, esa tarde tomó más de la cuenta, seguramente debido a la impresión que se llevó al descubrir a la pintora en el terrible estado en el que se encontraba. Gracias a su tía, Amparo Obregón, la conoció a principios de los cuarenta. Hacía tiempo que no la visitaba, la última vez que lo había hecho, Frida la recibió de pie, frente a su caballete, y de muy buen ánimo. De ese encuentro había transcurrido casi un año y desde entonces no se habían visto.

—No sabes el gusto que me da verte. Me encanta tu huipil todo bordado de pájaros. Son los que te trae tu marchante de Oaxaca, ¿verdad? Todavía tengo el que me regalaste, con flores bordadas de muchos colores. Bueno, antes que nada, mil gracias por recibirnos. Sé que ya no te gustan tanto las visitas, más que las de Dolores del Río. Te cuento, Friducha de mi corazón, «la niña triste de Coyoacán», como te dice Salvador Novo, que mi amiga Suzy es de Bulgaria, es judía y vino huyendo de la guerra. Se moría de ganas de conocerte porque, de joven, ella y su novio polaco eran muy admiradores Trotsky, el héroe de la Revolución de Octubre de 1917. Entonces mi amiga tenía ideas revolucionarias. Ahora es una burguesa millonaria que juega *bridge* y va a todas las fiestas de la *haute bourgoisie* mexicana. No, no te rías Fridita, es cierto. Hagamos un poco de historia de este ruso revolucionario. Cuando llegan a México, León Trotsky y su esposa Natalia, gracias a que Diego Rivera convenció al presidente Cárdenas de darle asilo, tú tenías 29 años y estabas chula de bonita. ¿Verdad que Natalia Sedova era feísima como el hambre? Por eso Trotsky se enamoró de ti, precisamente, porque eras todo lo contrario que la rusa enojona: alegre, ocurrente y con mucho sentido del humor. Entre tú y Trotsky se hablaban en inglés, mientras que ella nada más hablaba ruso y francés. No les entendía nada, y eso, claro, le daba mucho coraje. Además, a Trotsky le encantaba la forma en que cocinabas los maravillosos platillos mexicanos: los chiles rellenos, los frijolitos negros, las enchiladas con harta crema, tu mole y tu maravilloso pozole rojo. Bueno, a qué grado se habrá enamorado de ti que tuvo que dejar tu casa en Coyoacán e irse a la Hacienda de San Miguel Regla porque, finalmente, Natalia se había dado cuenta de la pasión que le habías inspirado a su marido y empezó hacerle unas escenas de celos terribles. Dos veces lo fuiste a ver hasta Hidalgo y con todo el dolor del mundo, decidieron, los dos, terminar su aventura, la cual por cierto duró muy poquito. ¿Verdad que destruiste todas sus cartas de amor? ¿No conservaste ni una? ¿Ni una? Ay, Fridita de mi corazón. Así eres de apasionada. Cuéntale a mi amiga por todo lo que tuvo que pasar el pobre de Trotsky antes de llegar a México, el único país que finalmente le dio asilo sufriendo la persecución del régimen estalinista. Platícale a Suzy, porque te lo ha de haber contado, de seguro, cómo primero vivieron en Kazajistán, en Turquía, Francia y Noruega y durante esta temporada, los rusos persiguieron a sus parientes, y algunos hasta fueron obligados a suicidarse y otros fueron encarcelados o de plano desaparecidos. Creo que también lo perseguían porque era judío, así como lo era tu padre de origen húngaro. ¡Cómo has de haber sufrido cuando te enteraste de su asesinato! Finalmente, Stalin se salió con la suya, y Ramón Mercader, un agente encubierto que trabajaba para los rusos y se había ganado la confianza de Trotsky, penetró en su despacho y ¡pácetelas!, le clavó en la cabeza una piqueta. En ese despacho estaba tu autorretrato que le habías regalado unos meses antes, donde apareces como una muñequita, con las uñas pintadas y muy maquillada. Bueno, el caso es que Trotsky gritó tan fuerte, pero tan fuerte, que su grito de dolor se escuchó hasta el Zócalo. Oye, Fridita, ¿es cierto que Trotsky logró salir de la habitación para buscar a Natalia para después caer muerto? Bueno, lo llevaron al hospital en donde fue operado, pero ya no salió con vida. Dicen que a sus exequias asistieron más de quinientas mil personas. Lo que no entiendo es cómo pudieron haberte acusado a ti de cómplice del asesinato. ¿Verdad que hasta te encerraron tras las rejas? Ya ni la amuelan… Bueno, nada más fue por un día. ¿Qué tal se llevaban Trotsky y Diego? Creo que medio regular, ¿verdad? Mi tía Amparo me contó que Diego Rivera le había regalado al revolucionario una cabeza de muerto en cuya frente aparecía el nombre de Stalin. El ruso no entendió nuestro humor. Ay, Frida, ¿por qué estás tan calladita, si tú eres bien platicadora y te gusta tanto el chisme? ¿Te duele la espalda? ¿Quieres que llame a Amalia, tu enfermera, para que te traiga tus medicinas? O de plano, ¿prefieres que nos vayamos?

No te preocupes por nosotras, ¿verdad, Suzy, que entendemos perfecto?

Cuando las dos se despidieron de beso de la pintora, se dieron cuenta de que Frida llevaba, debajo de su precioso huipil, un corsé metálico, con tirantes bien apretados y que su pie derecho, medio oculto por la falda del huipil, sólo tenía tres dedos.

33

A la mañana siguiente de que Suzy saliera de Lecumberri y se hospedara en la casa de Doreen, su amiga le llevó el desayunó a la cama: un tazón de leche de soja dulce, dos huevos cocidos, unos panecillos cocidos al vapor rellenos con mermelada de mandarina y té verde.

—Hace ratito me llamó Robert, pero me pidió que no te despertara. Me dijo que pasaba por ti a las dos de la tarde. Así es que ponte bonita y termina rápido de desayunar.

Suzy no podía recibir mejor noticia que la que le acababa de anunciar Doreen. Por fin hablaría personalmente con Robert y le diría cuánto lo amaba y cuánto lo había extrañado en la cárcel. «No le voy a reclamar nada: ni por qué no me buscó, ni me contestó mi carta, ni nada. Ni siquiera le voy a preguntar si ya habló con Helene, su esposa, en relación con el escándalo. No lo quiero presionar. Quiero que me vea tranquila, pero, sobre todo, decidida a divorciarme de Paul cuanto antes. Pobre Robert, él también la ha de haber pasado muy mal durante los careos y con los periodistas, que hacen las preguntas más estúpidas del mundo. Eso sí: tenemos que hablar como personas civilizadas y preguntarnos qué viene después. No quiero hablarle mal de su amigo Paul, ha de estar bastante decepcionado y dolido por la forma tan vil en que nos traicionó a los dos.

Merde alors!, ya son cerca de las doce del mediodía y todavía no me he bañado».

34

Si Robert Gilly no se había comunicado con Suzy desde el día en que ingresó a la cárcel, fue porque, si algo odiaba «*le beau Robert*», como le decían de cariño, eran los chismes y las crónicas sociales. Como buen burgués, producto de su educación en la cual solamente contaban las obligaciones y las tradiciones, en su familia todo parecía programado con mucho tiempo de anticipación: las vacaciones al borde del mar o en la montaña, el liceo más prestigioso, la disciplina de un ejército de sirvientes que trabajaban en su casa desde hacía años, las visitas a los museos, el día de la limpieza de la plata que brillaba en el comedor, el mejor pediatra y las fiestas familiares, en las cuales todos los tíos, primos y cuñados se manifestaban gran afecto y respeto. «Las buena maneras» eran fundamentales: «Siempre que saludes a los mayores, míralos a los ojos». «Los niños no hablan hasta que se apague la vela», solía decir su abuelo, respecto de una vela que no existía. La familia de Robert había llegado a México en la década de los veinte, proveniente de la pequeña «Barcelona de Provenza», un rincón de Los Alpes en donde existe, desde hace muchos años y en agradecimiento al país que los había acogido y les había brindado trabajo, la Avenue Porfirio Díaz, la más bella de las avenidas de Barcelonnette, y la Place Valle de Bravo. No en balde muchos de los *barcelonnettes*, gracias a sus negocios establecidos en México, especialmente en el ramo textil, se construyeron mansiones, como verdaderos testimonios de sus fortunas. «Llegamos a tener una gran influencia en la economía del país, muchos se convirtieron en banqueros bajo el régimen de Porfirio Díaz. Teníamos tiendas, fábricas y hasta bancos. El Colegio Francés de San Cosme abrió sus puertas gracias a que fuimos hablar con don Porfirio para pedirle un colegio para nuestras hijas, que tenían que recibir una educación francesa. Fue así que vinieron, desde Lyon, Francia, las monjas de la congregación de Saint Joseph. En Guadalajara fuimos los pioneros en la fundación de los grandes almacenes comerciales», contaba muy ufano el abuelo de Robert en las comidas familiares, donde todo el mundo lo escuchaba en silencio y con mucho respeto, a pesar de que contaba las mismas anécdotas una y otra vez.

El personaje de su familia de quien más le gustaba hablar era de su primo, Jean Alexandre Reynaud. Este último estaba tan agradecido e impresionado con México, que firmaba como «Jean Alexandre Mexicain Reynaud», pues amasó su fortuna a principios del siglo xx, en la industria textil de Puebla. Jean Alexandre era el padre de Paul Reynaud, el exministro de Hacienda y primer exministro de Francia. Educado en Cambridge, Paul Reynaud llegó a convertirse en un personaje importante de la historia de Francia cuando se opuso a los acuerdos de Múnich de septiembre de 1938, cuando Francia y el Reino Unido cedieron ante las propuestas de Hitler para dividir Checoslovaquia. No sólo eso: Reynaud se negó a firmar un armisticio con Alemania. Al renunciar fue encarcelado en Austria, en el Castillo de Itter, al lado de su amante. A pesar de que no era Adonis, con su cara de samurái, su cabeza hundida entre los hombros y dueño de una voz aguda y un poco nasal, tenía muchísimo éxito con las mujeres y durante su vida se le conocieron cualquier cantidad de amantes y engañó a su esposa cada que tuvo oportunidad. Pero eso nunca se comentaba en ninguna de las comidas o cenas de la familia. Escándalos que tuvieran que ver, abiertamente, con «adulterio» eran impensables en una familia como la de Robert. Es cierto que muchos de sus tíos, igualmente burgueses, habían tenido aventuras y más de una amante, pero eran sumamente discretos. Eran temas tabúes, no se hablaba de eso y menos se publicaba en los periódicos. Lo mismo sucedía con la familia de Helene Aubry, su esposa, de allí que ella hubiera preferido divorciarse de Robert, cuyo prestigio social ya estaba por los suelos, a seguir con un hombre *adúltero*. «En esta casa no se hablará nunca más de esa judía tan arribista y vulgar. ¿Cómo nos pudo haber hecho esto, nosotros que la recibimos con los brazos abiertos?», le dijo Helene a su marido, la misma tarde en que hablaron del divorcio. «Y, ¿cómo le pudiste haber hecho esto a tus cuatro hijos? Eres de una frivolidad inaudita. No hay duda de que este país tan corrompido te echó a perder, especialmente gracias a tu amigo Paul Antebi».

Robert la escuchaba en silencio, no sabía qué decirle. En el fondo, Helene tenía razón. Había algo podrido en su grupo de amigos, algo deshonesto e hipócrita. Paul había sido una mala influencia, un amigo demasiado oportunista que pensaba que todo se arreglaba con su dinero y sus influencias. ¿Qué necesidad de intimar con esos políticos alemanistas nuevos ricos, cuyo país los tenía sin cuidado? En mala hora cayó con esa gente. ¿Acaso Helene no le había dado un cierto equilibrio, un hogar y una estabilidad económica? Es cierto que Robert le reprochaba que fuera aburrida y mundana, muy lejos del porte y la sofisticación de Suzy. Pero ahora, con el escándalo encima, Gilly tenía dudas. ¿De verdad quería divorciarse de la madre de sus hijos?

35

Doreen, que en todo pensaba, ya había mandado a Charly a casa de Suzy por ropa para que se cambiara saliendo de Lecumberri, y ya había hablado por teléfono con la institutriz. «*Mademoiselle* Mann, ¿me podría mandar, por favor, con el chofer, un traje sastre y una blusa de seda de la señora Antebi que combinen muy bonito? Ah, y una de sus bolsas Hermès, porque nunca le regresaron la suya en Lecumberri. Muchas gracias». Al salir de la regadera, con la cabeza cubierta por una toalla en forma de turbante y una bata blanca de toalla, Suzy ya tenía sobre la cama su ropa lista. «Ay, Doreen, qué haría sin ti. Te adoro», exclamó al descubrir su traje sastre de seda de lunares azul marino y su blusa color marfil de moño, un conjunto muy clásico y parisino, como le gustaba a Suzy. Cuando vio la bolsa Hermès azul marina, la abrazó con tal alegría como si hubiera recuperado a un hijo que no había visto en mucho tiempo.

Suzy tenía una extraña relación con su guardarropa y accesorios. Dependía demasiado de su imagen. Ésta tenía que lucir siempre impecable, sobre todo, debía de estar al último grito de la moda. En su vestidor, que Paul mandó a construir especialmente para ella, ya no cabían más vestidos, trajes, blusas, sacos, pieles y vestidos de noche. Más que una gratificación personal, su guardarropa era como una prisión que ella misma se había impuesto, especialmente desde que empezó a frecuentar las reuniones y fiestas de la alta burguesía mexicana. No en balde se había ganado a pulso el mote de «la mujer mejor vestida de México». Ésa era su misión. Agradar a los demás, darles gusto, ser siempre amable y educada. Que sobre todo no se notara la pobreza, como solía suceder cuando era una niña y era discriminada en la escuela, no nada más por ser judía, sino porque su ropa delataba su origen humilde. Recordaba con detalle todo lo relacionado con su guardarropa: dónde se había comprado tal vestido, cuándo se había puesto por última vez su blusa de seda Givenchy, a qué coctel había ido con la falda negra de seda y qué abrigo de pelo de camello la hacía lucir más sofisticada. Sabía cuántas mascadas Hermès tenía, cuántos pares de zapatos y guantes de piel y seda, cuántos sombreros y hasta cuántos cinturones de todos colores había acumulado desde su llegada a México. Muy pronto se dio cuenta de que «como te ven, te tratan».

El origen de su afición a la moda venía de tiempo atrás. Desde que Suzy era adolescente, solía hojear las pocas revistas que llegaban a Belgrado de contrabando desde París. Se las traía un amigo cuyo padre era sastre. «Así quiero un vestido», le demandaba también Suzy a su madre, que cosía como los mismos ángeles. Sabía tejer, cortar, hacer patrones, voltear los abrigos para que se vieran como nuevos, diseñar vestidos con cinturas ceñidas, faldas rectas y amplias; sabía hacer ojales, olanes, drapeados y hasta sombreros como los de Coco Chanel, a pesar de ser la diseñadora más odiada por los judíos por antisemita, especialmente durante la Segunda Guerra Mundial. La mamá de Suzy accedía a todos sus caprichos. «Ay, hija, te has de casar con un hombre muy rico para que te cumpla todas tus fantasías». A petición de Suzy, su madre le había cambiado el cuello de la blusa escolar, así como las solapas de su saco. Sus compañeras del Colegio Americano comenzaron a imitarla, fue así que la mamá de Suzy empezó a hacerse de una clientela un poco más exclusiva. Finalmente, la dirección del colegio le pidió que diseñara el uniforme de gala para las niñas de *high school*. Pobres o ricas, todas se querían vestir como Suzy.

Años más tarde, con medios y recursos suficientes para cumplir sus sueños de diseñador, el gusto de Suzy por la ropa se convirtió en obsesión, tanto que el mayor reproche de Paul Antebi a su esposa era, precisamente, sus excesivos gastos en la compra de ropa, pieles y accesorios.

36

«Tardé tiempo en entender a mi esposa. Sin embargo, comprendí que esta compulsión por estrenar todos los días tenía que ver con su historia. Era parte de su equilibrio personal. Créame, licenciado Marbal, que, cuando Suzy llegó a México, traía una maletita con poquísima ropa que su madre le había cosido. Lo comprendí porque en 1941 durante la guerra, y proveniente de una familia pobre y además judía, resultaba imposible vestirse adecuadamente. Pero después de casados, poco a poco se fue haciendo más exigente en lo que se refería a los vestidos. Yo tuve el error de abrirle una cuenta bancaria, pero quería que Suzy fuera feliz. No le negaba nada, le cumplía todos sus caprichos: chofer, costurera, cocinera, dos recamareras y hasta una institutriz para los niños. Empecé a comprarle muchas joyas buenas: collares de perlas, anillos de brillantes y zafiros, cadenas, pulseras de oro, sobre todo, prendedores de brillantes. Adquiría todo en joyerías como la Casa Rubio, La Perla, Galerías Kent, La Esmeralda y Kimberley. Hasta al Monte de Piedad iba para ver qué collares de perlas y esclavas de oro les habían llegado. Me hice amigo del director para que me avisara con antelación de los buenos lotes de joyas. En otras palabras, poco a poco, me fui contagiando de su mal. Y entre más invitaban a Suzy a fiestas, comidas y a cocteles, más gastaba en ropa, más se enjoyaba y más frecuentaba el salón de peinados Esperanza, donde se hacía de todo. Lo más terrible es que no se daba cuenta del tren de vida que llevaba y empezó a mentirme. Por ejemplo, escondía sus compras, o las dejaba en la cajuela del coche, o las metía hasta el fondo de los clósets de los niños. Una vez le hice notar su adicción por comprar y comprar, me dijo que yo era un codo miserable. Algo se había roto en su interior desde tiempo atrás. Seguramente fue consecuencia de la guerra y el haberse tenido que despedir de su madre y hermanastra. Sufría constantemente de pesadillas. Gritaba y lloraba en sueños por los que habían muerto en la guerra. Cuando se despertaba no se acordaba de nada. Sin embargo, un día me dijo: "Me hablan en sueños". "¿Quién te habla?", le pregunté. "Es la voz de alguien que conocí hace muchos años. A veces escucho varias voces. Son mis muertos que me cuidan", me decía.

»Lo peor de todo era su manía por el olor a gas. De repente, según ella, la casa apestaba a gas. Varias veces me mandó a la cocina para ver si la estufa no se había quedado prendida. En tres ocasiones cambié el calentador Calorex, supuestamente el más moderno y seguro. "¿Cómo es posible que tú no huelas a gas, si apenas se soporta ese olor tan repugnante?", me preguntaba hecha un mar de lágrimas. De alguna manera comprendí que el tufo que ella percibía y que estaba en su cabeza le recordaban las cámaras de gas de los campos de exterminio. Sin haber estado en ningún campo concentración, lo llevaba dentro.

»Fue cuando la mandé con el doctor De la Fuente, el mejor psiquiatra de México. Creo que nada más fue a tres sesiones y después ya lo dejó, pero ella, no obstante, me decía que seguía yendo con el doctor. ¿A dónde iba en lugar de ir con De la Fuente? ¡Al Ciro's del hotel Reforma!, donde siempre se organizaban tés danzantes, comidas, banquetes de bodas, desfiles de modas y reuniones para jugar canasta uruguaya. Me enteré porque Blumenthal me mandaba las notas de su consumo y el de sus amigas. A veces se daban cita para desayunar, allí mismo, en el Ciro's, sus famosos huevos rancheros con frijoles…, claro, sin olvidar el champaña. El desayuno costaba una fortuna. También empezó a ir al frontón México, y en el *jai alai* apostaba muchísimo dinero. Lo que también me resultaba sumamente extraño era que, en esa época, empezó a frecuentar amistades peligrosas. Por un lado, procuraba ser vista entre *la crème de la crème* de la sociedad mexicana, y por otro, se hacía amiga, por ejemplo, de Chacho, hermano de Virginia Hill, la exmujer del gánster Bugsy Siegel. Fue Blumy quien se los presentó. Como protegido del presidente Alemán, este señor tenía el arte de relacionarse con los políticos más corruptos del país, con artistas de cine de Hollywood y con la gente de la alta burguesía mexicana. A mí siempre me dio mala espina. Finalmente, terminé teniendo razón respecto a él. Muy pronto, Blumy se convirtió en "un extranjero indeseable" por sus relaciones con gente que manejaba la droga. El caso es que el presidente se distanció completamente de él y fue así que empezó a perder muchas influencias, por eso se fue a vivir a Acapulco, donde abrió otro Ciro's en el hotel Casablanca. También Suzy se hizo muy amiga de periodistas como Carlos Denegri, Agustín Barrios Gómez, el Duque de Otranto y Rosario Sansores. Sin olvidar a su mejor amiga, Maruca Palomino. La máxima ilusión para ella era aparecer retratada en la sección de sociales, que la mencionaran en sus crónicas y ser invitada a todos los cocteles de las embajadas. Se hizo íntima amiga de la esposa del embajador ruso, el señor Omansky, de la esposa del embajador de Estados Unidos, la señora O'Dwyer, y de la duquesa Rothschild de Koenigswarter. A veces la acompañaba a estos eventos sociales, pero finalmente me cansé de tanta frivolidad, por eso empecé a viajar mucho. Mi último viaje duró cuatro meses, fue en esa época que comenzó a salir con Gilly. Cuando regresé le supliqué que ya no lo viera y que dejara la vida social que llevaba. Fue imposible: a ella le gustaba el lujo, y su tren de vida es capaz de agotar cualquier fortuna. Yo trabajaba doce horas diarias para sacar sus gastos. Y hasta la consentía. No hace mucho, por ejemplo, le compré para su cumpleaños una pulsera de brillantes con la estrella de David y un reloj de oro que me costó veintidós mil pesos. A mi regreso la noté rarísima: fumaba y bebía demasiado. Estaba como ida y lo peor de todo era que no se ocupaba de mis hijos. Por eso le solicito, licenciado, la patria potestad de los dos niños, porque me importa su porvenir.

»Pero le decía. Al regreso de mi viaje a Europa me trataba con mucha indiferencia. Ya no platicábamos, ni comíamos juntos. La casa era un caos. No, no entiendo, no comprendo cómo pudo haberme engañado, y nada menos que con Robert Gilly, un pobre tipo, un cheque sin fondos, un niño bien francés, un bueno para nada. ¿Sabe qué, licenciado? Fue mi culpa, sí, fue mi culpa, por haberle cumplido todos sus caprichos: clases de tenis, de golf, de esgrima y de equitación, nada menos que con el coronel Humberto Mariles. ¿Sabe cuánto me salía cada clasecita? ¡Una fortuna! Así también me costaban las comidas y cenas servidas por Mike, el chef del Ciro's, que organizaba en la casa. Aparte de champaña y los mejores vinos franceses, tampoco podía faltar el trío Los Panchos. Una vez invitó al cantante francés Charles Trenet, quien por esos días se encontraba de gira en México, porque, según ella, resultaba muy *chic* invitar a un cantante internacional tan famoso. Suzy era tan ignorante, no sabía que Trenet había estado en la cárcel durante la *ocupación* por haber colaborado con los nazis.

»Créame, licenciado Marbal, que yo no quiero que Suzy se quede en la cárcel, es la madre de mis dos hijos, Alberto y Mariana, pero sí quiero que se aclaren las cosas. Como lo declaré en los careos, yo no sabía que estábamos casados bajo el régimen de comunidad conyugal, es decir, por bienes mancomunados. Fueron sus tíos Avramow los que me tomaron el pelo. Ellos fueron los que se ocuparon del papeleo para casarnos de inmediato. Me llevaron unos *esqueletos* para que yo los firmara. No me di cuenta de la forma en que quedaba casado. ¿Por qué ella nunca me lo confesó antes? Claro, porque no le convenía. Pues ahora es a mí al que ya no le conviene estar casado con esa señora, tan egoísta, egocéntrica y cínica. Me tiene que ayudar, licenciado, a que se le juzgue como adúltera y a divorciarme en los mejores términos, porque ya no puedo con tantos gastos y presiones. Con decirle, y esto es algo que nunca le he confesado a nadie, que desde hace dos años Suzy cerró las piernas y la puerta de su habitación. Hace dos años que no tenemos relaciones sexuales y hace dos años que vivo con mi enemiga en la misma casa. ¿Verdad que no me merezco este trato? Recuerde, licenciado, lo que dice el Artículo 273 del Código Penal: "Se aplicará prisión de dos años, y privación de derechos civiles hasta por seis años, a los culpables de adulterio en el domicilio conyugal o con escándalo"».

37

«¿No es cierto, licenciado Cárdenas, que el hombre que hace esto a la madre de sus hijos, no es hombre ni es nada? Da la casualidad que ese hombre se llama Paul Antebi. Ahora resulta que soy adúltera, cuando en realidad él armó todo este tinglado porque el señor se acaba de enterar que estábamos casados por bienes mancomunados. ¡Hágame el favor! ¿Usted le cree? ¿Cómo es posible que ahora diga que nunca se dio cuenta en la forma en que estábamos casados, tratándose de un hombre de negocios, avaro y obsesionado por el dinero? Lo que sucede es que, como ha amasado una buena fortuna, cualquier día querrá compartirla con su esposa a quien hace mucho tiempo no ama, ni le importa. Entonces en el fondo todo, ¿es un problema de dinero? ¿Por eso me alentaba a que saliera, *tête à tête*, con su mejor amigo? Hasta un detective me puso, para tener pruebas suficientes del adulterio, y así tener el fundamento legal para pedir la disolución del vínculo matrimonial. Créame, licenciado, que a él le vale un colmillo si lo engaño o no; él lo que quiere es su dinero completito. Si nuestra relación ya andaba por los suelos, ¿por qué nunca me pidió el divorcio civilizadamente sin tener que recurrir a este escándalo? Yo se lo hubiera dado de mil amores... Pero armar todo este mitote para acusarme de adúltera. No entiendo, licenciado. Se necesita tener mucha maldad para actuar de ese modo. ¿Acaso él no lleva una vida depravada y no visita constantemente las casas de putas, encuentros que después me platicaba con todo lujo de detalle? ¿Con qué objeto? Para humillarme. Paul es un machín de tercera, un tramposo de mierda. Nunca vi que pagara impuestos, pero eso sí, repartía *mordidas* para sacar permisos, citas con funcionarios y gobernadores. Para pasar como un hombre muy altruista y hacerse de un prestigio social, cada mes manda dinero a instituciones benéficas como la Organización Sionista Sefaradí, el Colegio Hebreo, la Academia Nacional de Medicina y a quién sabe cuántos laboratorios farmacéuticos. Además, gasta fortunas en su abundantísima colección de piezas precolombinas y en las obras pequeñas de Siqueiros que pintó cuando estuvo en Lecumberri. Sí, licenciado, Paul es muy rico y gana muy bien como director de los Laboratorios Carnot. Y no me lo va a creer, licenciado, se volvió mecenas de Diego Rivera. No me sorprendería que muy pronto le pida un retrato de su persona. Sí, sí, se lo juro. Confieso que esos aspectos de Paul me llamaban la atención y hasta me gustaban, pero quién sabe que le pasó después, que se amargó y se hizo un hombre muy hosco y poco sociable. Cuando lo conocí al llegar a México, en 1941, no era así de mezquino. Al principio de nuestro matrimonio éramos muy felices. ¿Cómo no iba a estarlo si yo venía huyendo de la guerra? Nunca acabaré de agradecerle al presidente Ávila Camacho el haber podido llegar a México, a muy poco tiempo de haber salido este país de la Revolución, año en que, por cierto, no había seda ni para medias, porque los Estados Unidos no les habían surtido el pedido. Llegué en donde reinaba la paz; un país democrático, que empezaba a ser cosmopolita y en donde arribaban centenas de inmigrantes como yo, con esperanzas de empezar una nueva vida, formar una familia, ser libres y felices. Vi entonces a Paul como mi salvador, un hombre universitario, sólido y muy preparado. Un ingeniero químico que hablaba perfectamente bien francés, alemán y español. Sefaradí como yo, él nacido en Palestina y yo en Sofía, Bulgaria. "Es un muy buen partido", me decía mi madre para animarme casarme con alguien que ni conocía. No, no podía pedir más. Con este matrimonio arreglado por fin huiría de ese infierno que era la guerra. Huiría del hambre y de la pobreza. Poco a poco, fui descubriendo "*le tout* México", es decir, una especie de fusión entre apellidos de abolengo nostálgicos del porfiriato, políticos revolucionarios deseosos de adquirir nuevos modales y nuevos ricos dispuestos a gastar lo que fuese para alternar con esa nueva sociedad, misma que admiraba el *savoir faire*, de las testas coronadas, aristócratas reales o falsos, empresarios arruinados, pero sagaces, falsos duques, condes, marqueses desertores y artistas frustrados, quienes como yo, al llegar a México, sintieron que habían llegado a un nuevo paraíso terrenal donde era importantísimo hablar francés.

»Esa vida de oropel y frivolidad me ayudaba a enmascarar mi sufrimiento; yo lo que deseaba era olvidar y no pensar cómo sería un futuro en un panorama sombrío de un mundo donde nadie podría predecir ni siquiera cuándo terminaría la guerra. La alta burguesía mexicana me deslumbró, me encantó, me divirtió: las fiestas, los bailes, comidas, restaurantes, centros nocturnos y, naturalmente, el Ciro's, un microcosmos internacional donde se bailaba, se cantaban las canciones de Agustín Lara y las de Irving Berlin, donde se brindaba para todo con *champagne* y donde podía saludar de mano a expresidentes de México, banqueros, embajadores e, incluso, a *madame* Lupescu y el rey Carol de Rumanía, que por cierto llegaron a México el mismo año que yo, en 1941. También allí uno se podía encontrar a los artistas de Hollywood más famosos del cine: Clark Gable, Errol Flynn, Orson Welles, Esther Williams, Linda Christian y Tyrone Power, por mencionarle a algunos. Comencé a confundir la realidad con la fantasía. ¿Por qué?

Porque una parte de mí se había quedado en Belgrado, esa que no embonaba en ese mundo tan sofisticado. Mientras que la otra parte hacía demasiados esfuerzos para estar a la altura de todas esas señoras millonarias, provincianas, cursis, hipócritas y sumamente ignorantes. Señoras que nunca habían leído un libro y cuyas vidas eran aburridísimas y vacías. Sin embargo, me adapté. Pero en el fondo, me sentía sola. Me daba cuenta de que nunca había dejado de ser una desadaptada, que no podía olvidar mis orígenes, ni olvidar la guerra. "*La guerre, la guerre, toujours, la guerre*!".

»¿Mi marido? Él estaba demasiado sumido en sus negocios, lo cual me enojaba mucho. Me empezó a tratar mal, a insultarme y recordarme constantemente que me había sacado de la miseria. Para vengarme de él, gastaba y gastaba como loca. Sabía que mis gastos eran lo único que lo hacía enojar realmente. ¿Mis hijos? Nunca he sido muy maternal. Cuando viajaba Paul, yo era feliz. Eran los periodos en que la compañía de Robert me hacía olvidar que estaba casada con un "cascarrabias", codo y muy mal educado. Para mí Robert era todo lo contrario. Usted lo conoce, licenciado, un hombre educado, culto, guapísimo y con mucho sentido del humor. No se puede imaginar cómo nos reímos juntos. Siempre me quiere dar gusto. Me pide mi opinión. Me escucha. Es un interlocutor inmejorable. Con él empecé a conocer el otro México: el de las luchas libres, el del salón de baile Los Ángeles, el de las carpas, el de las fiestas de los toros, el de Juan Legido de los Churumbeles de España, el de los tacos Beatricita, y el de Jacarandas, donde todo el mundo baila de cachetito. Por él tomé clases de mambo, de chachachá y danzón. Por él me aprendí todos los boleros de moda. Por él aprendí a rezar el padre nuestro y el avemaría en francés y en español. Por él memoricé los poemas del libro *Toi et moi*, de Paul Géraldy. Y por él todo el día cantaba *La vie en Rose*, de Edith Piaf. Me enamoré, licenciado. ¿Qué quiere que le diga?

No lo pude evitar. Más bien, nos enamoramos, sin proponérnoslo. O a lo mejor sí nos lo propusimos, porque los dos estábamos en búsqueda de algo más. Algo que le diera sentido a nuestra vida. Nos encontramos sin buscarnos. Robert no es un hombre rico, ni muy ambicioso, pero sabe vivir el presente. Padre de tres hijos, casado con una señora demasiado rígida e insatisfecha, que en los veranos se tomaba tres meses de vacaciones en la Costa Azul y lo dejaba en México. Como yo, él también estaba muy solo. Con él todo era distinto, hasta el sexo. Nunca había hecho el amor con un católico. Nunca había tenido relaciones con alguien que no estuviera circuncidado. ¿Y sabe qué? Resulta mucho más excitante…

»¿Qué si efectivamente estábamos leyendo un libro, Robert y yo, en su casa, cuando Paul y la policía nos estaban esperando en la calle? No, licenciado, no era un libro, era un álbum de fotografías de la familia Gilly Raynaud de cuando Robert era niño. Sí, es cierto que nos entretuvimos mucho, porque el álbum tenía muchas fotos de Hermosillo, Sonora, donde nació en 1900. Allí aparece Robert en su bautizo, con un ropón todo bordado de encajes de Brujas, precioso; en su primera comunión vestido con un saco azul marino y pantalones blancos, retratado en París con toda su clase en el Liceo; de muy joven en sus clases de equitación, en el bellísimo departamento del tío abuelo Paul Reynaud, con sus hermanos: Alain, Henri, Antoine y su hermana, Madelaine; de todos, Robert era el más bonito. También vimos juntos fotos de su madre, justo cuando acababa de morir su marido en la guerra, Antoine Gilly Michel. En la cartilla de entrada a México de 1942, ella se veía devastada, como desamparada. Aunque Robert se resistía, también vimos las fotografías de su boda con Helene Aubry. Se casaron en París, casi en plena guerra. Los dos aparecían muy jóvenes, medio provincianos. Sin ser grosera, Helene no es muy agraciada, tampoco es muy *chic* que digamos. Es una mujer muy buena y abnegada. Muy católica. Robert me contó que, al principio de su matrimonio, vivían en el elegante distrito 16, en la calle de Eugène-Labiche, pero como tuvieron cuatro hijos, se cambiaron a un departamento más grande, pagado, claro, por el abuelo o por la familia. La familia Reynaud hizo mucho dinero en México a partir de principios del siglo XIX, imagínese, eran dueños de todos los grandes almacenes de México, Guadalajara y Puebla. Tenían fábricas de textil por muchas partes de la República Mexicana. Le confieso, licenciado, que hubo fotos de Robert y Helene que sí me dieron celos, fueron aquellas donde aparecen en bicicleta. A pesar de la guerra, se veían muy unidos. Entonces la población nada más se movilizaba en bicicleta por toda la ciudad de París, ocupada por los alemanes y el mariscal Pétain. Robert y Helene buscaban comida para sus cuatro hijos, aunque su *carnet* de alimentación era un poco más abundante que el de otras familias. Le platico todo esto y con tanto detalle para decirle que ubique mejor a Robert, y decirle que ha sufrido mucho. Como yo y miles de emigrados en México, Robert, sin ser judío, es otro sobreviviente de la guerra, y esas cicatrices, aunque nunca hable de ellas, allí están, en su ¡corazón! Así es que me tiene que ayudar a divorciarme. No tengo otra opción. Cuento con usted».

38

De los tres abogados defensores respecto al tema de «adulterio» del caso entre Suzy Avramow de Antebi, Albert Antebi Salomón y Robert Gilly, el que estaba más divertido con el proceso, era el licenciado Monroy, defensor de Robert Gilly. En toda su trayectoria profesional, nunca le había tocado una averiguación semejante de extranjeros adinerados que pertenecían a las altas esferas de la sociedad mexicana. ¿Cómo que el mejor amigo del denunciante, en realidad era el amante de su esposa? ¿Cómo que éste no sabía en qué términos legales se había casado? Y ¿cómo que el *francés*, su cliente, también estaba casado y se paseaba por todo México en compañía de la *adúltera*, con la venia del marido acusador? «Con ningún caso me había divertido tanto como con éste. Todo parece como de una película francesa, de ésas sólo para adultos, que te gustan y que se exhiben en el Cine París», le dijo Monroy a su mujer, una vez que fue contratado por Gilly para que lo representara en su defensa. Fue cuando el licenciado Monroy le aconsejó a su cliente que hablara lo menos posible y que, sobre todo, negara todo respecto al adulterio. Así lo hizo Robert Gilly durante los careos, a pesar de que sentía unos grandes deseos de desahogarse y de expresar su versión. «Todo empezó como un juego. Paul me propuso que, mientras él estuviera en Europa, yo me ocupara de Suzy, que la llevara a todas partes: al cine, a bailar, a los toros, a todas las fiestas e incluso a Acapulco. Su matrimonio ya andaba muy mal, Paul ya tenía intenciones de divorciarse. Acepté la propuesta, en primer lugar porque lo consideraba mi amigo, y en segundo porque le debo dinero, licenciado, mucho dinero. "Últimamente te veo y te siento muy solo. Andas tristón y eso no me gusta. Te tengo una propuesta que a los dos nos va a convenir. Olvídate de tu deuda, a cambio de que le hagas públicamente la corte a Suzy. Mañana me voy a Francia, así es que, a partir de este fin de semana, puedes empezar tu nueva 'misión'. ¿Te parece bien?".

»Al principio encontré el ofrecimiento miserable, Suzy había sido mi amiga por muchos años. Reconozco que la propuesta de su marido, por muy vil que me pareciera, no me dejaba indiferente. Mi deuda era de más de treinta mil pesos, además había firmado unos pagarés y temía que, al no pagarle a Paul, me denunciara. El juego y las apuestas, licenciado, son mis dos terribles debilidades. Bueno, hay una más, ¡las mujeres! Me dije que finalmente la propuesta de Paul consistía en aceptar una pequeña aventura sin consecuencias, puesto que el marido estaba de acuerdo. Al regreso de su viaje y al cabo de unas semanas, terminaría. Acepté. En el fondo sabía que yo no le era indiferente a Suzy y que esto facilitaría las cosas. Incluso me halagó que mi amigo me tuviera tanta confianza. "Eso se llama tener '*esprit de corps*'", me dije; mi deuda quedaba saldada, lo ayudaba a divorciarse y, con el tiempo que todo lo cura, la gente terminaría por olvidar el episodio. Lo que nunca imaginé es que terminaría enamorado de Suzy y ella de mí. Al principio de nuestras salidas, ella actuaba con una naturalidad apabullante, como si también estuviera *dans le coup*, es decir, en el acuerdo entre Paul y yo. Pensé que también le ayudaría a divorciarse y a terminar de una vez por todas con su matrimonio. Entonces, en el fondo, los tres estábamos entrampados,

¿por el dinero? No lo sé. Un día le pregunté a Suzy: "¿Por qué odias tanto a mi amigo Paul?", "Porque no me quiere", me contestó con una mirada de infinita tristeza. Tiene razón. Mi amigo no la quiere, además le urge deshacerse de ella a como dé lugar, dejándola, después de todo el escándalo provocado en la prensa mexicana, en el desprestigio y, por si fuera poco, en la miseria y sin la custodia de sus hijos. Estoy seguro de que tampoco Paul se imaginó que los dos terminaríamos enamorados.

»¿Qué si estaría dispuesto a casarme con Suzy? Lo estoy pensando seriamente, licenciado…».

39

Entre la montaña de periódicos que le dio Doreen a Suzy al llegar a su casa de Lecumberri, para que revisara las crónicas de sociales en las cuales se referían al «escándalo», se encontraba una revista *Social*, de varios meses atrás. La publicación era una de las publicaciones preferidas de Suzy y en sus páginas aparecía retratada constantemente. Recostada en la cama, en medio de varias almohadas rellenas de plumas finas, empezó a hojear la revista para ahuyentar su insomnio, cuando de pronto sus ojos leyeron en la sección de *Residencias mexicanas*, en donde se publicaban las casas más representativas de la alta burguesía mexicana, incluyendo a las de los millonarios y a las de los nuevos ricos, políticos mexicanos y residencias de todas las embajadas. En esta sección se podían apreciar, con todo lujo de detalle, las porfirianas de las colonias: Cuauhtémoc, Juárez y Roma, Polanco, Las Lomas y San Ángel, incluyendo las que habían construidos los arquitectos mexicanos más prestigiados: Mario Pani, Luis Barragán, Enrique de la Mora, Félix Candela…

«Una de las más suntuosas y admirables residencias de México es la del conocido banquero don Alberto J. Avramow y de su esposa Guadalupe G. de Avramow».

¿Cómo? ¿Se referían a la casa de su padre? ¿Esa mansión a la que nunca la había invitado? No lo podía creer. Suzy siguió leyendo y viendo con sus ojos incrédulos la cantidad de fotografías en color sepia con las que el reportaje estaba ilustrado:

Esta gran mansión está edificada en lo que antaño fueron las dilatadas fincas de campo de los marqueses de Selva Nevada y de los condes del Valle de Oploca. Está construida en dos grandes cuerpos arquitectónicos muy al estilo colonial del viejo San Ángel. La fachada da a la Plaza de los Licenciados —esquina con las calles de Hidalgo y Reina— y con marcadas influencias clásicas, que corresponde a los interiores que miran al gran parte, atesora en sus numerosos salones magníficas obras de arte, muebles incomparables, auténticas piezas de museo, que el señor Avramow ha ido coleccionando en sus viajes por todo el mundo y que en esta casa han sido instaladas con esplendor. [En la fachada] ventanas con hierros forjados, ancho zaguán de cedro, entablerado, esgrafiados en las esquinas y en su nicho de piedra una imagen tallada en cantera de Oaxaca —siglo XVIII*—; más allá de la azotea se ve el piso superior y el* roof garden *del segundo cuerpo de la casa. […] Traspuesto el portal de la entrada aparece un ancho corredor en forma de galería con marcado estilo conventual. El piso es de losas rojas con medianiles de cantera, al igual que los numerosos arcos que, continuados en tres corredores más, hacen uno de los patios claustrales más bellos de México. […] La casa de los señores Avramow es un verdadero museo de magníficas obras de arte: pinturas, porcelanas, marfiles, muebles, etc. Coleccionadas por el señor Avramow en sus diversos y frecuentes viajes por distintos países de Europa y Asia. […] La fusión de estilos, acertadamente lograda, resuelve insensiblemente la unidad exterior en esta parte de la casa y consigue un conjunto de gran belleza. Separado de la casa, pero unido a ella a través de un pasillo de marcado tipo oriental, está el pabellón chino, con tejado y aleros clásicos de pagoda. […] El parque es muy bello. Numerosos cedros, altos fresnos reales, incontables plantas y arbustos de ornato, el rosedal —con finas colecciones de* *rosas mexicanas, españolas, italianas, etc.— lo decoran soberbiamente. En distintos lugares cascadas y fuentes de agua con iluminación interior a colores y en diferentes sitios y especialmente en la piscina olímpica, en el* garden bar *y en el invernadero. [...] La biblioteca del segundo piso. Es un salón suntuosamente amueblado con valiosas piezas góticas y francesas. Los muros revestidos de encino hacen bellos fondos a los muebles: grandes libreros, murales y varios tapices antiguos con escenas de campo [...] En el mismo piso hay una galería que conduce a distintas alcobas de la* suite *destinada a invitados. En ella se admira, pieza de museo, un admirable biombo mexicano del siglo* XVIII, *en cuyas hojas del anverso se desarrolla, maravillosamente pintada, una escena campestre en que aparecen damas y caballeros del virreinato, galanteos, cortesanos, escena continuada con incontables figuras más, en las hojas del reverso. Esta pieza notable, las bancas antiguas mexicanas también laqueadas, el negro con filetes y vivos dorados y pinturas bucólicas en los respaldos; los sillones, con tapiz de felpilla carmesí; la pintura de la Virgen, con marco tallado y espejeado y el milagrero —oro y bermellón chino del siglo* XVII*— forman una colección de obras de época positivamente excepcional. [...] En el* roof garden *rodeado de una exuberante variedad de platas florales bajo una gran pérgola cubierta de cristales. [...] En el tercer piso se encuentra la recámara y la alcoba del señor, aquella es un santuario donde abundan, como en toda la casa, las obras de arte y las antigüedades más valiosas. Destacan la mesa tallada española del siglo* XVIII, *los armarios de madera de palisandro con dobles tableros invertidos, una magnífica pintura italiana de Nuestra Señora, con marco dorado a fuego, el candil de bronce y cristal lagrimado, notables pinturas renacentistas encristaladas en ambas puertas; la del fondo conduce a la habitación de la señora y la de la derecha lleva a la alcoba del señor. El tapete cincelado, el sofá y los sillones con tapiz de oro viejo, la viguería de cedro blanca en su color son detalles del mejor gusto. La alcoba con los vestidores y baños anexos* *es magnífica. Los muros, el plafón, el gran dosel imperial de pesados cortinajes de seda y terciopelo, la sobrecama, las cortinas, son en seis distintos tonos* chaudron *armoniosamente combinados.*

Mientras Suzy continuaba leyendo con absoluta rabia las descripciones de la opulenta residencia de su padre, sus ojos se llenaban de lágrimas y su cara se iba poniendo roja. A pesar de llevar más de cinco años viviendo en México, desconocía dónde vivía su padre. Siempre que le llamaba, su secretaria le contestaba lo mismo: «Me dice el Sr. Avramow que luego él se comunica con usted». Más que un padre, Alberto J. Avramow era como un fantasma. Ofrecía recepciones ostentosas a los embajadores de China, los señores Chen-Chieh, a Diego Rivera, a Frida Kahlo, a Pedro Corcuera y demás amigos de la sociedad mexicana. Ellos existían y estaban presentes en su mundo, pero Suzy, su hija, no existía para él. Desamparada como se sentía, siguió leyendo:

En el lecho enmarcado por el dosel hay un gran espejo con motivos dorados en alto relieve que decora el fondo y lo valoriza suntuosamente. [...] La antecámara de la señora en estilo francés, romántico, en tonos rosa y marfil, es de una delicadísima elegancia. El sofá y las sillas de medallones con molduras y tallas muy finas son de la cámara marfil con tapiz de felpa capitonné, *oro viejo. El biombo de seda, mate rosa, con escenas pintadas en colores muy suaves; las cortinas también color rosa, al tono de los muros y de la alfombra, son aciertos que imprimen una exquisita feminidad al saloncito. Notable el candil francés antiguo, gemelo del que aparece en la alcoba. Está separada de la antecámara por un divisor de cuatro escalones, muy elegante en su composición y en sus colores rosa y blanco. Los muros totalmente revestidos de seda, botonada en blanco, con medianiles de cordón trenzado. El lecho, con cabecera de gruesa lana del Tíbet y moldura tapizada de rosa. [...] Las veladoras con* abat-jout *de seda blanca y bases de jarrones persas labrados; el espejo con marco de plata y el gran candil de Baccarat son piezas notables. Las camas de magnolia jaspeada en azul como el tocador y las mesas de noche tienen cubiertas de chintz con los temas florales de los cortinajes que revisten y decoran los muros. Mencionemos por valiosas las lámparas de Sajonia, con pinturas esmaltadas y la alfombra en tonos azul gris. En la sala de billar, en el segundo piso, el decorado es color marfil con plafón verde hoja seca. Las mesas —para juegos de carambola y de* pool— *en cedro y nogal. Los baños de mármol con plafón de mosaico de espejos y piso también de mármol. La tina —de una pieza— es espléndida. Al fondo, la entrada al pasillo conduce al baño ruso y a la sala de masaje, anexa, a su vez al gimnasio y a la sala de armas. El baño de la señora, igualmente con los muros y el piso de mármol y plafón de espejos, tiene muebles color rosa con accesorios de plata y arbotantes también de plata. Tiene también gabinete de masaje, baño ruso y primoroso* boudoir *en el que están los vestidores.*

Esa noche, Suzy no durmió. Nunca como en esos momentos tan aciagos necesitaba del apoyo de su padre, o por lo menos de alguno de sus dos tíos, Nissim y Mois, los mismos que le habían traído a México y arreglado el matrimonio con Paul. «Mañana, sin falta, busco a mi papá. Seguramente ya se enteró, por la prensa, del escándalo y menos querrá apoyarme. Con esa esposa tapatía que cuelga cuadros de santos en su casa, no ha de querer saber nada de mí. ¿Cómo es posible que no me haya buscado para preguntarme cómo me encontraba en medio de toda esta maraña de calumnias y acusaciones? Ya me había advertido mi madre que era un hombre sumamente secreto. ¡Vaya que lo es! De dónde diablos habrá sacado tanto dinero. ¿Cuánto habrá pagado por el reportaje de la revista? Sabía que era rico, pero al grado de tener una residencia como la que describe el *Social*, lo ignoraba».

40

En efecto, Suzy, desconocía varios aspectos de Alberto Jacques Avramow Jerusalemy, nacido en Bulgaria el 17 de mayo de 1893, ciudadano chino, de religión sefaradí, quien llegara de China a México en 1940 con más de cuatro millones de pesos de puras comisiones. A pesar de su corta estatura, que apenas superaba el metro sesenta, había algo en su personalidad que llegaba a impactar a amigos, clientes y socios. Gracias a sus relaciones en Londres, es nombrado representante de fábrica de billetes del Banco Tomás Larús, misma que le vendía el papel moneda a China. Fue así que se hizo muy cercano del líder de la China Nacionalista, Chiang Kai Shek. De él decían que era el mejor vendedor de billetes de papel que había tenido el mundo. También afirmaban que había enriquecido al rey Carol de Rumanía. Para 1941, recibe la concesión para establecer el Banco Anglo Mexicano, junto con sus hermanos Nissim y Mois J. Avramow. Al cabo de un cierto tiempo compró la empresa de hojas para rasurar, Hojas Ala, cuya publicidad decía: «rasuran y acarician». Para 1946, Avramow ya era sospechoso de traficar con drogas, de allí que se convirtiera en una pieza clave para los estadounidenses. Así aparece Avramow en varios reportes del Departamento de Control de Drogas. A partir del gobierno del presidente Miguel Alemán, desde su oficina de Shanghái, se ocupó de importaciones y exportaciones en Asia. Era tal su adicción por el cigarro, pero, sobre todo, por el juego, que se decía que un casino funcionaba en su casa de San Ángel. Sin embargo, la policía nunca logró tener ninguna evidencia contra él. El 17 de marzo de 1947, Alberto J. Avramow solicitó a la Dirección General de Asuntos Jurídicos del Departamento de Relaciones Exteriores la nacionalidad mexicana. Sin embargo, la contestación de esta dependencia declara que «no hay ningunos antecedentes relacionados con el señor Avramow». El único periodista que habló con él, lo llamó: «uno de esos hombrecitos suaves que viven vidas febriles en extrañas ocupaciones».

41

Al otro día de que Suzy leyó, totalmente devastada, el muy extenso reportaje en la revista *Social* a propósito de la opulenta casona de su padre, se presentó en la Plaza de los Licenciados, esquina con las calles de Hidalgo, en Reina número 6, en San Ángel. Eran las ocho de la mañana, el cielo lucía gris y el aire se respiraba frío y hostil. La plaza se veía aún mojada por la fuerte lluvia de la noche anterior. Suzy, visiblemente pálida y con lentes oscuros, llevaba puesto el mismo abrigo amarillo de cachemir que usó Doreen para declarar en Lecumberri, ya que aún no pasaba por su ropa a su casa. O a casa de Paul, en realidad; Suzy no quería pensar en eso. Dos veces tuvo que tocar la campana que aparecía a un lado de un enorme portal de madera colonial del siglo XVIII. Finalmente, apareció un mozo oriental, joven y con su filipina impecable, color buganvilia y con brillantes botones dorados.

—Buenos días. Busco al señor Avramow —dijo Suzy con una voz grave.

—¿A quién debo anunciar?

—A su hija Suzanne. —Su padre era la única persona que la llamaba por su nombre en francés.

—Aguarde un momento, por favor —le contestó el mayordomo.

«Qué bueno que llegué a su casa bien temprano, así no me podrán decir que ya se fue a la oficina, que ni idea tengo de la dirección. Espero que me reciba. Es capaz de negarse, más bien de negarme, y decirle al mozo que no tiene ninguna hija llamada Suzanne». En todo esto pensaba Suzy, mientras aguardaba frente al portón. De pronto, reapareció el mozo.

—Haga usted el favor de pasar a la sala. Don Alberto estará con usted a la brevedad.

Suzy sonrió y siguió al sirviente, de modales particularmente afeminados. Ambos se encaminaron, lentamente y con mucho cuidado para no mojarse los zapatos, por un patio empedrado pletórico de todo tipo de plantas, cedros, altos fresnos y una hilera de rosas bellísimas. Pasaron frente a la piscina olímpica del *garden bar* y del invernadero. A lo lejos se veían bellísimos arcos de cantera. Mientras se dirigían hacia la sala de la residencia, Suzy se fijó en que había muchas cajas amontonadas, unas sobre otras, formando largas torres y bultos envueltos como si los dueños estuvieran a punto de mudarse. El mesero le pidió amablemente a la señora Suzy tomara asiento frente a una enorme chimenea de mármol rosa, señalándole con sus manos enguantadas el sofá de seda en color blanco. Una pintura de Fernando VII yacía en el suelo contra el muro, así como varias piezas de Sevres.

—*Voilà, une surprise, ma chérie Suzanne*! —exclamó Alberto J. Avramow, en un perfecto francés, enfundado en una bata china de seda negra y dorada, que mostraba un dragón bellamente bordado—. ¿A qué debo esta sorpresa?

—Vengo a pedirte dinero. Nunca te he pedido nada, pero esta vez no tengo a quién recurrir. Seguramente leíste los periódicos y te enteraste de que estuve en Lecumberri porque Paul me denunció por adulterio.

—*Hélas, oui*! Me enteré de todo. Incluso hablé con Paul para preguntarle cómo estabas. Me dijo que se querían divorciar. Se le escuchaba muy enojado.

No terminaba de decir su frase cuando apareció el mayordomo con una enorme charola de plata entre las manos y un servicio de té de porcelana. Al lado de un platito con pequeños polvorones de nuez, había un jarrón con dos crisantemas de color de rosa.

—Pon la charola sobre la mesa. Sirve el té, por favor —le recomendó Avramow al mozo, con una voz fuerte y directa, acostumbrada a mandar—. Te confieso, hija, que es un mal momento. Guadalupe y yo estamos a punto de mudarnos con nuestros hijos. Estamos por vender la casa, pero no es fácil encontrar un cliente interesado en adquirir una mansión con estas proporciones. Nos vamos a vivir a Boston. Tengo varios negocios por allá.

Suzy se sentía incómoda. Tenía la impresión de estar pidiendo limosna, nada menos que a su padre millonario, quien jamás se había ocupado de ella y que, por encima de todo, había abandonado a su madre.

—Lo que puedo hacer es recomendarte un buen abogado, a mi amigo Bernabé Jurado, el famoso Abogángster, como lo llaman. Él divorció a Carlos Denegri, ha sacado del bote a varios criminales y tiene todas las influencias del mundo en el gobierno. Te aseguro que es capaz de ganar cualquier juicio, por difícil que sea. Estoy dispuesto a cubrir sus honorarios. Imagino que Paul pretende dejarte en la calle.

—Papá, ya tengo un abogado, uno muy bueno, se llama, Raúl F. Cárdenas, es muy conocido y prestigioso, pero aún no le he pagado por lo que hizo en mi defensa en Lecumberri. Gracias a él, salí muy rápido de la cárcel y bajo fianza. Además, necesito rentar un departamento para irme a vivir con mis hijos. Paul está muy renuente, me odia, se quiere vengar por todo este escándalo que él mismo provocó para divorciarse de mí. Créeme que es capaz de quitarme a mis niños. Necesito treinta mil pesos.

—*Eh, bien ma vieille*! ¿Por qué tanto?

—Porque tengo otras deudas —apuntó Suzy con un nudo en la garganta. Ya no aguantaba más la presión, pero, sobre todo, la falta de empatía de su padre, instalado en medio de ese lujo asiático y extravagante. Se sentía desamparada, humillada y sin defensas.

—Suzanne, como sabes, quise mucho a tu madre. Rachel y yo nos casamos en Bulgaria muy enamorados. Entonces yo era muy joven, tenía 23 años, pero se me presentó una espléndida oportunidad para trabajar en China y me fui. Sin embargo, nunca dejé de mandarles dinero.

—¡Mentira! Desde el año en que te fuiste de Bulgaria, es decir, 1930, mi madre tuvo que coser ajeno, dar clases de francés y trabajar en una perfumería para sostenernos. Si ese año mi madre no se hubiera casado por segunda vez con Marcel Jocef Cohen, no sé qué hubiera sido de nosotras. Durante la guerra nos escondimos dos años en una bodega que les prestó el exjefe de mi mamá. Nunca te preocupaste por nosotras, ni nos mandaste a buscar, ni nos protegiste con todas tus relaciones en México. Nunca te importamos.

Avramow no dejaba de fumar un cigarro tras otro. Por más que aparentaba cierta calma, se le veía nervioso. Cuando se dirigía a su hija, no la miraba directamente. Cada cinco minutos miraba su fino reloj Patek Philippe de oro rosa de dieciocho kilates. ¿Cuál era su prisa? ¿Por qué no escuchaba con toda paciencia a su hija después de tantos años de distancia? ¿Por qué la resistencia en ayudarla? ¿Qué le representaba exactamente Suzy a su padre? ¿Una mala relación con su madre? ¿Una época de su vida que no quería recordar? Y entre más fumaba, más té tomaba, a pesar de que ya se había enfriado. Por su parte Suzy tampoco dejaba de fumar. En el ambiente se percibía un olor a cigarro confundido con sándalo.

—Supe que tu hermana Matilde se casó con un francés y que ambos estaban en la resistencia contra Vichy.

—Papá, por favor no cambies de tema. Estoy en apuros muy serios y sé que tú me puedes ayudar.

—También yo tengo muchas deudas. No sólo de juego, para colmo me metí en negocios de los que no sabía nada. Créeme que, en estos momentos, no sé cómo ayudarte.

—Con dinero. Necesito treinta mil pesos, papá —le repitió Suzy. Súbitamente, se retiró los lentes oscuros, se cubrió el rostro con sus dos manos y se puso a llorar. Lloraba porque nunca había sentido el amor de su padre; lloraba porque se acordó de la soledad de su madre y hermana, y lloraba porque, en el fondo, se sentía muy poquita cosa frente a ese hombre quien, en realidad, siempre había sido para ella un extraño.

—Ya, Suzanne, tranquila, ya no llores. Sí, te voy a ayudar, kerida Shoshanna. ¿Te acuerdas cuando de niña te cantaba en ladino: «*Adió, adio, kerida, no kero la vida, me l'amagrates tu...?*». ¿Te acuerdas? Te gustaba mucho esa canción.

En ese momento, Albert J. Avramow, hizo un intento de entonar la vieja canción ladina. Su voz temblaba. No le salía, cantaba falso. De alguna manera, también él se sentía entristecido, y tal vez hasta enternecido por su hija tan víctima de sus circunstancias. Habían pasado demasiados años desde que le dijo adiós en Bulgaria. Es cierto, no había sido un buen padre ni un buen marido. Sus largas, larguísimas estancias en China lo habían distanciado demasiado de su familia. No le había sido fácil colaborar con Chiang Kai-Shek, un militar, estadista y dictador demasiado autoritario, especialmente durante la guerra civil de China. Había visto demasiado sufrimiento, hambre y pobreza. Es verdad que se había hecho de una gran fortuna, pero ahora estaba pagando las consecuencias: el gobierno de Alemán lo tenía fichado. Estaba en bancarrota y el agente investigador de la Oficina de Narcóticos, Carlos López Herrerías, lo presionaba cada vez más. Tenía que irse del país. Todo esto no se lo podía explicar a su hija porque la hubiera decepcionado. De pronto, Avramow tuvo un impulso, se quitó su reloj y se lo entregó a su hija.

—Toma, lo acabo de comprar en Nueva York. Es uno de mis relojes preferidos, pensaba heredárselo a mi hijo, pero prefiero dártelo a ti. Véndelo, Suzanne. Créeme que vale diez veces más de lo que me estás pidiendo. Busca a los hermanos Fenton de mi parte. Ellos saben lo que vale un Calatrava como éste.

Suzy no sabía si tomar la joya o ignorar la oferta de su padre. ¿Por qué no le daba el dinero en efectivo? ¿Un reloj de oro? Seguramente Avramow, tenía docenas como el que le estaba ofreciendo, y seguramente otros, mucho más caros. ¿Cómo interpretar ese gesto tan mezquino? ¿De buena fe o una manipulación más de su padre? Parecía que le estaba dando una *mordida*, como la que se le daba para sobornar a los políticos. Qué patético resultaba ese hombre en bata china tratando de comprar a su hija. Ése era el verdadero Alberto J. Avramow, acostumbrado a sobornar y a corromper hasta su propia hija. Con un gesto brusco, Suzy tomó la joya entre sus manos y la introdujo en su bolsa Hermès. Sin decir gracias, se puso de pie y se dirigió hacia la puerta del patio y desapareció. Nunca más volvió a ver a su padre. De hecho, cuando llegó el final en Boston, había arreglado tan mal sus asuntos que, con la muerte, se esfumó literalmente: su cuerpo desapareció. Como todos los fantasmas, no dejó sombras firmes y hay muy poco escrito sobre él.

42

Cuando Suzy vio a Robert entrar a la sala de la residencia de la Embajada China, sintió decenas de mariposas en el estómago. Lo vio guapísimo con sus anteojos negros, su gazné de seda alrededor del cuello, su saco de *tweed* que ella le había regalado y sus pantalones grises de franela. Suzy había escuchado en varias ocasiones, entre sus amigas, que Robert era muy mujeriego, y que desde que había llegado de Francia ya no se llevaba bien con Helene. Una vez instalado en México había salido con varias señoras casadas y divorciadas de la sociedad mexicana. «Dicen que en la familia Reynaud hay un gen muy especial, el cual consiste en que todos los varones engañan a sus esposas y a su vez a sus amantes, y que, por si fuera poco, tienen muchos hijos naturales. Bueno, eso dicen», le comentó un día Maruca Palomino a Suzy. La cronista de sociales mejor informada de México sabía que la familia de Robert Reynaud era millonaria desde 1862, por el éxito de la tienda de la ciudad de México en Puebla; que eran grandes inversionistas del Bon Marché y de la Cia. De Industria de Orizaba; y de la Cia. Industrial de Atlixco, de El Correo Francés. Sabía que Honorato Reymond formaba parte del consejo del Banco Agrícola e Hipotecario, así como el Banco Oriental de México; que eran dueños de Calzado La Colmena y de otras muchas fábricas en

Guadalajara, Puebla y Veracruz. Sabía que Paul Reynaud, el tío abuelo de Robert y exministro de Francia, tenía como amante, estando casado con Jeanne Anne Henri-Robert, a Helene Rebuffet, a su vez casada con el conde italiano Henri de Portes, madre de dos hijos. Helene era guapísima, pero murió muy joven en un *extraño* accidente de coche, el cual manejaba Reynaud. Muy poco tiempo después, Paul Reynaud se casó con Christiane Mabire, una de las exasistentes de su oficina, que se había unido voluntariamente a él cuando los alemanes lo encarcelaron en el Castillo Itter, por órdenes de Pétain. Con ella tuvo dos hijos. Al terminar la guerra, Reynaud se arrepintió de haber dejado al mariscal Pétain en Vichy, quien mandara a matar a tantos judíos franceses. Así de largas y complicadas eran las historias de Maruca en relación con las familias inmigrantes: judías, sefaradíes, *barcelonnettes*, libanesas, españolas, alemanas. Igualmente, Maruca sabía quién era espía y a quiénes espiaba, por órdenes de quién, qué teléfonos estaba intervenidos, qué exnazis vivían en el edificio de la Plaza Río de Janeiro, quién de los espías estaba más en contacto Virginia Hill y con Hilda Kruger, quién de esos espías era homosexual, cómo se llamaban los agentes del FBI que colaboraban con las autoridades del gobierno. Por supuesto, también sabía cuántas veces se veían, en la intimidad, la espectacular Leonora Amar y el presidente Miguel Alemán.

«En la comida pienso expresarle todas mis dudas respecto a su extraño comportamiento. Si no le digo nada, es como si lo asumiera como natural, cuando en realidad, me enojó muchísimo. Además, tenemos que definir nuestra situación, no pienso ser su amante para toda la vida. O formalizamos nuestra relación o, de plano, la damos por terminada», se dijo mientras se preparaba para la cita con Robert.

Para esta cita tan importante, Suzy tenía que verse más guapa que nunca. El traje sastre del *couturier* español, Cristóbal

Balenciaga, que le había mandado a buscar Doreen para que pudiera cambiarse al salir de Lecumberri, le quedaba pintado. Además de verse muy delgada, la hacía parecer más joven.

Robert la saludó con una sonrisa y en ese instante se le olvidaron todos sus resentimientos, no valía la pena aflorarlos en esas circunstancias tan especiales. A lo mejor eran puras ideas locas que ella misma se hacía por insegura y sensiblera. Robert también traía muchas cicatrices de la guerra. A pesar de no haber participado directamente en ella, esos años en París hasta 1946 que llegó a México, sin dinero, con cuatro hijos y con una esposa con la que ya no se llevaba, sin duda lo habían marcado para toda su vida. Por añadidura, su padre había muerto en la guerra, dejando viuda a su madre y huérfana a su hermana. Margarite y Madelaine Gilly habían llegado a México en 1941 y se habían instalado en Puebla, en donde la familia Reynaud tenía muchas propiedades y fábricas textiles. Todo el tema de la guerra era demasiado doloroso para Suzy y Robert, de allí que preferían no hablar de ello; si de algo estaban seguros era que, en el fondo, compartían algo que los hermanaba y los hacía cómplices: el sufrimiento y la muerte.

Por eso, al verse, se reconocieron por enésima vez, se abrazaron, se miraron, se besaron, se olfatearon, se adoraron y se dijeron: «*Je t'aime*» al mismo tiempo. Tenían ganas de decírselo en todos los idiomas, en todos los dialectos y en todas las lenguas indígenas. A los dos les brillaban los ojos, sus mejillas se llenaron de rubor y su corazón latía a una velocidad impresionante. Se rieron, se acordaron, y no se arrepintieron de nada por lo que habían pasado con tanto disgusto: ni del escándalo, ni del susto de haber sido descubiertos en plena aventura, ni de Lecumberri, ni mucho menos de sus respectivas deudas. Lo demás pertenecía al pasado, a las viejas planas de los diarios nacionales y a rumores que no valían la pena reparar. En ese momento del reencuentro, eran felices, era como si se vieran después de muchos años, muchas guerras y muchas separaciones. Era como si recuperaran su otra mitad, su otro yo, y la mayor parte de su alma.

—Vámonos a mi departamento de Río Nilo —dijo de pronto Robert, con una voz entrecortada. Estaba demasiado emocionado. Le temblaban las manos. Parecía un adolescente frente a su primera aventura de amor. Nunca antes Suzy lo había sentido tan frágil y dispuesto a entregarse al amor.

—Voy *rrrápido* por mis cosas —respondió Suzy, pronunciando la r como solía hacerlo cuando llegó a México. Siempre que estaba presionada o nerviosa, le salía el acento francés. Aunque procuraba evitarlo, porque le parecía ridículo, aun después de diez años de vivir en México a veces le salían las *r* desde la garganta.

Suzy no tuvo tiempo de despedirse de Doreen, ni de agradecerle su hospitalidad, ni de llevarse el resto de la ropa que le había traído de Lecumberri, ni de ponerse sus guantes blancos que yacían colgaditos sobre la silla del muy confortable *guest room*.

—Te ves guapísima —exclamó Robert en tanto cambiaba de velocidad de su coche Renault, antes de toparse con el primer alto del paseo de la Reforma.

—Tú también —agregó Suzy con una enorme sonrisa dibujada en sus hermosos labios carnosos, perfectamente bien pintados en un rojo intenso.

En seguida se hizo un silencio, justo en el momento en que pasaban frente a la columna del Ángel de la Independencia. A esas horas de la tarde, el cielo comenzaba a cubrirse de nubes y el tráfico se intensificaba cada vez más, provocando un tráfico atroz. Faltaba muy poco tiempo para que empezara a llover. Al pasar por el paseo de la Reforma, Suzy reparó en los cactus, nopales y biznagas que se encontraban sobre el camellón y que había mandado a poner el regente Casas Alemán. «Se ven horrible», pensó sin comentárselo a Robert.

—Si quieres más tarde, vamos a comer al Ambassadeur —dijo Robert. ¿No se te antoja una langosta *au beurre*, con un buen vino blanco? Digo, para celebrar el final de esta pesadilla.

—Con este calor, ahorita, lo que se me antoja más bien es un daiquiri, con mucho hielo *frappé*. Luego disfrutaremos de la langosta y brindaremos con un delicioso Poully Fuisse, el preferido de Maruca. Por cierto, ¿no la has visto? Te mandé con ella varios recados. También te envié una carta con Doreen. ¿Te la entregó?

—Sí, sí, claro... Y también Maruca me dio tus recados —dijo Robert, pendiente del semáforo.

A Suzy le dolió la respuesta de Robert, la cual le pareció entre indiferente y a la vez evasiva. Por algunos minutos, ninguno de los dos abrió la boca.

—Sí, Maruca y Doreen son muy buenas amigas, sobre todo, muy fieles —dijo Suzy, haciendo hincapié en la palabra *fieles*. En ese momento, Robert prendió el radio del coche: El trío de Los Diamantes entonaba la canción: *Usted*. Más oportuna no podía ser:

Usted es la culpable
de todas mis angustias
y todos mis quebrantos.
Usted llenó mi vida
de dulces inquietudes
y amargos desencantos.
Usted me desespera
me mata me enloquece
y hasta la vida diera
por vencer el miedo
de besarla a usted.

Los dos escuchaban la canción, conmovidos, a ambos les quedaba la letra como anillo al dedo. Ambos habían padecido «angustias, quebrantos y las dulces inquietudes y amargos desencantos». En el interior del coche se percibía, debido a la humedad de la lluvia que caía cada vez con más fuerza, el aroma a rosas del perfume de Suzy. El mismo que usaba su madre y su abuela: eran las rosas que venían de Belgrado.

Finalmente, llegaron al departamento de Río Nilo, donde Suzy no había vuelto desde que la policía, acompañada de Paul Antebi, los detuviera y enviara, a ella y a Robert, a Lecumberri. Al entrar, Suzy sintió que regresaba a donde pertenecía, su historia de amor con Robert. Todo el mobiliario y el ambiente le evocaba aquellas tardes de tanta pasión.

—Te preparo tu daiquirí con mucho hielo —le dijo Robert, sintiéndose un poquito nervioso, mientras Suzy se quitaba los zapatos de tacón alto, altísimo tacón. Fue hasta ese momento que ella se dio cuenta que tenía una media corrida.

—*Merde, alors!* —exclamó Suzy.

—¿Qué pasa?

—Lo que siempre pasa con las medias mexicanas. Se corren a la menor provocación.

Robert no le contestó. Estaba detrás del pequeño bar que le compró a Pani, como ausente, mientras mecánicamente preparaba la bebida. Primero el ron blanco, zumo de lima y un poquito de azúcar.

—Toma. Espero que te guste —le dijo a Suzy, en tanto le entregaba su copa.

Después de tomar dos traguitos, Suzy comentó.

—¡Qué delicia! Siempre te quedan de maravilla. ¿Dónde aprendiste hacerlos?

—Me enseñó Blumy.

—Con razón.

—Suzy, necesito, hablar contigo. Necesito decirte algo muy importante. Algo que traigo en el corazón desde hace muchos meses. Debí de habértelo dicho desde hace tiempo, pero no me atrevía. Como sabes, Paul y yo somos amigos desde hace tiempo. Aunque es un hijo de tal por cual, siempre me ha ayudado. Debes saber que le debo mucho dinero. ¡Treinta mil pesos! Es una deuda de juego, que se fue acumulando, sin darme cuenta. Yo ya sabía que Paul y tú ya no se llevaban, lo cual me entristecía. Eso me llamaba mucho la atención. Por otro lado, en el fondo me daba gusto porque siempre he estado enamorado de ti, sin asumirlo. Un día me llamó Paul para comunicarme que se quiere divorciar de ti, pero no sabe cómo. Lo único que se le ocurrió es provocar un escándalo social para no tener que entregarte la mitad de sus bienes, puesto que están casados por sociedad conyugal. Y al saber que estaba en deuda con él, me propuso perdonar mi deuda, siempre y cuando yo saliera contigo a la vista de todo el mundo. Acepté. El escándalo ya existe, y seguramente me perdonará la deuda. Pero ahora con quien estoy en deuda es contigo. Tú sabes que te adoro, que nunca me había enamorado tanto. Por eso quiero que sepas la verdad y que me perdones. Por más grave que sea, tú y yo ya estamos unidos de por vida. Olvidémonos de Paul, de la deuda y de todo lo que pasó. Lo importante somos tú y yo. Soy un miserable, lo sé. Pero no tenía a quién pedirle dinero. Tú sabes cómo es la colonia *barcelonnette*, sumamente mezquina. Por su parte, Paul no te quiere, su único interés es el dinero. Lo sé, no tengo perdón de Dios. Al menos perdóname tú.

Al escuchar a Robert, Suzy estaba devastada. Se sentía usada. No podía creerlo. Robert juraba estar enamorado de ella. Sin embargo, ahora sus sentimientos parecían una farsa. ¿Cómo creerle si por su culpa la metieron a la cárcel? Robert era un irresponsable por deberle tanto dinero a Antebi. Los dos, Robert y Paul, eran de la misma calaña. ¿Debería creerle a Robert? Finalmente, ninguno era digno de crédito.

«Con un carajo. Todos los hombres son iguales», pensaba Suzy, mientras escuchaba a Robert. «Infieles, desleales, mentirosos. En suma, unos cabrones. ¿Qué voy a hacer de mi vida? Yo que pensaba casarme con Robert. Esta confesión no hace más que confirmarme lo sola que estoy. Qué estúpida he sido. Confié demasiado. ¡Qué ingenua he sido toda mi vida! Me lo merezco...».

Una vez más, Suzy se sentía víctima de sus circunstancias.

—*Qu'est que tu est con, mon pauvre Robert*! Eres un soberano pendejo. Para mí, ya estás muerto y enterrado. ¡No quiero volver a verte en toda mi vida! ¿Qué manera de engañarme, de tomarme el pelo y de usarme? Paul tenía razón: «En el fondo, Robert es un pobre diablo que no tiene ni en qué caerse muerto». Por eso tuviste que aceptar un *arreglito*, como dicen en México, para pagar tu deuda de juego con tu amigo, igual de perverso que tú. Qué lástima me das. Más bien me das asco. Tengo ganas de vomitar. ¿Sabes qué? Eres peor que Paul, él por lo menos tiene dinero para comprar a la gente, como te compró a ti. No, no me mires con esa cara de pendejo. Se lo voy a contar a todo México. Esa va a ser mi venganza. A ti que te importa tanto tu imagen y tu prestigio y tu apellido dizque histórico, la gente tiene que saber quién es realmente Robert Gilly Reynaud. Voy a ir a ver a Helene y le voy a decir de lo qué estás hecho. Le voy a pedir a Maruca Palomino que cuente tus chanchullos en su columna que todo el mundo lee. En el fondo has de estar feliz, porque ya se hizo el escándalo y ya no le debes ni un centavo a tu amigo. Hiciste, a mi costa, muy buen negocio. *Chapeau*! —exclamó por último Suzy, se puso sus zapatos, el abrigo de Doreen, dio un portazo tan fuerte que hasta el vecino de abajo salió al corredor para ver qué había pasado. Por su parte, Robert se quedó impávido. No sabía qué hacer. Tenía miedo... Otra vez... otro escándalo. No, no era posible...

43

Suzy se dirigió hacia el paseo de la Reforma y, bajo la noche oscura y húmeda, empezó a buscar un taxi. Los coches pasaban a toda velocidad. Todos los *libres* iban ocupados. Era una hora pésima para encontrar transporte. De pronto, y como si se hubiera tratado de un milagro, se paró uno.

—Al hotel Reforma, por favor —pidió al taxista con determinación.

No quería regresar a la casa de Doreen, especialmente en el estado en que se encontraba. Tampoco podía regresar a su casa, donde Paul se había quedado con los niños y en donde no era bien recibida. ¿Ir con Maruca Palomino y contarle todo? Primero tenía que calmarse y hacerlo con la cabeza bien fría. No le quedaba otra opción más que pedir ayuda a su amigo Blumenthal. Durante el trayecto, Suzy lloraba; lloraba con todo su coraje y su indignación. Para pasar el mal trago, sacó un pañuelo de su bolsa y se lo puso en la nariz: olía a rosas. Hacía poco que Paul le había traído, de uno de los viajes que había hecho a Bulgaria, un enorme frasco de agua de colonia y de aceite de rosas. Esa fragancia olía a su madre, a su casa en Sofía, a los parques llenos de esas flores tan emblemáticas. Sobre todo, olía a su adolescencia, en la época en la que se enamoró de Hersch. ¿Acaso su nombre en hebreo, *Shoshanna,* no significaba rosa, su flor preferida? Era un nombre muy antiguo. En el Antiguo Testamento, Shoshanna era una mujer acusada falsamente de adulterio. Al reparar en esto, Suzy supo que no había duda y su destino ya estaba escrito mucho ante de que ella se diera cuenta. La mujer sentada en ese taxi no podía ser más que una adúltera, tal como la acababa de tratar Robert.

Como si le hubieran taladrado la cabeza, aún escuchaba sus palabras. «Debes saber que le debo a Paul mucho dinero. ¡Treinta mil pesos! Al saber que estaba endeudado con él, me propuso olvidar la deuda siempre y cuando saliera contigo a la vista de todo el mundo. Acepté. El escándalo ya existe y seguramente me perdonará».

«¿Y yo?», se preguntó Suzy. «¿Lo voy a perdonar? ¡Nunca! ¡Jamás! ¿Por qué no consiguió el dinero del adeudo con alguno de sus parientes ricos de El Palacio de Hierro o de Liverpool? ¿Por qué no pidió dinero prestado a un banco? ¿Por qué no se lo dijo antes de que salieran de una manera cada vez más formal? Ella le hubiera conseguido el dinero».

El taxi avanzaba por la lateral de Reforma, muy lentamente. En un alto se detuvo justo enfrente del Cine Chapultepec, cuya marquesina anunciaba *Orfeo*, la película de Jean Cocteau. A la altura de la fuente de la Diana Cazadora aparecían largas filas de coches.

Pasaron más de quince minutos y el tráfico seguía sin avanzar. A pesar del terrible congestionamiento de coches y camiones, nadie hacia uso del claxon porque se acababa de prohibir, justo el 27 de junio de 1951. Una multa le espera a quien violara esta disposición.

Para colmo seguía lloviendo.

Y así como lloraba el cielo, lloraba Suzy como si un fantasma hubiera abierto un pequeño grifo en el interior de su corazón. No había modo de que dejara de llorar y de llover. Para colmo, la sensación de ya no tener casa a donde regresar ni la posibilidad de estar en contacto con sus hijos la hacía sentir doblemente vulnerable y desamparada. Nunca había padecido el exilio como en esos momentos, se sentía apátrida. Se sentía intrascendente, borrada del mapa del mundo. Tenía la impresión de que no era dueña ni de su pasado, de su presente y menos de su futuro. La confesión de Robert había desmoronado todas sus expectativas. Ella, que le había apostado todo al amor, se encontraba metida en el interior de ese taxi maloliente y devastada precisamente por el desamor del que siempre había querido huir. Tenía que vengarse. Se sentía destruida como seguramente, y a pesar de que ya había terminado la guerra, estaba su país ahora en manos de los rusos.

De pronto tuvo deseos de devolver el estómago. Abrió la ventana y respiró el aire que despedía una ciudad de casi tres millones de habitantes. ¿Qué vio Suzy en esos momentos?: ¡un verdadero caos a la altura del crucero entre Reforma e Insurgentes! La ciudad se había convertido en una ciudad lacustre como en tiempos de los Aztecas. Los transportes públicos, llenos hasta el tope, fluían desorganizados. Suzy observó largas filas de pasajeros que esperaban el autobús o el tranvía con paraguas destartalados o con viejos periódicos. Aunque los agentes de tránsito, vestidos de *beige*, no se daban abasto, al menos se guarecían bajo un techito dentro de un cubo de cemento. El ruido del tráfico era espantoso, el radio a todo volumen salía de muchos coches, así como mentadas de madre. Con un gesto de desagrado, cerró la ventana y colocó la cabeza contra el asiento. Cada vez que se sentía tensa y triste sentía un fortísimo dolor de encías, era tan intenso que siempre temía que sus dientes se zafaran por completo de un momento a otro y quedara chimuela. Para colmo, las náuseas no habían desaparecido, su llanto se paladeaba amargo y salado como las lágrimas de las mujeres que sufren por el amor.

De pronto, el chofer la miró desde el retrovisor y sintió pena por esa señora *fufurufa* y perfumada que se veía tan desconsolada.

—¿Quiere que apague el radio, señito? —le preguntó con tono paternal.

—No. Está bien.

—Usted no es de México, ¿verdad? Lo digo porque cuando dijo «Rrreforma», le capté un acentito.

—No, no soy de aquí. Nací en Francia —contestó Suzy un poco cortante. A ella le encantaba platicar con los choferes, pero en esos momentos lo que menos quería era conversar con el ruletero. Gracias a ellos se enteraba de los chismes de la política mexicana, se enteraba antes de lo que decían los cronistas de política, quién era el «tapado» y de cómo empezaban a nombrar al gobierno del presidente Alemán: «Alí Babá y los cuarenta ladrones».

—¿Nunca ha leído *La familia Burrón*? ¿No? Pus yo, como don Regino, que es el marido de doña Borola y que tiene una peluquería que se llama El rizo de oro, me gustaría inaugurar una línea de «taxis flotantes» para evitar estos malditos charcos, por eso no avanzamos con este pinche tráfico. Pero ya merito llegamos.

Cuando el taxista, fanático de la historieta *La familia Burrón*, escuchó que su pasajera era francesa, evocó a doña Cristeta, la tía millonaria de Borola que vivía en París, mejor conocida como Madame Borlé, dueña de «las piernas más famosas de la canica».

Lo que no sabía Suzy era que su amiga Maruca Palomino también resultó gran lectora de *La familia Burrón*. Sabía de memoria los nombres de todos los personajes y su forma de expresarse. Cuando ya se había bebido varias copitas de tequila, hablaba igualito que doña Borola Tacuche de Burrón. Hasta imitaba divertida cómo la protagonista se ponía la cola de un zorro alrededor del cuello. No en balde a su perro, sin raza definida, le puso el mismo nombre que le había puesto la familia Burrón a su mascota: Wilson. Cuando le preguntaban a Maruca, vestida siempre a la última moda, de dónde sacaba dinero para vestirse tan bien, contestaba como su heroína: «de lo que rasguño del gasto».

—A ver cómo le hacemos, señito, pero nos tenemos que salir de Reforma. ¿Ya vio cómo está Insurgentes? Bien atascado. Aunque esté medio prohibido, voy a dar la vuelta para meterme por la calle de París y dejarla a las puertas del hotel. Y así no se moja mucho.

El chofer hizo la maniobra y le robó unos minutos al tráfico. Aun así, había transcurrido casi una hora desde que salieron. El taxímetro marcaba veinticinco pesos.

Suzy abrió su bolsa Hermès, sacó su cartera y le dio al chofer un billete de cien pesos.

—Así está bien —le dijo.

—Que Dios le dé más —le contestó el ruletero.

44

Cuando, finalmente, Suzy entró al lobby del hotel Reforma, con sus «doscientos cincuenta habitaciones y doscientos cincuenta baños con tina y regadera», como decía la publicidad, sintió un enorme alivio. Todo se veía impecable, decorado por los arquitectos Mario Pani y su hermano, Arturo Pani, con un gusto exquisito. Los muebles modernos, de líneas rectas y confortables, se alejaban de la tradición geométrica del *déco*, los candiles, la alfombra de pared a pared, y las consolas características de los hermanos Pani, con sus respectivos floreros pletóricos de alcatraces, hicieron que Suzy recobrara un poco de paz y energía. Conocía el hotel de memoria: su *roof garden*, su Salón de la Reina Maya, su *tap room*, su Salón de Ánforas, la droguería y la fuente de sodas, el salón de peinados, su peluquería, su departamento de turismo, su *boutique* de curiosidades mexicanas, su perfumería, su servicio telegráfico y cotizaciones de Bolsa, pero, sobre todo, el Ciro's. Como si se encontrara en casa, Suzy se dirigió hacia al «elegantísimo centro social, que maravillaba por su lujo y *confort* que puede equipararse al de los cabarets más suntuosos de Europa y de los Estados Unidos». Mientras caminaba, recordó que unos años antes había asistido, junto con Paul, a la inauguración del cabaret. La invitación fue de Maruca Palomino y esa noche cantaron Toña, la Negra, y Agustín Lara. Allí vio, por primera vez, «*le tout* México»: embajadores, banqueros, empresarios, invitados célebres como Dolores del Río; Mario Moreno, Cantinflas; la actriz Linda Christian; el millonario Howard Hughes; Diego Rivera; Frida Kahlo; Walt Disney; Pedro Corcuera; el modisto Henri de Châtillon; Doreen Feng; Arturo de Córdova; un joven periodista llamado Agustín Barrios Gómez; don Emilio Portes Gil; Carmen López Figueroa; Antonio Cortina Goribar; Jorge Pasquel; Hilda Kruger, el famoso compositor Irving Berlin; Virginia Hill, el rey Carlos de Rumanía y su esposa Magda Lepescu y, por supuesto, Alfred C. Blumenthal. A los seis meses de la inauguración, se hablaba del Ciro's en varios países, convirtiéndose así en un verdadero éxito, social y económico, para los dueños del hotel Reforma.

El recuerdo le pareció a Suzy tan distante, casi como si lo hubiera visto en un sueño.

Después de haber ido al baño, donde finalmente devolvió el estómago y se refrescó un poco con su loción de agua de rosas, se dirigió hacia el Ciro's. Lo primero que le llamó la atención fue que el lugar estaba prácticamente vacío. Por ahí uno que otro mesero con su chaqueta verde y corbata blanca, llevando charolas repletas, ya no con platos pletóricos de copas de *champagne*, langostas o de pato a la naranja, sino de club sándwich y ensaladas. Nada más había cuatro mesas ocupadas por personas totalmente ajenas a ese mundo y mal vestidas. Por más que Suzy buscó a Blumy, no lo encontró. Qué vacío y triste se veía aquel salón espectacular, cuya cantina, en forma de «L», se decía que era la más grande de la metrópoli. No había nadie en la barra forrada de espejos. El enorme candil que colgaba en medio del salón estaba apagado, y sólo permanecían prendidos los candiles más pequeños, ofreciendo una luz tenue. Al fondo, contra el espejo inmenso donde se reflejaba el salón principal, el mismo que en su momento había reflejado en todo su esplendor a las mujeres más bellas del mundo, como María Félix, Rita Hayworth, Linda Christian, Lina Horn, haciendo que se vieran todavía más bellas, ahora reflejaba montañas de cajas de cartón encimadas unas sobre otras. Al piano blanco ya no estaba el gran pianista *Chamaco* Domínguez, sino un señor calvo y ya mayor, quien tocaba la melodía de *Bésame mucho*. Ya no estaba el catador de vinos ni los tres murales que había pintado Diego Rivera para el Champagne Room y el Bar Lounge, donde uno de los títulos lo decía todo: *Wine, women flowers*. Las otras obras que pintó Rivera para el comedor La Reina Maya habían sido igualmente retiradas antes de que se inaugurara el hotel Reforma, debido a que había desatendido la recomendación de Alberto J. Pani, dueño del hotel, de que no intentara representar temas o personajes políticos. Sin importarle un comino, Diego pintó en su mural a Plutarco Elías Calles, a Franklin Roosevelt y a Luis N. Morones, líder obrero. Es evidente que ningún turista estadounidense hubiera podido comer tranquilo frente al presidente Roosevelt convertido en un danzante del Carnaval de Huejotzingo en Tepoztlán.

Suzy ya no vio los teléfonos individuales que se encontraban en cada mesita diseñada por Arturo Pani, hermano menor de don Alberto J. Pani, ni los muros acojinados en satín verde pálido. El salón de baile estaba vacío, así como los divanes de terciopelo rojo cardenal. En el ambiente se respiraba la nostalgia de una época pasada. El Ciro's, donde solían tocar las mejores orquestas traídas de Los Ángeles, como Everett Hoagland, Eddie Le Baron y Phil Olman. El Ciro's, el centro nocturno más concurrido por la elite internacional y mexicana, el lugar preferido en México de Orson Welles, Kirk Douglas y Errol Flynn. De ese Ciro's, no quedaba nada.

Al ver aquel panorama decadente, Suzy sintió deseos de llorar porque, sin duda, aquel espectáculo auguraba el fin de toda una época y de un sexenio que había sido demasiado permisivo con los excesos de toda una clase excesivamente privilegiada, y en el cual había brillado la corrupción como en ningún otro sexenio.

—¿Dónde puedo encontrar al señor Blumenthal? —preguntó Suzy, con un nudo en la garganta, a uno de los meseros.

—En su habitación, en el piso diez —respondió el mesero con una indiferencia que denotaba que Blumy ya no era el patrón del lugar.

—¿Le puede preguntar por favor, si la señora de Antebi puede subir a verlo a su habitación?

El mayordomo se dirigió hacia el bar, donde se encontraba un teléfono blanco desde el cual se podía comunicar directamente a las habitaciones sin tener que pasar por la operadora. Otra de las modernidades del hotel Reforma.

—Dice el señor que está bien, que suba.

Suzy se dirigió hacia los elevadores del vestíbulo, debajo del mezanine donde se destacaba, en el enorme muro, el famoso y moderno reloj de números romanos que jamás se atrasaba ni un segundo.

Al abrirse las puertas del ascensor, manejado por un impecable elevadorista uniformado y con guantes blancos, Suzy se sorprendió al toparse con una pequeña niña peinada a la príncipe valiente, de falda escocesa a juego con su bufanda, saco de *tweed* y calcetines altos hasta la rodilla. Sus zapatos de agujeta eran bicolores: blancos y azul marino.

Suzy no pudo más que sonreírle.

—Al décimo piso por favor.

—Y tú, ¿cómo te llamas?

—Lupita

—¿No es muy tarde para que una niña tan adorable como tú esté despierta?

—Ya se lo he dicho, señora —intervino el elevadorista—. Pero no hay modo de que entienda. Todo el día se la pasa sube y baja en el elevador.

—Es que mi mamá está muy ocupada hablando por teléfono. Todo el día se la pasa: guiri, guiri..

—¿Cómo se llama tu mami?

—Lola Tovar.

—Ah, claro… ¿Quién no conoce a Lola Tovar? Pero ¿por qué están en el hotel Reforma?

—Porque viniendo de Montreal tuvimos un accidente de coche y como en México todavía no tenemos casa, el presidente nos invitó a su hotel, porque él es amigo de mi papi.

—Niña, ya llegamos al piso siete, aquí te bajas.

—Adiós, Lupita y salúdame mucho a tu mami. Vete a dormir poque ya es muy tarde.

La niña salió corriendo y ya no tuvo tiempo de preguntar cómo se llamaba esa señora de anteojos negros que olía tan bonito.

45

Blumy le abrió la puerta enfundado en una bata vieja, la cual decía que le había pertenecido a su tío Simon. Dada su corta estatura, la bata le llegaba hasta el suelo y era de brocado de color azul como sus ojos. Blumy era un hombre inteligente, especialmente sagaz, de trato amable y calmado al hablar. Calvo y bajo de estatura, siempre daba un aire de estar pensando en otra cosa. Para muchos de sus clientes, Blumy era un misterio. Se decía que había venido a México huyendo de una investigación por parte del gobierno de los Estados Unidos. Que había sido Miguel Alemán quien lo había traído a gracias a sus contactos con las artistas de cine de Hollywood. En los años veinte, Blumy llegó a tener doscientas salsas de cine en Nueva York. Fue dueño del edificio Edison, donde se encontraba el teatro Chino de Hollywood, que controlaba los casinos de juego de Baja California y el hipódromo de Agua Caliente en Tijuana y quien posteriormente sería presidente de la 20th Century Fox. En esa época Blumy estaba casado con la actriz Peggy Fears y, en plena depresión económica, se compró cinco Rolls Royce que le habían costado quince millones de dólares, más un abrigo de chinchilla para su esposa valuado en sesenta y cinco mil dólares. Al llegar a México tenía cincuenta años y nada más quinientos dólares en su cartera.

Suzy pasó por la pequeña estancia que dividía la habitación de Blumenthal y se sentó en uno de los sillones forrados de terciopelo verde olivo, mientras que Blumy se recostó en una cama cubierta por una colcha confeccionada por zorros plateados, algo que Suzy nunca había visto en su vida.

La suite de Blumy era muy semejante a la presidencial, espectacular y confortable, de techos altos con grandes ventanales que ofrecían una espléndida vista a paseo de la Reforma, y un baño recubierto de mármol *beige* y café tabaco. El mobiliario era contemporáneo, sobrio y elegante. Para el arquitecto Mario Pani y su sobrino Arturo, la calidad de los acabados del hotel Reforma era fundamental. Todo tenía que combinar a la perfección: colores, volúmenes, el dorado de los marcos, lámparas, cojines, espejos, así como la textura del tapiz de los muebles de vanguardia.

—Hace tiempo que no nos veíamos, mi querida Suzy. Discúlpame por no haber ido a verte a Lecumberri, pero en estos momentos tengo muchos problemas. Seguramente ya sabes que estamos a punto de cerrar el Ciro's. Esta semana me embargan y vienen a recoger lo que queda del mobiliario. El *nightclub* se cierra por completo. Pero dime tú, ¿cómo has estado? Imagino que muy mal por todo el escándalo que leí en los diarios.

—Te digo sinceramente cómo estoy, Blumy: *dans la merde!*

A partir del momento de exclamar esa expresión muy a la francesa, Suzy empezó a contarle a su amigo por todo lo que había pasado desde su entrada y salida de Lecumberri, más aparte el pleito y el súbito rompimiento con Robert.

—Tú mejor que nadie sabes que Paul es un cabrón. Por su culpa me quedé sin nada y hasta me quiere quitar a mis hijos. También Robert es un desgraciado porque me usó, porque nunca me dijo que se había puesto de acuerdo con su amigo para exhibir nuestra relación «adúltera», porque le debía dinero por el juego, ¿te das cuenta?

—*Oh, my God*! Es terrible lo que me cuentas. A mí, Robert nunca me ha gustado. Siempre lo he sentido débil y demasiado don Juan. Si supieras todo lo que me han contado de él…, pero ahorita no vale la pena hablar de eso. Paul será muy «cobrón», como dices, pero es muy respetado por la comunidad sefaradí. Es como un ícono, muy altruista; ayuda a todo el mundo y es un señor que ha llegado muy lejos, director de los Laboratorios Carnot. No es poca cosa. Pero, claro, como marido es otra cosa. Créeme que te entiendo. Tú y yo estamos pasando por las mismas, por una situación de mucha decepción. Nos sentimos traicionados. *Darling*, ya no llores por favor. Lo tuyo se puede arreglar, pero ¿lo mío? El presidente Miguel Alemán me tiene completamente *atornillado*, a pesar de que he hecho tanto por el turismo de México. Le han ido con muchos chismes contra mí. Por eso llegó el momento de irme de este maravilloso país, lo más pronto posible. Dicen algunos columnistas, sobre todo un tal Héctor Medina Neri, que extorsiono a los turistas con precios exorbitantes, que porque cobro un sándwich de pollo y una taza de café a 60 pesos. ¿Cómo no querían que subiera los precios, si todo ha subido? Los Pani ya me subieron la renta, ahora tengo que pagar 16,495 dólares por el Ciro's. Es cierto que me he atrasado con las mensualidades, pero es que ha bajado mucho el turismo. Me reprochan mi relación con mi amiga, Virginia Hill, la exmujer de mi amigo, Bugsy Siegel. Dicen que ella trajo la droga a México y que yo he sido su mejor contacto. Ahora también me echan en cara mis relaciones con el gobierno. Han llegado a decir que Errol Flynn es mi amante. ¿Te das cuenta de cómo corren los chismes en este país? Pero ¿por qué te cuento todo esto, si la que más necesita apoyo moral en estos momentos eres tú, *my love… I do love you… Suzy, my darling…* ¿Qué te parece si pedimos una botella de *champagne*?

—Sí, sí, pídela —dijo Suzy como si se tratara de una travesura.

Blumenthal marcó la extensión del Ciro's y pidió una botella de *champagne* Veuve Clicquot Brut, de las últimas que todavía quedaban, enviada por Jorge Pasquel, el «secretario sin cartera» y mejor amigo del presidente Miguel Alemán. Cinco minutos después, tocaban a la puerta de la *suite* de Alfred Cleveland Blumenthal. Era el mesero con su chaqueta verde y corbata blanca. Con las manos enguantadas, con mucho cuidado, empujó el carrito de servicio, cubierto por un pequeño mantel blanco, hasta el interior de la *suite*, en donde llevaba una cubitera plateada con las iniciales del Ciro's. La botella de *champagne*, ya fría, se veía sumergida hasta la mitad de agua y mucho hielo, y dos copas *flauta*. Meses después, muchas de esas cubiteras, juegos de plata para café, juegos de cubiertos completo, copas, manteles y partes de las vajillas, acabaron en la Lagunilla. Cuando se enteraron muchas señoras bien, los domingos corrían con Chacharitas, uno de los vendedores más populares, para comprar las cosas a precio de remate. Las más enteradas de lo que había en el centro nocturno pensaban que, un buen domingo, hasta se encontrarían con los frescos de mujeres que había pintado Diego Rivera. Sin embargo, estos nunca aparecieron por ninguna parte. Decían que estaban en el comedor de uno de los secretarios del gabinete de Miguel Alemán. También se rumoraba que Blumy los había enviado a Los Ángeles, California; otros rumores sostenían que estaban escondidos en las bodegas de Los Pinos. «Dicen que las pinturas las compró Alí Khan para Rita Hayword», comentaban los más chismosos. Tampoco apareció jamás el enorme candil, semejante a los que adornan el Palacio de Versalles, que colgaba del techo de la pista de baile.

—Gracias, Francisco. Deje por favor el carrito y ya se puede retirar.

Gracias a las lecciones del Gogi, el *maître*, siempre vestido de frac impecable, que sabía cinco idiomas y era capaz de jugar póker durante tres días seguidos, le había enseñado a Blumy cómo había de descorchar las botellas de *champagne*. Sabía que la temperatura perfecta para servirlo era entre ocho y diez grados centígrados. Sabía cómo tomar la botella, inclinándola a 45 grados cerca del pecho, con la mano derecha sujetando el corcho y con el alambre ligeramente aflojado, y con la otra mano girando la base de la botella en lugar del corcho. Tomó la cubitera, subió a la recámara y la colocó sobre su mesita de noche.

—Ay, Blumy, *mon ami, très cher*. No sabes lo que te agradezco tu apoyo. Bien sabes que te quiero mucho. Somos amigos desde que llegamos a México los dos, en 1941. Tú y yo tenemos muchas cosas en común: somos judíos, sobrevivientes de la guerra, nos gusta la vida, el lujo, viajar, divertirnos, bailar, cantar, vestirnos bien, tener amigos, el *champagne* y el jugo de naranja. Pero lo que más nos gusta es que nos quieran sinceramente. Odiamos la soledad, la hipocresía, la traición y las mentiras. En estos momentos, los dos nos sentimos solos y desamparados. En realidad, tú y yo somos un par de *outsiders*, de forasteros desadaptados y perdidos en un mundo raro. ¿Tendríamos que olvidar todo por lo que pasamos para no vivir un eterno infierno? O, al contrario, ¿debemos recordar para no perdonar? *C'est terrible*!

—Suzy, ¿por qué no te quitas tu abrigo que está empapado y los zapatos? Recuéstate aquí a mi lado. Permíteme darte ese cariño que tanta falta te hace y que Paul no ha sabido darte. Más que *cabrón*, es un *pendejo*.

—Yo nada más quiero que me abraces, Blumy. No quiero nada más. ¿Me entiendes? —le preguntó Suzy, hecha un mar de lágrimas.

Tal vez el calor humano de ese hombre aquejado por tantos problemas, como los que tenía ella. Ese hombre cuyo pasado era, efectivamente, tan turbio, pero que podía ser el mejor de los amigos, tal vez podía brindarle a Suzy un poco de consuelo a cambio de nada más que de la ternura y la amistad. Tal vez…

Suzy se puso de pie, se quitó el abrigo y los zapatos y se recostó al lado de Alfred C. Blumenthal, uno de los empresarios cercanos al presidente Miguel Alemán, que ahora era rechazado y buscado por las autoridades mexicanas. Él también necesitaba un poco de calor humano.

Con su traje sastre de seda azul marino de lunares y su blusa blanca, Suzy permaneció, sobre la cobija de colas de zorro, al lado de Blumy. Su amigo, enfundado en su bata, la abrazó tiernamente y le dio un beso en la mejilla. Era exactamente lo que ella necesitaba, un beso en la mejilla, como aquel «beso de buenas noches» que Marcel Proust añoraba que le diera su madre todos los días. Sintiéndose más relajada, comenzó a murmurar en francés y en ladino todo lo que se le pasaba por la cabeza. Como el escritor francés, también ella estaba en búsqueda del tiempo perdido.

—Antes de que me abras tu corazón y me cuentes todas tus penas, permíteme, *darling*, hacerte un regalo muy bonito y significativo —le dijo Blumy con sus ojos pequeñitos y más azules que nunca.

En seguida, giró hacia su mesita de noche y abrió el cajón. Sacó un paquetito envuelto en papel de china y se lo entregó a Suzy.

—Esto se encontró en el Ciro's cuando la mudanza empezó a llevarse las mesas del Champagne Room.

Suzy abrió el pequeño paquete. Era una horquilla para el pelo cubierta de pequeños brillantes en forma de estrellas.

—¿Verdad que está muy bonita? Perteneció a Madame Lupescu, la tercera esposa del rey Carol de Rumanía. Hija de un farmacéutico judío alemán. Por ella, el rey Carol renunció a sus derechos al trono. Cuando llegaron a México, se hospedaron en el hotel Reforma con cuarenta baúles, sesenta y siete maletas y grandes cantidades de joyas, entre ellas esta horquilla, con la que sostenía su chongo tan elegante.

—¡Ay, Blumy, qué cosa tan bonita! ¡Está preciosa! ¿De veras me la regalas? Es una joya, seguramente comprada *chez* Cartier. Mil gracias. Aunque no tengo el pelo largo, la puedo usar cuando me ponga mi cola de caballo postiza y me haga un chongo. ¿Sabes quién tiene horquillas así? Wallis Simpson, la esposa de Eduardo VI. Qué bonito detalle, Blumy. De verdad que me conmueves. Me da pena porque yo no te tengo ningún regalo. De verdad que lamento que estés con tantos problemas. Ahora que te regreses a Los Ángeles, prometo que te voy a ir a visitar. Vas a ver cómo nos vamos a divertir. Pero en estos momentos, no puedo ayudarte, porque yo también estoy tristísima. En el fondo, me siento tan insignificante. Dime, ¿por qué todo me sale mal? Muchas veces me he dicho que soy la creación de los otros. No tengo identidad propia. Ése es mi problema. En Bulgaria, lo primero que te preguntan en ladino es: «*Kuala es su alkurnia*», que quiere decir: ¿cuál es tu apellido? Desde que era muy niña, yo siempre dudaba respecto a mi apellido. Sabía que era Avramow Asher, pero no me identificaba con ellos, cuando los pronunciaba, era como si estuviera hablando de otra persona. A ver dime, Blumy, ¿cuál es mi verdadera identidad? En mí hay muchas Suzys, ¿cuál de todas soy? ¿La que miente? ¿La que busca incansablemente la verdad y el amor? ¿La búlgara, la judía, la de Hersch, mi primer novio polaco, la francesa o la mexicana? Con tantas identidades, es como si hubiera nacido varias veces. Suzy Avramow, Suzy Antebi y, ahora, Suzy, la adúltera. Además, mi nombre es muy antiguo, se escribe y se pronuncia de mil maneras: Suzy, Sousie, Susahana, Susanita, Susanne, Susan, Susagna, Sousanna, Suzanna, Shoshanna… ¡Está la canción de *Oh, Susanna*! La Suzy de la película de Jean Harlow con Cary Grant. También está la película mexicana de Luis Buñuel titulada *Susana, carne y demonio*. Pero la que más me gusta es la *Susana en el baño*, de Tintoretto. Dicen que mi nombre significa «adúltera», pero también «lirio blanco». Está la «Susana» decapitada por negarse a ofrecer sacrificios al dios Júpiter. Mi problema es que no sé cuál es la realidad y cuál es la ficción. Por eso tiendo a confundir el sexo con el amor. Es como una fatalidad...

Mientras Suzy fumaba un cigarro tras otro y hablaba y hablaba, Blumy le llenaba su cuarta copa de *champagne*. Ella nunca bebía porque tenía muy mala cabeza, todo se le subía de inmediato y empezaba a hacer y a decir muchas tonterías.

—Ya no, Blumy, por favor. *I'm completly tipsy*. Voy a acabar totalmente borrachita. ¿Sabes cuándo fue la última vez que me emborraché? Cuando terminó la Segunda Guerra Mundial, en 1945. Fue con Paul. Los dos estábamos felices, hasta nos fuimos a celebrar a la Plaza Garibaldi. Es cierto que a veces sí la pasaba muy bien con el imbécil de Paul. Pero conforme pasaba el tiempo, siento que se fue amargando. No soporta su cojera, eso lo limita mucho. Más que discapacitado físicamente, lo era con los sentimientos, no sabía expresarlos.

—Pero yo sí los puedo expresar, *my darling*. Te puedo decir que tu perfume me vuelve loco. Es el mismo que usaba mi madre que, como sabes, también era búlgara. Tu perfume de rosas me regresa a mi infancia. Ay, Suzy, qué bonito cuello tienes, largo y esbelto. Tu piel es muy suave... ¿Por qué no te quitas tu blusa? Todavía está muy húmeda. Estarás más cómoda —le decía Blumy, mientras la ayudaba a desabotonarla al mismo tiempo que la besaba en la boca. En seguida empezó a acariciarle los senos, cuyos pezones estaban particularmente erectos. En ese momento la fragancia de su perfume se hizo más penetrante. Era la misma alma de las rosas.

—Ay, Blumy, ¿por qué eres tan bueno conmigo?

—*Because I love you…* Nada más mira cómo me pones. Hacía mucho tiempo no me sentía como me siento en esos momentos. *You're a wonderful woman…*

—¿Desde cuándo me quieres así? ¿Por qué nunca me lo dijiste? ¿Por qué estaba casada? ¿O porque me convertí en la amante de Robert? De verdad que eres muy tierno… Qué importante es la *tendresse*, la *tendresse*.

Finalmente, Suzy se fue durmiendo poco a poco, con la horquilla en el interior de la palma de su mano, mientras que Blumy, con su bata semiabierta, no dejaba de observar su bello rostro, sus largas pestañas, sus pómulos marcados, su piel lisa y su boca carnosa, delineada todavía por algunos restos de bilé. Así como estaba Suzy, relajada, con los ojos semicerrados, medio despeinada y muy pálida, parecía una adolescente abandonada a su suerte. En esos momentos, Blumy le regaló toda su ternura.

46

Eran casi las nueve y media de la mañana cuando Suzy se incorporó de la cama de un brinco. Blumy ya no estaba en la habitación; en esos momentos se encontraba discutiendo con los responsables de la mudanza de los muebles del Ciro's. Corrió hacia las ventanas y abrió las cortinas. Para esas horas ya había bastante tráfico sobre paseo de la Reforma. Fue al baño, dudando si se bañaba o no. Cuando se vio en el espejo, sin su blusa, despeinada, pálida y con el rímel corrido, se asustó. Por añadidura, el zíper de su falda estaba abierto y ya no traía puestas sus medias. No se acordaba de nada. Se sentía cruda. Tenía la boca seca. Se puso un poco de agua en la cara, se peinó con el peine de Blumy que estaba a un lado del lavabo. Terminó de vestirse. Buscó sus medias, que estaban hechas bola entre las sábanas. Sus zapatos se encontraban debajo de la cama, se agachó para buscarlos y cuál no fue su sorpresa de descubrir, muy cerca del zapato, izquierdo algo que brillaba, que brillaba mucho. Era una horquilla de pelo llena de brillantes. La tomó y sonrió. De eso sí se acordaba. Había pertenecido a Madame Lupescu, y se la había regalado Blumy. «*Il est trop gentil*», pensó emocionada por el gesto que había tenido su amigo. La guardó en su bolsa Hermès. Buscó su bilé. Se pintó los labios, con ese rojo tan intenso que hacía que sus dientes se vieran tan blancos y parejitos. Se puso sus guantes. Se miró en el espejo y se gustó. Algo había pasado. Ya no se sentía triste. Al contrario, se sentía libre y con mucho más seguridad y energía que la noche anterior. «Qué bueno que no le pedí a Blumy dinero prestado. Hay momentos en la vida en que la ternura es mucho más importante que el dinero», pensó Suzy mientras se dirigía hacia los elevadores.

—Buenos días, señora. Planta baja, ¿verdad? —preguntó el mismo elevadorista que la había llevado, la víspera, al décimo piso. Había un tono de complicidad, como si se hubiera dado cuenta de algo.

—Sí, por favor. —No acababa de terminar su frase cuando descubrió, en un rincón del elevador, a la niña de la noche anterior. Esa mañana llevaba una boina del mismo escocés que su falda kilt.

—¡Lupita! ¿Qué haces aquí tan temprano?

—Divirtiéndome.

—¿Y tu mami?

—Hablando por teléfono con su amiga Lala Braniff que vive en un hotel en Nueva York.

—¡Qué barbaridad! Sí que es platicadora. ¿Ya desayunaste?

—No.

—¿Qué te parece si te invito una malteada? Te advierto que no tengo mucho tiempo, pero muero por un café, y sobre todo unos Alka-seltzer.

—La de chocolate es deliciosa —dijo Lupita con una sonrisa donde se insinuaba un pequeño hoyuelo en la mejilla izquierda.

En la planta baja había ya mucho movimiento de huéspedes, turistas y personal del hotel. Suzy y Lupita se dirigieron hacia la fuente de sodas que daba a la calle de París. Mientras esperaban su orden, la pequeña niña comenzó a platicarle a su nueva amiga una barbaridad de cosas.

—Me gusta mucho tu perfume, huele a flores. ¿Te dormiste en el hotel o qué? Perdón, pero estás un poquito despeinada. Oiga, señora...

—Me puedes llamar Suzy.

—Okey, ¿sabías, Suzy, que en la habitación 707 se cometió un crimen? Una de las meseras del restaurante La Reina Maya, que se llama Chabelita, me contó que por eso había cerrado el cuarto mucho tiempo y que nadie podía ocuparlo. Ella dice que a lo mejor allí mataron a un espía de la guerra, o a la amante de algún político. Dice que se llevaron el cadáver y que lo desaparecieron para siempre. Nunca se supo quién fue realmente. A lo mejor se convirtió en un fantasma y por las noches visita todas las habitaciones del hotel. También me contó que por debajo de las lamparitas que estaban en las mesitas del *nightclub* del Ciro's había unos micrófonos que grababan todas las conversaciones sin que supieran los clientes. Y cuando ellos ya estaban bien borrachitos, le subían el precio al doble a todos los *drinks*. Chabelita me contó que un señor que se llama Blumy, y que es muy rico porque es íntimo del presidente, se trae a México a todas las artistas de Hollywood que después se vuelven amantes del presidente. También me dijo que Blumy les pone agua a todos los tinteros de las habitaciones del hotel dizque para ahorrar dinero. Me contó que ese señor es capaz de ver un cenicero lleno a diez metros de distancia. ¿Verdad, que eso no es posible? ¿Quieres que te cante una canción en inglés que me enseñó Antonia, mi hermana? Mira, va así:

Put another nickel in
In the nickelodeon
All I want is having you
And music, music, music...

Suzy escuchaba a la niña asombrada por toda la información que tenía del hotel y su forma tan graciosa de platicar, tal y como si fuera una pequeña adulta. No había duda, la niña había salido igual de comunicativa que su madre, Lola Tovar.

—Lupita, ya son casi las diez. Ya me tengo que ir.

—¿A dónde vas?

—A un asunto muy importante.

—¿Puedo ir contigo?

—No.

—¿Puedo pedir otra malteada?

—Sí. Pero te la tomas rápido.

Cuando se despidieron, Suzy le prometió a Lupita buscarla muy pronto.

—Pídele a Chabelita que te cuente más cosas del hotel y luego me las platicas. Tu aquí eres como mi espía, ¿okey?

Lupita se puso feliz con su nueva misión y se propuso investigar todo lo relacionado al hotel Reforma.

Hasta ese momento, Suzy no se había comunicado con sus hijos. Después de haber convivido con esa niña tan adorable, extrañó como nunca a su hijo y a su hija.

Antes de salir del hotel, Suzy se dirigió al mostrador del hotel y pidió una hoja de papel con un sobre.

—Con mucho gusto, *madame* Antebi —le dijo el joven recepcionista, vestido con un *blazer* cruzado con cuatro botones dorados. Ramon de Flores era apuesto y educado. Acababa de llegar de España, donde estuvo internado en San Sebastián, con los jesuitas, en el Monasterio de Loyola. A pesar de que Ramón de Flores tenía como responsabilidad impedir el paso a las «muchachonas», como decía él, la noche anterior se había hecho de la vista gorda cuando Suzy pidió ir a ver a Blumy, porque era con el único que hacía una excepción. A *madame* Antebi la conocía bien y había seguido muy de cerca todo lo publicado en los diarios a propósito del escándalo. «Pobrecita.

Como decía Unamuno: "la envidia es mil veces más terrible que el hambre, porque es hambre espiritual". Y Suzy es muy envidiada...», pensó de Flores, experto en la obra del escritor y filósofo español Miguel de Unamuno.

—¿Desea, *madame*, pasar a un pequeño privado para que pueda usted escribir sin que nadie la moleste?

—Sí, por favor.

Ramón de Flores la condujo a un pequeño salón alfombrado donde entraba mucha luz. Lo primero que le llamó la atención fue el *secrétaire*, diseñado por Pani, y el estampado con rayas azul marino y blancas de las cortinas, que hacía juego con la tela de los cojines, distribuidos estratégicamente en el sofá de terciopelo azul marino. Con todo y el abrigo puesto, que le había prestado Doreen y que para ese momento había perdido un poco la forma debido a la lluvia del día anterior, se instaló frente al escritorio y empezó a escribir, con la pluma Mont Blanc que le regaló Robert, y con su letra muy personal, semejante a la que tienen las exalumnas de colegio de monjas.

Mon très cher, *Blumy:*

Quiero agradecerte todo lo que me diste ayer por la noche..., incluyendo la preciosa horquilla de Madame Lupescu, que guardaré toda mi vida. Créeme que me hiciste feliz en todos los sentidos de la palabra. ¿Quién nos iba a decir que tú y yo teníamos una asignatura pendiente? Te confieso que nunca me imaginé que Blumy, el alma del Ciro's, fuera, además de un espléndido empresario con mucha experiencia, un «amant tellement tendre». *Como dice el refrán: «caras vemos; corazones, no sabemos». Qué bueno que los dos nos pudimos acompañar en estos momentos por los que estamos pasando, tan difíciles. Espero que puedas resolver, dentro de lo posible, tus problemas. Nunca olvidaremos a nuestro Blumy, ni las fiestas del Ciro's, ni mucho menos esta maravillosa época, la cual de alguna manera nos hizo olvidar los horrores de la guerra, los cuales, por fortuna, ya quedaron atrás. Para muchos de nosotros, Alfred C. Blumenthal ya es una leyenda y un amigo insustituible.*

Por mi parte, te escribiré para contarte cómo me fue con el careo que tengo dentro de unas horas con Paul. Lo que sí te puedo decir es que, gracias a ti, me siento más fuerte y con muchas ganas de dar la pelea.

Je t'embrasse très affectueusement
Suzy

Una vez firmada la carta, dobló el pliego de papel con el membrete del hotel Reforma en tres partes y lo introdujo en el sobre.

—¿Le puede entregar esta carta al señor Blumenthal? Necesito un taxi, por favor.

—Con mucho gusto, *madame*, ahorita lo llamo —le contestó Ramón de Flores con la mejor de sus sonrisas.

—A la iglesia de La Profesa, por favor —le ordenó al taxista, apretando fuertemente contra ella, su bolsa. En su interior llevaba dos joyas.

47

La mañana estaba muy asoleada; a lo lejos se veían con claridad los dos volcanes, el Popocatépetl y el Iztaccíhuatl. Sin duda era un espectáculo único. Después de diez años, Suzy adoraba México. Durante ese lapso había visitado con Paul varios estados de la República. Sus preferidos eran Oaxaca, Jalisco y Chiapas. «Este país tiene todo: historia, playas, desierto, volcanes en constante erupción, ciudades coloniales, museos, excelente comida, pintores, poetas, artesanos, plateros, novelistas, conventos, fotógrafos, arquitectos, maravilloso cine, muralistas, excelente hospitalidad, bueno, ¡hasta pirámides tiene…, y qué pirámides…!», decía su marido, quien acostumbraba viajar mucho por las ruinas precolombinas para buscar estatuillas, vasijas o cuchillos de sacrificio de obsidiana, cuya colección era ya muy conocida entre sus amigos y turistas. A veces manejaba hasta los pueblitos más recónditos en busca de nuevas aventuras. Esto nunca se lo contó a Suzy. En uno de esos viajes, su coche se quedó sin gasolina en Yanhuitlán, no muy lejos de Oaxaca, y conoció a una joven indígena de quien se decía era una princesa mixteca. «Es mi Malinche», les contaba muerto de la risa a sus amigos franceses. Fue con ella que probó por primera vez los hongos alucinógenos. Nunca más repitió la experiencia, la cual lo había tumbado en cama durante tres días.

«Yo no vine a México nada más hacer dinero, vine a este país para descubrir otros mundos, otras dimensiones y otras sensaciones», comentaba a Paul entre sus amigos bohemios. A Suzy no le gustaban estas aventuras; ella prefería los hoteles de cinco estrellas y viajar a lugares más turísticos y convencionales.

Para esas horas ya había muchísimo tráfico en el centro. Sentada en la parre de atrás del taxi, Suzy reconocía a muchos de sus conocidos que caminaban por las calles de Madero. Ya había visto a lo lejos a su dentista, el doctor Raúl Velazco Zimbrón, a Juan Sánchez Navarro, a Teodoro Amerlink, a Mimi Mendiola, a Chucho Reyes Ferreira, a la tía de Maruca, Amparo Obregón, a Jaime Saldívar, a Pita Amor, al escritor Luis Spota, a Agustín Barrios Gómez, cuyas últimas crónicas se habían referido, con cierta ironía al «escándalo» del actor argentino, Che Reyes, y el notario Manuel Borja Soriano.

Juárez y Madero eran las dos calles en la que una se podía encontrar «*le tout* México». Desde secretarios del Gabinete de Miguel Alemán hasta Salvador Novo, pasando por el Abogángster, Bernabé Jurado; la actriz Miroslava; Bruno Pagliai; e incluso, Miguelito Alemán, como le decían al hijo del presidente, quien era cliente asiduo del Sanborns de Madero.

«Me pregunto cuánta de esta gente, que conozco desde hace años, les habrá creído a todos esos chismes de los periódicos. Cuántos de ellos no me habrán juzgado con dureza como la típica *adúltera*. Y cuántos, al contrario, me habrán defendido», se preguntó Suzy con una expresión de tristeza, mientras el taxi avanzaba a diez kilómetros por hora.

Cuando por fin llegaron a las puertas del templo de La Profesa, que se encontraba en la esquina de Madero e Isabel la Católica, Suzy se bajó del coche. A tan sólo unos metros de la iglesia estaba La Perla, una de las joyerías más viejas de la Ciudad de México, inaugurada por los cinco hermanos Diener, a principios de 1900 con el nombre de Joyería y Relojería. Suzy sabía que los hermanos Diener, expertos en relojería, eran muy generosos y que habían regalado dos relojes: uno para la sacristía y el otro para el campanero, mismos que estaban en sincronía con las campanadas de la Catedral. Suzy sabía que la familia Diener vivía en la residencia más bella de la colonia Juárez, y que el padre de Frida, don Guillermo Kahlo, había trabajado como dependiente de La Perla en la década de los veinte.

—Don Luis, le traigo una joya para vender. Es una pieza que nada más puede adquirirse en un establecimiento como el suyo. Se trata de un reloj Patek Philippe de oro —dijo Suzy con mucha seguridad, aunque en el fondo se sentía apenada frente aquel hombre de edad, calvo, un poco encorvado, vestido con un traje de tela Príncipe de Gales de tres piezas.

Justo esa mañana, don Luis había leído, mientras tomaba su café con leche, la crónica de Luis C. Márquez, cuyo título decía: «Movido *vodevil* al descubrir Jacques Antebi, los devaneos culpables de su guapa esposa». Es evidente que el señor Diener, caballeroso y de muy pocas palabras como era, no comentó nada a propósito de la nota del diario, limitándose nada más a sacar su lupa de relojero, que siempre llevaba con él en la bolsa de su saco, para examinar el reloj de cuya marca era experto desde hacía muchos años.

—Está muy bonito, si mal no recuerdo, yo se lo vendí a su padre.

—¿De verdad? Él me dijo que lo había comprado en Nueva York y que costaba más de treinta mil pesos.

—¿Eso le dijo don Alberto? A lo mejor estoy equivocado. Patek Philippe es una de las marcas que más vendemos.

—Lo sé, don Luis. Mi marido, Paul Antebi, es muy buen cliente suyo desde hace muchos años. El collar de tres hilos de perlas más bonito que tengo lo compró aquí. Pero ése sí, no lo vendo…

—Mire, señora, por este reloj, ya usado, le daría diez mil pesos. No puedo más.

—¿Diez mil pesos? Pero si es de oro rosa de dieciocho kilates. Es casi de colección. Nunca se atrasa.

—Lo sé, señora. Pero no puedo darle más dinero.

Era evidente que la oferta de don Luis no resultaba muy justa respecto a esa maravillosa joya que era el reloj. El joyero de casi ochenta años intuía, gracias a su experiencia, que Suzy estaba atravesando una situación muy inusual por decir lo menos y que le urgía el dinero.

—¿Por qué no me ofrece un poquito más, don Luis? ¿Doce mil pesos?

—Imposible.

De pronto, Suzy, se acordó de la horquilla, que llevaba envuelta en su pañuelo. Abrió su bolsa y la sacó. La puso sobre la carpetita forrada de terciopelo azul marino que se encontraba sobre el mostrador.

—¿Y por esta horquilla en carey forrada de brillantes que perteneció a *madame* Lupescu, cuánto me daría, don Luis?

El señor Luis Diener se quedó boquiabierto. De inmediato reconoció la horquilla plagada de estrellas cubiertas de brillantes con el nombre de «Magda». Él sabía perfectamente quién era Madame Lupescu, la amante del rey Carol II de Rumanía, «la *pompadour* de los Cárpatos», como la llamaban. Si algo le gustaba a don Luis era el mundo aristocrático de Europa. Hacía unos años había leído el escándalo que había provocado Magda Wolff, hija de un farmacéutico judío alemán. Desde que era muy joven y bellísima, soñaba con pertenecer en la alta sociedad rumana. Cuando un teniente de la Guardia Real le propuso matrimonio, le dijo que sí a pesar de que no estaba enamorada de él. Lo que más le había llamada la atención de este joven, un poco desgarbado y sin ningún encanto personal, había sido su apellido: Lupescu. El nombre le parecía perfecto para una pelirroja como ella, y como el de una espía de la primera Guerra Mundial. La primera vez que conoció al príncipe heredero Carol fue durante una noche de ópera en el Teatro Real de Bucarest, casado con su segunda esposa, la princesa Elena de Grecia. Carol, cuya reputación era la de ser el *playboy* más codiciado de Europa y el más consentido por la sociedad parisiense, le escribió en un papel: «Veámonos a solas muy pronto, Magda Lupescu».

A *solas* se vieron muchas veces, tantas que, en 1925, el príncipe Carol renunció al trono y desapareció del brazo de Magda, «la amante pelirroja experta en caricias». Sin embargo, y después de muchas intrigas y tensiones palaciegas entre la izquierda y la derecha, el gobierno rumano invitó a Carol a regresar su país y ocupar el trono, mientras Magda depositaba varios millones de dólares en los bancos. Así fue como se convirtió en la «judía más poderosa de la historia desde los tiempos de Ruth». Corría el año de 1930. Después de siete años, el rey Carol, ya divorciado, se volvió un dictador, provocando un golpe de Estado. En 1940, lo acusaron de cooperar con la Alemania nazi. La pareja se tuvo que exiliar primero en España, luego en Lisboa, después en Cuba y finalmente en México, en donde fueron recibidos como verdaderos monarcas. A nadie le importaba el pasado tan turbio de este matrimonio. Al contrario, muchas señoras de la sociedad decían: «Su llegada a nuestro país ha sido un milagro. La guerra ha hecho que nuestro país sea ha visitado por personajes de esta categoría y naturalmente hay pocas oportunidades en la vida para verlos de cerca». Los más ignorantes comentaban al respecto: «Las democracias se están llenando de reyes». En la rueda de prensa que el rey Carol ofreció en el Salón Beethoven del hotel Reforma, hizo notar que no deseaba tratar ningún tema de carácter político y, por ello, eludió categóricamente dar respuestas a las diversas preguntas sobre la Segunda Guerra Mundial.

El joven periodista Agustín Barrios Gómez escribió el 8 de agosto de 1941:

El exrey Carol de Rumanía fue recibido el jueves 7 de agosto a las 11:00 a.m. en audiencia privada por el señor presidente de la República, el general Manuel Ávila Camacho. El objeto de la visita del exmonarca rumano fue saludar al Primer Mandatario y expresarle su agradecimiento por las atenciones recibidas en México. Durante algunos minutos departieron agradablemente. El exrey Carol fue acompañado a Palacio Nacional de su ex gran Chambelan en la Corte de Bucarest, señor Ernesto Urdineau, habiéndole introducido a presencia del Primer Magistrado, el jefe del Ceremonial de Relaciones, Lic. Mariano Armendáriz del Castillo.

Días antes, el cronista había comentado que el rey Carol, dos veces destronado de Rumania, alto y robusto, de pelo rubio, de ojos azules, de temperamento jovial y alegre, había donado un órgano al templo de san Francisco, «hoy reconstruido, pues fue ocupado como cuartel militar cuando fue la persecución religiosa, con un órgano semejante al de la Catedral Metropolitana, siendo su costo de 18,000.00».

En esa época, *madame* Lupescu vivió varios meses en la *suite* presidencial del hotel Reforma, registrada bajo el nombre de Helen Lorenz. Su marido, en cambio, se registró como «S. M. *le Roi* Carol de Rumanía». Posteriormente, con cuarenta y ocho baúles y cuatro inseparables perros, compraron una casa en Coyoacán, donde «permanecerían indefinidamente como refugiados políticos». En un jardín espléndido, con palmeras y rosas por doquiera, corrían a la vista de todo el mundo los cuatro perros pequineses de Magda Lupescu. En ese mismo jardín, el rey Carol y su esposa organizaban comidas y hasta posadas. Gracias a los yacimientos de petróleo de su país, vivían con opulencia. Decían que Magda había depositado, en varios bancos, más de cincuenta millones de dólares.

Una vez instalados en nuestro país, no había fiesta o reunión social en que el rey Carol y su esposa no fueran invitados.

Se les veía constantemente en el Ciro's, en la ópera de Bellas Artes, en las carreras de caballo del Jockey Club, o en los salones de las embajadas. Lo que más llamaba la atención era el lujoso Mercury, 1941, convertible de color rojo y capota blanca, adquirido en la agencia Bush, S. A., el cual estaba estacionado constantemente frente a las puertas de la joyería La Perla.

Don Luis no le quiso contar a Suzy que él, personalmente, le había mandado a hacer la horquilla a *madame* Lepescu, porque seguramente, al saberlo, le pediría el doble por ese accesorio de pelo tan único.

—Por el reloj y la horquilla, le doy doce mil pesos. ¿Le parece bien?

Después de la propuesta de don Luis, Suzy se quedó muy pensativa. Le urgía el dinero para pagarle al abogado Luis F. Cárdenas, y tal vez para empezar una nueva vida, quizá para el anticipo de un pequeño departamento en Polanco. La perspectiva de vivir con Robert se había desmoronado por completo después de su pleito. Extrañaba a sus dos hijos. Y lo peor de todo es que los diarios seguían hablando del *escándalo*.

—¿Quince mil?

—No más de doce mil, señora.

—Está bien. Los necesito en este momento y en efectivo por favor.

—No hay problema.

—Ay, don Luis, usted acaba de hacer un muy buen negocio y yo, uno muy malo... En fin, *c'est la vie*!

Don Luis nada más sonrió. Se despidió de Suzy y guardó en su enorme caja fuerte el reloj y la horquilla que le había pertenecido a Magda Lepescu. Estaba seguro de que podía vendérsela a María Félix, o a la señora Laura Barrenechea, a más de cinco mil pesos.

48

La todavía *madame* Antebi salió de la joyería La Perla con un sobre repleto de billetes de quinientos pesos. Lamentaba haber tenido que vender la horquilla de *madame* Lupescu, sin embargo, no tenía otra alternativa. Sintiéndose un poquito más segura, caminaba por las calles de Madero con un paso más firme, llevando puesto todavía el abrigo de Doreen que le había prestado al salir de Lecumberri.

«Cuánta gente y luego con este calor resulta insoportable caminar por el centro. A esta hora, ¿dónde diablos voy a conseguir un taxi? *Merde*! Me tengo que apurar, ya son cerca del mediodía y debo prepararme para el careo de esta tarde con Paul. Ahora sí, pienso decirle hasta de lo que se va a morir.

—¡Taaaaaxiiiii, taaaaaaxiiiii!

»Ni me vio el estúpido. Le tengo que hablar a Doreen y preguntarle si ha tenido noticias de Robert y si puedo regresar a la residencia esta noche. A Robert no pienso hablarle ni de chiste. ¿Qué se está creyendo? De plano me vio la cara de estúpida y se imaginó que yo iba a ser como la típica mujercita mexicana que todo aguanta. ¡Está loco! Allí está el puesto de periódicos, pero no pienso comprar ninguno. ¿Para qué? ¿Para enterarme de más chismes y levanta falsos?

—¡Taaaaaaaaxiiii, taaaaaxiiiiiii!

»Con un demonio, ¿por qué no se paran? Ay, no me vaya a encontrar a nadie conocido. Las señoras mexicanas son tan imprudentes y mal educadas, que no faltaría una que me preguntara en plena calle: "¿De veras, Suzy, le pusiste los cuernos al pobre de Paul? ¿No te da vergüenza?". Hay veces que me dan ganas de ahorcarlas. Son tan hipócritas, tan cerradas y mojigatas... Ay, Dios mío, ya vi a lo lejos al duque de Otranto... ¿Qué hago, qué hago? No quiero verlo. Estoy a unos pasos de la *boutique* Vogue. Me voy a meter. Espero que no me hay visto...».

—Suzy, pero ¡qué sorpresa! Hacía varias semanas que no te aparecías. Ya estábamos preocupadas por ti. Preocupadas por todo lo que has pasado —exclamó Lupita Arenas, su vendedora de toda la vida, mientras le daba un beso en cada mejilla.

—Ay, Lupita, si tú supieras. He pasado las de Caín.

—Ya me imagino, pobrecita. ¿Quieres que te traiga un Sidral?

—Sí, por favor. Vengo muy acalorada.

Lupita Arenas fue a buscar el refresco. Empática y generosa como era, lamentaba sinceramente por todo lo que estaba pasando una de sus mejores clientas, después de la primera dama, Beatriz Alemán. La mejor vendedora de Vogue le tenía mucho afecto a Suzy porque, de todas sus clientas, era la que tenía mejor gusto. Además, era con la única que podía hablar de política.

—Aquí está tu Sidral. Quítate tu abrigo. Yo le vendí uno igualito a Doreen Feng. Ponte cómoda, mi querida Suzy. Y platícame, ¿cómo te encuentras, después de tanto ajetreo? ¿Sabes qué? La prensa mexicana es terrible. Los reporteros nunca verifican sus fuentes y nada más escriben de puros chismes. Además, yo sé cómo es Paul Antebi.

—Así es, Lupita. ¿Y tú, cómo has estado?

—Regular. Han bajado las ventas, aunque sigue muy fuerte el rumor de que Miguel Alemán se quiere reelegir.

—¡Brincos diéramos si se reeligiera Alemán! Pero lo veo muy difícil —apuntó Suzy mientras se polveaba la nariz, un tic que tenía cada vez que se sentía nerviosa.

—Pues en el Congreso ya se formó un bloque reeleccionista y hay muchos estados que están de acuerdo. Dicen que el país necesita continuar su «obra evolutiva».

—Estoy de acuerdo. Nunca antes habíamos tenido tan buenas relaciones con Estados Unidos como con Alemán. Aunque claro, a la gente no se le olvida la devaluación de hace tres años.

—No hay pueblo más desmemoriado que el mexicano, eso ya está olvidado. Hoy por hoy, Alemán está de nuevo muy fuerte, por eso ha surgido lo de la reelección.

—En fin, todavía le falta un año por terminar la presidencia. Ya veremos quién será el próximo *tapado* del PRI —comentó Suzy.

—Pues dicen que Almazán o el viejito, Ruiz Cortínez. La verdad es que nunca se sabe, por eso al candidato presidencial le dicen el tapado.

—Oye, Lupita, ¿me prestas, por favor, tu teléfono?

—Con mucho gusto.

—¿Doreen? Sí, sí, estoy bien. De verdad, estoy bien. Qué pena, no te había podido llamar antes, pero no sabes todo lo que me ha pasado, ya te platicaré. Tienes noticias de Robert. ¿No? ¡Imbécil, cobarde! ¿Y de *mademoiselle* Mann? La voy a llamar… Pero los niños están bien, ¿no es cierto? Okey. Oye, ¿no te importa si esta noche me voy a dormir de nuevo a la residencia? ¿De veras? ¡Qué linda! *Merci beaucoup!* Al rato tengo el careo con Paul. Saliendo de Lecumberri, me voy a la residencia. Por favor no me esperes para cenar, porque no sé cuánto dure. *Je t'embrasse très fort. Au revoir.*

Cuando Suzy regreso al *show room* de la *boutique*, vio que Lupita estaba platicando con dos de sus amigas: Cecilia Chauvet de Legorreta y Catalina Garza. Al verla, ambas se hicieron las disimuladas y siguieron platicando. Suzy se acercó a ellas y las saludó como si nada.

«Hola», le dijeron Catalina y Cecilia al unísono. El tono de su voz era seco y distante. En seguida, le dieron la espalda a Suzy y se dirigieron a otra sección de la *boutique*.

Lupita no sabía qué hacer. Estaba apenadísima. Era evidente que las dos señoras, también muy buenas clientas, le estaban haciendo un feo terrible a Suzy. Lo peor de todo es que ninguna de ellas lo disimulaba; al contrario, querían que su desdén quedara bien manifiesto debido al escándalo social que había provocado con su comportamiento. A Suzy se le hizo un nudo en la garganta. Se sentía rechazada, algo que no sabía cómo manejar. Por fortuna, intervino Lupita.

—Mira, Suzy, te voy a enseñar algo que nos acaba de llegar esta misma mañana. Ni siquiera hemos tenido tiempo de ponerlo en la vitrina. Es un abrigo precioso de leopardo bengalés. Se presentó en exclusiva en el desfile que organizo Kamchatka para el Hotel del Prado. Fue confeccionado, nada menos que por Alberto Kossowski. Tú ya has comprado varias prendas diseñadas por él. Cuando lo vi, en la primera persona que pensé fue en ti. Me dije que tú, como la mujer mejor vestida de México, eras la única que podía llevar una prenda tan fina y sofisticada.

La señorita Arenas decía todo lo anterior voz en cuello para que la escucharan las otras dos señoras, que se encontraban a tan sólo unos metros de distancia. Suzy se probó el abrigo frente al espejo de cuerpo entero.

—Ay, Lupita, ¡está divino! Es justo mi talla. Nunca había visto un motivo atigrado contra un fondo de marfil tan bonito y logrado. Además, el pelo está muy suave y no pesa nada. Ha de costar una fortuna.

En efecto, el abrigo se le veía espectacular, con el color dorado de su pelo y de su tez ligeramente tostada por el sol. El largo y el corte de siete octavos le hacían parecer aún más alta y delgada. Desde donde se encontraban, Cecilia Chauvet de Legorreta y Catalina Garza veían de reojo el abrigo, pero naturalmente no decían ni una sola palabra. Ellas seguían haciéndose las disimuladas y continuaban viendo unos trajes sastre de la nueva colección otoño-invierno.

—Fíjate que no es muy caro, Suzy. ¿Sabes quién tiene uno muy parecido? Dolores del Río. Te lo digo porque yo se lo vendí hace un año, justo para las fiestas de diciembre. La que sí tiene uno muy muy similar es doña Enriqueta Dávila de Jurado. ¡La verdad es que a ti se te ve precioso! Serás la envidia de todo el mundo.

—¿Cuánto cuesta, Lupita?

—Diez mil pesos.

—¿Dijiste diez mil pesos?

—Así es. ¿Te lo apunto en tu cuenta?

—No. Ya no me apuntes nada en mi cuenta. Mejor éste te lo pago en efectivo.

—Como quieras, créeme, Suzy, que no te vas a arrepentir. Vale mucho la pena. ¿Quieres que te lo envíe a tu casa?

—No, no, me lo voy a llevar puesto. Lo que sí me puedes poner, por favor, en una bolsa, es mi abrigo.

Mientras Lupita envolvía, en papel de china y con todo cuidado el abrigo de Doreen, Suzy escuchaba en su fuero interno una voz que le decía:

«Cuidado, Shoshanna, estás cometiendo un error. Un gravísimo error. ¿Te das cuenta de que estás gastando casi todo el dinero que acabas de recibir por el reloj y la horquilla? Ahora, ¿con qué dinero vas a pagar al licenciado Raúl F. Cardenas? ¿No te olvides que lo verás esta misma tarde y que, seguramente, te preguntará qué ha pasado con sus honorarios? ¡Ay, Suzy!, no caigas en la tentación. Todavía le puedes decir a Lupita que siempre no lo compras. Ella sabrá entender que, en estos momentos, no estás para este tipo de gastos. Para qué lo quieres si, después de todo lo que ha pasado, ya no te van a invitar a cenas ni a cocteles, tampoco serás invitada a casa de la embajadora norteamericana, Sloan Simpson de O'Dweyr. No vale la pena. No es el momento. *Do you need it? No, Suzy, you don't!* Tienes otros abrigos de piel que ya casi ni te pones; tienes el Brachwantz ruso, el de Astrakan, el de armiño, etc. Tienes muchos sacos y estolas de *mink*».

Suzy ya no quería escuchar esa voz tan negativa, la cual le era muy familiar, puesto que venía de su conciencia. También estaba la otra voz, la que prefería en esos casos:

«¡Está precioso, Suzy! ¡Cómprate tu saco, te lo mereces! Además, se te ve sublime, te rejuvenece como no tienes una idea. Pareces como de veinticinco años. No te preocupes por el dinero del abogado, al fin que le puedes pagar más tarde. Raúl F. Cárdenas te estima mucho y entenderá que en estos momentos la estás pasando negras por culpa del imbécil de Paul. Ahorita, lo que necesitas, es consentirte, darte gusto, y darles una buena lección a ese par de envidiosas que están allí en la *boutique*, muy al pendiente de saber si comprarás o no el abrigo. Han de creer que después del escándalo terminarías en la más terrible miseria. ¿Te diste cuenta la forma en la que te humillaron frente a Lupita? ¿Que se están creyendo? ¿Acaso no las invitabas a todas tus fiestas y comidas? Y ahora, resulta que te desconocen. No, no lo permitas. Piensa que este tipo de abrigos no se dan tan fácilmente. Le vas a sacar mucho provecho, lo puedes hacer *sport* o, al contrario, muy formal. Imagínatelo con un suéter negro de cuello de tortuga, o una blusa camisera de seda *beige*, o simplemente sobre un vestido de coctel. Te sugiero que le pidas a Lupita si no tiene un suéter negro o café para que te lo pongas para el careo. ¿Te imaginas la cara que va a poner Paul cuando te vea llegar con un abrigo que no conoce? Ése es el que te pondrás si llegas a ver otra vez a Robert».

—Lupita, ¿de casualidad no tendrás un suéter negro o café de cuello de tortuga, para llevármelo ahorita puesto?

—Claro, Suzy, nos acaban de llegar de Londres unos suéteres preciosos de cachemira. ¿Cuál quieres, el negro o el café oscuro?

—Tráeme los dos por favor. Ah, y una falda *beige*, como de lana, que vaya con el abrigo.

—¿Te apunto esto último?

—No. Todos, los pago ahorita.

Cuando efectivamente liquidó su compra en la caja, las dos señoras que aún se encontraban en la *boutique* no dieron crédito al despilfarro excesivo de Suzy. ¿Se habrá reconciliado con Paul? O, al contrario, ¿terminarán divorciándose? ¿Es Robert Gilly el que ahora le cumple todos sus caprichos? ¿Se convertirá en Suzy Gilly? Todo esto se lo preguntaban, entre murmullos, tanto la señora Azcárraga como la de Garza.

Cuando Suzy salió de la *boutique* con su abrigo de leopardo bengalés y su suéter cachemiro de cuello de tortuga, café oscuro, era otra. «Estrenar siempre trae muy buena suerte», pensó con otro ánimo y una actitud distinta a la que tenía después del pleito con Robert. Estaba lista para dar la pelea hasta sus últimas consecuencias, es decir, conseguir tres cosas: el divorcio, recuperar a sus dos hijos y regresar con Robert. En este caso tenía que triunfar el amor, porque de lo contrario todo el escándalo, y las consecuencias que le había traído consigo, terminarían siendo estériles. El único pendiente que quedaba era ir al Beauty Parlor del hotel Reforma para que la dueña, Gloria Duval, la dejara bellísima, le pusiera su tinte de pelo y le hiciera *manicure*. Después, se dirigiría a Lecumberri a enfrentar el careo.

Al final del día, en la cartera de Suzy, nada más quedaban dos billetes de quinientos pesos.

49

Cuando llegó Suzy al Ministerio Público, ya la esperaba Paul, «el esposo acusador», y sus dos amigos como testigos: Louis Duffilhat Combescure y el doctor Luis Jiménez Abad. Bastó un cruce de miradas para que Paul se sorprendiera de verla tan entera y guapa. Optó por saludarla de una forma seca y cortante. Ella le respondió en un tono agresivo: «Ah, trajiste a tus amiguitos para que te defendieran de tus sinvergüenzadas, ¿verdad?». Tanto el juez, como su abogado defensor le suplicaron a la señora Antebi que, por favor, cambiara de actitud, ya que las amistades de Paul debían testificar.

—Yo lo único que puedo decir es que, en los últimos meses, cuando Paul estaba de viaje, su mujer aprovechó su ausencia para ir «al cine» con Robert Gilly —comentó Duffilhat.

—En efecto, yo me los encontré varias veces en el cine París, en el restaurante Ambassadeurs, y bailando de cachetito en el Jacarandas, que está en la Zona Rosa. Le puedo decir, señor juez, que toda la colonia francesa estaba escandalizada.

Al escuchar lo anterior, Suzy exclamó en voz alta:

—¡Mentira!

El licenciado Raúl F. Cárdenas, de forma profesional, le pidió al juzgado que le permitiera al señor Antebi interrogar a su clienta.

—Admite que yo no tenía ni idea de que estábamos casados por bien mancomunados —la increpó Paul—. Fueron tus tíos los que me engañaron y me confundieron con los documentos que tenía que firmar. Tú fuiste la que hace pocos días me confesaste que estábamos casados con el régimen de comunidad conyugal.

—¿A poco eres tan estúpido? Tú ya lo sabías, por eso montaste todo este numerito del supuesto adulterio. Allí radica la trampa de todo este lío. Estás dispuesto a exponer públicamente a la madre de tus hijos con tal de no compartir tu dinero. Así eres de tramposo y de cínico. Manejas a la perfección la doble moral, por un lado, muy filantrópico con todo lo que se refiere a la colonia sefaradí; y por otro, eres muy poco hombre, cuando en el fondo sabes que tú me dabas permiso de salir con Robert a donde yo quisiera. ¿Acaso no le ofreciste perdonarle la deuda que Robert Gilly tenía contigo para que me expusiera públicamente y con ese pretexto no darme un sólo centavo, pedirme el divorcio y quedarte con los niños?

Cuando el juez, los testigos y los abogados escucharon lo anterior, se quedaron desconcertados. Ninguno de ellos conocía esa versión de la historia.

—En otras palabras, señor juez, me usaron los dos. ¿Cómo quiere que me sienta? He allí el machismo expresado hasta sus últimas consecuencias: la mujer es la que acaba en la cárcel por supuesto delito de adulterio, y por añadidura, es usada, por el acusador, como moneda de cambio. Señores, ¿no les parece vergonzoso la maquinación de Paul Antebi? Lo que me queda claro es que éste es un país, además de corrupto, totalmente machista. Las mujeres siempre somos las que acabamos pagando los platos rotos, porque siempre tenemos la de perder.

Después de la declaración de Suzy, Paul estaba pálido. Sus testigos se sentían decepcionados de haberse arriesgado por su amigo, cuando en realidad el responsable del escándalo había sido él, motivado por una deuda del supuesto adúltero. El abogado defensor del señor Antebi, el licenciado Barreda, intervino:

—¿Cómo sabemos que es verdad lo que acaba de atestiguar la señora en relación con dinero que dice que le debe el señor Robert Gilly?

—Apenas ayer me lo confesó Robert Gilly. Siempre intuí que Paul había fabricado este escándalo para divorciarse de mí, pero jamás imaginé que el acuerdo era a cambio de un adeudo que tenía Robert con Paul por treinta mil pesos.

—Tendrá que venir atestiguar el señor Robert Gilly, dijo el licenciado Fernando Barrera.

—¿Cómo que Robert tendrá que atestiguar? Lo que les digo es la pura verdad. ¿Por qué quiere, licenciado, que atestigüe, para que mi caso haga más ruido en todos los periódicos y me sienta todavía más humillada? Ya bastante desprestigiada estoy, para que después digan, además de adúltera, que soy una idiota. «Pobre de la pequeña isrealita, *la petite juive*. Creyó ingenuamente que Robert Gilly estaba enamorado de ella. Que la encierren en la cárcel por lo que ha hecho sufrir a una familia católica y porque los judíos crucificaron a Cristo».

—A ti te dirán así, porque a mí, siendo judío, en este país me tienen en muy alta estima. Nunca me han insultado por mi origen.

—Pero ahora por el escándalo, no te bajarán de cornudo.

—Y a ti de *zoná*.

Después de escuchar a Paul pronunciar semejante grosería en hebreo, a Suzie se le hizo un nudo en la garganta. No es que se hubiera sentido en desventaja frente a Antebi, al contrario, en esos momentos, sintió que lo despreciaba desde lo más profundo de su ser. Lo que más lamentaba era que ese hombre que estaba frente a ella, con un abultado estómago, calvo y con expresión de amargura, fuera el padre de sus hijos. «¿Para qué me casé con él?», se preguntó desconsolada. De pronto se le vino a la memoria Herschel, su primer novio, su primera historia de amor y el primer amante a quien le regaló su virginidad. Estaba enamorada de Robert, pero él, como Paul, también la había traicionado. En cambio, Herschel quizá había muerto en el gueto de Varsovia, con el recuerdo, aún muy vivo, de su último encuentro en la terraza del hotel Bristol. Era una tarde maravillosa del mes de agosto de 1939. Muy cerca de donde se encontraban podían ver la cantidad de carriolas, con bebés cachetones, empujados por sus padres, quienes paseaban, alrededor de la fuente, muy quitados de la pena. Aunque Hitler acaparaba ya entonces las noticias de una inminente guerra en Europa, ninguno de los paseantes se imaginaba el terror que se aproximaba especialmente en Polonia. De pronto Suzy escuchó a lo lejos la voz de Paul.

—Te repito, el ofendido soy yo —dijo Paul.

No fue sino hasta ese momento en que se dio cuenta que se encontraba en pleno careo. Suzy respiró profundo, parpadeó, se puso más derechita y con una voz clara y fuerte interino.

—Por favor, no me hagas reír. Además de ser un hombre *cornudo*, ahora resulta que el *ofendido* eres tú. *Quel cynisme, alors*! Mira, Paul, creo conocerte bastante bien y sé que tu corazón es duro como una nuez. Nunca has tenido la menor empatía por nadie, excepto cuando te conviene.

—Si ese es el concepto que tienes de mí después de todo lo que te he dado, no queda otro camino que el divorcio.

—Yo también quiero divorciarme, pero ¿en qué condiciones? Tengo muchas, muchas razones para hacerlo. Siempre me trataste con mucha frialdad, siempre estabas de mal humor, todo te molestaba. Constantemente te ibas con las putas. Con las *putanas*, como se dice en ladino. En esos momentos, me dabas asco…

—Eso es exactamente lo que siento por ti, por adúltera, por no llamarte de otra manera…

—A ver, dímelo… No te atreves, ¿verdad?

—¿Por qué mejor no aceptas que me eras infiel? Lo sé desde el día en que le perdonaste la deuda a Robert en el juego de naipes. ¡Siete mil pesos!

—Te dio coraje que yo rompiera ese cheque porque eres muy avaro. ¿A ti qué te importa qué hago con el dinero que gané en los naipes?

—Gastas como loca y encima echaste a la basura siete mil pesos. ¿Te parece poco? Pero eso sí, yo pago tus deudas, tu ropa y todas las porquerías que te compras. Por eso, cuando llegamos a la casa, te pregunté con qué derecho intervenía Robert en nuestras discusiones.

—Con el mismo derecho que le diste tú de cortejar a tu mujer. Con ese derecho…

—Te pedí que no lo volvieras a ver. «Yo hago lo que se me pega la gana», dijiste con toda altanería. Y al otro día te pregunté si querías divorciarte de mí. Me miraste muy extrañada y fue en ese momento en que me dijiste con mucha rabia: «¿Sabías, *chéri*, que estamos casados bajo el régimen de asociación de bienes?». Me quedé helado. Esa fue la primera noticia que tuve acerca de la forma en como estábamos casados.

—Mentira, por favor no te hagas la víctima, porque ciertamente no lo eres. Tú ya sabías.

—*Sur la tête de ma mère*. Te juro que no tenía ni idea.

—¿De verdad prefieres pasar por bruto antes de reconocer la verdad? Tú eres director de una empresa importante, manejas contratos de miles de pesos. ¿Y no sabías los términos de tu propio matrimonio?

—Te juro que no tenía ni idea…

—¿Quién te va a creer, Paul?

—Eso no cambia el hecho de que cuando regresé de Europa ignoraba lo qué había pasado contigo aprovechando mi ausencia. Pero nunca autoricé a Robert que paseara contigo, para exhibirte. Y menos hubo ese acuerdo del que hablas del dinero que me debía. Esa es una mentira atroz.

—Él mismo me lo dijo ayer por la tarde. Me dijo que te debía treinta mil pesos.

—¡Mentira! Me estás difamando.

—El caso es que ya no te debe nada, porque ya se hizo el escándalo, ése era el objetivo, ¿no?

—Insisto, no es verdad.

—¿Tampoco nuestro contrato de matrimonio especifica que incluso en caso de divorcio me debes de indemnizar?

—Ese documento debí firmarlo bajo la presión de tus tíos. Tú dices que yo nada más pienso en dinero. Mira quién habla: la mujer más interesada y gastadora de México. Recuerda que cuando te conocí eras pobrísima, no tenías dote ni ajuar, no tenías nada.

—¡Qué miserable eres al reprocharme que mi familia era muy pobre! ¿Cómo querías que no lo fueran, si eran sobrevivientes de la guerra? Tú no sabes lo que es eso porque llegaste a México seis años antes. Entonces tus parientes estaban en un territorio que era una colonia de la Gran Bretaña. En cambio, mis abuelos y mis tíos, mi mejor amiga y su familia, fueron transportados en trenes, como ganado, para ir a un campo de concentración primero y después de exterminio. ¿Qué sabes tú de los bombardeos de los nazis? ¿Qué sabes de la humillación que se sentía llevar una estrella amarilla cocida en la ropa? ¿Qué sabes lo que es padecer hambre, frío y enfermedades? La gente se moría de tifo. Desde el 1941 comenzaron a prohibir la entrada a las bibliotecas, a los museos, a los parques y hasta a usar los tranvías. Te burlabas de mis pesadillas, no entendías mis angustias. «Vete de compras», me decías. Ahora, ¿entiendes por qué me alejé de ti? Además de cabrón, eres muy poco hombre.

Para esos momentos, Suzy se encontraba fuera de sí. Sus lágrimas rodaban hasta el cuello de su abrigo nuevo, por el que había pagado diez mil pesos. El licenciado Raúl F. Cárdenas, nervioso como estaba, hacía todo lo posible por tranquilizar a su clienta. Paul la miraba con mucho coraje, no le perdonaba que lo exhibiera públicamente como un hombre insensible, especialmente tratándose de un tema tan delicado como el holocausto.

Al finalizar el careo, tanto abogados como sus respectivos clientes se sentían exhaustos. A la salida del juzgado noveno se encontraba un grupo de periodistas de distintos periódicos que no dejaban de preguntar, especialmente a «la mujer mejor vestida de México», los resultados del proceso. Suzy, quien para esos momentos se veía abatida y fatigada en extremo, murmuraba a su paso. «Soy inocente, soy inocente». Lo que no acallaba las preguntas de los reporteros. «¿Es cierto que todo se debe a un pleito de seis millones de pesos?». "Díganos, ¿quién de los dos se quedará con los hijos?». Acompañada del licenciado Cárdenas, Suzy se abrió paso entre la multitud.

50

—Ay, Raúl, qué lindo eres de llevarme a casa Doreen. A estas horas, y por estos rumbos, nunca hubiera encontrado un taxi. Creo que me exalté mucho en el careo, ¿verdad? Es que estoy cansada, ya quiero que todo esto se acabe. No he visto a mis hijos en tres días. No sabes el pleito que tuve con Robert. Por supuesto, Paul nunca va a aceptar ese arreglo tan vil que hizo con él. Tampoco justifico a Robert, pero al menos me lo confesó. Estoy tan confundida como no te puedes imaginar. ¿Como en cuánto tiempo crees que Paul y yo nos podamos divorciar? Tenemos que arreglar tantas cosas. La custodia de mis hijos, la pensión, las posibilidades de quedarme en mi casa, o de que me pague la renta de un departamento. Eso sí, tendría que estar en Polanco o en Las Lomas. Sé que te debo dinero, Raúl. Te pido un poquito más de paciencia, por favor, estoy viendo con los Fenton para vender algunas de mis joyas. Espero que este divorcio no afecte mucho a los niños. Mi hijo, Paul, es muy sensible, y Marianne está muy chiquita. Ignoro en qué grado les pueda afectar todo esto. Ambos son muy amiguitos de los hijos de Robert, sobre todo de Christian, el más chiquito de los cuatro. Marianne dice que es su novio, ya ves cómo son los niños.

»Te decía que ojalá Paul no ponga muchos obstáculos con la pensión. Aunque no es muy religioso, sí fue educado con tradiciones muy ortodoxas. La familia Antebi representa una dinastía siria muy importante. Su padre, quien muriera muy joven, era de Aleppo. Muchos de sus parientes fueron eruditos famosos de la Torá. Su abuelo era profesor de hebreo, en Siria. Henriette, mi suegra, también era maestra, pero de francés, en la Aliance en Túnez. En fin, Paul viene de una familia cuyos rabinos datan desde 1873. ¿Sabías que en la Biblia como en el Talmud, el adulterio está muy penado? Bueno, también en la religión católica, ¿verdad? Ay, Raúl, con todo el escándalo que ha salido en la prensa, me voy a morir, como dicen algunos de los encabezados de los reportajes, como «la francesa adúltera».

El licenciado Raúl F. Cárdenas la escuchaba hablar y hablar. Se hubiera dicho que su clienta se quería perder y olvidarse de sí misma entre tanto parloteo. En ocasiones intentó interrumpirla para darle su punto de vista, pero no pudo. Dada su experiencia como abogado en casos difíciles de adulterio y divorcios, intuía que lo que necesitaba Suzy era hablar, comunicarse, expresarse y, por encima de todo, justificarse. Aunque su clienta se negaba a asumirse como adúltera, ella sabía que lo era y que ahora estaba pagando las consecuencias. Su caso era el de una mujer profundamente narcisista. Como buen lector de la obra de Sigmund Freud, sabía que el narcisismo no era más que: «el complemento libidinoso del egoísmo inherente a la pulsión de autoconservación». ¿Cómo explicarle a Suzy que, en unas semanas, ya nadie hablaría del escándalo, que surgiría otro, y otro, tal vez más morboso? Con el correr de los años, ¿quién se acordaría de este «triángulo amoroso» de personas tan ricas y sofisticadas del que tanto hablaba la prensa? Allí radicaba el narcisismo de Suzy: se sentía única y víctima de una sociedad chismosa, conservadora e hipócrita. Hay que decir que, también en la colonia sefaradí, Suzy pasaba por ser una mujer frívola y de «cascos muy ligeros». Respecto al escándalo, existían muchas habladurías especialmente entre las señoras sefaradíes. «¿Cómo se atreve esa señora tan coqueta hacerle esto al pobre de Paul Antebi? Él, que es un hombre tan trabajador y honorable que siempre apoya nuestros programas de beneficencia y que nunca olvida a sus hermanos sobrevivientes de la guerra. Él es un ícono de nuestra comunidad». Las más ortodoxas, ésas que nada más hablaban entre sí en ladino, no la bajaban de «mujer de la kaye». «Después de que Antebi le hizo el favor de casarse con ella, ¿así le paga esta "devoradora de hombres", como se dice en México a ese tipo de mujeres?».

Cuando finalmente llegaron a las puertas de la residencia de la Embajada China, lo primero que llamó la atención de Suzy fue ver el coche Ford azul marino, del año 1948, de Robert Gilly. Se puso nerviosa. Al despedirse de su abogado, prefirió no comentarle nada a Cárdenas, por temor a que pudiera acompañarla al interior de la casa de Doreen Feng.

—Procura descansar, Suzy. Mañana te busco para darte la fecha de nuestra próxima cita —alcanzó a decirle el abogado al verla prácticamente correr hacia el portón.

Mientras el licenciado Cárdenas aguardaba a que Suzy entrara a la residencia, prendió la radio en Radio Universidad y, mientras escuchaba un concierto de Mozart, pensó: «Es una brutalidad que traiga puesto ese abrigo de leopardo. Se han de haber necesitado varios ejemplares para hacer un abrigo así. ¿Qué no sabe que están en extinción? Es el colmo, esta gente vive en la luna».

—Ya la están esperando, señora Suzy —le dijo Charly con su filipina y guantes impecables, al abrirle la puerta de la residencia, inclinando un poco la cabeza con cortesía milenaria.

Efectivamente, la esperaban Robert y Doreen en el pequeño *hall* donde se encontraban dos pinturas chinas en pergamino, originales del siglo XIII. Doreen lucía una túnica verde pistache de seda, bordada de flores. Su chongo, bien peinado y alisado, contrastaba con el pelo en desorden de Robert, visiblemente cansado y con la corbata desanudada.

—Suzy, *darling*, te ves agotada —dijo Doreen al verla—. ¿Te quieres ir a descansar a la recámara? No te preocupes por nosotros, Robert y yo, no pensé que... Si quieres te mando algo a la habitación.

—Gracias, Doreen. Prefiero hablar a solas antes con Robert. ¿No te importa? Con que me mandes nada más un té, estaría perfecto.

—Claro, Suzy, ahorita te lo pido. Buenas noches, Robert. Hasta mañana, Suzy. Por cierto, gracias por el suéter, está precioso. No debiste de haberte molestado.

—No fue ninguna molestia. Molestias las que te doy yo.

En seguida, Suzy ocupó el sofá, se abrió ligeramente el abrigo, sacó de la bolsa su cigarrera y tomó un cigarro. De inmediato, Robert se acercó con el encendedor Dupont que ella le había regalado.

Charly entró a la habitación con una enorme charola de plata en las manos, sobre la cual se encontraba el juego de té y dos tacitas de porcelana. La colocó sobre la mesa baja y desapareció como si se hubiera tratado de un fantasma.

—He estado muy preocupado —reconoció Robert—. Primero, por no haber sido honesto contigo; y segundo, por nuestra relación.

—¿Nuestra relación? Ésa ya se terminó, Robert. Ahora te veo con otros ojos. El hombre del que me enamoré ya nada tiene que ver contigo. Me decepcionaste. Ya no te tengo confianza.

—No digas eso, Suzy. Estoy enamorado de ti y me quiero casar contigo.

—Te suplico que no me hables de matrimonio. Como Paul, también tú enseñaste el cobre. Lo peor de todo es que a los dos nos engañó. Nos usó.

—Estoy de acuerdo. Paul es un cabrón, pero no puedo negar que fue gracias a él que me enamoré de ti. Esto no estaba en sus planes. Tú siempre has querido divorciarte.

—Pero no en sus términos. Con este escándalo ya no puedo poner mis condiciones y no me sorprendería que se quiera quedar con mis hijos. Para él, soy una adúltera.

—La sentencia todavía no sale.

—Para él no es difícil, basta con que compre a los jueces. Con influencias y dinero puede comprar hasta al presidente. Por eso me metieron a la cárcel y a ti, no. Tú quedaste libre, no contestaste mi carta, no me acompañaste en esos momentos y menos me apoyaste.

—Estaba confundido. No sabía cómo actuar. También yo la he pasado muy mal. Helene y mis cuatro hijos se regresaron a Francia. Dice que no me quiere dar el divorcio, porque lo nuestro no es amor, sino *que du cinéma*..., es decir, algo que no existe, algo que inventó Paul para vengarse de ti.

—Helene es muy inteligente. A lo mejor tiene razón, y tú y yo no estamos enamorados.

—Yo sí estoy enamorado de ti. Hace tiempo que dejé de amar a Helene y por eso me quiero casar contigo.

—Cómo me voy a casar con un hombre que se deja manejar por los amigos. Un hombre que no sabe lo que quiere en la vida. Y un hombre sin carácter. No me importa que no seas muy inteligente, lo que lamento es que seas tan débil.

—Comprendo que sigas dolida. Yo también tengo dudas. Dudas de hacerle daño a mis hijos con el divorcio, dudas respecto a tu amor y dudas de la vida que nos espera juntos. No sé si podré responder a tu tren de vida. Lo único de lo que estoy seguro es de mi amor por ti. *Merde, alors*! Casémonos y mandemos a todo el mundo a volar.

Para ese momento, Suzy se sentía fatigada. En el fondo de su corazón intuía que su marido no cedería tan fácilmente y que le pondría muchos obstáculos para divorciarse. Por añadidura, empezó a sentirse culpable por haberse comprado el abrigo con el dinero que supuestamente era para pagarle al licenciado Cárdenas. Ahora, ¿de dónde sacaría esos doce mil pesos que se había gastado tan irresponsablemente? Se sentía vulnerable, pero, sobre todo, sola. El supuesto amor de Robert no bastaba para llenar el terrible vacío contra el cual había luchado a lo largo de muchos años. Le entristecía corroborar que Robert estaba igual de solo que ella, y que él era, tal vez, la única arma que tenía para salir adelante después del escándalo. Ahora, más que nunca, se necesitaban los dos, pero ¿qué tanto se amaban de verdad?

—¿Por qué no dejamos la plática para mañana, Robert? Yo te llamo para decirte dónde nos vemos.

—Nada más te pido una cosa: que me creas cuando te digo que me quiero casar contigo. Tenga que hacer lo que tenga que hacer, lograré divorciarme de Helene. De lo contrario, nuestra vida de casados se convertiría en un infierno y eso dañaría aún más a los niños. Vete a descansar, Suzy. Puedes estar tranquila. Aquí estoy. No estás sola. *Et je t'aime avec tout mon coeur.*

Suzy lo acompañó a la puerta y le dio un beso en cada mejilla.

—*À demain* —le dijo un poco distante.

Robert se fue muy desconcertado de la casa de la china. No sabía qué pensar de la resistencia de Suzy. Lo que le inquietaba era que, pese a sus promesas, el divorcio con Helene demoraría más de lo previsto. Para conseguirlo, había que viajar a París, donde se había casado, y arreglar sus papeles de matrimonio tanto por lo civil como por la iglesia. Además, su familia no veía con buenos ojos su relación sentimental con Suzy. El eco del escándalo en la prensa mexicana había perturbado mucho a los Reynaud. «Robert es como el escritor francés Pierre Loti, se enamora y se desenamora con una velocidad tremenda. Ya veremos cuánto dura su aventura con la judía. Lástima por la *petite* Helene, porque la quiero mucho», comentaba su abuelo en las comidas familiares.

Al llegar a su departamento de Río Nilo, se dirigió hacia su *secrétaire* y empezó a escribirle una carta a Suzy:

Mon amour:

Créeme que comprendo tus sentimientos y tu confusión. Entiendo que me guardes rencor y que te preguntes cómo pude haber actuado con tanta deslealtad hacia ti. Todo eso lo comprendo, pero lo que debes entender es que este terrible escándalo también nos ha dejado muchas revelaciones; la primera y la más importante, descubrir nuestro amor; la segunda, la certeza de que Paul nos traicionó a los dos; y la tercera, que ambos queremos casarnos. Dices que te sentiste muy sola en Lecumberri y me reprochas no haberte contestado tu carta. Tienes razón. Fue una reacción sumamente cobarde y egoísta de mi parte. También por eso, te pido disculpas. Te repito: estaba demasiado perturbado. Los testimonios de los testigos y las crónicas de la prensa me sacaron de mis casillas. Sentía que todo este ambiente me acorralaba. Empecé a ver que muchos amigos empezaban evitarme. «Alors, tu as couché avec elle!», *me preguntaban, entre risitas, con todo el morbo del mundo.*

Al fin de cuentas, tú y yo somos cómplices de una historia de amor que va más allá de los rumores y chismes. No debemos dejarnos llevar por lo que dicen los demás. Tú y yo estamos por encima de todos ellos, por algo nos llevamos tan bien en la cama. Te sugiero que privilegies las cosas buenas y te olvides de las malas. Piensa en nuestros hijos: lo bien que se llevan, especialmente, los más pequeños, Marianne y Christian, que juegan a ser novios.

¿Qué más te puedo decir que no te lo haya repetido en la intimidad?

Je t'adore,
Robert

51

Lo que nunca se imaginó Suzy fue que al entrar al *guest room* donde ya había dormido las noches anteriores, encontró sobre la cama un vibrador. Se trataba de un pequeño succionador de clítoris que había comprado en Sears Roebuck de San Francisco, único almacén que empezó a venderlos a partir de los cincuenta. Doreen sabía que su amiga, desde muy joven, se había vuelto adicta a la masturbación. Suzy le había platicado que cada vez que se sentía triste y desmoralizada recurría a esta solución. Si Suzy le había hecho esta confidencia era porque sabía que Doreen practicaba el Tao Tai Chi, es decir, las prácticas que formaban parte de la educación sexual en la antigüedad.

Al descubrirlo, Suzy sonrió y una vez más se dijo que Doreen era, sin duda, una amiga compasiva y generosa, una amiga que de verdad pensaba en todo, incluso en su yin. Alguna vez, su amiga china le había explicado: «¿Sabes, Suzy, que la fragancia de rosas que usas es portadora de una gran energía para el yin, muy necesaria, sobre todo, cuando sufres de exceso del yang?». Eso era exactamente lo que necesitaba Suzy: un equilibrio entre su yin y su yang.

Entre la tristeza y la confusión que la invadían en esos momentos, Suzy se desmaquilló lentamente. En la gran luna del *boudoir*, estilo oriental, se reflejaba a una mujer, en bata china, no de treinta y tres años, sino a una señora de más edad. Los ojos empequeñecidos, ojeras y el rictus en las comisuras de la boca que se le había formado en los últimos días. Poco a poco fue retirando de su cutis reseco, con la ayuda de una mota de algodón empapada con la loción refrescante *skin freshener* de la marca Barbara Gould que le había dejado Doreen, el exceso de polvo blanco, el rímel, el *makeup* y el rubor de las mejillas de sus pómulos. Esa mujer pálida y demacrada que aparecía en el espejo era la verdadera Suzy. Eternamente insatisfecha y enamorada del amor. «¿Quién soy?», se preguntó frente al espejo. Allí estaba Susana Arvramow Asher, «La casta Susana», como la habían bautizado en la caricatura por *Don Yo*, publicada en *Excélsior* el 03 de agosto de 1951, donde aparecía una mujer en medio de dos hombres bailando cancán con anteojos negros. El texto de la caricatura decía: «Así, pues, es una lástima que se acabe la temporada. Vimos *La viuda alegre*, *El Conde de Luxemburgo*, *El soldado de chocolate*, *Luisa Fernanda*, *La princesa del dólar*, etcétera. Operetas que estuvieron en boga hace muchos años; pero la más festejada, la más aplaudida fue *La casta Susana*: por casta, por Susana y porque no ha pasado de moda. Aquello de "¡Susana ven… la ra, la ra, la ra!" ¡Qué cosa tan bonita y tan francesa…!».

Por último, Suzy se cepilló varias veces el pelo hasta remover por completo la laca que le habían puesto en la sala de belleza del hotel Reforma. Sin ella, sus ondas le parecieron demasiado lacias y sin chiste. Desmaquillada como estaba, y con una bata que le quedaba grande y demasiado larga, Suzy había perdido todo su *glamour*. Cuando finalmente se miró en el espejo de cuerpo entero, se advirtió muy bajita y con los hombros caídos. No se gustó: le faltaban su maquillaje, sus pestañas enrizadas, sus hombreras, sus tacones altos, sus accesorios y su abrigo de leopardo bengalés. «Cada día me parezco más a mi mamá», pensó con horror.

Nada le irritaba más, cuando era adolescente, que le dijeran que se parecía a su madre. No es que Mathilde Asher Naftali, de joven, no hubiera sido bonita, pero la encontraba sin clase y demasiado insignificante. «Se ponga lo que se ponga, *elle fait toujours pauvre*!», se decía con vergüenza al ver a esa mujer un poco encorvada y ya muy canosa, que nunca dejaba de verse demasiado modesta. Incluso cuando iba al Colegio Americano para ver cómo iba su hija en los estudios, temiendo que pudiera perder la beca, Suzy prefería ocultarse en los baños para que no la encontrara la maestra y pidiera que fuera a saludar a su madre. Aunque sus compañeras sabían que era costurera y que les cosía a las familias ricas de Bulgaria, prefería ocultar sus orígenes judíos. Cuando estaba en *high school*, de todo el salón, Myriam y Suzy eran las únicas judías. De allí que empezaran una relación de mucha amistad, pero, sobre todo, de complicidad respecto a su gusto por masturbarse.

Curiosamente, después del reencuentro con Robert, esa noche sintió como nunca sonar el *botoncito*, como llamaba al clítoris. «¡Qué bueno, hacía tiempo que no lo sentía!», pensó. Tenía que atender de inmediato a su llamado, de lo contrario sentía que su cielo y su tierra estaban totalmente desconectados. Tenía que consolarse y acompañarse y darse gusto. Tenía que ordenar sus ideas, concentrarse y relajarse lo más que pudiera, tal como lo lograba después de masturbarse. Era un escape al que acudía siempre, incluso cuando se sentía amenazada por aquellos pasos que escuchaba, de las botas de los soldados nazi, subiendo con prisa las escaleras del edificio donde vivía durante las madrugadas.

Como cuando era adolescente, se recostó en la cama sobre el edredón, se subió el camisón largo que le había prestado Doreen, con mucha tira bordada en el cuello y en los puños, se quitó sus calzones y puso en marcha el vibrador que le había dejado su amiga. Las más de ocho mil terminaciones nerviosas del glande de su clítoris respondieron de inmediato; de allí que no tardara mucho tiempo para obtener un orgasmo. No obstante, dejó pasar varios minutos, antes de sentirse lubricada y lo más excitada posible para sentir lo que siempre presentía, como si una ola la meciera levemente hasta acercarla de nuevo a la orilla de una playa. Bastaba con que respirara profundamente y acariciara con insistencia sus labios inferiores y su clítoris con el aparato, para que de inmediato sintiera otra ola que la llevaría a otra y a otra, así hasta alcanzar su clímax. En esos instantes, pensó en Herschel, su primer novio, a quien le regalara de todo corazón su virginidad y con quien había aprendido, sin necesidad de masturbarse, lo que era un orgasmo. «Te amo, Herschel. ¿Dónde estás? Dime que estás todavía vivo. Dime que también tú me extrañas. ¿Dime que no has dejado de amarme?», decía en medio de suspiros y algunos gemidos. Puesto que Suzy era multiorgásmica, recomenzó con el vibrador, paso a paso, lo mismo que hacía unos minutos antes. Con lágrimas en los ojos, con el cuerpo erotizado y ya muy encarrilado para sentir el otro clímax, volvió a llamar a Herschel.

Tres orgasmos tuvo esa noche. El último le provocó una profunda tristeza y muchos recuerdos de cuando vivía con su madre y Matilde, su hermana. Lloró, sintió mucha rabia y gritó para sí misma: «¡No, Paul!».

Era un «no» rotundo, un «no» que llevaba en el corazón hacía casi diez años. Era un «no» de rechazo y resentimiento.

Una vez que satisfizo su yin, se sintió relajada y con mucha más energía. Al haberse expresado tan intensamente con todo su cuerpo, fue como si todas las cicatrices que llevaba desde niña hubieran sanado, al menos temporalmente. ¡Cuánto alivio sintió Suzy! Chapeada, sonriente y con una nueva luz en los ojos, se puso sus calzones, se acomodó el camisón, se cubrió con el edredón, juntó sus dos manos y las colocó sobre su mejilla izquierda, como si se trataran de una pequeña almohada, cerró los ojos y dejó volar sus pensamientos. En esos momentos, Suzy era otra.

«Sabes Robert», pensó, «el problema es que ya no te creo. Hay algo en tu comportamiento que no embona con todo este embrollo. Cuando más te necesitaba, desapareciste; nunca contestaste mi carta, que te entregó Doreen. De repente, reapareces y me propones matrimonio. Una cosa es estar enamorado de una mujer casada; otra, es estarlo de una divorciada con hijos y sin dinero. De tu vida no sé muchas cosas, no sé si te llevabas bien con tus padres, no sé qué estudiaste, no sé qué puesto ocupas en la empresa familiar A. Reynaud y Cia, Sucs, S. A., cuánto ganas y cuáles son tus expectativas en la vida. Casi nunca me hablas de tu infancia y menos de tus hijos. Cada vez que te pregunto, ¿por qué dejaste de amar a Helene?, eludes la pregunta, no sabes qué contestarme. Créeme que me desesperan tus silencios y, en muchas ocasiones, tu falta de empatía. Tal vez lo que te pierde es tu físico: eres demasiado bien parecido, por eso siempre te sales con la tuya. "*Le beau* Robert", te llaman tus amigos. Pero, créeme: el físico no es todo en la vida».

Pensando en esto, Suzy se quedó dormida. Para su sorpresa, descansó con absoluta tranquilidad y paz.

52

A la mañana siguiente, Doreen llamó a la puerta de la habitación de invitados.

—Te llama por teléfono el licenciado Cárdenas.

Al escuchar lo anterior, Suzy salió de la cama de un brinco, se puso la bata y unas pantuflas chinas que le había dejado su amiga debajo de la cama.

—Sí, Raúl, nos vemos a las doce en tu oficina. Muchas gracias.

Colgó la bocina. Buscó a Doreen y le preguntó si Charly la podía llevar al mediodía a la oficina de su abogado, la cual se encontraba en las calles de Liverpool, en la colonia Juárez.

—Oh, *my God*, sí que te hizo efecto el aparato. Te ves rejuvenecida. Eres otra, mi querida Suzy.

—Me siento mucho mejor. Qué linda, Doreen. Muchas gracias. Voy corriendo a bañarme

Lo que el licenciado Cardenas tenía que comunicarle a Suzy era el acuerdo propuesto por Paul Antebi. Al llegar su clienta, muy puntualmente, ambos entraron al privado del despacho que compartía con el abogado Felipe Gómez Mont.

—Suzy, mi socio y yo llegamos a las siguientes conclusiones. Créeme que se hizo todo lo posible para que tú salieras lo menos dañada. No hay duda de que la indiferencia de Paul ante tu relación con Robert es más que evidente. Él mejor que nadie sabía de tus relaciones extramaritales. De allí que haya aprovechado esta relación para iniciar un procedimiento penal en tu contra y en contra de Gilly con el objeto de privarte de tus hijos. Tú sabes que el adulterio es un delito. La ley establece que si existe la petición del cónyuge ofendido, por ser de querella necesaria, estaría dispuesto a admitir el perdón y requiere para su penalización, que hubiera sido consumado. Con las pruebas aportadas, según documentos procesales y recortes de prensa analizados, de ninguna manera se puede concluir que se consumó el adulterio. Sin embargo, aunque no haya pruebas objetivas, existe la posiblidad de que Paul haya presionado y ofreciera dádivas, es decir, sobornos, que conduzcan tanto al Ministerio Público como al juez penal a considerarte culpable de adulterio.

»Paralelamente a todo lo anterior, nosotros, mi colega y yo, ya iniciamos un procedimiento de divorcio voluntario. Lo que ofrece Antebi es una cantidad muy jugosa para la disolución de la sociedad conyugal. Lo que es un hecho confirmado es que hubo una entrega de un billete de depósito consignado ante el juzgado a tu favor. A la conclusión que llegamos mi colega y yo, después de analizar los elementos con que se cuenta, es que Antebi recurrió a la acusación de adulterio y a la manipulación de las resoluciones que en el mismo se dictaron a efecto de lograr un convenio de divorcio que le resultara menos gravoso económicamente y más favorable en cuanto a la custodia de los hijos, cuestión que logró mediante el desembolso de una cantidad consignada ante el juez del divorcio con un billete de depósito.

—¿A qué se refiere con «más favorable en cuanto a la custodia de mis hijos»?

—Para consumar su oferta económica y retirar la acusación, Paul pide la custodia de los niños.

Suzy sintió una terrible opresión en el pecho. Le temblaban las manos, tenía náuseas. Hacía todo lo posible por no llorar, pero sus ojos lloraban y lloraban. De pronto, se cubrió la cara con las dos manos y, sin poder expresar una sola palabra, trataba de discernir lo mejor posible: «No, no es posible que me quiten a mis hijos. No puede ser. No lo puedo permitir. Esto es una venganza de Paul. ¿Por qué me odiará tanto, Dios mío? Tengo que hablar con él a solas para llegar a otro acuerdo. Tengo que hablar con el rabino para que interceda por mí. No me pueden quitar a mis hijos. Claro, yo no soborné a nadie. No tengo dinero. ¿Qué ley dice que me pueden quitar a mis hijos? Entonces, ¿para qué contraté al supuesto mejor abogado de México? ¿Cómo defenderme, a quién acudir, con quién hablar, a quién debo corromper para que no me quiten a mis hijos? Tengo que ir a ver Miguel Alemán, el presidente de México, que todo lo arregla y todo lo soluciona. Él sí puede corromper a todos los jueces del país. Si los abogados no pueden resolver mi caso, alguien tiene que interceder por mí, por favor. ¿Cómo que me van a quitar a mis hijos? No puede ser…».

A partir de la última frase de su monólogo, Suzy sintió que la realidad se resquebrajaba a su alrededor, como si el peso de la presión a la que había estado sujeta por hubiera terminado por aplastarla, y se desmayó en la silla. Los abogados acudieron a ella. Para esos momentos, ya estaba inconsciente.

—Hay que llamar a un doctor. Pobre, está palidísima y tiene el pulso demasiado rápido —dijo muy alarmado el licenciado Gómez Mont.

—No, porque se hará más escándalo. Hay que llevarla al sofá y quitarle su abrigo. Ayúdame, Felipe, por favor. Señorita, busque un poco de alcohol y algodón. ¡Suzy, Suzy! —la llamaba el licenciado Cárdenas, mientras le sostenía una de las manos.

Poco a poco, Suzy fue recobrando la conciencia, pero aún se veía muy pálida.

—Raúl, por favor no permitas que me quiten a mis hijos. Te lo suplico. Dime que tengo otra alternativa. Dime que no es cierto que Paul me los va a quitar —le decía entre lágrimas, muchas lágrimas que no podía evitar.

—Tranquila, Suzy, respira. Lo que pasa es que ya no se puede hacer nada. Para divorciarte por mutuo acuerdo tienes que aceptar las condiciones de Paul.

—Entonces, ya no me divorcio, pero no me puede quitar a mis hijos. Ellos no están a la venta. Aunque me ofrezca todo el dinero del mundo, no se puede quedar con ellos. Aconséjame por favor, Raúl, dime ¿qué hago?

—Aunque no te ofreciera ni un centavo, Paul tiene derecho a la patria potestad de los niños, porque los jueces así lo determinaron. Trata de entender, Suzy, su oferta es buena. Tampoco te puedes quedar en la calle. A tus hijos los podrás ver algunos días de la semana, incluyendo un fin de semana y otro no.

—¿Quedaría eso establecido en la sentencia del divorcio?

—Así es. Es lo que Felipe y yo estamos trabajando en estos momentos. Confía en nosotros, Suzy.

53

Faltando cinco minutos para las seis de la tarde, los abogados Raúl F. Cárdenas y Felipe Gómez Mont se anunciaron en la recepción del despacho 803 del imponente edificio localizado en el número 1 del paseo de la Reforma. En la entrada de la oficina se apreciaba una placa de bien pulido bronce con la leyenda «COUDERT Abogados», e inmediatamente abajo «COUDERT, *Pére et fils, Cabinet d'Avocats*». Una joven de agradables facciones, ataviada con un impecable traje sastre azul marino, de corte discreto, les informó que los atenderían en unos minutos y les pidió que la acompañaran hasta el lugar de la reunión.

Con ventanales hacia una de las avenidas más hermosas del mundo, la sala de juntas del afamado despacho permitía admirar a mano derecha la célebre estatua ecuestre de Carlos IV, el popular Caballito, orgullo de la ciudad, mientras que justo enfrente se podía ver la entrada del edificio que albergaba a *El periódico de la vida nacional*, acotado a su derecha por el elegante *restaurant* Ambassadeurs, que tantos negocios jugosos y maniobras políticas había atestiguado. En la pared opuesta, forrada en finas maderas, colgaban los retratos al óleo de los socios fundadores del bufete, establecido en París a finales del siglo XIX, y ahora con oficinas en varias capitales de Europa, América y Asia. Una enorme mesa de roble reluciente y doce sillones tapizados en piel color borgoña ocupaban el centro de la sala, en tanto que, al fondo de la sala, una elegante *credenza* sostenía dos charolas de plata. Una con sendas botellas del más fino coñac, *whiskey*, ginebra y el infaltable Dubonet; en tanto la otra daba espacio a hielera, jarra de agua y vasos de cristal cortado en espera de un brindis con que los clientes del bufete celebraban los acuerdos que ahí se alcanzaban.

Pasados unos minutos, hizo su entrada el abogado Coudert, acompañado por un joven asistente que llevaba consigo un voluminoso legajo. Ambos vestían elegantes trajes oscuros y camisas blancas de impecable corte y planchado. Después de una cordial bienvenida, agradeciendo la presencia de su contraparte, el abogado anfitrión les rogó que tomaran asiento y empezó la reunión.

—Distinguidos colegas, les reitero mi agradecimiento por su presencia y les reitero también que mi cliente está en la mejor disposición de dar por terminado este penoso asunto en una forma en que todos resultemos beneficiados. Les ruego me hagan saber las pretensiones de su cliente, así como la forma que hayan pensado para finiquitar el tema.

El licenciado Cárdenas consultó con la mirada a su socio y después de un casi imperceptible asentimiento, respondió:

—El agradecimiento es nuestro, señor licenciado, y con objeto de no abusar de su valioso tiempo, tan sólo me permito hacer notar que nuestras respectivas estrategias legales han quedado claras durante el procedimiento penal. Por su parte, usted ha logrado una sentencia de primera instancia condenando a nuestra cliente por el delito de adulterio, el cual, no sobra decirlo, se castiga con prisión hasta de dos años, lo cual implica automáticamente el beneficio de la libertad bajo caución. Todos sabemos que el breve encarcelamiento de *madame* Avramow deriva de diversos ilícitos que nada tienen que ver con el asunto que ahora tratamos. Es por ello que hemos preparado y presentado un recurso de apelación con el que tenemos razonables expectativas de revocar la sentencia de primer grado. Por otra parte, para ninguno de nosotros es un secreto que Paul Antebi estaba perfectamente consciente, y anuente, de la relación que la señora Avramow sostenía con el señor Gilly. Esto indica, más allá de cualquier especulación, que el matrimonio Antebi-Avramow, ya de por sí inexistente, debe terminar en la forma más civilizada posible, que no es otra que un divorcio por mutuo consentimiento, con base en un convenio que resulte favorable para ambas partes.

—Supongo, mi distinguido colega —contestó Coudert—, que tendrán ustedes muy estudiados los términos del convenio de divorcio, los que le rogaría me hiciera saber. He de mencionarle, sin embargo, que, aunque tenemos plenos poderes de *monsieur* Antebi, y suponiendo que tales lineamientos nos parezcan aceptables, la decisión final será únicamente de él.

En esta ocasión fue el licenciado Gómez Mont quien tomó la palabra para proponer las bases del acuerdo de divorcio.

—Mire usted, abogado. Nuestra propuesta parte de la base que la Sala declarará procedente nuestro recurso de apelación y revocará la sentencia condenatoria. En ese supuesto, que seguramente ocurrirá, de no llegar a un acuerdo con la parte que usted representa, el señor Antebi tendría que demandar el divorcio con base a la causal de adulterio, mismo que en la vía civil será prácticamente imposible demostrar. En ese escenario, no habría más opción para nuestros clientes que permanecer casados, o divorciarse, como proponemos, por mutuo consentimiento. Considere usted que la custodia de los menores, de no existir convenio en contrario, se otorgará a la madre, pues hasta hoy y como usted bien sabe, los tribunales mexicanos, por costumbre y no por ley, se inclinan invariablemente en favor de la mujer en cuanto a la custodia de los menores se refiere, pues consideran que los menores deben permanecer al lado de la mujer, salvo en casos muy especiales. Esta inclinación, casi inamovible de jueces y magistrados tiene su basamento, para nuestra vergüenza, en el nefasto machismo que aún aqueja a nuestro país y que, desde luego, resultará incomprensible para un ciudadano francés.

—Por lo anterior —terció el licenciado Cárdenas—, proponemos que como primer punto el señor Antebi, en su calidad de cónyuge ofendido, otorgue en la causa penal, el perdón a la señora Avramow por el adulterio supuestamente cometido, hecho lo cual, presentaremos la demanda de divorcio voluntario acompañando el convenio en el que se contengan además de las cláusulas de rigor que afinaremos en su momento, aquella en que se estipule que la custodia de los menores la ejercerán ambos cónyuges, dando preferencia al señor Antebi, acordando por parte de nuestros respectivos clientes, el tiempo en que deberán permanecer con cada uno de ellos así como el lugar de su residencia. Como segundo punto, el señor Antebi otorgará en favor de la señora Avramow una cantidad de dinero que resulte bastante y suficiente para seguir viviendo en una forma similar a aquella de que ha disfrutado durante su matrimonio. Estas dos condiciones no son negociables. En cuanto al resto del clausulado, tendremos oportunidad de platicarlo una vez que las que acabo de exponer sean aprobadas por su cliente, de manera que nuestros respectivos equipos le den la forma correspondiente.

El abogado Caudert esbozó una sonrisa y manifestó a sus contrapartes:

—Señores licenciados, como seguramente habrán advertido, su propuesta es lo que mi cliente esperaba, de manera que no se sentirá sorprendido cuando se la comunique. Permítanme decirles que, por mi parte, lo encuentro razonable y así lo manifestaré a *monsieur* Antebi. En unos días tendrán ustedes la respuesta y, esperemos, nos pondremos a trabajar sobre este esperado convenio.

Escasas dos semanas después, ambos bufetes trabajaban dando forma a la demanda y convenio de divorcio por mutuo consentimiento que pondría fin a un tortuoso asunto que, por increíble que parezca, convirtió a la dama más elegante de México en una efímera huésped del Palacio Negro de Lecumberri. El 18 de octubre de 1951 quedó resuelto el divorcio voluntario. La señora Suzanna Avramow Asher, por concepto de finiquito de su participación en la sociedad conyugal disuelta, recibió la suma de dinero convenida.

54

IMPERTINENTES
Por Maruca Palomino

EL GORDO BARRIOS GÓMEZ se reveló como la sensación del mambo bailando la otra noche con una tal Perlita. Los fotógrafos de la Ensalada popoff *le tomaron en todas las posturas por lo que pronto lo podrá admirar usted en quinientos cines simultáneamente.*

LOS DUQUES DE WINDSOR, en una atención muy especial a nuestra estrella máxima, Dolores del Río, asistieron por la noche, después de la recepción de la Embajada Estadounidense a otra cena, en su finca La Escondida. De este modo fue como los López Figueroa, Rosita Díaz, Georges Roosevelt y otros escogidos invitados tuvieron el honor de conocer a los distinguidos visitantes.

SIGUE LA TEMPORADA DE LA ÓPERA, lo más selecto de nuestra sociedad se sigue dando cita en el Palacio de Bellas Artes para oír la voz maravillosa de María Callas y la no menos magnífica del barítono Robert Weede y del tenor Mario Filippeschi. La última ópera Tosca *constituyó un verdadero triunfo para los cantantes. El público salió muy satisfecho y aplaudió con entusiasmo. Lucha Rul de Rivas Mercado lució el broche más bonito que imaginarse pueda, brillantes y esmeraldas maravillosamente montadas y que despertaron la admiración de todos los que lo admiraron. Cristina Azcárraga lució a su vez un tostado acapulqueño y nuevo compañero. María Victoria Oslo, guapísima como siempre.*

NOS CUENTAN QUE entre los múltiples viajes que hace constantemente el empresario Paul Antebi, director de los Laboratorios Carnot, quien últimamente ha estado muy mencionado en los diarios capitalinos junto con nuestra amiga Suzy, que uno de sus destinos favoritos es la ciudad de Guatemala. Dicen las malas lenguas que siempre lo espera en el aeropuerto una bella dama de la sociedad guatemalteca llamada Blanca Gilda Passarelli Ramazzini. Blanquita, multimillonaria en dólares, estuvo casada dos veces anteriormente con Francesco Marzano Miranda y con Justo García Peral y es dueña de una residencia majestuosa. Nos preguntamos, ¿cómo se daba tiempo Paul Antebi de viajar a Guatemala y atender a Blanche, como dicen que el ingeniero llama a su cortejada, entre careos y dimes y diretes del más reciente escándalo social? ¿La conocía desde antes? Y ahora, después del divorcio, ¿terminará Paul casándose con Blanca Gilda Passarelli Ramazzini?

55

Una vez que Suzy y Robert llevaron las maletas (ella llevaba seis repletas hasta el tope) al departamento de Maurice Reynaud, primo de Gilly, en la Rue du Bac, donde se hospedarían durante su estancia en París, decidieron salir a la calle y caminar a lo largo de la avenida *Saint Germain de Pres*. Robert conocía perfectamente el Barrio Latino, no en balde de joven había estudiado en el Liceo Henri IV, una de las mejores escuelas de secundaria. En esa época, a sus dieciséis años, nada le gustaba más que pasearse por sus calles y caminar hasta los jardines de Luxemburgo o el bulevar Saint-Michel, mejor conocido como el BoulMich, donde se encontraba la librería Gilbert Joseph, con sus seis pisos repletos de obras de centenas de autores de todo el mundo. Allí lo llevaba su abuelo a comprar libros de viejo. Todos los de Julio Verne y algunos más del poeta Lamartine. No es que Robert fuera un lector voraz, de ningún modo, pero para los exámenes del Liceo, debía leer a los escritores clásicos. Cuánta nostalgia por el París de los veinte sentía Robert, cuando se bailaba el charlestón y apenas empezaba el cine hablado, al que iba con sus compañeras de la secundaria. Como muchos franceses exiliados, Robert tenía muchos *París* en su biografía, además de haber vivido su infancia y adolescencia en la Ciudad Luz, aún tenía muy presente el París de la

Segunda Guerra Mundial y de la ocupación de los alemanes, padecido junto con su esposa Helene y sus cuatro hijos. El París del miedo, el París del mariscal Pétain y el París del hambre y la muerte. Habían pasado apenas seis años desde que había terminado la guerra, de allí que aún se sintiera en las calles y en las terrazas de los cafés una ligera tristeza confundida con un cierto optimismo por un futuro más promisorio. A pesar de que en 1951, Francia encaraba dificultades económicas y tensiones políticas, el hecho de que se acabara de firmar el Tratado de París, que dio origen a la Comunidad Europea del Carbón y del Acero (CECA), los franceses se sentían más confiados y esperanzados por haber logrado por fin la paz en Europa. El presidente de Francia era Vincent Auriol, de la IV República, establecida desde 1946. Todavía resonaban muy frescas las palabras del discurso de Charles De Gaulle, celebrado el 25 de agosto de 1944, día de la liberación de París: «¡París indignado! ¡París roto! ¡París martirizado! ¡Pero París liberado!». Al otro día, De Gaulle marchaba triunfante por los Campos Elíseos, acompañado por una multitud de franceses.

Durante ese año de 1951, en las vitrinas de las librerías del Barrrio Latino se advertían las novedades de las obras de Jean Paul Sartre y Albert Camus, André Gide, ganador del premio Nobel en 1947, y de una obra de la que todo París hablaba: *El segundo sexo*, de Simone de Beauvoir, un verdadero éxito de librerías, seguramente por el escándalo que provocó entre las mentalidades más conservadoras. En las pantallas de los cines de Champs-Élysées se mostraban películas como *Milagro de Milán*, de Vittorio de Sica, *La señorita Julie*, de Alf Sjöberg, la ganadora del Festival de Cannes: *Eva al desnudo* de Joseph L. Mankiewicz, y *Río*, de Jean Renoir. Por increíble que parezca, frente al cine donde se exhibía *Un americano en París*, con Gene Kelly, siempre había largas filas. En las pequeñas salas de los cines del Barrio Latino se proyectaban películas de culto como *Casablanca*, *El ciudadano Kane*, de Orson Welles, *Los niños del paraíso*, *El muelle de las brumas*, dirigida por Marcel Carné y *La belleza del diablo*, con Gérard Philipe, inspirada en el *Fausto* de Goethe.

En la radio francesa no se dejaba de escuchar a Yves Montand, quien recién se había casado con la actriz de cine, Simone Signoret, con la canción *Las hojas muertas*; Charles Trenet, con su famosa interpretación de *La mer*, y Juliette Gréco, con uno de sus grandes éxitos, *Bajo el cielo de París*. En las *boutiques* y tiendas, especialmente la de Dior en avenida Montaigne, se mostraba el *new look* de la posguerra que promovían Christian Dior y Cristóbal Balenciaga.

—Me encanta París en otoño, cuando todavía no hace mucho frío y los *marronniers* están perdiendo las hojas. ¿Por qué no vamos al café Deux Magots? —le propuso Robert a Suzy con entusiasmo. Ella caminaba con sus largas y deportivas piernas; el abrigo de pelo de camello le caía perfectamente bien sobre los hombros y combinaba a la perfección con su bufanda Burberry de *cachemire*. Robert, con su sombrero de fieltro negro, bien podía pasar por un espía francés, como los que colaboraban para descubrir agentes de la Unión Soviética.

Suzy vestía también su flamante saco tres cuartos de leopardo bengalés, su suéter negro de cuello de tortuga, unas botas importadas de piel compradas en la zapatería Borcegui que hacían juego con su bolsa Hermès y sus guantes negros de piel. El sombrero de fieltro café oscuro se asemejaba a Ilsa Lund, interpretada por Ingrid Bergman en *Casablanca*. Hasta en París, Suzy lucía su acostumbrado chic. No había duda el divorcio y el jugoso acuerdo económico con Paul la había rejuvenecido. Tenía treinta y tres años, era libre y estaba en París del brazo, ya no de su amante, sino de su prometido francés. Se sentía tan feliz que tenía deseos de saludar con la cabeza a cada uno de los peatones que se cruzaban en su camino. «*Bonjour!*», parecía decirles con sus ojos brillantes y una leve sonrisa. Muchos de ellos la miraban de reojo, extrañados de ver a una mujer con ese aire tan triunfal en plena posguerra. «*Elle doit être une touriste*», pensaban algunos envidiosos al verla caminar con tanto desenfado.

—A lo mejor nos encontramos en el café a la escritora francesa, la heroína de mi hermana Matilde, Simone de Beauvoir y a Jean Paul Sartre —dijo divertida Susy.

—Te confieso que nunca los he leído. Para mí son un par de comunistas, amargados. Además, no sé nada sobre el existencialismo. ¿Tu entiendes algo de esta corriente filosófica tan extraña?

—Casi nada. Lo poco que sé es que está por la libertad y por el humanismo. Yo tampoco los he leído. Sé que *El segundo sexo*, de Simone de Beauvoir, es un libro muy feminista y que ha tenido mucho éxito. Lo voy a comprar.

—No lo compres, yo te lo regalo —le dijo Robert a la vez que la estrechaba aún más cerca de su cuerpo. Él también estaba feliz.

Al llegar a la terraza del café, cuyas pequeñas mesas redondas en mármol se hallaban ocupadas por algunas parejas de gente mayor muy bien vestida. Eran los primeros turistas estadounidenses enamorados del París, de las películas de Hollywood. El interior de la veranda parecía una enorme pesera, de allí que los peatones pudieran verlos, y que ellos también los observaran. Tuvieron que pasar varios minutos antes de que viniera un mesero, con su delantal blanco hasta el suelo, su chaleco y su moño de corbatita, para atenderlos. Lo primero que le pidieron, los dos al unísono, fue un chocolate caliente «*à l'ancienne*», cubierto con mucha crema *chantilly*.

El desfile de paseantes era interesantísimo. Las jóvenes, seguramente universitarias de La Sorbonne, con capas largas y boinas negras, peinadas de fleco y con el pelo largo hasta debajo de los hombros, al estilo de la cantante francesa existencialista

Juliette Gréco. Los muchachos, con su saco *tweed*, suéter de tortuga y una bufanda larguísima, la cual le daba tres vueltas a su cuello. Todos fumaban mientras caminaban. Los que iban de pareja, tomados de la mano, súbitamente se paraban y, frente a todo el mundo, se besaban en la boca durante varios segundos para en seguida retomar su camino. Era la primera vez que Suzy veía a parejas de homosexuales caminar abrazados por la calle, libremente. De pronto, vio pasar un automóvil blanco último modelo convertible, con el escape abierto, conducido por un estadounidense que manejaba con lentes oscuros junto con dos amigos muy rubios, que miraban a su derredor con un aire triunfante. De vez en cuando se veía pasar mujeres muy pálidas, extremadamente delgadas, con el pelo muy cortito, vestidas de una forma excéntrica, con zorros negros de los cuarenta, y con la mirada perdida. Se hubiera dicho que eran sobrevivientes de la guerra y acababan de salir de un campo de trabajos forzados. Por allí, entre los paseantes, deambulaba un acordeonista, pobremente vestido, con una cachucha desgastada y con los restos de una bufanda. A pesar de su extrema delgadez, contorneaba su cuerpo al tiempo que tocaba: *La vie en rose*, con una expresión de tristeza.

—Mmmm, este chocolate está delicioso. ¿No te sabe a gloria? ¿Sabías, *mon amour*, que Edith Piaf se está presentando estos días en el teatro del Olympia? ¿Vamos?

—Claro, mañana me ocupo de los boletos. Espero que no estén agotados. ¿No tienes frío, *ma chérie*, quieres que vayamos al interior del café?

—Sí, mejor vamos adentro, porque el señor del acordeón no me quita los ojos de encima. Si te fijas bien, aún se ve a los parisinos muy tristones. Bueno, siempre han sido muy quejumbrosos, pero ahora los percibo deprimidos. En una de sus cartas, Matilde, mi hermana, que estuvo en la resistencia en París, me contó que los alemanes que ocuparon París no se paseaban por las calles con pistola. Con mucha educación dejaban pasar a la gente y a las viejitas les ofrecían su lugar en el Metro. En los parques jugaban con los niños. Eran muy correctos y disciplinados. Algunos hasta se comportaban con bondad y querían dar la mejor de las imágenes. Claro, estaban en París, a los ojos de todo el mundo… Qué mundo tan loco, porque al mismo tiempo querían destruir esta maravillosa ciudad.

Robert no escuchaba con atención a Suzy, veía constantemente de reojo hacia donde se encontraba el mesero.

—*Garçon, garçon, s'il vous plaît* —volvía a exclamar, pero el *garçon*, de bigotito y pelo grasoso, no le hacía caso; estaba demasiado ocupado discutiendo con unos clientes norteamericanos el costo de su consumo.

—*Why it's so expensive? Me and my wife, we just took a cup of coffee, without milk* —le preguntaba furioso el turista.

—*Oh, monsieur, tout est cher après la guerre… Vous savez.*

—*Garçooon*! —continuaba Robert llamando al mesero y haciéndole señas con la mano. El pobre mesero no se daba abasto. Era evidente la falta de personal.

Finalmente, llegó el mesero y le pidieron cambiarlos de lugar en el interior del café.

—*Avec plaisir* —dijo con una enorme sonrisa, mostrando una dentadura sumamente deteriorada.

En seguida Robert y Suzy aprovecharon el cambio para ordenar algo que comer. Ella pidió una *omelette* de queso *gruyère* con una ensalada, y él, un *croque monsieur*, también con ensalada.

—*Avec une* Coca-Cola? —preguntó el mesero con aire complicidad.

—*Non, non*! —intervino Suzy en voz alta—. *Avec un verre de vin, s'il vous plaît.*

En el interior del café se respiraba otro ambiente, mucho más cálido, y todo resultaba estético, desde las bancas, las mesas en mármol para cuatro personas, las dos columnas que sostienen, en las alturas, al legendario par de esculturas de chinos, con sus enigmáticas sonrisas, casi de tamaño natural. Estas estatuas emblemáticas se encontraban en la tienda donde vendían sedas y demás baratijas. Les Deux Magots, los dos magos, solían mostrar el letrero del establecimiento, el cual siempre ha estado en la misma esquina de Saint-Germain-des-Prés con la Rue du Bac. Desde de 1884, este par de chinos, seguidores de la filosofía de Confucio, laqueados en colores gris, amarillo y negro, han jugado un papel fundamental en el ambiente cultural parisino, desde la época en que se reunían para tomar té el poeta Verlaine, Rimbaud y Mallarmé. También iban escritores como: André Gide, Jean Giradoux, el pintor Pablo Picasso y Fernand Léger, el poeta Jean Prévert, el novelista norteamericano Ernest Hemingway, sin olvidar, naturalmente, al filósofo Jean Paul Sartre y a la escritora feminista, Simone de Beauvoir.

—Mañana voy a llamarle a mi tío Paul, para ver si lo puedo ver estos días.

—¿Puedo ir contigo? Me encantaría conocer a Paul Reynaud y preguntarle muchas cosas sobre la Segunda Guerra Mundial.

—Prefiero que no, *ma chérie*. Lo mejor sería hablar a solas con él para explicarle que estoy arreglando los papeles de divorcio con Helene. Él la quiere mucho y, seguramente, su primera reacción será de absoluto desconcierto.

—Ay, Robert, me daba mucha ilusión conocerlo. Quería preguntarle muchas cosas: su protagonismo fue tan importante en esos años; ¿por qué renunció como primer ministro?, pero sobre todo, ¿por qué lo remplazó un tipo tan nefasto como el Mariscal Pétain, quien mandó matar a tantos judíos?

—Otro día, iremos. Te lo prometo. ¿Por qué pones esa cara?

—Porque a lo mejor te da pena presentarme.

—¿Como me va a dar pena presentarte con mi tío abuelo? Eres mi prometida y, muy pronto, nos vamos a casar.

—Sí, pero soy sefaradí y divorciada con dos hijos.

—*Qu est ce tu est bête!* Estoy seguro de que le encantaría conocerte para que le platiques de Bulgaria y de la misteriosa muerte del rey Boris III. Él nunca fue antisemita, todo lo contrario. Mi tío ha tenido una vida intensa. El vivió las dos guerras. Fue un hombre político sumamente polémico, los franceses o lo adoraban o lo odiaban. El también incurrió en adulterio, le puso los cuernos a su primera esposa, Jeanne Anne Henri-Robert.

»Acuérdate que te platiqué que tuvo como amante a su asistente y espía, Helene de Portes, con la que tuvo el accidente de coche. Ella salió del vehículo, decapitada, mientras que a mi tío no le pasó nada. Helene era una condesa muy intrigante que se metía en todo. De Gaulle la llamaba la Guajolota y Churchill, el Perico, por su voz tan tipluda. Perdía los estribos con mucha facilidad y su personalidad resultaba demasiado abrumadora. Llegó a acumular mucho poder y empezó a estorbarle y a provocarle muchos problemas a mi tío. Imagínate que en una ocasión discutió tanto con Churchill, a quien le tenía mucha antipatía, que se lanzó a la garganta del primer ministro con un cuchillo que tenía escondido bajo su vestido de Christian Dior. Su interés era la rendición de Francia. Después, mi tío, a los setenta y un años, se casó con Christian Mabire, una de sus anteriores asistentes, judía y sobreviviente del campo Ravens-brück, y tuvo dos hijos. Se unieron en el castillo Itter, en donde estaba prisionero. Pero mi tío jamás se repuso, ni de su decepción con la política francesa ni de la muerte de Helene. Desde entonces, vive entre sombras. Mi tío ha sufrido mucho. ¿No te he contado la forma en que lo aprendieron en septiembre de 1940? Estaba en su casa de Barcelonnette, ya retirado de la vida política; habían pasado sólo tres meses desde que el presidente Lebrun le había negado organizar un gobierno de resistencia. Lo del accidente de coche todavía estaba muy vivo y se sentía muy deprimido. El caso es que, por órdenes de Pétain, rodearon su casa y lo detuvieron como si se tratara de un criminal. Se lo llevaron al castillo de Chazeron, un castillo feudal, donde también estaba encarcelado el expresidente León Blum, gran apoyador de los judíos. Dos años después, los juzgaron a los dos. Pétain acaba de morir hace unos meses en su calabozo, después de seis años de estar preso, como excolaborador de la Alemania nazi. Dicen que se volvió loco y que todo el día veía fantasmas. Tenía noventa y cinco años.

—Qué historia tan interesante. Pobre de tu tío, se ha de sentir muy solo. Seguramente vivió muchas traiciones e intrigas. Te imaginas después de haber estado en la cima de su carrera, de pronto encontrarse en la cárcel por una gran injusticia. ¿Tú crees que le pueda platicar a propósito de Lecumberri? Claro que no puedes comparar las circunstancias. Estoy segura de que se divertiría mucho cuando le platique nuestra experiencia. De acuerdo, no te acompaño a ver a tu tío, pero prométeme que muy pronto iremos juntos. ¿Tu crees que se arrepintió de haber dejado al mariscal Pétain en su lugar?

—Sin duda. Yo creo que nunca se lo perdonó. ¿Por qué no, mientras voy a verlo a su casa en 5 Place du Palais-Bourbon, muy cerca de Saint Germain, no aprovechas para ir de compras o bien para que veas a algunas de tus amigas parisinas? ¿Por qué no buscas a la que fue esposa del embajador de Francia en México, *madame* Garreau-Dombasle? Ella te quería mucho. Es una mujer interesantísima.

Eran las 5:30 p.m. cuando finalmente el mesero les trajo su orden. Aunque habían desayunado unos deliciosos *croissants* con mermelada, y se habían tomado, cada uno, dos tazas de chocolate con crema *chantilly*, morían de hambre. A pesar de que apenas eran las 5:30, la tarde empezaba a oscurecer y la temperatura descendía poco a poco. Las puertas giratorias del Deux Magots no cesaban de girar una y otra vez para que entraran los turistas y parroquianos de toda la vida del café.

—Sí te dije que mi mamá y mi hermana Matilde llegan a México a fines de noviembre, ¿verdad? Estoy feliz. ¿Sabes hace cuanto tiempo no las he visto? Desde hace diez años. ¿Te das cuenta? Ya me prometieron las dos que me ayudarán con los niños.

—Tanto me has platicado de ellas que siento que ya las conozco. A tu hermana habría que encontrarle un *barcelonnette* rico y soltero. Es muy guapa Matilde. Mi primo Alain Jean Reynaud estaría perfecto para ella. No es muy guapo, pero es muy divertido y trabajador.

—¿Tú crees que les podríamos prestar el departamento de Río Nilo 52, hasta que encuentre uno no muy caro en la colonia Cuauhtémoc?

—Déjame pensarlo.

Mientras Suzy y Robert esperaban la cuenta para retirarse a descansar al departamento que les habían prestado los primos de Robert, muy cerca del Deux Magots, a esas horas, pero en México, las doce del mediodía, hora local, una recamarera del hotel Casablanca de Acapulco, encontraba muerto en su cama a Blumy, Alfred C. Blumenthal. De inmediato, la trabajadora llamó a la administración para que vinieran a confirmar los hechos. En medio de las sábanas en desorden estaba Blumy, desnudo con el horror reflejado en los ojos bien abiertos. Las puertas de su *suite* que daban hacia la playa se mantenían abiertas de par en par. Curiosamente, el abanico de la habitación no dejaba de girar. Esos días el hotel Casablanca-Acapulco, construido en 1945 y diseñado por los arquitectos suizos Max Lour y Max Webber, estaba todo ocupado por turistas de todas partes del mundo, era el hotel más prestigiado de toda la bahía. Unos años después de inaugurado, los suizos se asociaron con

Blumy, del hotel Reforma, llamándolo Reforma-Casablanca, en donde también abrió sus puertas el Ciro's, cuya terraza ofrecía una vista espectacular. Uno de los socios de Blumenthal era Teddy Stauffer, con quien, últimamente, había tenido muchos problemas, ya que Teddy decía que Blumy «se llevaba todo el dinero y no arreglaba el hotel», mientras Teddy sufría para pagar a los proveedores. Por su parte, Blumy decía que su socio era un pésimo administrador, además de robarle todos los artistas que Blumy traía desde Hollywood. Finalmente, Blumy despidió a Teddy. En esos meses, Blumy empezó a ser demandado por sus deudas en el fisco, no sólo en México, sino en Estados Unidos, donde su antiguo socio Joseph M. Schenck empezó a amenazarlo. Además, las autoridades mexicanas se dieron cuenta de que Blumy pagaba fuertes cantidades de dinero a médicos mexicanos para que explicaran que su paciente no podía viajar debido a que padecía «una afección renal, debilidad de los órganos respiratorios y colapso nervioso, además de los supuestos problemas neuromusculares, bronquitis, intoxicación urémica, e hipertensión arterial». Su amiga y amante, Virginia Hill, le había dado la espalda, hablando de él en términos muy ofensivos con su nuevo amante. Agustín Barrios Gómez escribió en su columna R.S.V.P: «El nuevo romance de Virginia Hill (tirantes y más tirantes) es Noé (Rogerio) de la Selva, secretario particular del presidente Miguel Alemán...».

Una vez que Blumy cierra el Ciro's del hotel Reforma en la ciudad de México y se retira a Acapulco para ocuparse del hotel Casablanca y del Ciro's, Joseph Michael Schenck, fundador de la 20th Century Fox, y uno de los treinta y seis miembros fundadores de Artes y Ciencias Cinematográficas, su antiguo patrón en Hollywood, le avisa que lo están buscando en Estados Unidos por evasión de impuestos y le sugiere que se esconda en el Puerto. «*They're after you*», le escribe en un telegrama. El que también lo estaba buscando era Chick Hill, hermano de Virginia. «Mi cliente está muy enojado contigo. Dice que ahora sí la vas a pagar», le avisó por medio de un telegrama el licenciado Bernabé Jurado, mejor conocido como el Abogángster. Aunque el señor Harding tuvo que venir a México y pagar doscientos mil dólares por las deudas de Blumy, las cosas no se arreglaron.

Sin duda, Blumy se ganó muchos enemigos, desde el presidente de la República, Miguel Alemán Valdés, hasta pistoleros pagados para eliminarlo. Unas horas después de haberse encontra el cuerpo, los restos de Blumenthal desaparecieron inexplicablemente. Nunca se volvió a saber más del fundador del Ciro's y uno de los creadores de la época de oro del puerto de Acapulco. Dos días después, en la columna *Impertinentes*, Maruca Palomino se preguntaba: «¿Dónde está Blumy?». Pero nadie logró responder.

56

Después de salir extasiada del Museo de los Impresionistas, Suzy lamentó que Robert no la hubiera acompañado para admirar juntos a Renoir, a Paul Cézanne, Degas, a Alfred Sisley, y a su preferido, Toulusse-Lautrec. Ella ignoraba por qué se identificaba con una de sus modelos, La Goulue, Louise Weber, una de las bailarinas más brillantes del cancán del Moulin Rouge. El museo Le Jeu de Paume había sido reinaugurado en 1947, debido a la ocupación de los nazis en Francia, y en su momento había albergado veintidos mil obras de arte que fueron confiscadas de los propietarios judíos. Suzy no sabía estar sola, sobre todo cuando viajaba y visitaba museos: «Para mí, lo más importante es compartir. De lo contrario, siento que todo lo que descubro solita no vale la pena», pensaba. Sin embargo, ese día se tuvo que resignar ya que Robert tenía cita para comer con su tío abuelo, Paul Reynaud. Aún no había digerido bien a bien que Robert se hubiera rehusado a llevarla con su tío. Ese tipo de comportamiento de Gilly, entre temeroso y huidizo, era el que irritaba enormemente a Suzy. No, todavía no le había perdonado del todo la deuda de los treinta mil pesos que había adquirido Robert con Antebi a cambio de exponerla ante la sociedad como su amante, para presionar el divorcio entre ella y su marido. A estas alturas, ya poco importaba, finalmente se casaría con un hombre a quien le había perdido confianza, pero que, a pesar de todo, estaba dispuesto a darle su nombre: Suzy Gilly.

Al salir del museo, Suzy caminó unos pasos a la Plaza de la Concordia. Se dirigió hacia las fuentes del Obelisco y murmuró la letra de la canción de Josephine Baker: «*J'ai deux amours, mon pays et Paris…*». Era una forma de declararle su amor a la Ciudad Luz y a su nuevo estatus. A pesar de que el día estaba un poco gris, Suzy, con muy buen ánimo, decidió caminar hasta Faubourg Saint-Honoré. En la Rue Royale pasó frente al Maxims, se miró en el cristal del restaurante y le gustó la mujer que aparecía reflejada, ligeramente bronceada, con la boca pintada en un rojo muy intenso, con su saco de leopardo y su pequeña boina de la misma piel, que había comprado la víspera con una suerte maravillosa, ya que coincidía perfectamente con el estampado de su saco leopardo. En seguida se encaminó hacia la tienda Hermès, donde le compraría una corbata a Robert y quizá algo para ella.

«*Bonjour*», le dijo a la primera vendedora, guapa y joven, que se encontró en el mostrador en un francés perfecto. Suzy se sentía muy segura, con la bolsa Hermès color guinda, que le había regalado Paul hacía apenas dos años, la misma que la acompañó a Lecumberri. Con esa misma actitud de seguridad, pidió a la empleada que le mostrara la última colección de mascadas. Sin pensarlo dos veces, eligió el *foulard* que acababa de llegar a la tienda y que llevaba la empleada alrededor del cuello, titulado: «La gloria de la Legión Extranjera», en donde aparecían estampados los soldados que habían participado con «honor, fidelidad, valor y disciplina» en varios países del mundo. Allí estaba el legionario que había venido a México, con su uniforme y su casco blanco. Esta mascada tan simbólica sería una más para su colección de más de dos docenas, un accesorio indispensable para Suzy. Las usaba amarrada a la correa de su bolsa, alrededor del cuello, o incluso como cinturón. Para ella, una mascada Hermès simbolizaba, no nada más un *chic* muy especial, sino el epítome del lujo francés. Suzy pagó con su nueva tarjeta de crédito Diner's Club Internacional, la primera compañía de tarjetas de crédito en México. Éstas ya no serían exclusivamente para hombres de negocios millonarios, sino para mujeres que demostraran tener fondos suficientes. Una vez adquirida «la firma», hasta ese entonces una forma de pago desconocida, adquiría un poder ilimitado. Antes de viajar a París, Suzy había depositado en la tarjeta cincuenta mil pesos, de los dos millones y medio que le habían correspondido como acuerdo del divorcio. Antebi había demandado a través de sus abogados que se despojara a Suzy de su casa en Virreyes 216, Lomas de Chapultepec. Pero en relación con las participaciones en industrias farmacéuticas, que ascendían a cinco millones de pesos, se acordó que se distribuyeran en dos partes iguales, tal como lo había solicitado el demandante, más los ochocientos de la pensión mensual. No era mucho, pero ya no tenía la manutención de sus hijos, ni los gastos de una casa tan grande como la de Virreyes, ni tampoco llevaría una vida de tantos excesos como la que llevaba con Antebi. Al casarse con Gilly, juntarían sus ingresos y con eso seguramente bastaría para enfrentarse a su nuevo estilo de vida.

La cita con *madame* Germaine Garreau-Dombasle, esposa del exembajador de Francia en México, enviados como representantes de la Francia Libre por el General Charles De Gaulle, era a la una de la tarde en la Brasserie Lipp, en el corazón de Saint-Germain-de-Prés, inaugurada desde 1880. Man'ha, como todo el mundo llamaba a Germaine, era una verdadera apasionada de México, de su cultura, de sus costumbres y ritos. Como escritora, poeta y traductora, había traducido el libro de Ray Bradbury: *El árbol de las brujas*, en el que habla del Día de Muertos en la isla de Janitzio en Pátzcuaro. Durante sus años en México, se hizo muy amiga de Rufino Tamayo, Carlos Fuentes y Octavio Paz. Era igualmente muy amiga de muchos intelectuales como Paul Claudel, Max Ernst, la bailarina Isadora Duncan y la pintora Tamara de Lempicka. En 1940, siguió a su marido, Maurice Garreau-Dombasle, en la resistencia. Ella y su esposo fueron los primeros diplomáticos que se unieron al General De Gaulle.

—Estás radiante, querida Suzy —exclamó Man'ha, al ver a su amiga llegar al restaurante quince minutos después de la cita.

—Y tú, estás igualita; sí, sí, igual de guapa y de elegante. Mil disculpas por el retraso, no encontraba taxi —le dijo Suzy a la vez que intentaba acomodar sus bolsas de compras en el perchero que le había colocado el mesero a un lado de la mesa.

—Los mexicanos siempre llegan tarde. Lo primero a lo que tuve que adaptarme en México fue precisamente a su impuntualidad. Pero pienso que es parte de su encanto, ¿no crees? —le preguntó Man'ha, no sin ironía.

Durante la comida, servida con un delicioso Chateau Camensac 5to. Grand Cru Classé, un vino carísimo que pidió Suzy para acompañar al cordero lechal confitado con papas *sautés*, no pudo evitar contarle a su amiga por todo lo que había pasado en los últimos meses. Mientras estuvo en México, *madame* Garreau-Dombasle conoció muy bien cómo era el ambiente social en un país con tantos contrastes y, por añadidura, demasiado católico y conservador. Aunque le divertían mucho los chismes de las crónicas sociales de los periódicos mexicanos, no dejaba de lamentar el complejo sistema político del país, la corrupción, pero sobre todo, la pobreza y la desigualdad de la sociedad mexicana. Allí estaba la prueba, en la invitación de Suzy para ir a comer. Mientras el país vivía terribles contrastes, los mexicanos, cuando viajaban a París o otra ciudad de Europa, siempre estaban dispuestos a gastar lo que fuera con tal de impresionar a su invitado.

—Robert y yo nos vamos a casar, una vez que tenga sus papeles del divorcio arreglados. A eso venimos a París.

—Me da gusto saberte tan enamorada y feliz, mi querida *madame* Gilly, siempre tan bien vestida. Te ves bellísima con tu sombre de leopardo. ¿Lo compraste en París?

—Sí, en Nina Ricci.

—Robert ha de estar igualmente feliz. Imagino por todo lo que han de haber pasado. Paul, tu exmarido, siempre me pareció un hombre demasiado hosco y muy poco diplomático, por decir lo menos. Además me daba cuenta de que no se ocupaba mucho de ti. Siempre viniste sola a los cocteles de la embajada. Mira lo que son las cosas, sin saberlo, te traje un regalo que bien podría ser de bodas.

De su gran bolsa de piel, Man'ha sacó un libro titulado *Aztlan, songes mexicains*, en cuya portada aparecía la pequeña ilustración de un ave, que bien podía ser un colibrí o una garza en pleno vuelo. Al fondo se apreciaba el dibujo de una pirámide.

—¿Y sabes quién ilustró este pequeño libro? Nada menos que mi amigo, el pintor oaxaqueño Rufino Tamayo. La obra contiene cinco litografías enumeradas en puro papel Johannot. Eso sí, no están firmadas, pero son auténticamente de Tamayo. Nada más se tiraron 125 ejemplares. Así es que cuídalo mucho. Te lo regalo con mucho gusto.

Suzy se sintió conmovida con el gesto de su amiga. La edición del libro era preciosa. Además, la palabra *Aztlán* siempre le había parecido mágica y misteriosa. Empezó a hojearlo y, con lo primero que se topó, fue con una ilustración de una calaca en medio de un panteón.

—¡Ay, Man'ha! ¡Esto es una verdadera joya! Lo voy a leer con mucho cuidado. Qué barbaridad, porque yo a ti no te traje nada. ¡Qué pena!

—Claro que sí, además de invitarme a comer, me trajiste un regalo muy bonito, la buena noticia de tu próximo matrimonio con *le beau* Robert, como le decían en mis tiempos. Robert es encantador, y un excelente jugador de *bridge.* Y su tío abuelo, Paul Reynaud, es todo un personaje. Es un político muy polémico, pero muy valiente y honesto. Mal comprendido y no lo suficientemente apreciado. ¿Lo conoces?

—Todavía no. Pero lo haré muy pronto.

Suzy pagó la cuenta con su tarjeta de Diner's y dejó una espléndida propina. Eran cerca de las tres de la tarde, cuando *madame* Garreau-Dombasle y Suzy se despidieron a las puertas de la Brasserie.

—Allí está mi chofer, ¿quieres que te lleve a alguna parte, Suzy?

—No, muchas gracias, prefiero caminar. Quiero pasar a la librería L'Ecume de Pages para comprarle un libro a Robert. Además, el departamento de sus primos, en donde nos estamos quedando, está muy cerquita de aquí, en la Rue du Bac.

—Compra *El diablo en el cuerpo*, de Raymond Radiguet, y léanlo juntos, les va a gustar. Se trata de un adulterio. A ella la juzgan con mucha dureza, mientras que a él le perdonan todo. Ah, y otra cosa..., no dejes de ir a ver la exposición en el Museo del hombre. Me dio mucho gusto verte, querida amiga. La próxima vez que vengan a París, vendrán a cenar Robert y tú a la casa. No dejes de avisarme, por favor. Salúdamelo mucho. Y felicidades, otra vez.

Suzy se despidió de su amiga. «Me encanta Man'ha porque se dirige a su interlocutora como si ésta fuera tan inteligente e instruida como ella». Se prometió que, a partir de ese momento, iría consolidando y tejiendo relaciones, otro tipo de amistades más interesantes, como Man'ha, y menos frívolas que las que solía frecuentar casada con Antebi. Muchas de ellas la habían traicionado y criticado durante los días que duró el escándalo. A ese tipo de señoras, tan cerradas e hipócritas, ya no las necesitaba. No le aportaban nada, ni la enriquecían intelectualmente. Al contrario, la envidiaban y estaban constantemente en competencia con ella. «Siempre me parecieron cursis e ignorantes. No quiero imaginar el coraje que les dará cuando me case con Robert. No me lo van a perdonar nunca. En el fondo, a muchas de ellas les dio gusto que me metieran en Lecumberri; si hubiera sido por ellas, me hubieran encarcelado dos años. Las mexicanas ricas son tremendas, en el fondo tienen una autoestima por los suelos, pero actúan como si se sintieran unas reinas», pensaba Suzy, al tiempo que empujaba la puerta de cristal para entrar en la librería. Antes de entrar, compró tres tarjetas postales con el Arco de Triunfo, la Tour Eiffel y la catedral de Notre Dame. Una de las tarjetas sería para sus hijos; otra, para Doreen Feng; la tercera, para su amiga incondicional, Maruca Palomino. Ya en el interior, sobre la mesa de las novedades, compró *El segundo sexo* de Simone de Beauvoir y una nueva edición de *El diablo en el cuerpo*, de Raymond Radiguet.

57

Al salir de la librería, con sus tres bolsas en la mano, cruzó la calle de Saint Benoit y se encaminó hacia la esquina donde se encontraba el Café de Flore, sobre la gran avenida Saint-Germain-de-Prés, el más legendario de París. Esa tarde de otoño, las mesas de la terraza estaban casi todas ocupadas, la mayoría por turistas. El café era famoso porque acostumbraban ir escritores como Boris Vian, Ernest Hemingway y Marguerite Duras. Suzy caminaba distraídamente, se preguntaba qué tan lejos se encontraría una farmacia para comprarse un champú, cuando de pronto escuchó que alguien la llamaba por su nombre, con un acento que le resultaba familiar:

—¡Zuzanna!

Volteó y vio a un hombre delgado, encanecido y un poco encorvado, sentado en la terraza. El parecido con Herschel era impresionante. No, no lo podía creer. ¿Era él? Lo miró con sorpresa y le preguntó:

—¿Herschel?

Él le devolvió la mirada y le contestó:

—Aunque no lo creas, soy yo.

Ambos se volvieron a mirar y sonrieron con cierta timidez. Y casi al mismo tiempo exclamaron:

—*C'est incroyable!*

Luego permanecieron mudos. No sabían qué decirse. Ambos se sentían nerviosos, apenados e incluso rebasados por ese encuentro tan azaroso.

—*Assied toi*! —dijo él con una voz muy tenue. Ella, como impulsada por algo que no alcanzaba explicarse, tomó asiento y acomodó sus bolsas en la silla vacía, en cuyo respaldo descubrió un bastón. Ya sentada, lo miró de nuevo. Más que su novio polaco, parecía un fantasma, extremadamente pálido y delgado. Su saco oscuro, de un grueso casimir raya de gis, de grandes hombreras y solapas, lucía grande y, se hubiera dicho, había salido de un viejo baúl. La corbata, muy de los cuarenta, y la camisa, cuyas puntas del cuello se veían ligeramente levantadas. Al ver a Herschel tan envejecido y en esas condiciones, Suzy se sintió avergonzada, con su abrigo tres cuartos de leopardo y su bolsa Hermès; por añadidura, aún conservaba su bronceado después de haber pasado unos días en Acapulco, antes de viajar a Francia. No faltó una que otra parroquiana que observara con curiosidad esa pareja cuya vestimenta delataba dos mundos opuestos. Herschel no era nada más un sobreviviente de la guerra, era un sobreviviente de la vida. Finalmente, ambos eran sobrevivientes de su propio destino. La guerra los había separado y, ahora, la paz los hacía encontrarse de nuevo, pero bajo circunstancias totalmente distintas. Habían pasado demasiados años desde que se vieron por última vez. ¿Por qué si Herschel había sobrevivido, nunca la buscó en los últimos seis años en que la guerra ya había terminado? ¿Por qué nunca intentó indagar qué había sido de ella, ya fuera con su madre o con su hermana Matilde, quienes se habían quedado en Bulgaria? ¿Por qué jamás sintió la necesidad de buscarla si estaba tan solo y abandonado? ¿Acaso se sentía culpable de haber sobrevivido? No, no era el momento de aclarar tantas dudas que pertenecían al pasado. Más bien era el momento llorar de alegría, para que él, su único amor, la consolara por todo lo que había extrañado durante diez años. Era el momento de abrazase y de reconocerse después de tanto tiempo. Y era el momento de besarse por todo lo que no se habían besado. Otra de las dudas que le habían asaltado a Suzy en esos momentos fue, ¿que hacía Herschel en ese café tan sofisticado y turístico? ¿Estaría esperando a alguien? Se veía tan solo.

—No pensé que estuvieras vivo. Te escribí miles de cartas.

—Nunca las recibí. También yo te escribí.

—Nada más me llegó una en la que te despides con una frase que no olvidé jamás: «Te querré toda mi vida». ¿Te acuerdas? Todavía la conservo. Ay, Herschel, aún no lo puedo creer. Han pasado tantos años y de pronto encontrarnos en París…

—¿Te casaste?

—Sí, y me divorcié. Tengo dos hijos.

—Yo nunca me casé.

—Tenemos muchas cosas que contarnos. ¿Viven tus padres y hermanos?

—Están muertos, todos están muertos —contestó Herschel con un gesto de tristeza. En esos momentos, Suzy se dio cuenta que le temblaban sus manos demasiado delgadas y venosas.

—Cuánto lo siento —le dijo, Suzy. Con todo cuidado, puso su mano sobre la de Herschel. Él le sonrió y, al sentirla tan cálida y suave, tuvo la impresión que todo su cuerpo recobraba una vida pasada la cual nunca regresaría. Por su lado, también él sentía vergüenza ante Suzy por encontrarlo en esas condiciones tan lamentables. Llevaba dos días sin bañarse, ni rasurarse, ya que en la habitación de servicio, que rentaba por muy poco dinero en el último piso de un viejo edificio de Montmartre, no había agua caliente.

—Siempre, al salir de mi trabajo, vengo aquí porque, como dice Sartre, durante la ocupación nazi los militares alemanes nunca frecuentaban el Flore. Por eso, durante los cuatro años que duró la ocupación, él venía diario a escribir. En el piso de arriba, Simone de Beauvoir solía contestar las cartas de amor que le escribía Alger Nelson, su amante norteamericano.

—¿Dónde trabajas, Herschel? Le preguntó Suzy, siempre sintiendo aquel nudo en la garganta, duro como hueso de ciruela.

—En la Librería Polaca que está a dos cuadras de aquí. Sobre Saint-Germain-de-Prés.

—Me gustaría conocerla.

—Cuando quieras. Perdón, aún no te he preguntado qué quieres tomar. ¿Café o un *cognac*?

—Las dos cosas. ¿Me regalas un cigarro? Adoro Les Gitanes.

De inmediato vino el mesero, con su bigotito bien recortado, tomó la orden y desapareció con su charola redonda plateada bajo el brazo.

—Sigues usando el mismo perfume de rosas de Bulgaria, ¿verdad?

—El mismo. Qué extraño que todavía te acuerdes.

—No lo he podido olvidar. ¿Aún vive tu madre?

—Ella y mi hermana Matilde están a punto de venir a México, donde vivo —comentó mientras Herschel encendía su cigarro.

—¿México? ¿Y por qué te fuiste a vivir a un país tan lejano?

—Para huir de la guerra.

—¡Claro! Afortunadamente tú sí pudiste.

Dado el tono en que Herschel había pronunciado esas palabras, parecía un reproche. ¿Qué le reprochaba? ¿Que nunca le había avisado que se iría a las Américas? ¿Qué a pesar de que él ya no aparecía a sus citas de amor, no fue a buscarlo a Varsovia? ¿O el no haber movido cielo y tierra para intentar sacarlo del gueto? La guerra había terminado seis años atrás, entonces ya había posibilidades de viajar. Sin embargo, Suzy jamás había reaparecido. ¡Cuánto silencio por parte de ambos, cuánta distancia y cuánto tiempo había transcurrido desde su última cita de amor en la terraza del hotel Bristol!

—Sí, hui. Pero todos los días debatía mi propia guerra. Por las noches tenía pesadillas y lloraba pensando en ti.

—Lo peor de todo es que yo vivía despierto tus pesadillas y también pensaba en ti. Qué cosa tan extraña es el amor. Un amor que fue tan intenso, ahora es conjugado en pasado.

—¿En pasado? Con este encuentro me doy cuenta de que lo seguimos conjugando en presente.

—En ese caso, tenemos que decir: «Yo te amo, tú me amas, nosotros nos amamos». ¿Te acuerdas de los poemas de Paul Geraldy que leíamos juntos?

—Me los sé de memoria.

—¿Recuerdas uno que se llama *Despedida* y que en estos momentos nos queda perfecto?

Así es que vas a entrar a mi pasado
Y he de verte en la calle desde lejos,
Sin cruzar, para hablarte, a la otra acera,
Y nos alejaremos distraídos
Y pasarás ligera
Con trajes para mí desconocidos.
Y estaremos sin vernos largos meses,
Y olvidaré el sabor de tus caricias,
Y mis amigos te darán noticias
De «aquel amigo tuyo».

¿Lo recuerdas Sushanna?

—Ay, Herschel, me vas hacer llorar. Más que un café y un *cognac*, lo que quiero en estos momentos es que me des un beso en la boca. Un beso como los que nos dábamos hace diez años.

Herschel sonrió intimidado. Fue en ese momento en que Suzy se percató que tenía la dentadura muy deteriorada. No obstante, conservaba su mirada de niño triste.

—Más que dártelo aquí en el café. Me atrevería a hacerte una propuesta, un poco audaz… ¿Por qué no vamos a un pequeño hotel que está en la Rue de Buci, a dos cuadras de aquí? ¿Tienes tiempo?

—Sí, sí, sí —afirmó Suzy. De pronto recordó que se había dado cita con Robert para cenar. No, no podía dejar pasar la cita de amor que ya estaba escrita entre ella y Herschel.

La Lousiana era un hotel pequeño y modesto, pero con mucha historia, ya que se encontraba en la calle que sirvió como escenario de una gran manifestación de la Resistencia, liderada exclusivamente por mujeres. Allí, en el número 26 de la Rue de Buci, se hospedaban, cada quien en su habitación, desde hacía años, Simonne de Beauvoir, Jean Paul Sartre, Henry Miller, Juliette Gréco, el famoso guitarrista Django Reinhardt y muchos músicos de *jazz*. El hotel no tenía elevador y los corredores que daban a las habitaciones eran estrechos y oscuros. En la planta de abajo se encontraba un patio con un *marronnier*, un castaño de grandes hojas. Los muros de piedra se encontraban cubiertos de hiedra en un color verde tierno. Esa tarde se había instalado, como todos los jueves, un pequeño mercado donde vendían pescado, carne, cerezas y legumbres. Debido a la guerra, los precios eran aún muy elevados.

A la entrada, en la administración, se encontraba el dueño del hotel. De pelo cano y con una incipiente calvicie, fumaba pipa y parecía de mal humor.

—Je voudrai une chambre, s'il vous plaît, seulement por cet apres midi? —dijo Herschel, en un francés prácticamente sin acento. Sin preguntarle a qué horas liberarían la habitación esa misma tarde, *monsieur* Blanchot, el dueño del hotel, le entregó la llave del cuarto 65, que se encontraba en el cuarto piso.

Mientras Suzy, con todo y paquetes, subía los seis pisos con sus tacones altos, se preguntaba si Herschel era un cliente asiduo, ya que el administrador no le pidió que se registrara.

Herschel remontaba los escalones con la ayuda de su bastón, pero con cierta agilidad. Se hubiera dicho que había subido muchas veces esas escaleras tan estrechas y mal iluminadas. Al llegar frente a la puerta de la habitación, los dos estaban bastante agitados, nerviosos, pero, para esos momentos, excitados. Apenas cerraron la puerta, se abrazaron y besaron de pie, como acostumbraban hacerlo en la época en que eran novios y hacían el amor a escondidas en casa de Myriam, la amiga de Suzy. De la ventana que daba hacia la calle Dauphine, cubierta con una cortina vieja y deslavada, entraban los últimos rayos de sol de la tarde, era como si toda la habitación se hubiera pintado de color ámbar. Desde allí se podían ver los tradicionales techos parisinos y, a lo lejos, la cúpula de la Universidad La Sorbona, fundada en 1257.

Herschel, aparentemente, hacía tiempo que no tenía contacto con una mujer y se sentía un poco debilitado a causa de su extrema delgadez. Pero esa tarde, las gotitas de perfume de rosas de Suzy, más sus encantos personales y los recuerdos de su amor, habían sido suficientes para despertarle y estimular el deseo sexual a su novio polaco. Se sentía rejuvenecido y amado. Sin decirse una sola palabra, ambos habían expresado un amor no nada más erótico, sino con un profundo sentimiento de amistad, ternura y compasión. En tanto hacían el amor, ambos sollozaban por sus respectivas soledades pasadas, por sus muertos, pero, sobre todo, por la fatalidad.

Cuando Suzy y Herschel se despidieron, dándose un beso en cada mejilla, en la estación de taxis, frente a la Brasserie Lipp, sería la última vez que se verían. Ambos lo intuyeron.

—*134 Rue du Bac, s'il vous plaît* —le dijo Suzy al chofer. Fue en ese momento, en que se dio cuenta de que había olvidado sus compras en el cuarto del hotel.

Al llegar al departamento de los primos de Robert, su futuro esposo la recibió en la puerta y, con una enorme sonrisa, le dijo.

—Te tengo una sorpresa, *ma chérie.* —En seguida, sacó de la bolsa de su saco una cajita negra, forrada de piel—. He aquí lo que te manda mi tío y que perteneció a su primera esposa.

Suzy abrió el estuche y vio que era un anillo de zafiro, rodeado de brillantes.

Se quedó impávida y estalló en lágrimas.

CRONOLOGÍA DE HECHOS

1935

(Agosto) Paul Antebi Salomón, nacido en Jerusalén, Palestina, llega soltero a México a la edad de 25 años como director del Laboratorios Grupo Roussel, S. A.

1941

Carnot Laboratorios se funda bajo el nombre Productos Científicos, por el Ingeniero Paul Antebi.

(Enero) Nissim y Mois Avramow, tíos de Suzanne, escriben una carta al presidente Ávila Camacho, en ésta le informan sobre la persecución que viven los judíos en Europa y su necesidad de llegar a un país en el que se respeten sus derechos humanos.

(Mayo) Suzanne Avramow Ascher llega a México por el puerto de Veracruz.

(Julio) El ingeniero Antebi se casa con Suzanne Avramow Ascher.

1942

(Junio) Nace el hijo de Suzanne Avramow y Paul Antebi: Albert Antebi Avramow, quien fallece el 31 de mayo de 2019.

1944

Albert Jacques Avramow Jerusalemy, padre de Suzanne, se casa con María Guadalupe Gutiérrez.

1945

(Enero) Nace la hija de Suzanne Avramow y Paul Antebi: Marianne Antebi Avramow, quien fallece el 16 de diciembre de 2014.

1948

Paul Antebi sufre un accidente aéreo que lo deja «cojo», por lo que camina con dificultad. Este incidente se recoge en una nota del periódico en 1951.

1948-50

Es posible que en este lapso de tiempo, Paul Antebi presentó a Roberto Gilly con su esposa Suzanne, al paso de los días les permitió que se acompañaran en eventos sociales.

1950

(Diciembre) Paul y Suzanne empiezan a viajar a Acapulco y alquilan una casa. Un grupo de amigos, entre ellos Doreen Feng y Roberto Gilly, los acompañan. Los niños Antebi Avramow se quedan al cuidado de su institutriz. Paul no termina de pasar las vacaciones con ellos.

1951

En un viaje a Acapulco, Levat, amigo de Gilly, hace reservaciones en un hotel. Roberto y Levat duermen en un cuarto, mientras Suzanne y Doreen se quedan en otro.

(Junio) Antebi regresa de Europa y acompaña a su esposa a una fiesta. Suzanne le gana a Roberto en un juego de cartas y le perdona la deuda, esa acción, al parecer, provoca un menudo pleito entre Suzanne y Antebi al llegar a su casa, es tanto el griterío que los criados acuden para ver qué pasa.

Suzanne comienza los trámites para el divorcio.

(Julio) Suzanne Avramow de Antebi y Roberto Gilly son detenidos por el delito de adulterio. Además de la violenta detención, Suzanne es maltratada por los médicos durante la examinación previa a la entrada y estancia en Lecumberri.

(Julio) Agustín Barrios Gómez publica una nota acerca de la detención y hace mención de la pulsera de brillantes con cruz israelita y, sobre todo, del reloj que le regaló Antebi a Suzanne y que costó veintidós mil pesos.[1]

Se paga la fianza para la libertad provisional de Suzanne. De manera paralela, ocurre el supuesto secuestro de sus hijos cometido por Paul, además de los careos y las declaraciones.

(Septiembre) La institutriz Ana Luisa Rapp y el chofer de Suzanne declaran y hacen mención de las intimidades entre Suzanne y Roberto.

(Septiembre) Suzanne es detenida en Coyoacán por perseguir hasta la casa de unos amigos a la institutriz de sus hijos, ahí Suzanne golpea en la mejilla izquierda al dueño de la casa, quien intervino a favor de la institutriz.

(Noviembre) Se dicta el divorcio entre Suzanne y Paul.

[1] Con esta mención de las joyas, la pensión de ochocientos pesos se me hace difícil de creer. (¿Exageraciones de Barrios Gómez?).

1952

(Julio) Roberto Gilly y Susana Avramow se casan en París. Tiempo después, Antebi se encuentra a Roberto en la embajada de México y agrede a su triunfante rival, éste se defiende.

1959

(Abril) Paul Antebi y su esposa Blanch P. de Antebi ofrecen una brillante recepción para el Comité IGROT.

1969

(Enero) Se casan Marianne Antebi Avramow y Christian Gilly Aubry, hijos de Paul Antebi, Suzanne Avramow y Roberto Gilly; Paul presenta a su esposa Blanch, mientras que Suzanne y Roberto aparecen como señores Gilly, ambos tienen dos hijos: Marc Gilly Avramow y Fréderic Gilly Avramow.

Suzanne Avramow Ascher nació el 24 de marzo de 1918 y murió el 5 de febrero de 2000

Roberto Gilly Reynaud nació el 16 de marzo de 1910 y murió el 3 de marzo de 1978

Paul Antebi Salomón nació el 6 de enero de 1908 y murió el 22 de marzo de 1978

ANEXO FOTOGRÁFICO

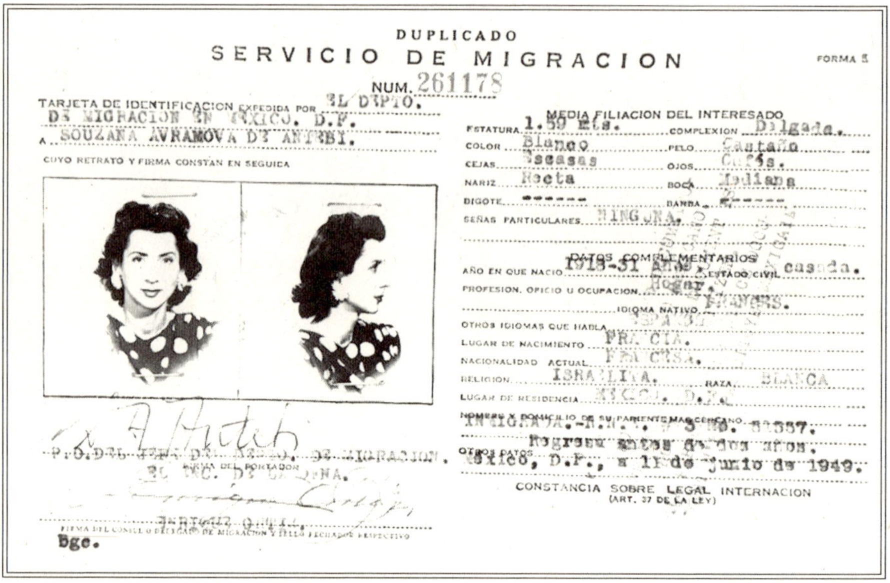

DUPLICADO

SERVICIO DE MIGRACION

FORMA 5

NUM. 261178

TARJETA DE IDENTIFICACION EXPEDIDA POR EL DEPTO. DE MIGRACION EN MEXICO, D.F.

A SOUZANA AVRAMOVA DE ANTEBI.

CUYO RETRATO Y FIRMA CONSTAN EN SEGUIDA

FIRMA DEL PORTADOR

P.O. DEL JEFE DEL DEPTO. DE MIGRACION. EL JEFE DE LA [illegible]

FIRMA DEL CONSUL O DELEGADO DE MIGRACION Y SELLO FECHADOR RESPECTIVO

Bge.

MEDIA FILIACION DEL INTERESADO

ESTATURA 1.59 Mts. COMPLEXION Delgada.
COLOR Blanco PELO Castaño
CEJAS Escasas OJOS Cafés.
NARIZ Recta BOCA Mediana
BIGOTE ------ BARBA ------
SEÑAS PARTICULARES NINGUNA.

DATOS COMPLEMENTARIOS

AÑO EN QUE NACIO 1918-31 Años. ESTADO CIVIL casada.
PROFESION, OFICIO U OCUPACION Hogar.
IDIOMA NATIVO Francés.
OTROS IDIOMAS QUE HABLA Español
LUGAR DE NACIMIENTO FRANCIA.
NACIONALIDAD ACTUAL FRANCESA.
RELIGION ISRAELITA. RAZA BLANCA
LUGAR DE RESIDENCIA MEXICO, D.F.
NOMBRE Y DOMICILIO DE SU PARIENTE MAS CERCANO INMIGRANTE.-R.N.E. [illegible] No. [illegible]557.
Regresa antes de dos años.
OTROS DATOS México, D.F., a 11 de junio de 1949.

CONSTANCIA SOBRE LEGAL INTERNACION (ART. 37 DE LA LEY)

Carta de inmigración de Suzy Avramow.

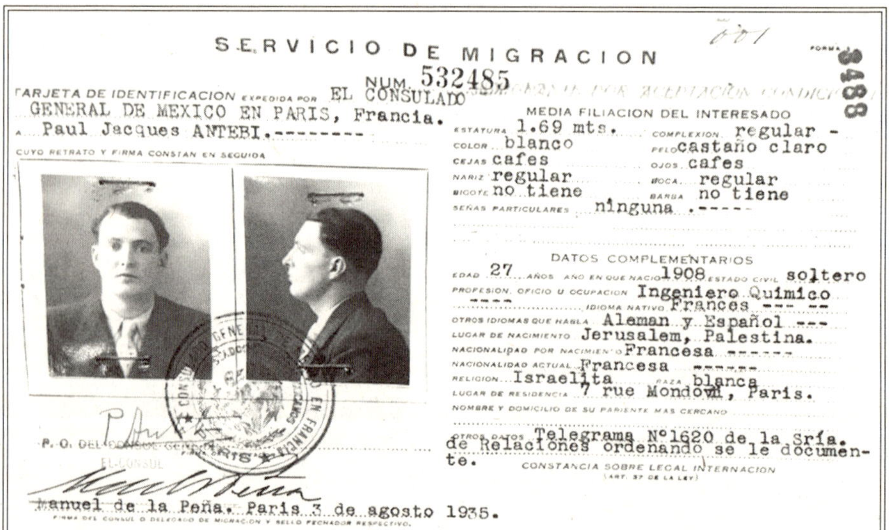

SERVICIO DE MIGRACION

FORMA 5

8488

NUM. 532485

TARJETA DE IDENTIFICACION EXPEDIDA POR EL CONSULADO GENERAL DE MEXICO EN PARIS, Francia.

A Paul Jacques ANTEBI.--------

CUYO RETRATO Y FIRMA CONSTAN EN SEGUIDA

P. O. DEL CONSUL GENERAL

EL CONSUL

Manuel de la Peña. Paris 3 de agosto 1935.

FIRMA DEL CONSUL O DELEGADO DE MIGRACION Y SELLO FECHADOR RESPECTIVO.

MEDIA FILIACION DEL INTERESADO

ESTATURA 1.69 mts. COMPLEXION regular -
COLOR blanco PELO castaño claro
CEJAS cafes OJOS cafes
NARIZ regular BOCA regular
BIGOTE no tiene BARBA no tiene
SEÑAS PARTICULARES ninguna .-----

DATOS COMPLEMENTARIOS

EDAD 27 AÑOS AÑO EN QUE NACIO 1908 ESTADO CIVIL soltero
PROFESION, OFICIO U OCUPACION Ingeniero Quimico
IDIOMA NATIVO Frances --- --
OTROS IDIOMAS QUE HABLA Aleman y Español ---
LUGAR DE NACIMIENTO Jerusalem, Palestina.
NACIONALIDAD POR NACIMIENTO Francesa ------
NACIONALIDAD ACTUAL Francesa ------
RELIGION Israelita RAZA blanca
LUGAR DE RESIDENCIA 7 rue Mondovi, Paris.
NOMBRE Y DOMICILIO DE SU PARIENTE MAS CERCANO

OTROS DATOS Telegrama Nº1620 de la Sría. de Relaciones ordenando se le documente.

CONSTANCIA SOBRE LEGAL INTERNACION (ART. 37 DE LA LEY)

Carta de inmigración de Paul Jacques Antebi.

Fotografía de la revista *Social*: «La magnífica *soirée* de los penachos celebrada en el Jockey Club de México. A este elegante evento asistieron (de izquierda a derecha): Carmen Navarro Branca, Suzy Avramow, Paulette Amor, entre otras».

Fotografía de la revista *Social*: «Recepción diplomática donde fueron presentados el doctor H. R. van Houten, ministro de Holanda, y la señora van Houten. En esta reunión podemos ver (de izquierda a derecha) a: la señora O'Dwyer, el marqués de San Francisco, Carlota Escandón, Suzy Avramow, madame Plattard y el marqués de Montehermoso».

Fotografía de la revista *Social*: «Una de las más suntuosas y admirables residencias de aquel entonces en México, que perteneció a Alberto Avramow y a su esposa, la señora Guadalupe G. de Avramow».

Fotografía de la revista *Social*: «En la explanada, donde desbordan cedros y fresnos, se encontraba una gran alberca con agua templada y, más allá, un primoroso *garden bar*».

Fotografía de la revista *Social*: «Salón blanco en el cual domina el tema del Imperio en la chimenea de mármol. Habitada por muebles tapizados de seda y por espejos venecianos antiguos, este espacio es una delicadeza».

Fotografía de la revista *Social*: «Gran salón de recepción de baile de la casa, con numerosas obras de arte, e iluminado con luz de cuarzo».

Revista *Social*, núm. 183, 1951.

Fotografía de la revista *Social*: «La recepción del 4 de julio en la Embajada de Estados Unidos. Podemos ver (de izquierda a derecha) a las señoras de Escalante, de García López, Suzy Avramow, Tita Constantine, el señor Barbosa y Doreen Feng».

Fotografía de la Revista *Social*: «Ciro's sigue conservando su famosa "prioridad" en los acontecimientos sociales y artísticos en su Salón Champagne».

En esta fotografía, de la revista *Social* se encuentran «el señor Blumenthal con dos estrellas famosas, Paulette Goddard y Evelyn Keyes, en el internacionalmente famoso Ciro's».

Dooren Feng.

Susana Avramow con antifaz.

Maruca Palomino.

Fotografía de la Revista *Social*: «En el centro: el señor Alberto Avramow con otro grupo de huéspedes».

Fotografía de la Revista *Social*: «Paulette Goddard fue agasajada con un coctel que el pintor Armando Valdez le ofreció en el departamento de Blumenthal (Blumy), quien se encuentra al centro de la foto».

Acapulco durante los años cincuenta. Fotografías de la Revista *Social*: «No existía lugar en Acapulco que pudiera ofrecer, como entonces el Hotel Mirador, tan extraordinaria variedad de terrazas y vistas al mar».

Hotel Reforma.

Julieta Ross, María Luisa Elío, Frida Kahlo, Pedro Corcuera y Diego Rivera.

Nota en *El Universal*: «"La mujer mejor vestida de México", Susana Avramow de Antebi, luce el uniforme de los presos en la penitenciaría, minutos antes de ser llamada a la reja para declarar ante el juez que la procesa por adulterio. Por otro lado: Roberto Gilly Reynaud camina por el pasillo penitenciario, rumbo a la reja, para rendir declaración relacionada con el *vaudeville* en que es actor principal».

Caricatura en *La prensa* de Susana Avramow, Roberto Gilly y Jacques Antebi.

LA MUJER MEJOR VESTIDA DE MEXICO, señora doña Susana Avramow Anteby, saliendo del juzgado noveno de lo penal después de haber rendido su declaración preparatoria por la acusación que hizo su marido, el millonario Paul Jacques Anteby, y la cual rechazó dicha dama.

Fotografía de *Novedades*: «Susana Avramow después de declarar».

Antebi Pide el Divorcio de su Esposa Susana

Aprovecha el Escándalo Social que Originó la Captura de la Dama

Nota en el *Excelsior*: «Aprovechando el escándalo social, Paul Antebi presentó ayer una demanda de divorcio contra su cónyuge».

Apelarán del Auto de Formal Prisión

Nota en *El Universal:* «Susana Avramow y su abogado apelarán ante el Tribunal Superior de Justicia el auto que formuló el juez noveno penal».

Todos los Indicios Parecen Librar a la Señora de Antebi, de la Acusación de su Esposo

Nota en *Excelsior:* «Una verdadera batalla verbal se entabló ayer en el juzgado noveno entre el defensor de la señora Avramow y Paul Antebi».

Ricas Personas Declaran en pro de la Señora Abramov

Dicen que su Amistad con Gilly era Insospechable y Aprobada por el Marido

Nota en *Excelsior:* «Por espacio de siete horas desfilaron ayer delante del juez los representantes de grandes fortunas en México, quienes abonaron la conducta de la señora Avramow».

Nota en *Novedades*: «El elegante Roberto Gilly Reynaud, que junto con la señora Avramow fue consignado ayer por el señor Antebi, quien acusó a ambas personas de un delito, el cual todavía está sin comprobar ya que la acusación adolece de graves defectos».

Susana Avramow con Jean Sirol, agregado cultural de la Embajada de Francia.

pres, cuando de improviso, una de ellas se abalanzó a puñetazos contra la otra, desenfundando posteriormente un estilete que poco después fué hundido en el pecho del rival.

La víctima rodó por el embanquetado mortalmente herido, en tanto que el agresor, corrió por las calles de la Colonia Santa María, perdiéndose de vista.

Dos chiquillos de escasos 10 años de edad, y que responden a los nombres de Saúl Mireles Piña y Cástulo Ríos Montes, boleros de ocupación, al ver que uno de los protagonistas de la riña lanzaba voces de auxilio, acudieron hasta el lugar en donde estaba la víctima,

El sensacional "triángulo francés" integrado por Roberto Gilly Reynaud (izquierda), la bella Susana Antebi (al centro), y el marido ofendido, Jacques de Antebi, en fotos que les fueron tomadas durante las diligencias del día de ayer.

Más que el Amor, es el Dinero lo que Interesa a los Antebi

Nota en *La prensa*: «Durante las diligencias que se practicaron, se puso en claro que, en realidad, lo que más interesa a los esposos no es precisamente el amor, sino los millones que poseen. El otro francés que completa el triángulo no es más que un pretexto para la escandalera monetaria con ribetes amorosos».

Nota en *Excelsior*: «Susana Avramow recibe su boleta de libertad en el juzgado».

Mural de Diego Rivera en el Ciro's.

AGRADECIMIENTOS

Agradezco el apoyo y la información que me aportaron durante el proceso de la elaboración de esta novela a: Adiel Asch, Alberto Bejarano, Alberto Prum, Benoit Larroquis, Carlos Helios, Cecile Barbaroux, Claudia Azpiri, Claudia Marcucetti, Claudia Silki, Diego Antoni, Donatella Lockhart, Elena Cepeda, Elena Poniatowska, Enrique Stempa, Ernesto Murguía, Geneviève Beraud-Suberville, Gil Stempa, Graco Ramírez, Irene Gómez, José Saucedo, Leticia Gómez, Michael Woodbury, Malú Montes de Oca, Marek Keller, María Amparo Escandón, Patricia Maestri, Ramón de Flores (q.e.p.d), Raquel Berman, Sophie Goldberg, Tere Campero. Y a todo el equipo de la editorial Planeta.

BIBLIOGRAFÍA RECOMENDADA

AGUIRRE, Eugenio, *El Abogánster*. México, Planeta, 2014.

______, *Los Burgueses*. México, Planeta, 2017.

GOLDBERG, Sophie, *El jardín del mar*. México, Grijalbo, 2020.

FLAUBERT, Gustav (trad. Luis Tasso), *Madame Bovary*. Barcelona, Biblioteca Virtual Miguel de Cervantes, 2017.

FRIEDEBERG, Pedro y José Miguel Cervantes, *De vacaciones por la vida: Memorias no autorizadas del pintor Pedro Friedeberg relatadas a José Miguel de Cervantes*. México, Trilce Ediciones, 2011.

FUENTES, Cecilia (ed.), *Mujer en papel: Memorias inconclusas de Rita Macedo*. México, Trilce Ediciones, 2020.

GARCÍA BERGUA, Ana y Alfredo Núñez Lanz, *Waikikí*. México, Planeta, 2022.

GOJMAN GOLDBERG, Alicia, *Vivir en la memoria. Dos sobrevivientes del holocausto en México*. México, Universidad Nacional Autónoma de México (UNAM), Facultad de Estudios Superiores Acatlán, 2012.

Gouy, Patrice, *Pérégrinations des "Barcelonnettes" au Mexique*. Grenoble, Presses Universitaires de Grenoble, 1980.

Gutman, Israel (ed.), *Encyclopedia of the Holocaust*. Nueva York, Macmillan Library, 1990.

Lipovetsky, Gilles, *La tercera mujer*. México, Editorial Anagrama, 2006.

Loaeza, Soledad, *A la sombra de la superpotencia. Tres presidentes mexicanos en la Guerra Fría, 1945-1958*. México, Colegio de México, 2022.

Márai, Sándor, *La mujer justa*. Barcelona, Salamandra bolsillo, 1941.

Moscona, Myriam, *León de Lidia*. México, Tusquets, 2022.

Negrín, Alejandro (coord.), Salazar, Irwin y Natalia Pawelczyk, *Sergio Pitol: El Bristol y Polonia*. México, Secretaría de Relaciones Exteriores, 2020.[1]

Newman, Bruno, *Las de endenantes. Frases y palabras en desuso*. México, La Gunilla Editores, 2021.

Pitol, Sergio, *El desfile del amor*. México, Ediciones Era, 2013.

Poniatowska, Elena, *Encierro que arde, Álvaro Mutis desde Lecumberri*. México, Seix Barral México, 2018.

Proal, Maurice y Pierre Martin Charpenel, Jean Meyer (prol.), *Los Barcelonnettes en México*. México, Clio, 1998.

Radiguet, Raymond, *El diablo en el cuerpo*. México, Alianza literaria, 2014.

[1] Colaboraciones de Elena Poniatowska, Luis Demeneghi autorizó el uso del texto completo del relato *La lucha con el ángel* y Laura Demeneghi proporcionó orientación y fotografías. Marek Keller financió parte de las traducciones del polaco al español.

RIESTRA, Ernesto, *Mi Batuta Habla*. México. Diana, 1974.

SERNA, Enrique, *El vendedor de silencio*. México, Alfaguara, 2019.

SORIANO, Hellen, *Siempre hubo un antes*. México, CreateSpace Independent Publishing Platform, 2014.

WEINFELD, Eduardo (ed.), *Enciclopedia Judaica Castellana en diez tomos. El pueblo judío en el pasado y el presente, su literatura, su arte, su situación en el mundo*. México, Editorial Enciclopedia Judaica Castellana S. de R. L., 1948-1951.